BASTEI
LÜBBE
TASCHENBUCH

Weitere Titel des Autors:

Der Schmerzsammler
Teufelsblume

Als Teil des Autorenduos Sabine Martin:

Die Henkerin
Die Tränen der Henkerin
Die Reliquienjägerin

Titel in der Regel auch als Hörbuch und E-Book erhältlich

Über den Autor

Martin Conrath hat bereits einige Kriminalromane veröffentlicht, von denen einer als Tatort verfilmt wurde. Außerdem ist er ein Teil des Autorenduos Sabine Martin, das erfolgreich Historische Romane schreibt. Nach *Der Schmerzsammler* und *Teufelsblume* ist *Ich werde töten* der dritte Thriller um die charakterstarke Ermittlerin Fran Miller. Martin Conrath lebt und schreibt in Düsseldorf.

Martin Conrath

Ich werde töten

Thriller

BASTEI
LÜBBE
TASCHENBUCH

BASTEI LÜBBE TASCHENBUCH
Band 17255

MIX
Papier aus verantwortungsvollen Quellen
FSC® C014496

Dieser Titel ist auch als E-Book erschienen

Originalausgabe

Lektorat: Heike Rosbach, Nürnberg
Titelillustration: © Arcangel Images/Richard Nixon
Umschlaggestaltung: Pauline Schimmelpenninck
Büro für Gestaltung, Berlin
Satz: two-up, Düsseldorf
Gesetzt aus der Minion
Druck und Verarbeitung: GGP Media GmbH, Pößneck
Printed in Germany
ISBN 978-3-404-17255-9

1 3 5 7 6 4 2

»Es gibt keine Handlung,
für die niemand verantwortlich wäre.«

Otto von Bismarck

Prolog – Samstag, 18. Juli

Das Riesenrad drehte sich träge in der Julihitze, die Speichen und Gondeln warfen Schatten auf die Gokartbahn, die in rund zwanzig Metern Entfernung aufgebaut war. Dutzende Kinder johlten dort vor Vergnügen, wenn sie sich mit Höchstgeschwindigkeit in die Kurven legten und fast aus der Bahn flogen.

Es mochten an die dreihunderttausend Menschen auf dem Gelände unterwegs sein, die Menge floss wie zähe Lava an den Fressbuden und Schießständen vorbei, unaufhaltsam und heiß darauf, den Alltag zu vergessen.

Ein Löschwagen der Feuerwehr näherte sich mit überhöhter Geschwindigkeit von der rechten Rheinseite her der Stelle, an der das Riesenrad über die Kniebrücke ragte. Seine Nabe schloss mit der Oberkante der Straße ab.

Als der Löschwagen auf Höhe des Riesenrades angekommen war, riss der Fahrer das Lenkrad herum, seine Beifahrer zuckten nicht mal mit der Wimper angesichts des sicheren Todes. Mühelos durchbrach das tonnenschwere Fahrzeug die Betonsperre; mit kaum dreißig Zentimetern Höhe hatte sie der Masse des Fahrzeugs nichts entgegenzusetzen. Das Geländer knickte um wie ein Bund Strohhalme.

Von jetzt an verlief alles in Zeitlupe. Der Löschwagen überwand die Distanz zwischen der Brücke und dem Riesenrad mühelos. Er schoss auf die Nabe zu, kaum ein Gesicht zeigte Entsetzen, niemand erkannte die Gefahr, niemand begriff, dass der Tod auf ihrer Türschwelle stand. Die Felgen des Riesenrades brachen, die Halterungen der Gondeln barsten, sie schlugen wie

Geschosse im Bierzelt ein, hinterließen zerschmetterte Körper und schreiende Menschen.

Die Schnauze des Löschwagens senkte sich, doch noch bevor er auf dem Boden aufschlug, hüllte ein Feuerball alles ein. Es dauerte drei oder vier Wimpernschläge, dann war die Sicht wieder frei.

Brennende schreiende und zuckende Körper stürzten zu Boden, aber das Schlimmste war: Die Träger auf der rechten Seite des Riesenrades waren gebrochen. Der Gigant neigte sich zur Seite, und wenn er fiel, würde er die Gokartbahn und alle Kinder dort, die noch lebten, unter sich begraben. Niemand würde den nächsten Sonnenaufgang erleben.

Zwei Wochen vorher – Samstag, 4. Juli

»Sie können sich gerne bei Chefredakteur Helversum beschweren, Herr Mittermaier. Er steht neben mir. Einen Moment, ich gebe Sie weiter«, sagte Rudger Krüger und reichte seinem Chef mit einem Grinsen das Telefon.

Helversum redete sofort auf Mittermaier ein, Rudger hörte gar nicht hin, denn er wusste, was der verbohrte Nazi zu hören bekommen würde: dass er gerne ein Dutzend Anwälte einschalten dürfe, dass die »Düsseldorfer Neue Post« nicht eine Zeile zurücknehme von dem, was er, Rudger, geschrieben hatte, und dass er, Helversum, dasselbe noch hundert Mal abdrucken werde, weil es schlicht die Wahrheit war, beweisbar und vor jedem deutschen Gericht wasserdicht.

Rudgers Chef nahm sich nur deshalb so viel Zeit für diesen unverbesserlichen Altnazi, weil er wollte, dass die ganze braune Blase wusste, dass er hinter seinen Redakteuren stand, insbesondere hinter Rudger Krüger, und dass er prozessieren würde, bis die Hölle einfror, und dass er sich von niemandem einschüchtern ließ, nicht von Nazis und auch nicht von Rockern, die vor dem Verlagsgebäude aufgelaufen waren und versucht hatten, Redakteure am Betreten ihres Arbeitsplatzes zu behindern.

Seit Helversum Chefredakteur der »Düsseldorfer Neuen Post« war, hatte sich einiges geändert. Natürlich war die konservative Linie des Blattes beibehalten worden, alles andere hätte zu große Einbrüche bei der Werbung und bei der Leserschaft nach sich gezogen, und damit bei den Einnahmen. Aber Helversum war ein aufrechter Demokrat, ja so etwas wie ein Gerechter unter den Chefredakteuren. Wahrheit ging bei ihm noch immer vor Umsatz, und aus dem Grund hatten sich Helversum und Geschäftsführer Friedhelm Winter fast einen Monat täglich bis aufs Blut gestritten, oft vor versammelter Mannschaft.

Das Ergebnis war eine Strategie der Zweigleisigkeit: Winter hatte im Konzern durchgesetzt, dass die »DNP« den überregionalen Teil der anderen Konzernblätter hauptverantwortlich gestaltete, dafür ließ Helversum den Ressortleitern des Regionalteiles der »DNP« weitgehend freie Hand im Sinne einer größtmöglichen Kundenbindung. Und das hieß: Baby des Monats, mit Bild natürlich; eine halbe Seite mehr für Leserbriefe, eine halbe Seite mehr für Regionalsport und einige andere unerfreuliche Zugeständnisse an die Marketingabteilung. In einem war Helversum hart geblieben. Nur die Wahrheit kam ins Blatt. Keine Gerüchte, keine Großüberschriften mit Fragezeichen im Stil von: »Hat Hugo M. seine Frau jahrelang vergewaltigt?«.

»So etwas«, hatte Helversum Winter am Anfang einer der ersten Redaktionskonferenzen an den Kopf geworfen, »ist Vorverurteilung, und Vorverurteilung ist Boulevard, und Boulevard ist kein Journalismus, und für Boulevard gebe ich mich nicht her.«

Mit hochrotem Kopf war Winter abgerauscht, und Helversum hatte die Redaktion angeknurrt: »Wer jetzt applaudiert, fliegt.«

Rudger hatte nicht einen Gesichtsmuskel verzogen, keiner hatte sich bewegt, bis Helversum tief durchgeatmet, mit der flachen Hand auf den Tisch geschlagen und damit die Konferenz eröffnet hatte.

Das war fast ein halbes Jahr her, und Rudger erinnerte sich nicht nur wegen der Auseinandersetzung zwischen den beiden Alphatieren an die Konferenz. In dieser Konferenz hatte Rudger das Thema Mittermaier vorgeschlagen. Mittermaier war ein bedeutender Düsseldorfer Unternehmer, er war Geschäftsführer und Inhaber eines mittelständischen Maschinenenbauunternehmens mit fast tausend Angestellten sowie Kontakten in die ganze Welt, und er war braun wie Hundescheiße. Helversum hatte sich diesen Ausdruck sofort verbeten, aber gelacht hatte er trotzdem. Das Problem war, dass Mittermaier seine rechte Gesinnung nicht an die große Glocke hängte, aber es war ein offenes Geheimnis, dass er rechte Gruppen, auch gewaltbereite, mit Geld und Dienstleistungen unterstützte.

Seit Jahren wollte Rudger die Geschichte machen, schließlich war er als Sonderreporter eingestellt worden, mit einem üppigen Gehalt und besonderem Etat. Aber der Vorgänger von Helversum war auf dem rechten Auge blind gewesen, hatte ihn stets nur auf die Landesregierung angesetzt. Keine Frage, da gab es immer was zu holen, und es war Rudger gelungen, den einen oder anderen aus der zweiten Reihe ins Stolpern zu bringen. Aber Mittermaier stand auf seiner Abschussliste ganz oben. Und jetzt war er nur noch einen Schritt davon entfernt, ihn zu erlegen. Heute Morgen war der Artikel in der Printausgabe erschienen, sie hatten darauf verzichtet, ihn auf den Internetseiten der »DNP« schon am Abend zu bringen. Der Schlag sollte ohne Vorwarnung kommen, und das war gelungen, die »DNP« hatte voll getroffen. Wenn das Timing stimmte, musste in wenigen Minuten die Polizei die Geschäftsräume von Mittermaier durchsuchen, und natürlich seine Villa in Kaiserswerth, die grob geschätzt vier Millionen Euro gekostet hatte.

Christian Helversum hielt das Telefon vom Ohr weg und feixte. Aus dem Hörer drangen wilde Verwünschungen, jede einzelne ausreichend, um eine Beleidigungsklage anzustrengen, aber das würde nur unnötige Ressourcen binden. Ottfried Mittermaier war so was von erledigt, da brauchte es keine Bagatellklagen mehr.

Rudger war es gelungen, einen Informanten anzuwerben, der

ihn über eine Reihe delikater Aktivitäten Mittermaiers aufgeklärt hatte. Drei Ordner voll kopierter Belege über die Zuwendungen an rechte Gruppen, über achtzig ausgedruckte E-Mails, die eindeutig bewiesen, dass Mittermaier ein strammer Nazi war, und die Adresse eines Lagers, das nicht auf Mittermaiers Namen eingetragen war, ihm aber als Versteck für jede Menge rechtes Material diente – und vor allem für Waffen. Endlich konnte Rudger beweisen, dass Mittermaier ein Unterstützer der rechtsradikalen Szene war und mitverantwortlich für mehrere Gewaltverbrechen. Rudger hatte Oberstaatsanwältin Kolakow gestern alle Unterlagen auf den Schreibtisch gelegt. Kolakow hatte sie quergelesen und sich bei Rudger bedankt.

Einer weniger, der dieses Land und seine Gesetze mit Füßen trat. Keine Frage, es blieb noch viel zu tun, Rudger war kein naiver Weltverbesserungsjournalist. Rudger war Jäger, und seine Beute waren die Mittermaiers dieses Landes oder Politiker, die sich am Geld anderer bereicherten, oder Rocker, die mit Drogen und Prostitution ihr Geld verdienten, und denen ein Menschenleben nichts wert war. Sein Job war krisensicher, denn Korruption, Verbrechen und Verblendung würden erst mit dem letzten Menschen auf diesem Planeten aussterben. Und die Menschheit war eine zähe Spezies.

»Sie mich auch«, hörte Rudger Christian Helversum sagen, dann reichte er Rudger den Hörer und schlug ihm auf die Schulter. »Gute Arbeit, Krüger! Nehmen Sie sich einen Tag frei. Dann müssen Sie wieder ran. Ich habe was für Sie: Finden Sie raus, was aus der Bearbeitung der Mord-Altfälle durch das Landeskriminalamt geworden ist. Ich habe den Verdacht, die haben einiges rausgefunden und gleich wieder unter den Tisch fallen lassen. Ich befürchte, das wird im Fall Mittermaier ähnlich sein. Nehmen Sie die Leiterin der Abteilung operative Fallanalyse aufs Korn. Sie heißt Franziska Miller. Sie zeichnet verantwortlich für die Ermittlungen in Nordrhein-Westfalen.« Wie aus dem Nichts knallte Christian Helversum eine ziemlich dicke Akte auf Rudgers Schreibtisch. »Das ist das Dossier über sie. Liest sich wie ein Krimi. Sie werden Ihre Freude daran haben.« Er zeigte auf das Dossier. »Ihre Post liegt auch da drin.«

Helversum schlug Rudger ein zweites Mal auf die Schulter, was einer Adelung gleichkam, und trollte sich.

Rudger atmete tief ein und aus. Er hatte während der Recherchen so gut wie keinen Tag freigemacht und von morgens bis abends geackert. Helversum wusste das genau. Eigentlich hatte Rudger eine Woche nach Südfrankreich fahren wollen. Tauchen in der Nähe von Nizza. Abhängen.

Das war der einzige Haken an Helversum: Er war ein Workaholic. Dem Mann war nicht klar, dass man von Zeit zu Zeit ausspannen musste. Das zweite Mal geschieden, vier Kinder von drei Frauen. Nur wenn man Helversum die Pistole auf die Brust setzte, konnte man den verdienten und vor allem vom Gesetz vorgeschriebenen Urlaub nehmen. Vielleicht war es an der Zeit, in Streik zu treten? Den Resturlaub zu nehmen? Fast sechs Wochen hatte Rudger noch auf seinem Konto.

Rudgers Blick fiel auf die Akte. »Ungeklärte Morde mit möglicher Tatbeteiligung aus der rechten Szene«, stand in Rot darauf. Quer über dem Deckel prangte der Stempel »Vertraulich«. Nicht schlecht. Helversum hatte gute Kontakte. Das war anscheinend eine kopierte Originalakte. Da kam man nicht so leicht ran. Rudger streckte die Hand aus, um den Deckel der Akte anzuheben. Er hielt mitten in der Bewegung inne. Wenn er hineinschaute, war es vorbei mit Urlaub, das wusste er genau. Das war auch Helversum klar, und deswegen hatte er ihm die Akte vor die Nase gehängt wie einem Fisch den Regenwurm. Rudger war ebenso ein Workaholic wie sein Chef.

Rudgers Hand schwebte über der Akte, dann stieß sie zu wie

ein Falke, hob den Deckel und schlug ihn nach links um. Obenauf lag die Tagespost. Nicht viel heute, er riss die Umschläge auf, das meiste konnte warten. Der letzte Brief bestand aus einem beigefarbenen Umschlag. Mit einer alten Typenschreibmaschine war sein Name draufgetippt. Wahrscheinlich der hundertste ehemalige Soldat, der Rudger seine Geschichte als die unglaublichste verkaufen wollte, die es je gegeben habe. Oder eine Verschwörungstheorie, die erklärte, warum Angela Merkel Bundeskanzlerin geworden war, und warum in Wahrheit immer noch Helmut Kohl das Land regiere. Er öffnete den Brief. Ein Blatt dickes Büttenpapier steckte darin. Anscheinend mit derselben Maschine war ein Satz draufgetippt: »Ich werde töten, wenn ihr nicht die Wahrheit sagt.«

Rudger seufzte. Keine Weltkriegsgeschichte, sondern Drohung Nummer zweihundertachtzig. Für dieses Jahr. Jeden Tag flatterte mindestens einem Kollegen solch ein Brief auf den Schreibtisch, der so oder so ähnlich lautete: »Wer lügt, muss sterben«, »Pressemeute in den Fleischwolf« und so weiter und so fort. Er kopierte den Brief, zog das Formular für diesen Fall aus dem Schreibtisch, trug das Datum, seinen Namen und sein Ressort ein, steckte alles in einen großen Umschlag und adressierte ihn an das Innenministerium, Abteilung Staatsschutz. Sollten die sich damit herumschlagen, wie immer. Und wie immer würde der Brief erfasst, nummeriert, katalogisiert und mit dem Vermerk »Ermittlungen ergebnislos« abgelegt. Wegen so etwas machten die kein Fass auf.

Rudger warf noch einen Blick auf den Umschlag, dann legte er ihn in den Posteingang. Erstaunlich, wie viele Spinner es auf der Welt gab, da musste man nicht unnötig die Kräfte der Polizei binden. Die waren sowieso hoffnungslos überfordert. Damit war die Post erledigt.

Rudger rieb sich die Hände. Jetzt kam er zum Wesentlichen. Zuoberst lag ein kopiertes Blatt, anscheinend die berufliche

Laufbahn von Franziska Miller. Rudger murmelte vor sich hin: »Achtunddreißig Jahre alt, Psychologiestudium, Dissertation, Polizeidienst, im Rekordtempo zur Kriminalhauptkommissarin aufgestiegen, dann Landeskriminalamt, Abteilung operative Fallanalyse. Beteiligt an zwei spektakulären Fällen mit Serientätern. Auf der Jagd nach einem Serienkiller bei einer Explosion fast ums Leben gekommen, seit einem Jahr Leiterin der Abteilung OFA.« Steil, steiler, am steilsten, diese Karriere. Er überflog die Leistungsdaten. Sie war immer die Beste gewesen, das erklärte einiges. Und sie war nicht weit vom Stamm gefallen: »Tochter von James Miller, Dienststellenleiter bei der Schutzpolizei. Vater-Tochter-Konflikt.«

Rudger legte das Blatt beiseite, ein Foto kam zum Vorschein. Das musste Franziska Miller sein, die laut Dossier mit »Fran« angeredet werden wollte, amerikanisch ausgesprochen: »Frän«. Er drehte das Foto um. Richtig, auf der Rückseite standen der Name und das Aufnahmedatum des Bildes, der 06.07.2015, also topaktuell. Schulterlange braune Haare, ovales Gesicht, runde Nase, große Augen, voller Mund, blitzweiße gleichmäßige Zähne. Eine attraktive Frau, aber nicht Rudgers Typ. Zu brav, ja fast schon spießig. Er legte das Foto beiseite und pfiff leise durch die Zähne. Ein grafologisches Gutachten. Verdammt, er hatte Helversum mehr als unterschätzt. Das waren beste nachrichtendienstliche Informationen. Damit konnte man arbeiten. Er blätterte weiter, griff zu einem anderen Foto und pfiff erneut durch die Zähne. *Diese* Frau war genau sein Typ: blonde Locken, blaue Augen, Engelsgesicht. Er kannte diese Frau. Sie hieß Anna Miller und war Sängerin an der Oper, er hatte sie schon oft bewundert. Dass sie Fran Millers Schwester war, das hätte er nicht für möglich gehalten. Die Lösung des Rätsels fand er weiter hinten in der Akte. Fran war ganz die Mutter, Anna ganz der Vater, zumindest was das Äußere betraf.

Neben den Beschreibungen der Mitarbeiter in Frans Team fand Rudger noch eine interessante Person: Sascha Herz, Kriminalhauptkommissar, KK 11, Mord und Totschlag. Einer der sechs Mordkommissionsleiter und Duzfreund von Oberstaatsanwalt Hasso Kittner. Das wurde ja immer interessanter. Herz sagte man nach, er sei in undurchsichtige Geschäfte verwickelt, und Hasso Kittner schien sie zu decken. Herz' Kontakte in die Unterwelt waren beachtlich und gingen über das normale Maß, das für die erfolgreiche Polizeiarbeit nötig war, weit hinaus. Und selbst Helversum hatte die dunklen Ecken im Lebenslauf von Herz nicht ausleuchten können. Das stank alles gewaltig nach einer Seilschaft, die beim Dienststellenleiter begann und bis in die hohen Positionen der Staatsanwaltschaft reichte. Nicht die erste Seilschaft in Nordrhein-Westfalen, die so funktionierte.

Das Dossier enthielt Bewegungsprotokolle von Fran Miller und Sascha Herz, natürlich Adressen, Telefonnummern, Hobbys und Gewohnheiten. Auf der letzten Seite hatte Helversum seinen Auftrag formuliert: »Bohren Sie, bis Sie auf eine Goldader stoßen. Dann besprechen wir das weitere Vorgehen. Seien Sie vorsichtig und halten Sie mich auf dem Laufenden. Die Sache ist nicht ungefährlich.«

Helversum wusste natürlich, dass alles tausendprozentig stimmen musste, wenn er sich mit der Polizei anlegte, und er wusste, dass Rudger das genauso sah, schließlich war er Profi und kein dahergelaufener Provinzschreiberling, dessen Horizont bei Stadtfesten endete und dessen Arbeit darin bestand, PR-Artikel ins Blatt zu hieven. Aber Helversum wusste nicht alles, wusste nicht, dass Rudger und der Polizeiapparat, vorsichtig ausgedrückt, nicht gerade Freunde waren. Oder kannte Helversum seine Geschichte doch und hatte ihn deswegen auf Fran Miller angesetzt? Wie einen bissigen Pitbull, den man an einer langen Leine hielt und im richtigen Moment losließ, um das Opfer zu packen und nicht mehr loszulassen? Ihm das Genick durchzubeißen? Spielte das eine Rolle? Spielte es eine Rolle, dass er der Polizei mehr misstraute als dem Papst, dem Finanzamt und der »Tagesschau« zusammen? Nein, entschied Rudger. Eine Rolle spielte nur, dass er Franziska Miller, Sascha Herz und Hasso Kittner mit wasserdichten Beweisen zur Strecke bringen würde.

Montag, 6. Juli, 6.30 Uhr

Sascha Herz hatte schlecht geschlafen. Wirre Träume hatten ihn die ganze Nacht auf Trab gehalten. Zwar war er nicht aufgewacht, aber es fühlte sich an, als wäre er die meiste Zeit einen steilen Abhang hinaufgeklettert. Seine Beine schmerzten, hinter seiner Stirn pochte ein schwacher Schmerz. Wenn er nicht aufpasste, würde sich das leise Pochen bald in einen lärmenden Presslufthammer verwandeln, der nur mit drei oder vier starken Kopfschmerztabletten ausgeschaltet werden konnte. Vor neun Monaten war der Presslufthammer das erste Mal in sein Leben getreten, ohne Vorankündigung und mit einer Heftigkeit, die ihn für einen Moment in die Knie gezwungen hatte. Genauso schnell war er wieder verschwunden. Sascha hatte sich nichts dabei gedacht, es auf Verspannungen im Nacken geschoben, schließlich saß er viel zu lange am Schreibtisch und machte viel zu wenig Sport. Wenigstens mit dem Rauchen hatte er keine Probleme. Das hatte er schon vor mehr als zwanzig Jahren aufgegeben. Eine gute Entscheidung, auch wenn der Preis dafür seine damalige Freundin gewesen war. Sie hatte nach einigen Wochen keinen Bock mehr gehabt, seine üble Laune zu ertragen. Kein Problem, es war eh nichts fürs Leben gewesen.

Sascha schwang die Beine über die Kante seines Futon-Betts, streckte sich und schaute sich um. Die rechte Seite der Matratze lag voll mit Akten. Der Fußboden ebenfalls, bis auf zwei schmale Pfade, die den Weg zum Bad und zur Küche markierten. Immerhin hatte er es geschafft, sich auszuziehen, die Zähne zu putzen und das Licht zu löschen.

Sein Blick fiel auf ein Bild. Polizeirat Werner Ziehfreund lächelte ihn an. Sascha nahm das Bild in die Hand und unterdrückte den Impuls, es zu zerfetzen. Nur Geduld, sagte er sich. Der Tag wird kommen, an dem er Ziehfreund zu den Akten legen konnte, und dann würde er es sich gönnen, eine Kopie dieses Fotos genüsslich in kleine Stücke zu reißen.

Sascha ließ das Foto fallen, balancierte zwischen Tabellen, Zeugenaussagen, Aktenvermerken, Wegeplänen, Zeitstrahlen und Anträgen auf Telefonüberwachung ins Bad, duschte und rasierte sich, ging im Kopf noch mal den vergangenen Sonntag durch. Er hatte es geschafft, acht Leichenermittlungen an andere zu delegieren. Sieben Fälle hatten sich als Suizid oder Unfall herausgestellt. Der achte war eine klassische Eifersuchtstragödie, ein Intimizid, wie es korrekt hieß. Sascha hasste diesen Begriff, denn er klang wie Intimität, und die hatte für ihn nichts mit Mord und Totschlag zu tun. Ein sechsundfünfzigjähriger Mann hatte seine fünfzehn Jahre jüngere Ex-Freundin mit einem Pflasterstein erschlagen. Er hatte sie auf offener Straße angesprochen, sie aufgefordert, zu ihm zurückzukehren, aber sie hatte ihn laut mehrerer Zeugenaussagen nur ausgelacht. Der enttäuschte Mann hatte blitzschnell den Stein aus der Tasche gezogen und einmal zuschlagen können, bevor ihm zwei beherzte Männer in den Arm gefallen waren und ihn festhalten konnten. Die Frau war tot zusammengebrochen. Klare Sache. Erstaunlich war das Eingreifen der zwei Männer gewesen. Sie hatten sich vorher nicht gekannt und hatten, ohne sich zu verständigen, beide dasselbe riskiert – vergebens. Nicht ganz vergebens. Die Medien würden den Fall aufgreifen und die Männer zu Helden des Alltags machen, und vielleicht würde dann in einer ähnlichen Situation jemand eingreifen und ein Menschenleben retten können. Ein schöner Gedanke.

Für heute hatte sich Sascha freigenommen, er musste die Unterlagen sichten, die er in den letzten Wochen zusammengetragen hatte. Irgendwo in dem Aktenberg musste ein Fädchen versteckt sein, an dem Sascha ziehen und mit dem er die richtigen Leute aufscheuchen, im besten Falle festnageln konnte.

Er kämmte sich seine Haare, die ihm bis auf die Schultern fielen. Es war an der Zeit, zum Friseur zu gehen. So etwas sollte man nicht auf die lange Bank schieben. Wenn es ging, würde er für morgen einen Termin bei seinem Leib-und-Magen-Friseur machen. Sein Handy lag neben dem Futon auf einer Weinkiste, die Sascha als Nachttisch diente. Bevor er zugreifen konnte, begann ein echter Presslufthammer zu dröhnen. Ein Stich fuhr Sascha durch den Kopf. Verdammt, er musste unbedingt seinen Klingelton ändern. An Tagen wie diesem war das gellende Geräusch purer Masochismus.

Ein Blick auf das Display zeigte, dass es sechs Uhr dreißig war und es kein angenehmer Anruf sein würde: »Oberstaatsanwalt Hasso Kittner« prangte da in fetten Buchstaben, dazu das Bild des Staatsanwaltes: Bürstenhaarschnitt, kantiges Kinn, stechende Augen, leicht abstehende Ohren, schmale verkniffene Lippen, eckige schwarzgerandete Brille.

Sascha ging ran. »Ich habe frei«, schnarrte er.

»Jetzt nicht mehr«, blaffte Hasso. »Du musst ran. Delikater Fall. Professor Johannes Prokter. Vorzeigesoziologe und Oberpsychologe der Heinrich-Heine-Uni. Hat jede Menge spektakuläre Experimente und Untersuchungen durchgeführt, und seine Veröffentlichungen gehen in die Hunderte. Er war sogar mal für den Nobelpreis im Gespräch. Wurde aber nix draus.«

»Shit!«, rief Sascha. Obwohl er Hasso schon lange kannte, konnte er auch ihm nicht sagen, warum er heute Urlaub genommen hatte. Es gab nur einen Menschen, dem er sich anvertraut hatte und der sein Vertrauen bisher nicht missbraucht hatte. »Ich wollte mal was für meine Gesundheit tun.«

»Das kannst du, indem du dich beeilst und dir schon mal heiße Gedanken darüber machst, wen du in der Soko haben willst. Wir fahren sofort großes Aufgebot. Acht Mann hoch plus Forensik plus OFA. Du hast ja sicher nichts dagegen, mit Fran Miller zu arbeiten.«

»Im Gegenteil. Weiß sie schon Bescheid?«

»Die Anforderung ist raus. Sie muss gleich da sein.«

»Wo?«

»Universitätsstraße, am Gebäude der Univerwaltung, da stehen ein paar Bäume auf einer sandigen Freifläche. Es ist weiträumig abgesperrt. Alles Weitere vor Ort.«

Sascha seufzte. »Und wenn ich mich weigere? Gewerkschaft und so, Urlaubsanspruch …«

Hasso lachte laut ins Telefon. »Alles klar. Bis gleich, du Scherzbold.« Er unterbrach die Verbindung.

*

Sie hatten Glück. Die Nacht war trocken gewesen, und die Wettervorhersage versprach auch für die nächsten Tage sonniges, warmes Wetter.

Sascha war schon lange nicht mehr auf dem Gelände der Heinrich-Heine-Uni unterwegs gewesen. Vor einer gefühlten Ewigkeit hatte er hier mit einem Philosophiestudium angefangen, es aber bald gesteckt, weil er mit den endlosen abstrakten Gedankenspielen nicht zurechtgekommen war. Ein Jahr hatte er sich mit Jobs in Kneipen über Wasser gehalten, dann war er bei der Polizei eingestiegen – eigentlich eine Schnapsidee –, geboren aus einer alkoholgeschwängerten Diskussion darüber, wie man die Welt verändern könne, wie man sie verändern müsse. Sascha hatte entschieden, dass er das am besten als Polizist konnte, hatte die Ausbildung mit durchschnittlichen Noten beendet und war vom Streifendienst schnell desillusioniert worden. Als Polizist auf der Straße oder am Schreibtisch änderte er überhaupt nichts. Was ihn im Beruf gehalten hatte, war etwas anderes gewesen: Er trug dazu bei, dass seine Stadt ein für die meisten Menschen lebenswerter Ort blieb. Allein die Tatsache, dass es ihn und seine Kollegen gab, verhinderte, dass Anarchie ausbrechen konnte.

Wie alles hatte auch der Polizeiberuf seine Schattenseiten, die in den Medien meistens überzogen dargestellt wurden. Gut, es gab eine etwas höhere Scheidungsrate, der Schichtdienst war kein Zuckerschlecken und machte einige krank. Aber das war bei Ärzten, Krankenschwestern und vielen anderen Berufen, in denen rund um die Uhr gearbeitet werden musste, nicht anders. Polizist war kein Job für Schwache, das stand außer Frage.

Sascha zückte seinen Ausweis, passierte die Absperrung und hörte schon von Weitem Hassos Stimme, der einen Kollegen von der Streife bat, dafür zu sorgen, dass die Gaffer sich verzogen. Der Beamte ging mit angriffslustiger Miene los.

Der gesamte Freiraum zwischen den Gebäuden war abgesperrt, mindestens zweihundert mal zweihundert Meter, das waren vierzigtausend Quadratmeter. Die Spusi war dabei, jeden Grashalm unter die Lupe zu nehmen, sie waren unschwer an ihren weißen Anzügen zu erkennen. Mehrere Hochpfade waren angelegt worden, sichere Wege, um den Tatort nicht zu zerstören. An den Sichtblenden, die mit einem Pavillonzelt überdacht worden waren, erkannte Sascha den Fundort der Leiche. Die mehrstöckigen Häuser hätten es erlaubt, von oben den Tatort einzusehen – und vor allem zu fotografieren. Hoffentlich war das noch nicht passiert.

Hasso kam auf ihn zu. »Ein Student hat ihn gefunden. Jorge Luis heißt er, er studiert Jura.«

»Ein Spanier, der in Düsseldorf Jura studiert?«

»Auslandsstipendium. Europarecht. Spricht besser Deutsch als die meisten Kölner.«

Sascha musste wider Willen lachen. »Dazu gehört nicht viel.«

Hasso zeigte mit dem Zeigefinger auf Sascha. »Sag ich doch.«

»Wo ist Fran?«

Hasso drehte sich um und winkte Sascha, der ihm hinter die Absperrung folgte. Sie betraten den ersten Pfad. Doch Fran war nicht da, stattdessen Bruno Rheinstahl, der forensische Experte aus ihrem Team.

»Wo ist Fran«, wiederholte Sascha betont langsam, es sollte nicht wie eine Frage klingen.

Rheinstahl kam auf ihn zu. Er war ein langjähriger Freund von Fran, hatte ihren Vater kennengelernt, da war sie noch gar nicht geboren gewesen. Sascha war erstmals im letzten Jahr bei einer schwierigen Ermittlung auf ihn getroffen. Rheinstahl hatte immer treu zu Fran gestanden, aber er war nun mal nicht Fran. Er war behäbig, ein Experte mit Tunnelblick, der nicht das Ganze im Blick hatte, dem die Inspiration fehlte.

»Sie hat mich geschickt. Sondieren.«

»Sondieren, so, so.« Sascha wandte sich Hasso zu. »Was haben wir?« Dieser verdammte kleine Satz, diese hinterhältigen drei Wörter, mit denen immer alles begann.

Hasso zeigte nur auf Bruno. Sascha seufzte und drehte sich wieder um.

Bruno kratzte sich an der Nase. »Wenn der Herr Kommissar so gütig wäre, einen Blick auf das Opfer zu werfen …« Er bückte sich und hob die Folie an.

Sascha zog scharf die Luft ein.

»Ein Latthammer. Ein Schlag, ein Volltreffer«, sagte Rheinstahl vollkommen ungerührt. »Der Latthammer steckt richtig fest drin. Den kriegt man so leicht nicht wieder raus. Da war Kraft dahinter.«

Sascha betrachtete den Toten. »Er sitzt da, als hätte er gebetet.«

»Der Schlag muss von hinten gekommen sein, er muss bereits gekniet haben. Er hat Verletzungen an der linken Wange, die nicht von dem Schlag mit dem Hammer herrühren. Kratzspuren. Prämortal. Das Blut ist ihm in den Kragen gelaufen.«

Prokter trug ein weißes Hemd, eine Jeans und Wildlederslipper. Er sah aus wie ein Skipper, der unterwegs war zu seiner Yacht, irgendwo im Süden. Anscheinend war er nicht allein gewesen. Jemand hatte ihm deutlich die Meinung gesagt. Aber hatte diese Person Prokter auch erschlagen? Prokters Haut war gebräunt, sein Haar schimmerte rötlich, es war voll und über den Ohren sauber ausgeschnitten. Das Gesicht konnte Sascha nicht erkennen. Der Kopf war so weit nach vorne auf die Brust gesackt, dass es verdeckt war.

»Gibt es verwertbare Sohlenspuren?«, fragte Sascha.

Rheinstahl schüttelte den Kopf. »Bis jetzt noch nicht.«

»Irgendeine Idee?«

»Zu früh.«

»Zu früh?«

»Wir müssen die Obduktion abwarten.«

»Was ist mit dem Ort? Dem Modus Operandi? Dem Werkzeug?«

»Es ist zu früh.«

»Und wann ist es zu spät?«

»Ich gehöre nicht zur Fraktion der Kaffeesatzleser, tut mir leid.«

»Fran …«, begann Sascha, aber Rheinstahl fiel ihm ins Wort.

»Fran ist erstens nicht hier, und zweitens bin ich die Verbindung zur OFA, ob Ihnen das passt oder nicht. Bei Beschwerden wenden Sie sich bitte an meine Chefin. Sie kennen sie ja ziemlich gut.«

Sascha biss sich auf die Zunge. Es brachte nichts, sich mit

Rheinstahl anzulegen. Er würde ihn einfach ignorieren, also gesellte er sich zu Hasso. »Sieht nach einem Streit aus, was meinst du?«

»Was ist mit Rheinstahl? Was sagt er?«

»Der schweigt sich aus.«

»Er ist ein brillanter Gerichtsmediziner.«

»Genau das ist das Problem. Warum ist Fran nicht hier?«

»Was weiß ich? Habt ihr Stress?«

»Nein«, sagte Sascha lauter als nötig. »Wir haben uns eine Zeit lang nicht gesehen. Ich war öfters in Hamburg.«

»Aha!«, sagte Hasso.

»Was soll das denn heißen?«

»Nichts. Wann habt ihr euch das letzte Mal gesehen?«

Sascha überlegte. Es waren ziemlich genau sechs Wochen. Um Pfingsten herum. Sie waren im Kino gewesen und hatten danach noch ein paar Cocktails geschlürft und über alles Mögliche geredet. Sie hatte sich höflich nach Sibilla erkundigt, und er hatte ihr freimütig erzählt, dass er ein schlechtes Gewissen habe, weil er sie vernachlässige, und dass er in nächster Zeit öfters nach Hamburg fahren wolle. Das fand Fran gut. Er fand nicht gut, dass sie das gut fand. »Hasso, du siehst Gespenster. Sie will nichts von mir. Du musst langsam begreifen, dass Fran und ich Kollegen sind, vielleicht Freunde, keine Ahnung. Aber nicht mehr.«

»Wenn ich das begreifen muss …« Er ließ den Satz in der Luft hängen und zog seine Augenbrauen nach oben. So sah er aus wie ein schnöseliger überheblicher Lehrer. Der er ja auch oft war.

Sascha wurde es zu dumm. »Lass uns über den Professor reden.«

»Wie du willst. Er ist in Hannover geboren, am 03.09.1969, er ist also dreiundvierzig geworden. Seine Eltern sind tot, er hat keine Geschwister, nur eine Tante, die lebt aber in England.« Hasso stutzte. »Dir ist schon klar, dass ich gerade deinen Job mache?«

»Das ist das Mindeste, das ich erwarte. Zumindest am Anfang. Später ist es besser, wenn du dich raushältst.«

Hasso prustete wie ein Walross. »Das hättest du gerne.« Er reichte Sascha ein Blatt Papier. »Die Grunddaten. Jetzt bist du dran.« Er zeigte auf Rheinstahl, der etwas abseits auf dem Boden kniete und in die Betrachtung von irgendetwas versunken war. »Lass deinen Frust nicht an ihm aus.«

Sascha hob die Hände. »Schon gut, ich hab genug Kreide in Reserve, die ich fressen kann.«

Hasso schaute ihn nachdenklich an. »Ich sollte dich vielleicht doch besser in Urlaub schicken. Du bist dünnhäutig. Der Fall muss aber mit Feingefühl angegangen werden. Normalerweise ist das kein Problem für dich. Was ist los?«

»Ich hab nur schlecht geschlafen, das ist los.«

Hassos Lippen wurden zu einem dünnen Strich.

»Ehrlich«, sagte Sascha mit Nachdruck. »Großes Indianerehrenwort.«

»Na gut. Du hast grundsätzlich freie Hand, ich will nur auf dem Laufenden gehalten werden. Mir fliegt meine Abteilung langsam um die Ohren. Fünf Krankmeldungen! Mein Schreibtisch sieht aus wie ein überfüllter Altpapiercontainer. Und der Justizminister will Ernst machen mit Strukturreformen. Herrgott noch mal! Das bringt alles nichts. Wir brauchen einfach nur mehr Geld.« Er rollte mit den Augen. »Ich weiß, ich spule immer dieselbe Litanei ab.« Er drückte Saschas Schulter. »Ich verlasse mich auf dich.« Er zeigte auf Prokter. »Wie gesagt: Äußerst delikat! Angekommen?«

Hasso eilte von dannen, ohne auf eine Antwort zu warten.

»Herr Kommissar, kommen Sie mal?«, rief Rheinstahl.

Sascha ging neben Rheinstahl in die Knie, etwa neun Meter entfernt von Prokters Leiche, dicht bei einem niedrigen Busch. »Was?«

»Die Spusi hat das hier gefunden.« Er zeigte auf eine Stelle, die mit einer Nummer markiert und mit kleinen Fähnchen abgesteckt war.

»Ich sehe gar nichts.«

»Hier hat jemand versucht, Spuren zu verwischen.«

Sascha beugte sich noch tiefer, aber er konnte nichts erkennen. »Ich bin leider kein Fährtenleser. Was, bitte, kann man da sehen?«

Rheinstahl lächelte. »Es ist die Struktur.« Er deutete mit dem Zeigefinger auf die Sichtblenden, hinter denen die Leiche von Prokter auf den Abtransport in die Gerichtsmedizin wartete. »Zuerst ist es uns nicht aufgefallen, weil der ganze Bereich mit Sohlenspuren zugepflastert ist und keine die andere deutlich überlagert. Wir haben ein ungleichmäßiges Muster an Teilabdrücken, Vertiefungen, Rillen und Erhebungen. Aber hier erkennt man im Boden das Muster einer Wischbewegung, etwa sechsunddreißig Zentimeter im Durchmesser.«

Jetzt begriff Sascha, was Rheinstahl meinte. »Hier hat jemand gewartet, ist losgegangen und hat dabei ein paar Mal mit dem Fuß über den Abdruck gewischt. Hilft uns das?«

»Ob uns das hilft? Die Kolleginnen und Kollegen von der Spusi haben jetzt zwei wunderschöne Sohlenabdrücke.« Er zeigte auf das Gelände. »So ziemlich die Einzigen, die komplett sind. Wir werden alles sichern müssen.« Er kratzte sich am Kopf. »Über den Daumen gepeilt sechshundert Teilspuren. Das kann dauern.«

Sascha musste sich eingestehen, dass er nicht verstand, wie das funktionierte. »Wie …«

»Ganz einfach. Der Boden hier ist, grob gesagt, in zwei Schichten aufgebaut. Die obere ist sandig, das haben Sie ja bereits gesehen. Deswegen haben wir um die Leiche herum keine klaren Spuren. Aber darunter ist eine recht elastische Schicht …«

»Und wenn man nur oberflächlich, mit zu wenig Kraft wischt …«

»… dann bleibt die untere Spur erhalten. Weil sie zwar mit Sand gefüllt ist, aber das Relief ist noch da. Schuhgröße 38. Damenschuh. Aussagekräftiges Sohlenprofil. Wenn das nichts ist? Wozu Thesen bemühen, wenn man Fakten hat? Auch eine Frau kann mit einem Latthammer ohne Probleme einen Schädel spalten.«

»Okay. Danke.« Sascha warf einen Blick auf die Uhr, es war fast acht, Zeit, die Mordkommission zusammenzustellen. Was sollte er nur mit Rheinstahl machen? Er war ein brillanter Forensiker, aber ihm fehlten Frans Ideen, ihr Über-den-Tellerrand-Schauen, ihre einzigartige Weise, die Welt zu betrachten, die Dinge so zu sehen, wie sie waren, und nicht so, wie man sich wünschte, dass sie sein sollten.

»Würden Sie die Arbeit hier bitte in meinem Auftrag überwachen? Es darf nicht die geringste Kleinigkeit übersehen werden. Das ist von höchster Priorität. Sie sind dafür der richtige Mann.«

Rheinstahl blinzelte. »Ja, gerne.«

Sascha reichte ihm die Hand. »Vielen Dank.«

Rheinstahl schlug zögerlich ein. Kein Wunder, zuerst hatte Sascha ihn angepflaumt, und jetzt komplimentierte er ihn in eine leitende Aufgabe innerhalb der Kommission mit all den damit verbundenen Problemen. Die Leute der Spusi hatten ihre eigenen Strukturen, Sascha kannte die meisten Mitarbeiter recht gut. Dass jemand von der OFA ihnen ins Handwerk pfuschen sollte, würde ihnen nicht schmecken, aber so war ihm Rheinstahl nicht im Weg.

Er ging zurück zu Prokters Leiche und gab sie für die Rechtsmedizin frei. Die bereitstehenden Leichenschlepper packten zu; die Leichenstarre hatte erst am Unterkiefer eingesetzt, ein sicheres Zeichen, dass Prokter seit etwa vier Stunden tot war, plus/

minus zwei Stunden. Prokters Oberkörper kippte nach hinten, der Hammer sah aus wie ein Hahnenkamm und drohte durch die Hebelwirkung aus dem Schädel zu brechen. Bevor Sascha noch reagieren konnte, sprang einer von der Spusi herbei, hielt Prokters Kopf fest und schnauzte die beiden Leichenschlepper an, sie sollten gefälligst aufpassen, sonst würde man demnächst ein anderes Beerdigungsinstitut beauftragen. Nach einem kurzen Disput und mit tatkräftiger Hilfe der Spusi schafften die Leichenschlepper es endlich, Prokter so hinzulegen, dass der Hammer nicht aus der Schädeldecke herausbrechen konnte.

Sascha schloss kurz die Augen. Das fing gar nicht gut an. So wie es aussah, würde Prokter noch eine ganze Menge Ärger machen.

Montag, 6. Juli, 10.30 Uhr

Fran starrte geschlagene zwei Minuten auf den Bildschirm, aber die Information änderte sich nicht. »… müssen wir Ihnen leider mitteilen, dass Ronald Kleinbau am Sonntag, dem 04.07.2015, um einundzwanzig Uhr sechs verstorben ist. Da er Zeuge in einem laufenden Verfahren wegen Mordes war, wurde er durch die Rechtsmedizin Düsseldorf obduziert. Der natürliche Tod durch Herzversagen wurde bestätigt. Ermittlungen wegen Fremdverschuldens werden nicht aufgenommen.«

Diese verdammten Mühlen der Justiz! Warum hatte sie nicht früher davon erfahren? Sie hätte Bruno auf die Obduktion losgelassen, er hätte jede noch so kleine Unstimmigkeit entdeckt.

Ein Jahr Arbeit war dahin. Ein Jahr lang war sie Ronald Kleinbau, einem Aussteiger aus der rechten Szene, hinterhergerannt, hatte ihm geschmeichelt, ihn beschworen, vor Gericht auszusagen. Letzte Woche hatte er eingewilligt, und jetzt war er tot. Herzversagen. Gefällt wie ein Baum. Das ganze Verfahren war damit hinfällig. Der Mord an Metin Küczük würde ungesühnt bleiben, sie mussten einen verdammten Nazi laufen lassen, der mit an Sicherheit grenzender Wahrscheinlichkeit einer der Mörder war. Der Fall lag neunundzwanzig Jahre zurück und war einer der siebzehn Fälle, die Fran und ihr Team seit dem letzten Jahr neu aufgerollt hatten. Von ganz oben war die Order gekommen, die ungelösten Mordfälle auf die Beteiligung rechtsradikaler Gewalttäter hin zu prüfen. Der Präsident des Bundeskriminalamtes, Jörn Vogler, hatte ihr persönlich den Auftrag erteilt, natürlich in Absprache mit ihrem Vorgesetzten, dem Innenminister von Nordrhein-Westfalen, und sie gleichzeitig zur Leiterin der Abteilung operative Fallanalyse gemacht. Ein abgekartetes Spiel, das wusste sie inzwischen, sie war als Bauernopfer geplant gewesen: Versagte sie, konnte man ihr die Schuld geben, hatte sie Erfolg, würden sich die Vorgesetzten damit schmücken. Doch dann hatte sich alles anders entwickelt, trotz »Versagens« war sie auf ihrem Stuhl sitzen geblieben, hatte mit sich selbst einen Deal gemacht: »Ein Jahr versuchst du es.«

Jetzt waren fast sechzehn Monate seit ihrer Beförderung vergangen, und sie hatte nicht gekündigt. Warum eigentlich? Warum tat sie sich das an? Nicht einen einzigen alten Fall hatten sie lösen können! Entweder waren die Akten schlampig geführt worden oder waren unvollständig oder es fehlten Spurenträger oder es gab keine Tatortfotos oder Verdächtige waren ins Ausland abgetaucht und für die Behörden nicht erreichbar, Zeugen stellten sich tot. Alles riesengroßer Mist. Und jetzt das! Der einzige Fall, den sie hätten lösen können, war ebenso tot wie Ronald Kleinbau.

Ihre Bosse würden zufrieden sein, sie waren fein raus, hatten alles getan, um der Gerechtigkeit Genüge zu tun, aber gegen das Schicksal war man ja machtlos. Und Fran war gegen den Apparat machtlos. Sie konnte in ihrem Abschlussbericht zwar die haarsträubenden Versäumnisse der Ermittler anprangern, aber sie konnte nichts davon veröffentlichen, wenn sie sich nicht strafbar machen wollte. Sie atmete tief durch. Noch vor einem Jahr wäre sie ausgerastet, hätte vielleicht ihren Rechner aus dem Fenster geworfen. Inzwischen hatte sie gelernt, mit der Wut umzugehen, die sie manchmal immer noch überfiel.

Immerhin hatten sie es geschafft, die Fälle innerhalb der vorgegebenen Zeit zu bearbeiten. Ein Pluspunkt für die Abteilung. Dennoch würde sie den Abschlussbericht erst in einem Monat abgeben und damit ein wenig freie Zeit für das Team herausschlagen.

Hätte sie zwei Stunden früher gewusst, dass Kleinbau tot war, hätte sie nicht Bruno zu Sascha geschickt, sondern wäre selber gegangen. Sie rief den Dienstplan auf. Die letzten drei Fälle waren berichtsreif, die Vergewaltigungsserie aufgeklärt, das vom Team erstellte Profil hatte die Ermittler zum Täter geführt, es lagen keine weiteren Anfragen vor – außer für den Mord an Johannes Prokter.

Auf ihrem Urlaubskonto stapelten sich die Tage. Sie konnte theoretisch sechs Wochen abfeiern. Aber Sascha brauchte sie. Er war mit Bruno sicher nicht glücklich. Das schlechte Gewissen zwickte sie. Oberstaatsanwalt Hasso Kittner hatte eine Verbindungsperson angefordert, nicht das ganze Team. Ein Fehler, denn wenn sich die Sache zu mehr als einer üblichen Beziehungstat auswachsen sollte, fehlte dem Team die Besichtigung des Tatortes. Zu spät. Sie schaute auf die Uhr. Kurz vor elf, Zeit für das erste Teamtreffen.

Fran griff nach ihren Akten, sperrte den Rechner und ging langsam in den Besprechungsraum. Am runden Tisch, der tatsächlich rund war, weshalb die Teamsitzungen den sinnigen Namen »Tafelrunde« trugen, waren bereits alle versammelt, außer Bruno natürlich. Günther Anleder, forensischer Psychologe mit Hang zur Missionierung seines Umfeldes; Martina Schwartz, geografische Analytikerin; Sofia Andermatt, die junge Profilerin, die ihr letztes Jahr zugeflogen war; Christine Austerlitz, die für die Aktenführung zuständig war und ganz nebenbei eine hervorragende Profilerin.

Zur Begrüßung winkte Fran nur kurz, sie hatten sich im Laufe des Morgens schon oft genug gesehen, ihr schien es fast, als sei es zu oft gewesen.

Alle schwiegen, es war Frans Aufgabe, die Sitzung zu leiten

und daher auch zu eröffnen. »Zuerst die schlechten Nachrichten oder die schlechten?« Niemand grinste, Fran hatte diesen Gag schon zu oft gebracht. »Dann zuerst die schlechte: Ronald Kleinbau ist tot.«

»Fuck!«, entfuhr es Günther. »Wie zum Teufel …«

»Herzschlag, kein Fremdverschulden«, erklärte Fran.

»Gott muss ein Nazi sein, verflucht noch eins«, grummelte Günther in seinen Bart.

Fran konnte ihm die Reaktion nicht verdenken. Er hatte ebenfalls wie ein Besessener an dem Fall gearbeitet, seine Freizeit geopfert und sich Ärger mit seiner Frau eingehandelt.

Günther rieb sich die Schläfen. »Ich weiß, dass in der Stellenbeschreibung für Profiler steht, dass sie extrem frustrationsresistent sein müssen. Aber irgendwann ist doch das Fass voll, oder?«

Wie sollte Fran darauf antworten? Als Vorgesetzte oder als Fran? Am besten beides. »Wenn du Fran fragst, sage ich: Das ist der letzte Beweis für mich, dass es Gott nicht gibt. Wenn du deine Vorgesetzte fragst: Unsere Fässer haben keinen Boden. Such dir was aus.«

Günther verzog das Gesicht zu einer Grimasse aus Schmerz und Vergnügen. »Ich nehme das Fass.«

»Und was bedeutet das konkret?«, fragte Sofia.

»Ein Gehirn wird nicht voll«, antwortete Fran. »Im Gegensatz zu einem normalen funktionstüchtigen Fass. Und wir sind Profis. Wir müssen das aushalten. Trotzdem verordne ich euch Urlaub. Ihr habt euch echt reingehängt, die Fälle sind abgeschlossen …« Sie hob eine Hand, um die berechtigten Einwände zu blockieren, dass nichts abgeschlossen sei. »… in einem Monat gebe ich den Bericht ab, bis dahin haben wir Luft. Wer will zuerst?«

Niemand rührte sich. Damit hatte Fran gerechnet. Manchmal glaubte sie, ihr Team sei zu gut für diese Welt. Niemand drängelte sich vor, niemand wollte eine Extrawurst gebraten haben. Sie war als Chefin zu beneiden, und trotzdem war sie nicht zufrieden. Sie hatten sechzehn Monate geackert und nichts erreicht!

»Okay«, sagte Fran. »Ihr habt es so gewollt. Günther, du machst ab sofort drei Wochen Urlaub. Und nimm deine Frau mit, sonst brauchst du gar nicht mehr zurückkommen. Und komm mir nicht mit deinen Kindern. Die sind erstens alt genug und zweitens überglücklich, wenn sie euch mal eine Zeit lang nicht auf der Pelle haben. Ich werde es überprüfen.«

Günther schmunzelte und schwieg.

»Die Tatsache, dass du nichts sagst, kommt einem Wunder gleich oder ist dem Umstand geschuldet, dass du tatsächlich Urlaub machen willst.«

»Such dir was aus«, sagte Günther und lächelte breiter.

Fran verzichtete auf eine Antwort und wandte sich Christine zu. »Du gehst auch drei Wochen. Du hast mehr Stunden auf deinem Zettel als alle anderen. Sofia übernimmt für dich, dann tauscht ihr.«

»Ab morgen? Wie stellst du dir das vor? Was ist mit der Urlaubsplanung für August?« Christine schien nicht begeistert.

»Daran ändert sich nichts. Ihr müsst Überstunden abfeiern. Ich kann euch die Zeit nicht ausbezahlen. Das Budget ist jetzt schon so gut wie aufgebraucht.«

Sofia legte Christine eine Hand auf den Arm. »Keine Angst. Wenn ich was nicht weiß, dann rufe ich dich an. Auch nachts. Damit du das Gefühl hast, gebraucht zu werden. Versprochen.«

Christine nickte, aber Fran spürte, dass irgendwas nicht stimmte. Egal. Wenn es wichtig war, würde sich Christine melden. »Sofia, ich und Bruno halten die Stellung. Das heißt für dich, Martina, ebenfalls drei Wochen Langeweile. Sorry, aber es geht nicht anders.«

Martina nickte, ihre Augen leuchteten, wenigstens sie freute sich über die üppige Auszeit.

»Wann machst *du* denn mal Urlaub?« Günther sah sie mit seinem Therapeutenblick an, der ihr das Gefühl gab, transparent zu sein.

»Wenn ihr drei zurück seid. Nicht verhandelbar.«

Günther kniff die Augen zusammen. »Du hast als Einzige von uns seit einem Jahr nicht länger als drei Tage freigemacht. Du müsstest eigentlich zuerst gehen.«

»Ich bin die Chefin. Ich verdiene mehr, ich habe mehr Ansehen, ich habe mehr Verantwortung. Anscheinend habe ich auch die besseren Ärzte. Ich bin in bester Verfassung. Körperlich, geistig und seelisch. Nicht verhandelbar.«

»Wie du willst. Was ist mit dem Fall, an dem Bruno dran ist? Warum nur er? Warum nicht alle? Prokter ist nicht irgendwer.«

»Es sieht nach einem Intimizid aus. Nichts für uns. Bruno ist Verbindungsmann, so wie Kittner es angefordert hat. Du weißt doch, dass die Staatsanwaltschaft vorsichtig geworden ist und sich absichern will. Lieber einmal OFA zu viel als zu wenig. Wir sind salonfähig geworden.«

»Und das hat nichts mit Sascha Herz zu tun?« Günther zog eine Augenbraue nach oben.

Fran wischte sich mit der Hand über die Stirn. »Jetzt bin ich mir sicher, dass du dringend Urlaub brauchst. Du siehst Gespenster und lehnst dich mal wieder so weit aus dem Fenster, dass dich niemand halten kann.« Sie klopfte auf die Tischplatte. »Gibt es noch irgendwelche intelligenten Fragen?« Fran wartete einen Moment. »Wunderbar. Also: Richtet einen E-Mail-Responder ein, fahrt eure Rechner runter, und dann will ich euch drei Wochen lang nicht mehr hier sehen. Alles klar?«

Christine und Günther seufzten, als müssten sie drei Jahre hinter Gitter. Martina sprang auf, grüßte in die Runde und war verschwunden.

Sofia schob Christine vor sich her und versicherte ihr immer wieder, dass sie alles im Griff habe. Günther warf Fran einen schrägen Blick zu, dann machte er sich ebenfalls auf den Weg.

*

Eine halbe Stunde später war Fran alleine in der Abteilung. Sofia hatte sich den Rest des Tages frei genommen, die anderen hatten wunderbarerweise Frans Dienstanweisung befolgt, hatten ihre Arbeitsplätze geräumt und waren unterwegs in den Urlaub.

Fran setzte sich an ihren Schreibtisch und öffnete ihr Mailprogramm. Sie hatte sich noch immer nicht daran gewöhnt, dass sie jeden Tag mehr als fünfzig Mails erhielt, von denen die meisten Informationen für die Abteilungsleiter enthielten. Im Schnitt verbrachte sie zwei Stunden damit, die Mails zu bearbeiten. Die vierunddreißigste stammte nicht aus einer der anderen Abteilungen. Fran hatte keine Ahnung, von wem sie war, denn der Absender bestand nur aus einer wirren Folge von Ziffern und Buchstaben. Kein Zweifel bestand daran, dass sie eine E-Mail mit diesem Inhalt noch nie erhalten hatte: »Ich werde töten, wenn ihr nicht die Wahrheit sagt.«

Montag, 6. Juli, 12.30 Uhr

Rudger verband seinen privaten Laptop mit dem Intranet der »Düsseldorfer Neuen Post« und überspielte die Daten, die er am Wochenende zusammengestellt hatte. Helversums Dossier und seine eigenen Recherchen ergaben bereits ein gutes Bild über die Verstrickungen des KK 11, der Abteilung OFA und der Staatsanwaltschaft, in persona Hasso Kittner. Auch der ehemalige Oberstaatsanwalt Sigfried Böhrerjan spielte eine Rolle. Er hatte vor gut zwei Jahren maßgeblich dazu beigetragen, dass sich ein junger Mann auf der Flucht vom Schlossturm in den Tod gestürzt hatte. Es war nie Anklage erhoben worden, aber Böhrerjan war unauffällig aus seinem Amt entfernt worden. Selbst seine Lebensgefährtin, eine einflussreiche Staatsanwältin, hatte ihn nicht davor bewahren können. Gegen Fran Miller war ermittelt worden, aufgrund einer Anzeige von Angehörigen eines gewissen Albert Neusen, Kriminalhauptkommissar aus Hamburg, der bei derselben Explosion ums Leben kam, die Fran Miller fast umgebracht und ihre Schwester, ebenso Entführungsopfer wie Albert Neusen, verschont hatte. Die Ermittlungen waren nur drei Tage nach Eingang bei der Staatsanwaltschaft eingestellt worden, wegen »nicht hinreichenden Tatverdachts«.

Rudger trällerte eine Kindermelodie vor sich hin. Wenn das keine Seilschaft war! Die hatten allesamt Dreck am Stecken, aber die Öffentlichkeit hatte nichts davon erfahren und er musste zugeben, dass er sich auch nicht gekümmert hatte, obwohl der Fall selbst natürlich fast zwei Wochen die Schlagzeilen beherrscht hatte.

Sein Computer signalisierte den Eingang einer E-Mail in seinem privaten Postfach. Selbst Helversum hatte keinen Zugriff darauf – solange er nicht die Kollegen aus der IT daransetzte, es zu knacken. Aber das würde Rudger sofort merken, denn sein Leib-und-Magen-Hacker hatte es mit allen erdenklichen Schutzmaßnahmen versehen. Darunter auch ein stiller Alarm, wenn jemand in seinen Account einzubrechen versuchte.

Die Nachricht kam über seinen Direktzugang bei der Pressestelle des Polizeipräsidiums. »Der renommierte Soziologe Professor Dr. Johannes Prokter wurde am frühen Morgen auf dem Gelände der Heinrich-Heine-Universität Düsseldorf tot aufgefunden. Die Polizei geht von einem Gewaltverbrechen aus. Eine Mordkommission wurde gebildet, die Profiler des Landeskriminalamtes sind in die Ermittlungen mit einbezogen worden.«

»Sieh da, sieh da«, murmelte Rudger vor sich hin. »Die Profiler sind mit im Boot, und damit auch Franziska Miller. Das wäre doch *die* Gelegenheit, unauffällig Kontakt aufzunehmen.«

Er griff zum Telefonhörer, zog die Hand aber wieder zurück. Es wäre unklug, schon jetzt aus der Deckung herauszutreten. In diesem Fall musste er genauso agieren wie bei Mittermaier, der zur Freude der gesamten Redaktion bereits Anzeige erstattet hatte wegen Verleumdung und Beleidigung und übler Nachrede. Die Sache bekam so richtig Schwung. Nur noch ein wenig mehr Druck, und die überregionalen Medien würden das Thema so richtig fett aufgreifen. Vielleicht bescherte Rudger die Story sogar eine Nominierung zu einem Journalistenpreis. Verdient hatte er schon lange einen, aber immer war ihm jemand zuvorgekommen oder er zu spät oder die Jury war manipuliert worden oder die Sterne hatten schlecht gestanden.

Er musste es vorsichtig angehen, aber auch nicht allzu vorsichtig, das Timing musste stimmen. Allein die Tatsache, dass Fran Miller, Sascha Herz und Hasso Kittner am selben Fall arbeiteten, war nichts Besonderes. Er musste in der Vergangenheit graben, musste die kleinen und großen Geheimnisse ans Licht bringen. Und wenn nichts dran war an der Sache, dann hatte er eben Pech gehabt. So war das Geschäft, und er war froh, dass er nicht unter dem Druck stand, irgendwelchen Dreck erfinden zu müssen, mit dem die Zeitung dann werfen konnte.

Sein Postfach gab erneut Laut. Rudger schaute auf den Text und wäre fast vom Stuhl gefallen. »Ronald Kleinbau tot. Habe Zweifel an der Obduktion, die einen natürlichen Tod bestätigt. Schau mal hin.«

Ronald Kleinbau! Zeuge gegen einen potenziellen Nazikiller, der seit fast einem halben Jahr in Untersuchungshaft saß. Dagegen war Prokter geradezu langweilig. Manchmal musste man nur warten, dann landeten die gebratenen Hühner direkt auf dem Teller. Sein Informant saß im KK 11, ein Whistleblower, der nichts weiter wollte, als seine Storys in der Presse wiederzufinden. Der Deal war klar: Infos gegen Artikel – allerdings nicht mit absoluter Veröffentlichungsgarantie. Das wäre unseriös gewesen. Aber die Quote war nicht schlecht: Sechs von zehn Hinweisen hatten eine gute Story ergeben.

Helversum musste Bescheid wissen. Rudger rief ihn an und erhielt grünes Licht. Das hieß auch, dass Rudger Geld in die Hand nehmen durfte, das Limit lag bei fünfzehntausend Euro. Wenn es teurer wurde, musste er Helversum informieren und ihn davon überzeugen, dass die Information mehr wert war.

Rudger legte sich Stift und Block zurecht sowie die Liste der Personen, die ihm vielleicht Näheres über den Tod von Kleinbau erzählen konnten: angefangen bei einem Kontakt in der Rechtsmedizin bis hin zu einem Beamten bei den Meldebehörden, der sich seinen Zugang zu den Sterbedaten schon öfter als einmal hatte versilbern lassen. Rudger kannte das Risiko, wegen Bestechung ernsthafte Probleme zu bekommen, aber es ging nun mal nicht ohne. Hielt er den offiziellen Weg ein, wurde er bei sensiblen Themen in der Regel vertröstet, abgeblockt, rausgeschmissen, und wenn sich mal jemand erbarmte, wurde Rudger nicht informiert, sondern desinformiert. Doch diesmal half weder der Appell ans Gewissen noch an die Geldbörse. Niemand wollte oder konnte ihm weiterhelfen. Ein Grund mehr, dranzubleiben. Rudger betrachtete die Liste. Fünf Namen. Alle fünf durchgestrichen.

Jetzt blieb ihm nur noch ein Name, der allerdings nicht auf dieser Liste stand. Doch diese Person, die er überzeugen musste, ihm Zugang zu den Unterlagen zu verschaffen, die Ronald Kleinbaus Tod betrafen, war nicht zu kaufen. Darüber hinaus gab es ein weiteres Problem mit dieser Person: Sie hasste Rudger. Abgrundtief. Und das zu Recht.

Montag, 6. Juli, 16.15 Uhr

»Prokters Büro ist versiegelt?« Sascha hörte zu und nickte. Die Maschinerie lief, er hatte sich die besten Leute ausgesucht, alles Kollegen mit langjähriger Erfahrung und vor allem mit eigenständigem Denkvermögen.

Sie hatten sofort alle Räume, Immobilien und Fahrzeuge, die zu Prokter gehörten, versiegelt, beschlagnahmt oder waren bereits dabei, sie zu durchsuchen. Ein Team war unterwegs, um die ehemaligen Ehefrauen nach ihren Alibis zu fragen. Ein zweites Team, das aus Kollegen mit abgeschlossenen Hochschulstudien und Doktortiteln bestand, beschäftigte sich mit Prokters Forschungsarbeiten, seinen Doktortiteln und Veröffentlichungen.

Sascha legte auf, aber der Presslufthammer dröhnte sofort wieder los. Es war Machinsky, der gleich loslegte und Rheinstahls Kompetenz anzweifelte.

»Ich habe es so angeordnet, Herr Machinsky, ja.« Sascha bereute seine Entscheidung schon jetzt, Bruno Rheinstahl quasi zu seinem Stellvertreter gemacht zu machen. Er hätte ihn besser nur mit einer Art Vetorecht ausgestattet. Kleine Sünden rächten sich sofort.

»Wissen Sie, was er von uns verlangt?«

Plichtbewusst sagte Sascha: »Nein, was denn?«

»Wir sollen den gesamten Platz, fast vierzigtausend Quadratmeter, komplett abgießen! Vorher natürlich die feine Sandschicht entfernen. Mit Staubsaugern! Das ist der helle Wahnsinn.«

Machinsky hatte zweifellos recht, aber Sascha überhörte den letzten Satz. »Hat er denn erklärt, warum er das angeordnet hat?«

»Das hat er, allerdings. Wir haben einen nicht ganz verwischten Sohlenabdruck gefunden, das haben Sie ja mitbekommen. Rheinstahl will aus dem Profil des gesamten Platzes einen Trittplan machen.«

»Welche Spur wohin führen könnte, nehme ich an.«

»Ja!«, rief Machinsky empört. »Aber das ist unmöglich. Das bringt überhaupt nichts. Die Spuren sind zu diffus. Das ist, als wollte man aus einer fünfzig Zentimeter dicken Schneeschicht herauslesen, wann welche Flocke wohin gefallen ist. Das kostet uns mindestens drei Tage! So geht das nicht!«

Sascha spürte wieder den Kopfschmerz. Wie ein dumpfer, in der Ferne dröhnender Bass drängte er sich in sein Bewusstsein. Was sollte er tun? Bruno Rheinstahl war ein starrköpfiger alter Mann, aber er war auch ein exzellenter Wissenschaftler, kein Dummkopf und vollkommen uneitel. »Ist er in der Nähe?«

Statt einer Antwort hörte Sascha ein Rascheln und dann Rheinstahls Stimme. »Das ist die einzige Möglichkeit zu analysieren, ob die Täterin oder der Täter unter dem Busch gewartet hat oder nicht und ob sie Prokter hinterhergelaufen ist oder nicht. Wir müssen, ich betone, wir *müssen* den Platz dreidimensional erfassen, zumindest die oberen zehn bis fünfzehn Millimeter.«

»Sie haben mir selber gesagt, der Platz gibt nichts her und …«

Rheinstahl fiel ihm ins Wort. »Zuerst dachte ich das auch, aber wir haben noch ein bisschen weitergearbeitet und zwei weitere interessante Sohlenspuren gefunden. Außerdem ist der Platz in weiten Teilen geologisch so aufgebaut, dass wir ein Profil abnehmen können.«

»Und wer, bitte schön, soll das analysieren? Wir haben nicht hundert Mann, die den ganzen Wahnsinn zusammenpuzzeln können.«

»Meine Rede. Der Computer macht das.«

Saschas Kopfschmerz wurde stärker. »Mit welcher Software, bitte?«

»Sofia Andermatt wird uns ein Programm schreiben. Sie muss dafür nur ein paar Teile miteinander kombinieren, die wir bereits haben.«

»Moment!« Sascha dämmerte langsam, warum Rheinstahl sich so für seine Idee einsetzte. »Sie wollen ein bisschen herumexperimentieren? Meine Ermittlungen missbrauchen, um ein paar neue Spielereien der OFA zu testen?«

»Nein!«, sagt Rheinstahl sofort. »Ja«, schob er kleinlaut nach. »Beides. Wir haben hier die Chance, ein neues Verfahren zu verfeinern, und gleichzeitig einen hervorragenden Ansatz für die Ermittlungen. Wenn es gelingt, dann wissen wir, wer, ich meine natürlich welche Sohle, ungefähr wann seinen Abdruck auf diesem Platz hinterlassen hat. Das könnte den Täter entlarven oder einen falsch Beschuldigten entlasten. Und es wäre gerichtsfest. Ist das nichts?«

»Sie hätten Verkäufer werden sollen, Rheinstahl.« Sascha schloss kurz die Augen, ließ die letzten Jahre an sich vorüberziehen, dachte an Fehlurteile und falsche Interpretationen von Spuren. Dann traf er eine Entscheidung. »Geben Sie mir Machinsky!«

»Aber …«

Sascha ließ Rheinstahl nicht zu Wort kommen. »Verdammt noch mal geben Sie mir Machinsky, oder ich schicke Sie nach Hause!«

Einen Moment später war Machinsky am Telefon. »Haben Sie ihn zur Vernunft gebracht?«

»Diesen Mann kann man nicht zur Vernunft bringen. Und das ist gut so.«

»Was? Sind Sie …«

»Passen Sie auf, was Sie sagen! Und jetzt hören Sie gut zu: Sie machen das genau so, wie Rheinstahl es will. Ich bezahle alles, auch wenn Sie hundert Überstunden abrechnen. Ich will nicht die kleinste Möglichkeit außer Acht lassen. Verstanden?«

Einen Moment hörte Sascha Machinsky nur atmen, es klang wie ein Stalker, der sich nicht zu erkennen gab.

»Wie Sie wollen. Das wird eine fette Rechnung.«

Sascha unterbrach die Verbindung. Es wurde Zeit. Den Rektor der Universität sollte man nicht warten lassen. Es hatte Sascha nicht gewundert, dass er sofort Zeit für ihn hatte; gewundert hatte ihn, dass er sich nicht im Vorzimmer anmelden, sondern direkt zu ihm kommen sollte. Der Rektor, der anscheinend Titel sammelte wie andere Briefmarken, hatte ihn bereits am Telefon gebeten, ihn einfach mit seinem Namen anzusprechen, das spare Zeit. Das war ein sympathischer Zug, nicht alle Akademiker verzichteten freiwillig auf die Anrede mit ihren hart erarbeiteten Titeln. Wenn sie denn erarbeitet waren.

*

Sascha klopfte an Wallers Bürotür, und nur einen Moment später öffnete der Rektor, lächelte freundlich und bat Sascha, in einem grünen Leder-Ohrensessel Platz zu nehmen, in den Sascha nicht so tief einsank, wie er befürchtet hatte.

»Das ist alles sehr unangenehm«, sagte Waller und sackte augenblicklich auf Saschas Sympathieskala um einige Punkte ab. »Prokter war ein hervorragender Dozent. Die Studenten haben ihn geliebt.«

Sascha rückte in seinem Sessel so weit nach vorne, wie es ging. Waller mochte einen Stapel Doktortitel haben, lügen konnte er nicht. »Herr Waller, ich möchte eine Sache klarstellen: Ich bin hier, um einen Mord aufzuklären. Und es gibt nichts, das mich davon abhalten könnte. Mir wurde nahegelegt, die Sache mit

Samthandschuhen anzugehen. Das werde ich – wenn ich nicht reihenweise angelogen werde. Vorschlag: Ich vergesse Ihren ersten Satz und wir fangen von vorne an.«

Waller wurde blass, dann räusperte er sich. »Wir hatten gewisse Probleme mit Prokter.«

Sascha lehnte sich in seinem Sessel zurück. Warum nur dachten alle Leute, sie könnten die Polizei für dumm verkaufen? Lag das an den vielen Krimis, die alles zeigten, nur nicht, wie Polizeiarbeit funktionierte? Oder lag das einfach im Wesen der Menschen, zu glauben, sie seien schlauer als andere?

Waller schwieg.

»Und welcher Natur waren diese Probleme? Hat er Studentinnen flachgelegt?«

Waller hüstelte. »Hat er.«

»Schwangerschaften?«

»Drei, soweit ich weiß.«

»Soweit Sie wissen? Hat er Ihnen die Schwangerschaften gebeichtet oder haben sich die Studentinnen an Sie gewandt?«

»Teils, teils.«

»Namen? Adressen? Ich brauche eine Liste aller Studentinnen und Studenten von Prokter. Und die der Doktoranden und seiner wissenschaftlichen Mitarbeiter – und Mitarbeiterinnen selbstverständlich.«

»Diese Liste ist lang.«

»Ich brauche sie sofort.«

Waller stand auf, ging zu seinem Schreibtisch, der genau das Gegenteil des grünen Ohrensessels darstellte: pures Glas. Die Beine ebenso wie die Platte. So etwas hatte Sascha noch nicht gesehen. Waller drückte einen Knopf auf seiner Telefonanlage. »Die Unterlagen bitte, Frau Schröder.«

Frau Schröder, eine schlanke Mittfünfzigerin in grauem Businesskostüm, kam herein, überreichte Sascha mit warmem Lächeln einen prall gefüllten Aktenordner und verließ den Raum wieder.

»Die letzten zehn Jahre. Frauen können auf ihre Rache warten, wissen Sie?«, sagte Waller mit einem süffisanten Lächeln.

»Das heißt, Sie gehen davon aus, dass eine ehemalige Studentin Prokter erschlagen hat?«

»Wer sonst? Mein Gott, Prokter hat nichts anbrennen lassen, keine Affäre hat länger als ein oder zwei Monate gedauert. Haben Sie sich mal ein Bild von ihm angesehen?«

Das hatte Sascha als Erstes getan, nachdem er den Tatort verlassen hatte. Ein Mann in den besten Jahren, eine gelungene Mischung aus Brad Pitt und Orlando Bloom. Durchtrainiert, gesunde Bräune, saloppe Markenkleidung, gewinnendes Lächeln. »Was ist mit gehörnten Freunden, Ehemännern, Geliebten?«

»Möglich, aber unwahrscheinlich.« Waller seufzte. »Prokter hatte einen Grundsatz: keine Frau mit Bindung.«

»Und wenn ihm eine Frau das nicht verraten hat?«

»Wie gesagt: möglich, aber unwahrscheinlich. Prokter war kein Kostverächter, aber er ist auch nicht von morgens bis abends hinter Röcken hergelaufen. Er hat sorgsam gewählt. Der Mann hatte einen IQ von fast hundertvierzig!«

»Und einen Ruf zu verlieren?«

»Nicht wirklich. Es waren allesamt erwachsene Frauen.«

»Es waren allesamt Abhängigkeitsverhältnisse.«

»Nicht im Geringsten justitiabel.«

»Aber moralisch verwerflich.«

»Dieses Urteil maße ich mir nicht an.«

»Was war mit seiner Doktorarbeit und seiner Habilitation? Irgendwelche Plagiatsgerüchte?«

Waller lief rot an. »Hören Sie, nur weil es ein paar schwarze Schafe gibt, die es bei Ihnen übrigens auch gibt, sind nicht automatisch alle Akademiker Betrüger.«

»Nur dass keinem meiner Kollegen ein Latthammer im Kopf steckt.«

»Mir ist nichts bekannt.« Waller betonte jede einzelne Silbe.

Sascha musste die Wogen glätten. Ihm war es vollkommen egal, ob Prokter plagiiert hatte oder nicht. »Ich will nur einschätzen können, ob noch ein anderer Täterkreis infrage kommt. Jemand, der neidisch ist oder wütend, weil er glaubt, Prokter habe ihm den Platz weggenommen. Nur darum geht es. Und glauben Sie mir eins, Herr Waller: Wenn mir ein korrupter Polizist unterkommt, dann mache ich ihn fertig, sorge dafür, dass er kein Unheil mehr anrichten kann. Egal wie. Das würden Sie doch sicher auch tun?«

Waller schluckte hart. »Natürlich. Sind wir fertig?«

»Nein. Wie war Prokter als Kollege?«

»Ehrlich?«

Sascha rümpfte die Nase.

»Schon gut. Die meisten Kollegen mieden ihn wie die Pest. Die einen, weil er so erfolgreich war, die anderen, weil er das nicht verbarg, Sie verstehen?«

»Nein, ich verstehe nicht. Sie müssen konkret werden. Wir machen hier kein Kaffeekränzchen, sondern betreiben eine kriminalistische Untersuchung, da brauche ich Fakten.« Dem Rektor der Uni ins Gewissen zu reden, tat gut, auch wenn Sascha wusste, dass das billig war. Manchmal war billig eben nicht gleichzusetzen mit schlecht.

»Er war hochnäsig, stichelte in jeder Sitzung, dass er derjenige sei, der das Niveau der Uni deutlich hebe, dass die anderen sich zu wenig anstrengten und so weiter und so fort. Er war isoliert.«

Isoliert hieß auch unbeobachtet. Alle schauten weg, wollten mit Prokter nichts zu tun haben. War das Absicht oder sein schlechter Charakter? »Wie stand es mit den Leistungen seiner Studenten?«

»Alles im Rahmen.«
»Und das heißt?«
»Übliche Durchfallquoten.«
»Evaluation?«
Waller schmatzte mit den Lippen. »Schwierig …«
»Herr Waller!«
»Das müssten Sie doch am besten wissen! In hierarchischen Strukturen ist Evaluation kompliziert. Selbst anonyme Befragungen liefern oft verzerrte Ergebnisse. Wir können nicht jeden Studiengang von einer externen Beratungsfirma evaluieren lassen. Dann wären wir innerhalb eines halben Jahres pleite.« Waller hatte die Stimme gehoben, nun fuhr er gedämpft fort. »Hie und da haben sich Studenten beschwert, Prokter sei allzu selbstherrlich.«
»Sind das nicht alle Professoren? Sind nicht alle Profs Fürsten, die ihr kleines Reich regieren, auch an bestehenden Regeln vorbei?«
Waller erhob sich. »Was wird das hier? Hochschulschelte? Die Heinrich-Heine-Universität ist eine bestens vernetzte Hochschule, und nicht nur die medizinische Fakultät ist über die Grenzen des Landes hinaus bekannt! Ich denke, Sie wollen Prokters Mörderin finden?«
Sascha sah ein, dass er sich vergaloppiert hatte. »Ich wollte auf keinen Fall die Kompetenz der HHU infrage stellen.«
»Das will ich hoffen. Auch die Macht eines Kriminalhauptkommissars ist begrenzt.«
»Sehr begrenzt, das können Sie mir glauben.«
Waller setzte sich wieder, augenscheinlich zufrieden mit Saschas indirekter Entschuldigung.
»Prof. Dr. Prokter hat also alles richtig gemacht, bis auf seine Schwäche für Studentinnen und seine, im Rahmen des Üblichen, Selbstherrlichkeit?«

»So ist es.«

Sascha stand auf und reichte dem überraschten Waller die Hand. »Vielen Dank, Herr Waller, und nichts für ungut. Wir Polizisten müssen uns leider bei den meisten Menschen unbeliebt machen, weil wir gelernt haben, dass jeder ein Mörder sein kann.«

Waller lächelte und drückte Saschas Hand fest. »Auch Sie, Herr Kommissar? Gilt das auch für Sie?«

Sascha drückte zu, schaute Waller in die Augen. »Eine gute Frage, Herr Waller.«

Sascha verließ das Büro, die Tür schloss sich mit einem leisen Seufzer. Könntest du ein Mörder werden?, fragte sich Sascha. Das käme drauf an. Er dachte an Ziehfreund.

Montag, 6. Juli, 16.40 Uhr

Fran wusste nicht, wie oft sie zum Telefonhörer gegriffen hatte und zurückgezuckt war, als wäre er eine giftige Schlange.

Seit Stunden arbeitete sie an dem Abschlussbericht zu den Altfällen, schrieb einen Absatz, las ihn zwei oder drei Mal, begriff kein Wort, löschte ihn wieder. Bis jetzt war sie nicht über die erste Seite des Vorwortes hinausgekommen. Noch hundert Seiten lagen vor ihr, zuzüglich der Ermittlungszusammenfassungen. Ihr Herz schlug nach wie vor unangenehm schnell, ein dünner Schweißfilm bedeckte ihren ganzen Körper.

Endlich griff sie zu und wählte die Nummer der Justizvollzugsanstalt. Mit jedem Freizeichen schlug ihr Herz schneller. Verdammt noch mal, er konnte nicht frei sein, das durfte nicht sein!

Sie hatte alles in ein enges Gefängnis in ihrem Gedächtnis eingesperrt: den Prozess, das Urteil und das widerliche Grinsen, das er ihr zugeworfen hatte, als er an ihr in Handschellen vorbeigegangen war. Niemand außer ihr hatte es gesehen, vor Gericht hatte er den reuigen Büßer gespielt, bereit, in einer Therapie seine Schuld aufzuarbeiten und ein anderer Mensch zu werden. Eine Stimme riss Fran aus ihren Erinnerungen.

»JVA Düsseldorf, Meininger am Apparat, was kann ich für Sie tun?«

Fran glaubte, mit dem Supportzentrum eines Versandhandels verbunden zu sein, so freundlich klang die Stimme. »Fran Miller, LKA. Sie müssten meine Dienstnummer auf dem Display haben.«

»Das ist richtig, Frau Miller. Die Nummer ist verifiziert. Wie kann ich helfen?«

»Wann wird Erik Muench entlassen?«

»›Ü‹ oder ›ue‹?«

»›Ue‹.«

»Moment.«

Das unaufgeregte Gespräch mit dem Kollegen von der JVA beruhigte Fran ein wenig. Wahrscheinlich bildete sie sich nur etwas ein. Erik saß nach wie vor hinter Gittern, er hatte fünfunddreißig Monate bekommen. Viel zu wenig für das, was er angerichtet hatte. Mindestens vier Frauen hatte er in einem Zeitraum von drei Jahren mit K.o.-Tropfen betäubt und dann vergewaltigt. Das Problem im Prozess war gewesen: Die Frauen konnten sich an nichts erinnern, es gab keine Verletzungen, keine Samenflüssigkeit, nichts. Es gab nur eine Sammlung von Unterwäsche, die Erik in seinem Schlafzimmer angelegt hatte. Schamhaare erbrachten den Beweis, dass es Kleidungsstücke der Opfer waren. Aber vor allem die dreihundert Milliliter K.o.-Tropfen, die man in seinem Kühlschrank gefunden hatte, hatten zur Verurteilung beigetragen. Der Richterin hatte das genügt, das Urteil war in der nächsten Instanz bestätigt worden.

»Er ist vor drei Tagen entlassen worden. Vorzeitig, auf Bewährung. Wegen guter Führung.«

»Vielen Dank, Herr Meininger.« Fran gelang es noch, den Hörer aufzulegen, dann zitterten ihre Hände so sehr, dass sie ihn nicht mehr hätte halten können. Erik war frei. Der Vater ihres toten Kindes. Der Mann, der sie jahrelang gestalkt hatte, den sie verprügelt hatte, ohne irgendeine Wirkung. Der geschworen hatte, sich von ihr ein neues Baby zu erzwingen. Ein Irrer, aber ein verdammt cleverer Irrer, der jetzt wieder frei herumlief.

Fran konnte sich gut vorstellen, wie er die Psychologen an der Nase herumgeführt hatte. Er war ein Meister der Verstellung und der Manipulation – er war ein veritabler Psychopath, der jederzeit zur Bestie werden konnte. Fran atmete tief und gleichmäßig. Die Panikattacke ließ nach, ihre Hände wurden wieder ruhig. Ihr Verstand übernahm. Wenn Erik auf Bewährung draußen war, dann würde er sofort wieder eingesperrt, wenn er sich Fran auch nur auf einen Kilometer näherte. Falls er so dumm war, sich ihr auf Sichtweite zu nähern, würde sie ihn festnageln und die Kollegen rufen, die ihn sofort zurück in die JVA schaffen würden. Aber die E-Mail sang ein anderes Lied. »Ich werde töten, wenn ihr nicht die Wahrheit sagt.«

»Stopp!«, rief Fran in den Raum. »Du fantasierst. Du weißt nicht, von wem die E-Mail stammt. Du musst erst Fakten sammeln.«

Sie rief in der IT-Abteilung an, die aber ebenfalls keinen Absender ausmachen konnte. Sie las die E-Mail noch mal laut: »Ich werde töten, wenn ihr nicht die Wahrheit sagt.« Was stand in diesem Satz? Eine Drohung an eine Gruppe von nicht näher beschriebenen Personen, die als »ihr« bezeichnet wurde. Diese Personen wurden aufgefordert, die Wahrheit zu sagen, ansonsten werde der Absender, eine Person, die sich als »ich« bezeichnete, töten. Da die E-Mail an Frans Adresse gesendet worden war und sie die Leiterin der Abteilung war, lag der Schluss nahe, dass das gesamte OFA-Team gemeint war. Auf was bezog sich der Begriff »Wahrheit«? Auf Vergangenes oder Zukünftiges? Das war nicht auszumachen. Die Mail war sehr wahrscheinlich ein Schuss ins Blaue. Ihre Dienstmailadresse war nicht schwer herauszufinden. Fran war in den letzten Jahren öfter in den Medien erschienen und allein dadurch Zielscheibe wüster Drohungen geworden, die sich bisher immer als blinder Alarm herausgestellt hatten. Warum machte ihr dann diese Mail solche Angst?

Was sollte sie tun? Staub aufwirbeln? Den Staatsschutz einschalten? Sie grinste verkrampft. Gerade hatte sie das Team nach Hause geschickt. Sie hätte die Meinung der anderen jetzt gut gebrauchen können. Auf keinen Fall würde sie ihr Team im Urlaub aufscheuchen. Was war mit Sofia? Musste sie nicht von der E-Mail erfahren? Die Antwort war ein ganz klares Ja. Sofia war Teil des Teams, die Drohung also auch indirekt gegen sie gerichtet. Morgen früh würde sie die Mail mit ihr besprechen, und sie würden gemeinsam entscheiden, wie sie damit verfahren würden.

Vorher würde sie mit Sascha reden. Er war der richtige Mann, wenn es um Ungewöhnliches ging. Eine gute Gelegenheit, denn sie hatten sich seit fast sechs Wochen weder gesehen noch gesprochen. Es war zum Verrücktwerden. Seit über einem Jahr war sie in Sascha Herz verknallt wie ein Teenager. Es hatte eine Zeit lang gedauert, bis sie die Gefühle überhaupt hatte erkennen und zulassen können. Und als der Moment gekommen war, ihm ein Geständnis zu machen, hatte er ihr von seiner neuen Freundin erzählt. Seitdem ging sie ihm nicht direkt aus dem Weg, aber sie legte es auch nicht darauf an, mit ihm zusammenzutreffen. Das Schlimmste war, dass seine Freundin auch noch eine wirklich nette junge Frau war. Vor sechs Wochen waren sie und Sascha im Kino gewesen. Das würde sie so schnell nicht wiederholen. Fran hatte wie ein Betonklotz neben ihm gesessen, starr auf die Leinwand geglotzt und kaum etwas von dem Film mitbekommen.

Jetzt brauchte sie Sascha als Freund und Ratgeber, dem sie bedingungslos vertraute, nicht nur, weil sie ein Geheimnis von ihm kannte, das ihn jederzeit in größte Schwierigkeiten gebracht hätte, wäre es an die Öffentlichkeit gelangt.

Sie wählte seine Nummer, er ging sofort ran.

»Hi Fran! Schön, dass du anrufst. Da hatten zwei Doofe denselben Gedanken. Was gibt es?«

Er hatte sie anrufen wollen? Sicherlich wollte er sich wegen Bruno beschweren. Sie erzählte ihm von Erik und der E-Mail.

»Bedrohlich oder nicht, das ist hier die Frage«, schloss Fran. Sascha antwortete sofort. »Muench weiß, dass er für sehr lange Zeit ins Gefängnis geht, wenn er sich dir auch nur nähert. Wir beide wissen, wie gut er manipulieren kann, wie leicht es ihm fällt, einen Shrink zu täuschen. Das *ist* bedrohlich. Was glaubst du? Wird er dich wieder stalken?«

»Ich weiß es nicht, das ist es ja. Was soll ich tun?«

»Sei vorsichtig. Ehrlich. Ich meine, du sollst dir jetzt keine Knarre besorgen, aber bleib wach. Du weißt ja selber, dass Stalker üblicherweise Feiglinge sind, aber du kannst nicht einschätzen, wie sehr sich bei Muench der Hass auf dich im Knast aufgestaut hat.«

Fran wollte sagen, dass sie so weit auch schon gewesen war, aber Sascha gab sich Mühe, was sollte er auch schon sagen? Immerhin versuchte er, das Problem nicht kleinzureden. »Ich werde aufpassen.«

»Vielleicht können die Kollegen verstärkt Streife fahren?«

Das wollte Fran nicht. Sie wollte Normalität. Keine Chance! Nicht jetzt.

Fran brauchte etwas Handfestes. »Was ist mit Prokter?«

»Das erfährst du früh genug. Jetzt hast du erst mal frei.«

»Ich wusste gar nicht, dass du neuerdings der Chef des Landeskriminalamtes bist.«

Sascha lachte. »Ich glaube, du weißt über mich so manches nicht.«

Das wiederum glaubte Fran sofort.

Montag, 6. Juli, 19.23 Uhr

Rudger tippte den Namen der Person, die ihm helfen sollte, die Umstände des Todes von Ronald Kleinbau zu erhellen, in sein Smartphone: Danielle Isfahan. Sofort erschien ein Eintrag. Er hatte diese Nummer das letzte Mal vor vier Jahren gewählt. Rudger zögerte. Warum sollte Danielle ihm auch nur eine Sekunde lang zuhören? Wie sollte er anfangen? »Hallo Danielle, wie geht es so?« Lächerlich. Sie würde auflegen, sobald sie seine Stimme erkannte.

Rudger winkte Jasmin, seiner Praktikantin, die sofort an seinen Schreibtisch trat und ihn erwartungsvoll ansah. Er kannte seine Wirkung auf Frauen, manchmal gefiel es ihm, aber oft nervte es ihn. Eine ehemalige Freundin hatte ihm gesagt: »Du weckst in uns vor allem einen Instinkt: ›Ich bin die Frau, die diesen ungeschliffenen Diamanten in ein wertvolles Schmuckstück verwandeln kann.‹ Dafür kannst du nichts. Aber wie du damit umgehst, dafür kannst du etwas.« Dann hatte sie ihm eine Ohrfeige verpasst, ihm die Tür vor der Nase zugeschlagen und ganz klassisch seine Klamotten aus dem Fenster geworfen.

Rudger setzte ein süßes Lächeln auf. »Jasmin, kannst du mir einen Gefallen tun?«

Jasmin schluckte. »Immer.«

Er schrieb Danielles Nummer auf einen Zettel. »Bitte ruf diese Frau an. Sie ist Abteilungsleiterin bei der Ärztekammer, zuständig für Innenrevision und Qualitätskontrolle. Bitte sie zu einem informellen Gespräch in die Redaktion. Du sagst, du arbeitest an einem Dokument über die Qualitätssicherung der Ärztekammer.

Sie wird dich auf den Pressesprecher verweisen, du bleibst hart, willst mit ihr als Frau und Expertin reden. Schmeichle ihr, gib ihr das Gefühl, dass sie wichtig ist. Du weißt schon.«

»Aber …«

»Du wirst den Artikel wirklich schreiben, und du wirst nur Gutes zu vermelden haben. Ist das okay für dich?«

Jasmin zögerte.

»Ich muss mit dieser Frau reden, wegen einer anderen wichtigen Sache. Aber sie mag mich nicht besonders.«

»Ich bin also der Lockvogel?«

Rudger hob nur kurz die Schultern und ließ sie wieder sinken. »Problem?«

Jasmin strahlte. »Im Gegenteil. Das finde ich super. Endlich mal was Spannendes.«

Ohne ein weiteres Wort griff Jasmin zum Hörer, wählte die Nummer und wickelte Danielle Isfahan innerhalb von fünf Minuten um den Finger. Als sie auflegte, stand ihr der Schweiß auf der Stirn.

»Noch eine Minute länger, und ich hätte abgebrochen.«

Rudger nickte. »Das war große Klasse, Jasmin. Wenn sie kommt, werde ich ihr sagen, dass du gerade beim Arzt bist.«

»Erfahre ich, worum es geht?«

Rudger hob die Hände. »Sorry. Topsecret. Aber du hast was gut bei mir.«

Jasmin seufzte. »Wir können ja mal zusammen essen gehen?«

»Kein Thema. Ich lade dich selbstverständlich ein.«

»Donnerstag, acht Uhr?«

»Yep!«

Jasmin ballte kurz die Fäuste. »Super! Und wenn du mich brauchst …«

»Vielen Dank, Jasmin.« Rudger lächelte, sie verstand und machte sich wieder an ihre Arbeit. Sie war ein Glücksgriff, erledigte jede Menge Schreibarbeit, recherchierte langweilige Hintergrundinformationen und brachte ein wenig Sonne in die halb erstarrte Redaktion – und schreiben konnte sie auch.

Rudger trug sich den Termin ein und schwor sich, nichts weiter mit Jasmin zu tun, als mit ihr essen zu gehen, mit ihr zu plaudern und sie danach züchtig nach Hause zu bringen. Keine Avancen, keine falschen Signale, nichts.

Rudger dachte an Danielle. Sie würde morgen Vormittag um elf Uhr in die Redaktion kommen. Ob sie ahnte, dass er dahintersteckte? In seinem Bauch rumorte es. So ähnlich musste es sich anfühlen, wenn man auf seine Hinrichtung wartete.

Dienstag, 7. Juli, 6.15 Uhr

Fran hatte Saschas Rat befolgt, war schwimmen gegangen, hatte sich eine Hose und eine Bluse gekauft und den Abend mit einem guten Buch und einem hervorragenden Glas Wein verbracht.

Pünktlich um sechs war sie zum Dienst erschienen, kurz darauf stand Sascha in der Tür und bat sie, ihn bei der Vernehmung von Sandra Meister zu unterstützen.

Sofia hatte sich kurz am Kopf gekratzt und sich sichtlich ein Grinsen verbissen, als Fran spontan zugesagt hatte.

Fran wurde das Gefühl nicht los, dass sie von ihrem Team an Sascha verkuppelt werden sollte. Dabei wussten sie genauso gut wie Fran, dass er in festen Händen war und sich nicht für sie als mögliche Was-auch-immer-Partnerin interessierte. Dann hatte Sofia noch angemerkt, dass Bruno sie beauftragt hatte, Teile der Software zu koppeln, für einen neuen Algorithmus. Sie traute sich das zu, Gott sei Dank, denn sonst hätte sie Martina doch aus dem Urlaub holen müssen.

Fran stand hinter Sascha und studierte mit ihm die Klingeltafel des Hauses Nummer 11, in dem nur Frauen wohnten. Zu ihrer Zeit hatte es das noch nicht gegeben, und Fran fragte sich, ob es wirklich Sinn machte, ob diese Art »Frauenhaus« half, sicherer zu leben – oder einfach nur ruhiger?

Die Kollegen warteten rechts und links der Tür, Sascha hielt Durchsuchungsbeschluss und Haftbefehl in der linken Hand, die rechte lag am Holster, das er am Gürtel trug. Er hatte nicht seine Dienstwaffe dabei, die klobige P99, sondern seine Zweitwaffe, einen zierlichen 38er Revolver von Smith and Wesson, halb so schwer wie die P99. Solange er die Action 4 Munition mit extrem hoher Mannstoppwirkung verwendete, war es egal.

Er nickte dem Hausmeister zu, der mit einem gigantischen Schlüsselbund rasselte und die Tür öffnete. Natürlich wussten sie, wo Sandra Meister wohnte, sie waren im System fündig geworden, sie war ordnungsgemäß angemeldet, Zivilfahnder hatten unauffällig vorgefühlt, sie wussten, dass sie zu Hause war.

Die Tür schwang auf, Sascha ging los. Kein Mensch war auf dem kahlen Flur zu sehen, es war viel zu früh, Studenten lagen um diese Zeit entweder im Bett oder waren noch auf irgendeiner Party. Er winkte dem Hausmeister, der ihm den Schlüssel gab und sich dann eiligst zurückzog. Sascha schloss auf, vier Kollegen stürmten mit der Waffe im Anschlag in die Wohnung, ein schriller Schrei, dann Ruhe, dann Schluchzen.

Fran ging mit großen Schritten hinter Sascha her. In der kleinen Küche saß Sandra Meister an einem Holztisch von Ikea und starrte in die Luft. Fran erkannte sie sofort anhand des Fotos, das sie im System gefunden hatten. Sandra Meister war keine Unbekannte. Sie hatte eine Vorstrafe wegen gefährlicher Körperverletzung. Zwei Jahre auf Bewährung, weil sie ihre Schwester krankenhausreif geprügelt hatte, die ihr den Freund ausgespannt hatte. Die Bewährungsfrist war bereits abgelaufen. Hatte Prokter ihr den Laufpass gegeben und sie ihm dafür den Hammer in den Schädel gerammt?

Zwei Beamte flankierten sie, die Hände an der Waffe. Sascha hielt ihr die Gerichtsbeschlüsse vor die Nase, die auch die Anordnung zur gerichtsmedizinischen Untersuchung beinhalteten. Er spulte die Belehrung ab, Sandra Meister nickte stumm, Harald Machinsky stülpte ihr Plastiktüten über Hände und Füße und nahm eine Speichelprobe. Sie ließ alles ohne Regung über sich ergehen.

Fran trat einen Schritt vor, beugte sich über Sandra Meisters

Gesicht. Es war kaum zu erkennen, aber da waren Reste von Hämatomen auf der Haut. »Hat er Sie geschlagen?«

Sandras Kopf ruckte hoch, ihre Lippen zitterten. »Gut, dass das Schwein tot ist.«

»Woher wissen Sie, dass er tot ist?«

Sandra Meister verzog den Mund. »Das war eine halbe Stunde, nachdem er gefunden wurde, durch.«

»Wie oft hat er Sie geschlagen?«

»Ein Mal.«

Ihr Blick versteinerte. Fran musste es anders versuchen, auf den Busch klopfen. »Wen wollten Sie schützen? Ihre Freundin?«

»Sie konnte sich nicht wehren.« Sandra Meisters Stimme schien zerbrechen zu wollen. »Verdammte Liebe. Richtet nur Unheil an.« Sie betrachtete ihre Hände. »Sie müssen sich nicht die Mühe machen.« Sie lachte ohne jede Spur von Humor. »Ich habe ihm meine Fingernägel durchs Gesicht gezogen. Und ich habe ihm das Knie in seine verfaulten Eier gestoßen. Ist er daran verreckt? Wenn ja, dann gehe ich gerne in den Knast.«

»Ihre Freundin, wo ist die jetzt?«

»Saphira.«

»Saphira …?

»Ja, Saphira Mutobo.« Leichte Beute, dachte Fran. Sie steht dermaßen unter Schock, dass sie nicht mehr denken kann.

»Nebenan. In ihrem Zimmer, wo sonst?«

Fran hörte eilige Schritte, die Sandra Meisters Wohnung verließen. Kollegen, die Sandra Meisters Freundin aufsuchen würden. »Was hat Prokter mit Saphira gemacht?«

Sandra Meister würgte, Harald Machinsky hielt ihr einen Beweisbeutel hin. Sie erbrach sich, Fran wischte ihr den Mund ab und gab ihr zu trinken.

»So schlimm? Es muss furchtbar gewesen sein«, sagte Fran.

»Sie nannten es das ›Südstaatenspiel‹.«

»Wie lief das ab?« Fran kniete wieder vor Sandra und hielt deren Hände fest. Die Plastikfolie fühlte sich falsch an, ihre Hände sonderten sofort Schweiß ab.

»Er war der Farmer und sie die Sklavin.«

Saphira Mutobo, dachte Fran. Natürlich. »Er hat sie bestraft?«

»Mit der Peitsche.«

»Und Saphira?«

Sandra Meister heulte los und gab kein Wort mehr von sich. Fran sprang auf und wechselte ins Nebenzimmer. Die Kollegen hatten Saphira Mutobo geholt und in die Mitte genommen. Fran reichte ihr die Hand. »Fran Miller, Landeskriminalamt. Wir untersuchen den Mord an Prof. Prokter. Sie haben sicherlich schon davon gehört?«

»Logisch! War das echt diese bescheuerte Tusse Sandra?« Sie stemmte die Hände in die Hüften. »Die mach ich fertig!«

Fran lächelte. Saphira Mutobo war das Klischee einer bildschönen schwarzen Frau: Haut wie Ebenholz, Korkenzieherlocken, hohe Wangenknochen, große Augen, voller Mund, ebenmäßige Züge, nicht zu rund, nicht zu kantig. Eine perfekte Mischung. »Sie wollte Sie beschützen.«

»Beschützen? Hat sie das echt gesagt? Die ist so was von pervers! Die ist so was von bekloppt und scheinheilig, das ist echt nicht zu fassen! Die war eifersüchtig, die verdammte Schlampe! Sonst nichts.«

»Sie sprach von dem ›Südstaatenspiel‹.«

Saphira grölte vor Lachen. »Die ist auch dumm wie Brot. Die glaubt echt alles! Scheiße.« Saphira Mutobo lachte auf. »Ist das eine naive Zicke!«

»Keine Peitsche?«

Saphira wurde schlagartig todernst. »Peitsche? Aber hallo.« Sie zog ihre Bluse aus, drehte sich um. Der Rücken war übersät mit Narben. »Schöne Grüße von meinem leiblichen Vater. Ich bin abgehauen, da war ich acht. Hab mehr Glück als Verstand gehabt. Die Schleuser hatten Mitleid, kaum zu glauben, aber wahr. Sie haben mich nach Kenia gebracht, in ein Waisenhaus. Von da bin ich adoptiert worden von meinen Eltern, oder besser gesagt, gekauft. Ich war ihnen dreißigtausend Mark wert, damals. Hört sich übel an, war es aber nicht. Ihre Liebe war unbezahlbar. Und dann hat sie so ein Arschloch von LKW-Fahrer umgebracht!« Ihre Stimme wurde brüchig, sie knöpfte die Bluse zu und fasste sich wieder. »Diese verfluchte Tusse hat mich so genervt! Prokter gehöre nur ihr und ich würde ihn verderben.«

»Womit?«

Saphira Mutobo seufzte. »Ich war dermaßen angepisst von ihrer Eifersuchtsscheiße, dass ich ihr das Märchen von den Sadomaso-Sklavenspielchen erzählt habe: Als Beweis habe ich ihr die Narben gezeigt. Ich hab diese Tusse noch nie gemocht.«

»Wo waren Sie in der Nacht von Sonntag auf Montag zwischen elf Uhr und zwei Uhr morgens?«

»Auf Arbeit. Tresen machen im ZAKK. Fette Disco war angesagt. Mindestens fünfzig Zeugen.«

»Und was ist mit Prokter?«

»Ob er mir leidtut? Ob ich traurig bin?«

Fran nickte.

»Schon. Wir hatten wirklich Spaß miteinander. Aber ich kann das trennen. Wir haben uns nicht geliebt. Er hat eine junge knackige Schwarze bekommen und ich einen wirklich zungenfertigen Prof. War wirklich gut. Ansonsten war Prokter nicht wirklich ein netter Mann. Er hat einigen Mädels das Herz gebrochen und zwei oder drei Frauen ein Kind gemacht und dann versucht, sich aus der Verantwortung zu stehlen.«

»Was gibt es sonst noch über Prokter zu sagen?«

Saphira Mutobo zuckte mit den Achseln. »Er hat gute Vorlesungen gehalten. War fair in den Prüfungen. Wusste wirklich alles. Verdammt, der war ein wandelndes Lexikon! Hat Jungs genauso behandelt wie Mädels, nur dass er sie nicht mit ins Bett genommen hat.« Sie fuhr sich durch die Haarpracht. »Obwohl. Wer weiß?« Sie grinste. »Warum auch nicht?«

Sie hatten routinemäßig überprüft ob Prokter bisexuell gewesen war, hatten aber keine Hinweise gefunden, dass Prokter auf beiden Seiten des Ufers gewildert hatte.

»Danke, Frau Mutobo. Sie haben uns sehr geholfen.«

Sie streckte ihr die Hand hin, Saphira schlug ein, hielt Frans Hand fest. »Was denken Sie jetzt von mir?«

»Ehrlich?«

»Ehrlich!«

Fran beugte sich zu Saphira Mutobos Ohr. Die Frau roch nach Wildnis und Abenteuer, Fran atmete tief ein. »Ich beneide Sie.«

Fran machte sich frei und ließ die verblüffte Frau zurück. Es war nichts als die Wahrheit. Fran schaffte es nicht, sich von ihren Dämonen zu befreien. Sie geisterten in ihrem Leben herum und erfüllten sie immer wieder mit Angst. Sie dachte an Erik, und es lief ihr eiskalt den Rücken herunter. Aber sie würde nicht aufgeben. Saphira hatte auch nicht aufgegeben. Fran ging es nicht um ungehemmten Sex mit irgendwelchen kranken Typen. Fran ging es darum, ihr Leben wieder ganz und gar in ihren eigenen Händen zu halten.

Sie schloss die Tür hinter sich, brachte Sascha auf den neuesten Stand. Damit war Sandra Meister die Hauptverdächtige. Sie mussten die Forensik abwarten, aber so wie es aussah, war die Klageerhebung nur noch Formsache. Wieder eine Beziehungstat, wieder Gefühle, die außer Kontrolle geraten waren.

Fran wusste, wie sich das anfühlte: Als sie damals Erik verprügelt hatte, war sie nur knapp der Katastrophe entgangen. Einen Moment war sie versucht gewesen, ihm das Genick zu brechen, um ein für alle Mal von ihm befreit zu sein. Doch sein Tod hätte ihr alle Freiheit genommen. So wie der Tod von Prokter sehr wahrscheinlich Sandra Meister lebenslänglich hinter Gitter bringen würde. Falls sie die Täterin war.

Dienstag, 7. Juli, 10.00 Uhr

Rudger hatte schlecht geschlafen. Er hatte geträumt, dass er beim Hexensabbat in einem Kessel bei lebendigem Leibe von sechs Hexen gekocht und verspeist wurde. Nur sein Kopf wurde verschont, und seltsamerweise blieb er am Leben und konnte alles mit ansehen. Der Traum war nicht schwer zu interpretieren: Der Termin mit Danielle stand an. Sie war alles andere als eine böse Hexe; es war sein schlechtes Gewissen, das versuchte, seine Schuld auf das Opfer abzuwälzen.

Und er hatte schlecht geschlafen, weil ihm der Brief nicht aus dem Kopf ging. Der Satz, der in ihm eine schwelende Verunsicherung hervorgerufen hatte: »Ich werde töten, wenn ihr nicht die Wahrheit sagt.« Rudger bemühte sich, den hehren Grundsatz des Pressekodex einzuhalten: »Die Achtung vor der Wahrheit, die Wahrung der Menschenwürde und die wahrhaftige Unterrichtung der Öffentlichkeit sind oberste Gebote der Presse.« Ob ihm das immer gelang? Natürlich gab es genügend Medien, die die Wahrheit verbogen und schlicht leugneten. War diese Drohung also doch für ihn persönlich gedacht, damit er andere an ihre Pflicht erinnerte? Oder hielt ihn jemand für einen Lügner, *weil* er die Wahrheit sagte?

Sein Tischtelefon blinkte. Danielle war im Besprechungsraum vier. Ein kleiner Raum, Platz für sechs Personen, mit Blick auf den Hofgarten. Die Spezialressorts, die Zentralredaktion und die Chefredaktion waren vor einem Jahr an den Kö-Bogen umgezogen. Rudger knetete sich die Hände, nahm die Akte Fran Miller/Kleinbau und zog los. Dead man walking! So fühlte es sich an, wenn man zur eigenen Hinrichtung ging. Warum hatte er nicht Helversum gebeten, mit Danielle zu sprechen? Sie hätte mit Sicherheit freudig eingewilligt. Die Antwort war einfach: Er wollte nicht ein weiteres Mal ein Feigling sein.

Dienstag, 7. Juli, 10.30 Uhr

Fran folgte Sascha in sein Büro. Sie fuhren mit dem Paternoster in die zweite Etage. Seit der Renovierung gab es an den Eingängen zu den Kommissariaten gesicherte Türen, die man nur mit einer gültigen Chipkarte öffnen konnte – wenn sie denn geschlossen war. Irgendjemand hatte einen Kasten Mineralwasser in die Tür gestellt, damit sie offen blieb.

Sascha zeigte auf den Kartenleser. »So ein Schwachsinn! Wir rennen ständig in die anderen Büros, da geht allein ein halber Tag drauf mit Chipkarte dranhalten, warten, klick, aufmachen, zumachen. Dasselbe beim Rückweg. Hier kommt keiner freiwillig rein, und unser Zerberus unten am Haupteingang kennt jeden beim Namen.« Er zeigte auf den Kasten. »Glaub mir, es dauert kein halbes Jahr, dann werden die blöden Kartenleser wieder abgeschafft.«

Fran war froh, dass das LKA gut gesichert war. Allerdings waren die Türen dort mit Funköffnern versehen, so dass sie aufschwangen, sobald man sich ihnen bis auf einen Meter genähert hatte. Kein Zeitverlust, kein Rauskramen der Karte. »Tja, hier herrscht halt immer noch Mittelalter. Du musst mal zu uns kommen. Automatische Türen, die mich an der Stimme erkennen.«

»Dann bin ich auch eine automatische Tür! Deine Stimme erkenne ich auf hundert Meter Entfernung.«

Fran drehte sich um. »Zumindest hast du die Ausmaße einer Tür.«

Das war nicht gelogen. Benjamin Haller, genannt Senior, war im letzten Jahr noch mal zehn Zentimeter in die Breite gewachsen und füllte den Türrahmen fast aus. Links und rechts blieben gerade mal zwei, drei Zentimeter.

Er klopfte sich auf den Bauch. »Verdammt, da hast du wirklich recht. Aber du weißt doch: Essen ist der Sex der Alten. Wenigstens das solltest du mir gönnen.«

Sie nahm ihn in die Arme, aber sie konnte seine Taille nicht ganz umfassen. »Ich gönne dir alles Gute der Welt, Senior, das weißt du doch!«

»Ich weiß. Trotzdem gibt es schlechte Nachrichten.«

Fran ließ ihn los.

»Gehen wir in mein Büro«, schlug Sascha vor. Seine Stirn lag in Falten.

Sascha sah wirklich nicht gut aus. Fran musste mit ihm reden, in Ruhe, denn er hatte seine Heiterkeit verloren. Sonst hatte er immer einen Scherz auf den Lippen, ein Lächeln in den Augen. Lachfalten säumten seine Wangen. Die Falten waren tiefer geworden, doch die Mundwinkel hingen nach unten. Was bedrückte ihn? Was raubte ihm seine Lebensfreude? Sein Doppeljob?

Senior zückte einen USB-Stick. »Den haben wir bei Prokter gefunden. Es hat ein bisschen gedauert, ihn zu knacken. Nicht der Hauch eines Fingerabdrucks drauf. Blitzeblank geputzt. Ich glaube, er wurde ihm zugesteckt.«

Sascha nahm den Stick, schob ihn in seinen Rechner und ließ den Inhalt anzeigen. Die erste Datei trug den Namen: »Prokter lügt.« Der zweite Dateiname klang ähnlich: »Prokter betrügt.«

»Was steht da drin?«, fragte Sascha.

»Ich würde es so formulieren«, sagte Senior. »Es ist die Beweisführung zur Vernichtung des akademischen Rufs von Prof. Dr. Johannes Prokter.«

Dienstag, 7. Juli, 11.00 Uhr

Rudger zögerte einen Moment, dann drückte er die Klinke herunter und schob die Tür auf. Danielle saß am Tisch und war in die Unterlagen vertieft, die er ihr hatte hinlegen lassen. Der Köder. Hoffentlich hatte sie angebissen.

»Du bist ein widerlicher Betrüger und wirst es immer bleiben.«

Rudger zuckte zusammen. Sie hatte nicht einmal aufgesehen.

»Ich …«

»Warum machst du das? Warum quälst du mich? Warum lockst du mich in die Falle? Warum glaubst du, dass du mich in die Falle locken *kannst*? Ist die Kleine, die mir einen Topf Honig ums Maul geschmiert hat, deine Geliebte? Wann schießt du sie wieder ab? Ist sie wenigstens hübsch?«

Rudger trat ein, schloss die Tür und lehnte sich mit dem Rücken dagegen. »Ich bin derjenige, der dafür sorgen kann, dass das Schwein in den Knast geht. Für lange Zeit. Die Polizei ist blind auf dem rechten Auge. Nach wie vor.«

»Kleinbau ist am Institut für Gerichtsmedizin in Düsseldorf obduziert worden. Die sind richtig gut. Du siehst Gespenster.«

»Jeder ist käuflich. Es ist eine Frage der Summe. Oder des Motivs.«

»Kleinbau ist zur Einäscherung freigegeben worden. Das war sein Wunsch, es steht im Testament, da brauchte niemand nachzuhelfen.«

»Kommst du an das Obduktionsprotokoll ran?«

»Natürlich. Deswegen hast du mich doch hierher gelockt. Aber das kannst du vergessen.«

»Danielle, bitte …«

»Nicht in diesem weinerlichen Ton, du Memme.« Sie flüsterte, aber jedes Wort klingelte Rudger schmerzhaft in den Ohren. »Was bietest du mir?«

»Was willst du?«

»Ich will, dass du mir die Schuhe küsst und dich entschuldigst.«

Wenn das alles war, sollte es Rudger recht sein. Da kam er billig davon. Sie trug rote Pumps und sie hatte schöne Füße. Zierliche Zehen, gerade gewachsen, die Fesseln stark, aber nicht knochig, die Fersen rund und glatt, keine Hornhaut, sie pflegte ihre Füße, das hatte er nicht vergessen.

Sie stand auf, kam zu ihm und deutete auf ihren rechten Fuß. Rudger ging langsam in die Knie, doch er kam nicht zum Kuss. Er sah die Ohrfeige nicht kommen. Der Schmerz explodierte, sein Kopf flog nach links, er taumelte, stützte sich am Boden ab, sah, wie die roten Pumps sich von ihm weg bewegten. Hörte Danielles Stimme, rappelte sich hoch.

»Das war das Mindeste du kleiner, mieser Trickser.«

Seine rechte Wange brannte. Die Ohrfeige hatte er zweifellos verdient. Er fühlte sich wie eine Hure, richtete sich auf, sah die Befriedigung in ihren Augen. »Jetzt sind wir quitt«, sagte er leise und bedächtig.

Sie zwinkerte mehrmals. »Jetzt sind wir quitt.« Mit einer lässigen Handbewegung schloss sie die Akte. »Heute Abend hast du, was du brauchst – spätestens morgen früh. Und wage es nicht, den Fall zu versauen. Ich will Ergebnisse. Ich will den Kerl hinter Gittern sehen.«

Rudger setzte zum Sprechen an, aber Danielle ließ ihn nicht

zu Wort kommen. »Und wenn du mich je wieder anrufen solltest oder so eine Farce wie eben inszenierst, werde ich dich vernichten.«

Rudger verneigte sich, Danielle rauschte hinaus und ließ die Tür offen stehen.

Rudger atmete durch. Eine Ohrfeige eingetauscht gegen pures Gold. Ein hervorragendes Geschäft.

Dienstag, 7. Juli, 14.30 Uhr

Sascha ließ sich in seinen Stuhl fallen. »Und das heißt konkret?« Er zeigte auf den Bildschirm. »Das sind zwölf Gigabytes Daten.«

Senior nickte. »Ein Datentsunami, keine Frage. Aber es gibt ein zentrales Dokument. Darin stehen die angeblichen Verfehlungen des Professors fein säuberlich aufgelistet. Wenn das stimmt, dann wird sich die Uni wünschen, Prokter wäre nie auf die Idee gekommen, hier zu lehren.«

»Wissenschaftsbetrug?«, fragte Fran.

»Der Schreiber behauptet, dass Prokter Daten seiner Untersuchungen nicht nur gefälscht, sondern frei erfunden hat.«

»Nicht schon wieder«, stöhnte Fran. »Hört das denn nie auf? Was ist mit seiner Doktorarbeit?«

»Laut unserem Schreiber plagiiert, von A bis Z.«

»Weiß Kittner schon Bescheid?«

»Er hat die Anklageerhebung gegen Sandra Meister verschoben.«

Fran konnte es nicht glauben. »Er wollte schon Klage erheben?«

Sascha winkte ab. »Er wollte mit dem Schriftsatz anfangen, damit es später schneller geht. Auf jeden Fall ist morgen Haftprüfungstermin. Ich glaube nicht, dass der Richter Frau Meister laufen lässt.«

»Glaubst du noch, dass sie es war?«, fragte Fran.

»Und du? Was glaubst du?«

»Du zuerst.« Fran zeigte auf Sascha.

»Ich glaube es nicht.«

»Ich auch nicht.«

»Warum?«

»Sie hat ernsthaft geglaubt, sie habe ihn mit dem Tritt umgebracht.«

»Das war nicht gespielt?«

»Nein. Was meinst du, Senior?«

»Ich habe Sandra Meister noch nicht gesehen, geschweige denn vernommen. Aber der Tritt hätte durchaus tödlich sein können. Reflextod. Es kann sein, dass der Hammer ihm eine Menge Schmerzen erspart hat. Seine Hoden sind regelrecht zerquetscht, sein Schwellkörper am Schambein ist fast komplett durchtrennt. Er wäre impotent gewesen, falls er es überlebt hätte. Sandra Meister wird für viele Jahre ins Gefängnis gehen, egal ob sie ihn umgebracht hat oder nicht. Ach so, hätte ich fast vergessen: Sie hat einen braunen Gürtel in Karate. Ich schätze, es wird versuchter Totschlag in einem besonders schweren Fall. Zehn Jahre gehen da immer.«

»Aber wir sollten davon ausgehen, dass sie nicht den Hammer geschwungen hat, seht ihr das genauso?«, fragte Sascha.

Senior und Fran nickten.

»Der Schreiber. Wenn wir den haben, sind wir ein Stück weiter. Ich glaube, Prokter ist bestraft worden«, erklärte Sascha. »Gleich zwei Mal. Von zwei verschiedenen Tätern. Zwei Mal Todesstrafe. Gründlich.«

»Es hat etwas von einer Hinrichtung, das stimmt«, bestätigte Fran. »Verurteilung und Bestrafung aus der Hand einer Person, ein richtender Henker. Wenn so ein Henker unterwegs ist, könnte es auch noch andere Profs treffen, die gemauschelt haben. Angeblich soll es ja eine ganze Menge davon geben. Die Wut ist groß. Und wer den Unibetrieb kennt, weiß, welche Macht Professoren haben.«

»Wir müssen wissen, wer an diese Informationen gelangen konnte. Gibt es an dem Stick irgendetwas, das uns weiterhelfen könnte?«, fragte Sascha.

Senior schüttelte den Kopf. »Leider gibt es keine digitalen Riefen, so dass wir sagen könnten, dass die Daten aus einem bestimmten Rechner stammen. Wer immer das gemacht hat, ist nicht dumm. Er hat die Dateien auf dem Stick quasi sterilisiert: Alle Metadaten sind gelöscht.«

Saschas Mundwinkel sanken noch tiefer nach unten. »Verdammte Scheiße. Als wenn ich nicht schon genug am Hals hätte.«

Wieder so eine Bemerkung von Sascha, die nicht typisch für ihn war, zumindest so wie Fran ihn kannte. Er jammerte. Er war überfordert, dachte nicht konstruktiv.

»Die Analyse des Textes ist schon im Gang«, sagte Senior. »Bruno Rheinstahl hat es in die Wege geleitet.« Er schaute Fran an. »Er ist wirklich gut. Wir lassen alles durch die üblichen Filter laufen. Vielleicht finden wir was in den sozialen Netzwerken.«

»Das dauert zu lange.«

Sascha lächelte gequält. »Was schlägst du vor?«

»Wenn wir einen Verdächtigen haben und, ich betone: *und* er hat auf seinem Rechner die entsprechenden Protokolldienste aktiviert, könnten wir dann sagen, dass die Dateien von diesem Rechner stammen?«

Senior kratzte sich am Kopf. »Ja, sicher.«

»Wir müssen nur an die Rechner ran, oder?«

Sascha schaute Fran entgeistert an. Selbst das gequälte Lächeln war verschwunden. »Du hast wieder eine vollkommen idiotische Idee!«

»Die Idee ist nur dann vollkommen idiotisch, wenn wir keinen richterlichen Beschluss bekommen – oder die Presse davon erfährt. Wir müssen die Verantwortung übernehmen!«

»Wenn du dasselbe meinst wie ich«, sagte Senior, »dann ist die

Idee ohne Beschluss nicht nur idiotisch, sondern schlicht beruflicher Selbstmord.«

Fran faltete die Hände und legte den Kopf schief. »So kann man es auch ausdrücken.«

Dienstag, 7. Juli, 19.00 Uhr

Rudger würde zu spät kommen, und das gefiel ihm überhaupt nicht, auch wenn es nicht seine Schuld war. Der Flug hatte Verspätung, am Flughafen Düsseldorf hatte es eine Verzögerung gegeben, irgendetwas mit der Maschine. Alexander warten zu lassen ging ihm gegen den Strich, auch wenn alle sagten, es sei doch egal, wer im Koma lag, hätte kein Zeitempfinden mehr. Aber Rudger wusste, es war nicht egal.

Er sprang in den Mietwagen, überschritt mehrmals die zulässige Geschwindigkeit, fluchte, wenn jemand im Schneckentempo vor ihm her zockelte. Endlich erreichte er das Universitätsklinikum von Tübingen, wo sein Bruder Alexander seit drei Jahren als Locked-in-Patient lag.

Vor der Intensivstation atmete Rudger viermal tief durch. Jedes Mal, wenn er seinen Bruder besuchte, befielen ihn Zorn und Verzweiflung gleichermaßen. Doch nur für einen kurzen Moment. Alexander lebte, und das hatte er der modernen Medizin zu verdanken – und Rudger, der alle Hebel in Bewegung gesetzt hatte, damit die Maschinen nicht abgeschaltet wurden. In Tübingen hatte er Ärzte gefunden, die ihm zur Seite standen. Und sie hatten recht behalten. Nach zwei Jahren war Alexanders Gehirn wieder angesprungen. Seitdem war klar, dass Alexander seine Umwelt wahrnahm, aber er konnte keinen seiner Muskeln bewegen, selbst die Iris war gelähmt. Damit schieden die konventionellen Kommunikationswege für ihn als Locked-In-Patienten aus. Alexander konnte keinerlei Körpersignale geben.

Prof. Dr. Friedrich Birnbaum, der Leiter der Abteilung, hatte sich viel Zeit genommen und Rudger erklärt, das Gehirn besitze Selbstheilungskräfte, die noch lange nicht erforscht seien. Alexander sei ein weiterer Beweis dafür, dass man Geduld haben müsse, dass viele Menschen zurückkehren würden ins Leben, wenn man sie nur ließe. Alexander war auf dem Weg zurück. Prof. Jaime Davidson, der Alexander betreute, hatte Rudger ebenfalls vieles erklärt, aber nur eines hatte er behalten: Bald würden sie mit Alexander kommunizieren können. Sie übten Tag für Tag mit ihm. Es ging darum, dass Alexander allein mit seinen Gedanken einen Impuls auslösen und sich dann mit einer Art Morsecode verständlich machen oder zumindest mit »Ja« oder »Nein« zuverlässig antworten konnte.

Rudger drückte die Klinke nach unten und trat ein. Das Zimmer war angenehm temperiert, die Technik, von der er nichts verstand, außer, dass sie Alexander am Leben hielt, summte leise vor sich hin.

»Guten Abend, Bruder.« Rudger beugte sich über Alexander und gab ihm einen langen Kuss auf die Stirn. »Entschuldige bitte, dass ich zu spät komme, aber der Flug hatte Verspätung.« Er streckte sich. »Ansonsten war der Flug sehr angenehm. Keine Turbulenzen.« Rudger lachte kurz. »Du weißt ja, was passiert, wenn es in der Luft zu heiß hergeht.«

Sie waren mehrmals nach Mallorca geflogen und mehrmals in die Staaten, nach Südamerika und Zentralafrika. Rudger hatte zwar keine Flugangst, aber wenn sie in Turbulenzen gerieten, musste er sich übergeben. Alexander hatte ihm dann die Tüte vorgehalten und ihm den Mund abgewischt, wie einem Baby, mit ebenso viel Zuwendung wie Routine. Keine Tablette hatte genutzt, nur Whisky, aber Rudger konnte sich ja schlecht vor jedem Flug halb in die Bewusstlosigkeit trinken. Also musste er es ertragen, und für Alexander wäre er in einer einmotorigen

Cessna nach Stuttgart geflogen, auch wenn er dabei seinen Magen herausgewürgt hätte.

»Ich hörte, du machst gewaltige Fortschritte? Du hast sechs Mal hintereinander richtig geantwortet! Das ist fantastisch. Ich habe ja immer gesagt, das Schwierigste im Leben ist, im richtigen Moment Ja oder Nein zu sagen. Aber ich will dich nicht volllabern. Ich habe die *Süddeutsche* mitgebracht. Schauen wir mal, was es Neues gibt.«

Rudger setzte sich in den Ohrensessel, den Jaime Davidson besorgt hatte, und begann Alexander vorzutragen, was sich in Deutschland und der Welt so ereignet hatte. Wenn sie mit dem Auto unterwegs gewesen waren, hatte Rudger Alexander auch aus der Zeitung vorgelesen, damit er nicht auf die Straße schauen musste und seinem Bruder nicht ständig beim Fahren reinquatschte. Rudger war ein lausiger Beifahrer. Sie hatten ausgemacht, dass jeder die Hälfte der Strecke auf dem Beifahrersitz verbringen musste. Rudger spürte, wie Trauer in ihm aufstieg. Er war mit seinem kleinen Bruder fast um die ganze Welt gereist, nur eine Fahrradtour durch China hatte Rudger abgelehnt; dann hatte er den Kontakt zu Alexander verloren, weil der auf die schiefe Bahn geraten war, fast drei Jahre lang, bis zu diesem einen verfluchten Tag … »Stopp!«, sagte sich Rudger. »Versinke nicht in Selbstmitleid!«

Nachdem er mit der Zeitung fertig war, erzählte er von seiner Arbeit, erzählte von Mittermaier, Kleinbau und Prokter. Zwischendurch schauten die Krankenschwester und Jaime Davidson vorbei. Davidson war sehr zuversichtlich und betonte, wie wichtig es sei, dass Rudger sich regelmäßig die Zeit nahm, Alexander zu besuchen. Schon bald würde man in der Lage sein, ein kleines Gespräch mit Alexander zu führen. Rudger bestand darauf, dabei zu sein, und Davidson willigte sofort ein, versprach, ihn zu informieren, das sei doch selbstverständlich.

Rudger nahm den letzten Zug von Stuttgart nach Düsseldorf, um drei Uhr in der Früh sank er erschöpft ins Bett, nicht ohne vorher drei Wecker auf acht Uhr gestellt zu haben. Er hatte keine Zeit zu verlieren. Heute würde der Obduktionsbericht von Ronald Kleinbau auf seinem Schreibtisch liegen, und die Ereignisse würden ihren Lauf nehmen. Die Jagdsaison war endgültig eröffnet.

Mittwoch, 8. Juli, 6.00 Uhr

Sascha dröhnte der Schädel. Er wälzte sich von seinem Futon, rappelte sich hoch und betrachtete die Bescherung. Das Schlafzimmer lag noch immer voll mit Blättern, doch der Pfad zum Bad war verschwunden. Es sah aus, als hätte es Papier geschneit, dazwischen lag eine leere Flasche Gin. Der Alkohol hatte auch nicht geholfen, weder war ihm eine zündende Idee gekommen, noch hatte der Gin die Kopfschmerzen weggebrannt. Ziehfreund war aalglatt, nicht zu greifen.

Vielleicht täuschte sich Sascha. Vielleicht war es gar nicht Ziehfreund, der die Fäden zog? Er schluckte vier Aspirin trocken. Aber alles wies auf ihn: Nur Informationen, zu denen er und seine Untergebenen Zugriff hatten, waren in falsche Hände gelangt. Nur in Ziehfreunds Zuständigkeitsbereich liefen so viele Razzien ohne Ergebnis. Nur in seinem Sprengel hatten sich so viele Spielhöllen und mobile Puffs angesiedelt, in denen man auch Minderjährige kaufen konnte. Das konnte kein Zufall sein. Gleichzeitig gab es so gut wie keine Beschwerden: weder von den Kolleginnen und Kollegen der Wache noch von Bürgern. Sie hatten die Konten durchleuchtet, hatten einen verdeckten Ermittler eingeschleust – nichts. Sascha kam nicht an die Verbindungsleute oder Ziehfreund heran.

Der neue Innenminister, Mario Hartbäcker, war genauso ratlos wie Sascha. Blieb ihnen letztlich nur die Geduld? Zu warten, bis Ziehfreund einen Fehler machte? Oder sollten sie ihn aus der Reserve locken? Ihm ganz offiziell zeigen, dass er unter Beobachtung stand? Sascha musste laut lachen. Das wusste Ziehfreund wahrscheinlich längst, und wenn nicht, dann ahnte er es. Wenn sie wenigstens an die Konten auf den Cayman-Inseln herankämen. Aber die Banken dort hielten dicht, also konnten sie nicht feststellen, ob Ziehfreund da mitmischte.

Sascha duschte und räumte die Akten zusammen. Allmählich glaubte er, dass er einem Phantom nachjagte. Wenn Ziehfreund nichts von seinem Geld hatte, warum sollte er dann ein so hohes Risiko eingehen? Sein Lebensstandard entsprach genau dem Einkommen, das er vollkommen legal vom Staat erhielt. Sie hatten ihn monatelang rund um die Uhr überwacht – nichts. Sibilla hatte Sascha schon das Messer auf die Brust gesetzt: »Entweder ich oder dein Job!« Er hatte mit einem Wochenende Shoppen in London gekontert und damit die Wogen wieder geglättet.

Wie clever war Ziehfreund? Was konnte ihn aufschrecken? Wo hatte er die Aufzeichnungen seiner schwarzen Konten? Was war sein Geheimnis, sein Schwachpunkt? Was war sein Motiv? Steckte hinter der Verstrickung in illegale Geschäfte nur ein Ablenkungsmanöver? Wer war Ziehfreund?

Der Presslufthammer brüllte los, Sascha machte eine halbe Drehung, fischte das Handy vom Nachttisch, stolperte, landete bäuchlings mitten in den Akten, das Handy fiel ihm aus der Hand. Er rappelte sich auf, der Presslufthammer machte unbeirrt weiter seinen Höllenlärm. Es war Kittner. Und es war erst sechs Uhr.

»Morgen!« Kittner war unerträglich gut gelaunt.

»Morgen«, gab Sascha zurück.

»Wir haben einen Treffer.«

Sascha wartete. »Was oder wen?«

»Ein Trio. Sie geben sich gegenseitig ein Alibi.«

»Wofür geben sie sich ein Alibi?«

»Na Prokter, was denn sonst! Sie haben Prokters Betrug aufgedeckt, aber ihn nicht gemeldet. Und jetzt rate mal …«

»Sie haben ihn erpresst.«

»Bingo! Und er hat brav gezahlt, und natürlich hatten die drei die besten Noten.«

»Weil sie die Prüfungsfragen vorher kannten.«

»Exakt.«

»Hast du Geständnisse?«

Kittner räusperte sich. »Was glaubst du, warum ich dich anrufe? Die schweigen wie ein Grab. Du sollst sie weichkochen. Zusammen mit Fran Miller. Sie ist bereits unterwegs.«

»Also alles nur Thesen?«

»Nicht ganz. Fakt ist: Sie haben die Betrügereien aufgedeckt. Auch das Plagiat der Doktorarbeit. Fakt ist: Sie leben auf großem Fuß, und Prokter hat in den letzten Wochen regelmäßig größere Summen Bargeld vom Konto abgehoben.«

»Warum schlachten sie ihre Milchkuh?«

»Genau das sollst du rausfinden.«

»Ich bin unterwegs.« Sascha legte auf. Ziehfreund musste warten. Wenn der richtige Moment gekommen war, würde er ihn in die Mangel nehmen, aber so richtig. Seine Marke und seine Waffe würde er bei diesem Besuch zu Hause lassen. Manchmal musste man Methoden anwenden, die nicht im Lehrbuch der deutschen Polizei standen, denn eins wusste Sascha: Schmerzen waren die schwache Stelle eines jeden Menschen.

Mittwoch, 8. Juli, 10.40 Uhr

Die Modafinil hatte sofort geholfen. Rudger war hellwach, die schwarzen Gedanken aber waren nicht verschwunden. Die Pille war ja auch kein Glücksstimulator, sondern ein Aufwecker. Und das funktionierte hervorragend. Es war das achte Mal innerhalb eines Monats, dass er dieses Aufputschmittel genommen hatte. Er musste aufpassen. Das Zeug war verdammt gut, aber wenn er es übertrieb, war der Absturz unvermeidlich, der Körper würde ihm die rote Karte zeigen und ihn unter Umständen für eine ganze Woche aus dem Verkehr ziehen. Ein Kollege hatte drei Monate lang ein ähnliches Medikament genommen und mit einer allergischen Reaktion seiner Haut dafür bezahlt, die ihn fast umgebracht hatte: Die Epidermis hatte sich vollflächig an Beinen und Bauch abgelöst. Eine bekannte Nebenwirkung dieser Präparate.

Die Redaktion war noch so gut wie verwaist, aber die Post lag im Eingangskorb. Rudger blätterte die Briefe durch. Bei einem erhöhte sich sein Puls: ein beigefarbener Umschlag. Mit einer Typenmaschine war sein Name draufgetippt, der Eingangsstempel der Redaktion zeigte das Datum: 6. Juli. Bis auf das Datum kam der Brief genauso daher wie der vom 4. Juli. War es jetzt nicht an der Zeit, die Polizei zu verständigen? Musste nicht die Spurensicherung ran? Das war kein Zufall mehr. Oder war es noch zu früh? Entging ihm eine große Story, wenn er die Briefe aus der Hand gab? Diesen würde er behalten und für alle Fälle Vorsorge treffen. In der obersten Schublade lagen Gefrierbeutel, die ganz ähnlich aussahen wie die transparenten Beweisbeutel bei der Polizei. Mit den Fingerspitzen nahm er den Briefbogen heraus, legte ihn auf seinen Schreibtisch, schob den Umschlag in den Beutel. Wenn es darauf ankam, würde er freiwillig seine Fingerabdrücke abgeben, damit man ihn als falsche Spur ausschließen konnte. Vorsichtig faltete er das Blatt auseinander. Wieder Büttenpapier, wieder ein Satz, augenscheinlich mit derselben Typenmaschine geschrieben, mit der der Umschlag beschriftet worden war. »Ich werde töten, wenn ihr die Umwelt zerstört.«

Rudger faltete den Brief wieder zusammen und steckte ihn zu dem Umschlag in die Plastiktüte. Was hatte er, Rudger, oder die Zeitung mit Umweltzerstörung zu tun? Seit Jahren wurde die »DNP« immer wieder mit Drohbriefen konfrontiert, die jedoch einzelne Redakteure oder bestimmte Sachverhalte betrafen. Der erste Brief machte noch Sinn als Drohung gegen die »DNP«, als Vertreterin aller Medien. Der zweite nicht. Die »DNP« wurde auf Recyclingpapier gedruckt, die Druckfarbe erfüllte die höchsten ökologischen Ansprüche, das Druckhaus war nach modernsten Energiesparkriterien errichtet worden.

Wer immer diesen Brief geschrieben hatte, würde über kurz oder lang töten müssen, denn die Umwelt wurde tagtäglich zerstört, mal gravierend und deutlich wie beim Tagebergbau, mal schleichend und unsichtbar, wenn es um bestimmte Schadstoffe ging, die ins Trinkwasser, in die Böden und in die Luft gelangten, ohne dass die Behörden wirksam eingriffen. Da bisher niemand umgebracht worden war, der auf den ersten Brief gepasst hätte, beschloss Rudger, eine Akte anzulegen, in der er sammelte, was ihm in diesem Zusammenhang wichtig erschien. Er packte alles in einen Hängeordner und beschriftete den Reiter mit: »Ich werde töten, wenn …«

Zügig erledigte er die andere Post, sortierte die Fanbriefe in das Fach für Jasmin. Er durfte auf keinen Fall den Termin mit ihr vergessen! Sie war zwar nur eine Praktikantin, aber sie war, wie sie mit ihrem Anruf bei Danielle bewiesen hatte, absolut loyal.

Ganz nebenbei hatte sie unverkennbar Talent. Rudger hatte die Artikel, die Jasmin bisher geschrieben hatte, kaum redigieren müssen. Sie würde noch vier Monate bleiben, dann war das halbe Jahr vorüber. Rudger konnte sich vorstellen, sie zu übernehmen, ihr eine Ausbildung, ein Volontariat anzubieten. Sie hatte Politik, Geschichte und Soziologie studiert, ein gutes Fundament für eine Journalistin.

Den besten Leckerbissen hatte er sich bis zum Schluss aufgespart: das Gutachten der Rechtsmedizin zum Tod von Ronald Kleinbau. Danielle hasste ihn, keine Frage, aber sie war auch davon überzeugt, dass er zumindest bezüglich seines Berufs ein Ehrenmann war, dass er eher ins Gefängnis gehen würde, als zu verraten, woher er das Gutachten hatte. Und genauso war es. Man hätte ihn foltern müssen, damit er seine Quellen verriet.

Rudger leckte sich mit der Zunge über die Lippen und schlug das Deckblatt zur Seite. Zuerst kamen die Grunddaten. Körpergewicht, Größe, Verfassung. Kleinbau war fett gewesen, kaum eins siebzig groß, aber über einhundertzwanzig Kilo schwer. »Pathologischer adipöser Gesamtzustand«, hieß es im Bericht. Ein im wahrsten Sinne des Wortes fetter Risikofaktor für einen Herzinfarkt. Außerdem hatte Kleinbau geraucht – eine nach der anderen. Schwarze filterlose giftige Zigaretten. Ein weiterer Faktor. Aber nicht alle fettleibigen Raucher starben am Herzinfarkt. Rudger blätterte weiter. Äußere Leichenschau – nichts Auffälliges. Dann Eröffnung der Kopfhöhle – nichts Auffälliges. Eröffnung der Brusthöhle, Entnahme des Herzens: keine äußeren Zeichen eines Herzinfarkts. Rudger stutzte, blätterte weiter. Der Obduzent hatte das Herz aufgeschnitten und den Befund fotografiert, wie es sich gehörte. Die Hinterwand zeigte eindeutige Infarktzeichen, sie war so zerstört, dass Kleinbau nur hätte gerettet werden können, wenn er im Krankenhaus umgefallen wäre. Aber was hatte die Zerstörungen ausgelöst? Warum war das Herz nicht mehr mit Sauerstoff versorgt worden? Die Herzkranzgefäße sahen ordentlich aus, das hatte auch der Obduzent vermerkt. Damit schied eine natürliche Todesursache aus – Blut war ausreichend geflossen. Der Obduzent hatte nicht geschrieben, warum das Herz versagt hatte, sondern nur, dass es versagt hatte, ein grober Fehler, er hätte vermerken müssen, dass diese Symptome auch vorliegen konnten, wenn jemand erstickt worden war. Rudger blätterte weiter. Es waren die Standardblutuntersuchungen gemacht worden, ohne Befund, aber Kleinbaus Blut war weder auf Kohlendioxid noch auf den pH-Wert getestet worden. War der pH-Wert stark im sauren Bereich, deutete alles auf Ersticken mit einem weichen Gegenstand hin, einem Kissen oder einer Decke. Bei der äußeren Schau hatte der Obduzent bereits festgestellt, dass keine Staublutungen im Kopfbereich zu sehen waren, die genauere Untersuchung der Augenlider ergab dasselbe Bild. Wieder ein Hinweis auf Ersticken mit einem Kissen oder Ähnlichem.

Rudger studierte die Fotos von Kleinbaus Leiche. Am rechten Arm war eine leichte Rötung zu erkennen, am linken war nichts dergleichen zu finden. Wenn jemand Kleinbau festgehalten hätte, müssten aber an beiden Armen und an den Beinen Druckspuren zu sehen sein. Wenn Kleinbau erstickt worden war, hatte es einen Todeskampf gegeben, die Mörder hätten ihn mit erheblicher Kraft festhalten müssen. Hatten sie Polster verwendet, mit denen man jemanden ohne Spuren festhalten konnte? Oder hatten sie es sich einfach gemacht und dem Opfer im Schlaf eine Plastiktüte über den Kopf gezogen? Bei dieser Methode gab es keine Stauungsblutungen und keinen Todeskampf, das Opfer erlebte vielmehr ab einem bestimmten Punkt Hochgefühle durch die Vergiftung mit Kohlendioxid, dann dämmerte es weg und starb schnell, vorausgesetzt die Tüte lag eng genug am Hals an und ließ keine Luft hinein. Vielleicht hatten die Täter einfach einen »Exit-Bag« für Lebensmüde gekauft? Den konnte man im Internet bestellen, er bestand aus garantiert luftdichtem Kunststoff und besaß an der Öffnung ein dehnbares Band, das sich um den Hals legte und keine Luft hinaus- und hineinließ, wenn es funktionierte. Manche »Exit-Bags« wurden mit Stickstoff oder Helium oder anderen Gasen befüllt, um den Erstickungsprozess zu beschleunigen und vor allem, um ihn sicherer zu machen.

Der Tod mit »Exit-Bags« war gut nachweisbar, aber keine Routineuntersuchung. Kleinbau war im Bett gefunden worden, er hatte einen dünnen Schlafanzug getragen, nichts war in Unordnung, keine Kampfspuren. Auf seinem Nachttisch lag eine Schachtel mit verschreibungspflichtigen starken Schlaftabletten, im Blut war der Wirkstoff in hoher Konzentration nachgewiesen worden. Es wäre also ein Leichtes gewesen, Kleinbau eine Tüte über den Kopf zu stülpen und ihn damit zu töten. *Und* es wäre ein Leichtes gewesen, die anderen Blutuntersuchungen anzuordnen. Obwohl er ein wichtiger Zeuge gewesen war, hatte niemand darauf bestanden. Was hatte Fran Miller damit zu tun? Hätte sie nicht alle Hebel in Bewegung setzen müssen, um hundertprozentig auszuschließen, dass Kleinbau nicht ermordet worden war? Wer war bei der Obduktion anwesend gewesen? Rudger blätterte ans Ende des Berichtes. Der Obduzent, ein Dr. Hans Vorweiler, ein Obduktionsassistent und ein hochrangiger Polizist, ein Polizeirat namens Werner Ziehfreund, aber niemand von der Staatsanwaltschaft. Seltsam, dachte Rudger. Sehr seltsam. Wann war der Obduktionsbericht verfasst worden? Am 04.07. Kleinbau war am 05.07. eingeäschert worden. Dieses Versäumnis war durch nichts zu entschuldigen. Fran Miller war die Leiterin der Abteilung, die die Ermittlungen koordiniert hatte, sie hätte reagieren müssen. Wegen ihrer Schlamperei lief demnächst ein hochgefährlicher rechtsradikaler Gewalttäter wieder frei herum. Die Schlinge um Fran Millers Hals zog sich immer enger zu.

Mittwoch, 8. Juli, 13.08 Uhr

Kaum hatte Sascha den Vernehmungsraum betreten, um die drei Jungs weichzukochen, ratterte der Presslufthammer los. Auf dem Gelände des Recyclingunternehmens Selmann im Norden des Stadtteils Lierenfeld war vor einer Stunde eine Leiche gefunden worden. Sascha übergab die Vernehmung an einen Kollegen, informierte Fran und hetzte los.

Sascha traf Fran am Eingang, griff sich den erstbesten Uniformierten. »Warum sind wir erst jetzt informiert worden?« Sascha lächelte den Kollegen von der Schutzpolizei an.

»Wir haben weiträumig abgesperrt, die Jungs von der Dienststellte haben die Spusi verständigt, die haben die Sache ruhig angehen lassen, weil die Auffindesituation nicht gerade alltäglich ist. Erst als wir die Tätowierung gesehen haben, hat es klick gemacht.«

»Alles klar«, sagte Sascha. »Danke, Kollege.«

Fran räusperte sich. Der Ölgestank reizte ihre Bronchien. Der ganze Platz mutete an wie die Kulisse für einen Endzeitfilm. Schrottreife LKWs, Fässer aller Art mit zum Teil noch unbekanntem Inhalt, Berge verschiedenster Metallsorten, angefangen bei Kupfer bis hin zu Blechen, die in allen Farben lackiert waren. Hier und da rauchte es aus undefinierbaren Haufen. Dieser Platz war vergiftet, aber niemand wusste genau, mit was. Das Umweltamt war bereits vor Ort und hatte zumindest die Atemluft als nicht gesundheitsgefährdend eingestuft, solange man sich nicht über einen der schwelenden Haufen beugte und kräftig inhalierte.

Am Eingang prangte ein Schild: H. P. Selmann – Recycling. Fran konnte sich lebhaft vorstellen, wie hier entsorgt wurde: wegkippen, verbrennen, vergraben, fertig. Ein dreckiges Millionengeschäft. Ein Verbrechen an der Gesellschaft.

Schon die oberflächliche Untersuchung der Akten hatte ergeben, dass H. P. Selmann gewerbsmäßig gegen alle Auflagen für die Entsorgung von Sondermüll verstoßen hatte. Irgendjemand hatte das herausgefunden und H. P. Selmann auf seine Art zur Rechenschaft gezogen. Die Kollegen hatten ihn aus einem Tausend-Liter-Altölfass gezogen, als Visitenkarte hatte ihm der Täter eine Nachricht auf die Stirn tätowiert: »Wer die Umwelt zerstört, muss sterben.«

»Dieselbe Täterhandschrift wie bei Prokter«, sagte Sascha.

»Davon können wir ausgehen. Was fällt dir auf?«

»Die Sache ist aus dem Ruder gelaufen. Er hat schwere Abwehrverletzungen.«

Ein Mann in Weiß hielt Fran und Sascha eine Plastiktüte mit einem blut- und ölverschmierten Baseballschläger vor die Nase. »Damit hat er ihn zusammengedroschen. Ob er ihn damit getötet hat, weiß ich noch nicht. Der Mann hatte keine Chance, obwohl er aktiver Karateka war. Zweiter Dan. Der erste Schlag muss ihn von hinten getroffen haben. Aus den Abwehrverletzungen schließe ich, dass er sich noch einmal umgedreht hat, einen oder zwei Schläge abgewehrt hat. Zum Gegenangriff ist er nicht mehr gekommen.«

»Also doch nicht aus dem Ruder gelaufen. Der Täter wusste, mit wem er es zu tun hat«, sagte Sascha.

Fran zeigte auf die Tätowierung. »Und er hat sich Zeit gelassen, darauf geachtet, dass seine Nachricht gut lesbar ist, dass sie vom Öl nicht zerstört wird.«

Bruno nahm den Beutel mit dem Baseballschläger und beäugte ihn. »Ich verwette meine Pension: Wir haben eine Serie.«

Niemand widersprach. Fran wurde kurz schwindelig. Sie hatte ihr halbes Team in den Urlaub geschickt. Das würde richtig Ärger geben, wenn sie ihre Leute zurückrief. Oder sollte sie es alleine durchziehen? Sofia konnte die Aktenführung und die geografische Analyse machen, Bruno kümmerte sich um den ganzen Wissenschaftskram, und sie würde das Profil zusammenstellen und mit Sascha auf die Hatz gehen. Einen Versuch war es wert. Sie winkte Bruno zur Seite.

»Wie läuft's?«

Bruno schnaubte. »Da hast du mir was eingebrockt. Sascha hasst mich, weil ich nicht du bin, die Kollegen von der Spusi hassen mich, weil ich ihnen Überstunden ohne Ende aufbrumme. Ich hasse mich selbst, weil ich nicht damit klarkomme.«

»Soll ich wieder übernehmen?«

»Bitte, bitte, ja! Ich will einfach nur meinen Job machen. Führungsscheiß liegt mir einfach nicht.«

»Ich informiere die zuständigen Leute. Aber eine Frage musst du mir ehrlich beantworten: Schaffen wir drei das?«

»Ganz ehrlich?«

Bruno scharrte mit den Füßen in dem vergifteten Boden herum. Fran nahm sich vor, ihre Schuhe wegzuwerfen. Sie hatte das Gefühl, nie wieder sauber zu werden, weil das Gift durch jede Faser und jede Pore einzusickern schien.

»Ja. Das schaffen wir. Sofia ist verdammt gut. Und ich habe auch so meine Qualitäten.«

»Dann soll es so sein. Aber ich will keine Klagen hören!«

Bruno schüttelte den Kopf und machte sich auf den Weg in die Rechtsmedizin. H. P. Selmann würde unverzüglich obduziert werden, und es gab niemanden, der besser geeignet war als Bruno, die Obduktion zu beobachten. Er würde nicht mit unnötigen Fragen nerven, sondern mit seinem Wissens- und Erfahrungsschatz zur Klärung der Todesursache beitragen, und er würde nicht die geringste Ungenauigkeit durchgehen lassen.

Fran gesellte sich wieder zu Sascha, der mit den Kollegen von der Schutzpolizei die vorläufigen Ermittlungsergebnisse besprach.

»Gefunden wurde er von einem Mitarbeiter, der den ganzen Morgen schon hier arbeitete. Als er eine Ladung Altöl einfüllen wollte, hat er ihn entdeckt. Laut der Aussage des Mitarbeiters war Selmann ein ›echt korrekter Typ‹. Er habe sehr gut gezahlt, vor allem die regelmäßigen Untersuchungen durch Ärzte, habe einmal im Jahr einen rauschenden Betriebsausflug spendiert und sich generell wie ein Vater um seine Leute gekümmert. Dass hier irgendetwas nicht legal gelaufen sei, das kann der Mitarbeiter nicht glauben.«

Wenn die Aussage zutraf, dann hatten sie zwei Opfer, die unterschiedlicher nicht sein konnten: einen Menschenfreund und einen Menschenfeind. Ihre Gemeinsamkeit hatte sie das Leben gekostet: Sie hatten betrogen.

Fran nahm Sascha am Arm und ging mit ihm ebenfalls ein Stück zur Seite. »Weißt du, was ich glaube?«

»Dass Gott tot ist?«

Fran boxte ihn in den Arm und freute sich, dass er wenigstens einen schlechten Scherz fertigbrachte. »Wir haben es mit einem gut organisierten Henker zu tun. Er richtet Betrüger hin und lässt uns sein Urteil wissen. In diesem Fall: ›Wer die Umwelt zerstört, muss sterben.‹«

»Wo ist das Urteil über Prokter?«

»Es muss auf dem Stick sein.« Sie rief Kittner an und bat ihn, er solle den Stick auf die Stichworte »muss« und »sterben« durchsuchen. Es dauerte keine drei Minuten, bis Kittner sich meldete.

»Verdammt, Miller, ich mag Sie nicht wirklich, aber Sie können hellsehen. Ein simples Textdokument mit dem Titel: ›Das Urteil‹.«

Fran schoss ein Gedanke durch den Kopf. »Wer die Wahrheit zerstört, muss sterben. Ist es das?«

»Fast, Miller. Fast. Das Urteil über Prokter lautet: ›Wer lügt, muss sterben.‹«

Mittwoch, 8. Juli, 14.12 Uhr

Der Verkehr hielt sich in Grenzen, Rudger brauchte eine knappe Viertelstunde von der Redaktion zum Krematorium, das zur angrenzenden Kapelle einen scharfen Kontrast bildete: Die Kapelle war mit roten Ziegeln gedeckt, das Krematorium war als viereckiger Funktionsbau in die Landschaft geklotzt, zwei eckige hohe Schornsteine wiesen den Weg zu den modernen gasbetriebenen Öfen. Einen Moment lang stellte sich Rudger vor, wie durch die Schornsteine die Seelen der Toten entwichen. Er schüttelte den Kopf, parkte seinen Wagen, ging um das Gebäude herum zur Einfahrt für Leichenwagen, ignorierte das Schild »Durchgang für Fußgänger verboten«, passierte das leere Pförtnerhäuschen und platzierte sich vor das metallene Tor. Mit der Faust schlug er auf das Metall: dreimal lang, dreimal kurz. Rudger musste nicht lange warten. Das Tor schwang auf, ein bärtiger alter Mann schaute ihn kurz an und ließ ihn ein.

Rudger nannte ihn nur »Der graue Tod«, denn er war der Meister des Krematoriums, er hatte schon Hunderte Leichen in graue Asche verwandelt.

»Weißt du«, hatte Der graue Tod in einer redseligen Minute Rudger anvertraut, »ich glaube, es sind die abergläubischen Menschen, die ihre Angehörigen verbrennen lassen. So wollen sie sichergehen, dass wirklich keiner zurückkommt.«

Rudger hatte ihm zugeprostet und gelacht. Doch heute ging es um nichts Witziges. Heute ging es um Mord und Verschwörung.

»Weckt der Name Ronald Kleinbau irgendeine Erinnerung bei dir?«

Der graue Tod fuhr sich durch den Bart. »Sollte er?«

Rudger zog die Kopie des Einäscherungsantrages aus der Tasche. »Hier steht, dass der Tote einverstanden damit war, dass alles Metall, das sich in seinem Körper befindet, entnommen und verwertet werden darf.«

»Ach, war er? Erstaunlich.«

»In der Tat. Allerdings hat er das nach seiner Einäscherung unterschrieben. Du wirst alt.« Der graue Tod fixierte ihn aus kalten Augen. Er schien zu taxieren, wie lange es dauern würde, Rudger in Asche zu verwandeln. »Meiner Erfahrung nach sind Tote echte Analphabeten. Sie können keine Formulare lesen, geschweige denn irgendetwas ankreuzen oder unterschreiben.«

»Dann hat das wohl jemand gemacht, der noch gelebt hat.«

»Du solltest Detektiv werden.«

Der graue Tod zuckte mit den Achseln. »Das hat mir meine Mama schon gesagt, und dann habe ich sie irgendwann auch verbrannt.«

»Keine Idee?«

Der graue Tod schwieg.

»Wo ist denn das Metall-Tagebuch?«

»Das darf ich dir nicht zeigen.«

»Da würde ich auch keinen Eintrag finden, nicht wahr?«

Der graue Tod blinzelte. »Was willst du? Mir Schwierigkeiten machen?«

»Mitnichten.« Rudger steckte den Einäscherungsantrag wieder weg und zog den Zahnstatus von Ronald Kleinbau hervor. »Die zwei vorderen Schneidezähne.« Keine Reaktion. »Sie fehlen und sind mit einer Brücke ersetzt worden. Nicht etwa nur Gold. Ist ja auch viel zu weich. Bei Kleinbau wurde eine hochwertige und vor allem teure Gold-Platin-Legierung verwendet. Nur vom

Feinsten. Kostet richtig Geld. So um die dreitausend Euro. Metallwert grob geschätzt fünfzehnhundert.«

»Willst du mich erpressen?« Der graue Tod schob einen Fuß nach vorne.

Rudger lachte. »Mach dir nicht ins Hemd. Du solltest mich kennen. Ich brauche irgendein Fitzelchen Gewebe von Kleinbau. Ein bisschen Zahnfleisch wäre optimal. Oder ein Stück Sehne oder Muskel. Er hatte auf beiden Seiten Hüftimplantate. Ein Tausender pro Implantat. Summa summarum um die dreieinhalbtausend. Keine Erben, du nimmst niemandem was weg. Fette Beute. Wann kommt der Hehler?«

Der graue Tod war blass geworden. Rudger musste schmunzeln.

Ohne ein Wort drehte der Mann sich um, flog davon, er war beweglich und fit, trotz seines Alters. Vielleicht lag es daran, dass er fast unbegrenzten Zugang zu besten Ersatzteilen hatte? Das war natürlich Unsinn. Aber sein Nebenverdienst musste ganz anständig sein. Er übertrieb es nicht, also war er bisher noch nicht aufgefallen. Ob ihm klar war, dass sich das ändern würde, sollte er noch Gewebe haben und sich Rudgers Verdacht bestätigen, dass Kleinbau ermordet worden war? Denn dann würde sich ein Zetermordio im ganzen Land erheben: Polizei, Staatsanwaltschaft und Medien würden jeden Stein umdrehen, der in irgendeinem Zusammenhang mit Kleinbau stand. Dann würden die kleinen dreckigen Geschäfte mit der Leichenfledderei ans Licht kommen.

Mit einer Plastiktüte in der Hand kam Der graue Tod wieder. Rudger nahm sie ihm ab und betrachtete den Inhalt. Volltreffer: Muskelfetzen, ein Stück Sehne und ein Knochenfragment. Ausreichend für eine Untersuchung und als Beweismittel vor Gericht.

»Lass dich hier nie wieder blicken!«, sagte Der graue Tod.

»Abgemacht«, sagte Rudger und verließ das Krematorium. Er konnte nicht verhindern, dass ihm ein Schauer über den Rücken lief. Erst als er wieder in seinem Wagen saß, war er in der Lage, darüber nachzudenken, dass man sich seinen Onkel nicht aussuchen konnte.

Donnerstag, 9. Juli

»Wir haben alle Medien davon in Kenntnis gesetzt, dass Nachrichtensperre besteht. Wir hoffen, dass so schnell nichts durchsickert.«

Der Pressesprecher des Präsidiums nahm wieder Platz. Fran war sich sicher, dass es nicht lange dauern würde, bis die Medien über die beiden Morde berichten würden. Die Fälle hatten zu viel Human-Touch-Potenzial – und durch die Tatsache, dass es um einen mutmaßlichen Henker ging, wurden sie massenrelevant. Welcher Journalist konnte sich so eine Geschichte durch die Lappen gehen lassen? Wer diese Story zuerst im Blatt hatte, konnte damit ein paar hunderttausend Euro verdienen. Sie konnten froh sein, wenn kein Täterwissen an die Öffentlichkeit gelangte. Irgendwo saß immer einer, der sich profilieren und im schlimmsten Fall bereichern wollte, indem er den Medien Informationen zusteckte.

Hasso Kittner stand auf, er hatte sein extra grimmiges Gesicht aufgesetzt. »Kolleginnen, Kollegen. Die Ermittlungen sind noch ganz am Anfang. Einige hundert Spuren warten auf die Auswertung. Unter anderem der Profilabguss vom Tatort Prokter. Wir wissen inzwischen, dass Sandra Meister am Tatort war. Zum einen hat sie gestanden, zum anderen konnten wir tatsächlich den Weg anhand ihrer Sohlenspuren identifizieren. An dieser Stelle möchte ich ausdrücklich der Abteilung OFA des LKA danken.« Er nickte Fran zu. Sie war froh, dass niemand klatschte. »Sascha Herz gibt Ihnen einen Überblick über den Stand der Dinge.«

Sascha erhob sich wie ein alter Mann, nahm den Presenter und spulte routiniert sein Programm ab, ging auf ermittlungstechnische Details ein und fasste die Situation zum Schluss mit einem Satz zusammen: »Die bisher Beschuldigten sind mit an Sicherheit grenzender Wahrscheinlichkeit nicht die Mörder. Wir haben es mit einem sorgfältig planenden Serientäter zu tun, dessen Motivation sehr wahrscheinlich Rache oder Missionierungsdrang ist, ob religiös oder weltlich gefärbt, wissen wir noch nicht. Daraus ergibt sich die Problematik der Ermittlungen. Die Opfer sind im weitesten Sinne Zufallsopfer. Der Täter sucht sie nach bestimmten Kriterien aus, die so allgemein sind, dass wir sie nicht eingrenzen können. Deswegen haben wir Fran Miller gebeten, uns mit der Erstellung einer Tathergangsanalyse und eines Täterprofils zur Hand zu gehen.«

Sascha setzte sich, Fran übernahm. »Wir sind gerade dabei, die Ergebnisse der Spurensicherung auszuwerten. Das wird sich bis morgen hinziehen. Parallel dazu entwickeln wir ein erstes Profil. Dank der Größe der Sonderkommission verfügen wir bereits über eine stattliche Menge an Daten. Eine geografische Analyse muss noch warten. Was ich aber schon jetzt sagen kann: Der Täter handelt im Rahmen eines klar definierten Wertekanons – und er stellt Forderungen. Diese Forderungen sind nicht erfüllbar. Also wird er weitermachen müssen, um seinen Plan, den er zweifellos hat, zu erfüllen und sein Ziel zu erreichen, das wir nicht kennen. Dieser Täter ist extrem gefährlich. Selbst die Karatekünste von H. P. Selmann haben ihn nicht davon abgehalten, diesen zu töten und ihm in aller Ruhe eine Botschaft in die Stirn zu tätowieren. Die Schrift ist ungleichmäßig, dennoch gut zu lesen. Wir glauben daher, dass er kein Profi ist. Eine Tätowiermaschine kann man schon für fünfzig Euro im Internet kaufen. Der Täter muss kräftig sein. Den Spuren nach zu urteilen, hat er H. P. Selmann ohne Hilfsmittel in das Ölfass geschafft. Er muss über spezielle Informationsquellen verfügen, ist technisch versiert. Ich schätze sein Alter auf Mitte zwanzig bis Ende vierzig. Er ist mit großer Wahrscheinlichkeit männlich. Ich weiß, dass das auf viele Menschen zutrifft, aber mehr haben wir im Moment nicht.«

Sascha hob die Hand. »Wir haben bereits letztes Jahr eng mit der OFA zusammengearbeitet, die meisten Kollegen kennen sich inzwischen so weit mit der Software aus, dass sie das System füttern können. Ich bitte inständig: Selbst der kleinste Zipfel Information kann entscheidend sein. Es kostet deutlich mehr Zeit, beide Systeme zu bedienen, unseres und das der OFA, aber wir haben keine andere Möglichkeit.« Es gab keine Einwände, keine Fragen und keinen Widerstand. »Die Einsatzpläne und Passwörter findet ihr in euren Postfächern. Die Sondertelefonnummern, die Raumverteilung, Personaleinsatzplan und die Zusammenfassung bekommt ihr am Ausgang.«

Wie immer am Beginn einer komplexen Mordermittlung machte sich bei Fran der Jagdinstinkt bemerkbar. Hundert Fragen flogen ihr durch den Kopf, durchsetzt mit der einen oder anderen Antwort. Eine Frage aber quälte sie besonders: Was war mit Sascha los?

Die Leute zerstreuten sich. Fran ging auf Sascha zu, doch bevor sie ihn ansprechen konnte, kam Hasso Kittner dazwischen. »Ich habe gehört, Sie haben Ihr halbes Team in den Urlaub geschickt? Etwas voreilig, oder?«

Fran schluckte eine patzige Bemerkung hinunter. Es schmeckte bitter. »Da hatte der Henker noch nicht zugeschlagen. Ich muss Überstunden abbauen. Dringend. Überarbeitung. Die wären so oder so ausgefallen. Dann doch lieber Urlaub statt Krankenschein, oder?«

»Wir könnten sie jetzt gut brauchen«, entgegnete Kittner.

Die Fehde zwischen ihnen war noch lange nicht ausgetragen.

Fran hatte letztes Jahr über Kittners Kopf hinweg mit dem Chef des BKA paktiert und Kittner gezwungen, Dinge zu tun, die er nicht wollte. Dass sie letztlich Erfolg gehabt hatten und Kittner einen Großteil der Lorbeeren geerntet hatte, spielte keine Rolle. Sie hatte Kittners Autorität unterlaufen, das würde er nicht vergessen. Es war unklug, Kittner noch mehr gegen sie aufzubringen. »Natürlich. Aber ich kann sie nicht zurückholen, es tut mir leid. Ich verspreche Ihnen, dass Sofia Andermatt, Bruno Rheinstahl und ich alles Nötige tun werden.« Sie zeigte auf Sascha. »Die Kollegen von der Kripo sind ja auch noch da.«

Kittner rümpfte die Nase. »Ihre Entscheidung. Sie werden an den Ergebnissen gemessen. Ich gebe Ihnen den Rat, verschwenden Sie keine Zeit mit unnötigen Dingen. Arbeiten Sie zielführend.«

Fran stellte sich vor, wie sie ein Stück Kreide aus der Tasche zog und es auf der Zunge zergehen ließ. Kittners Worte waren die pure Beleidigung. Sie arbeitete immer zielführend, hielt sich nie mit Unwesentlichem auf. Sie und ihr Team waren Profis. »Natürlich, Herr Kittner. Sie können sich auf mich verlassen. Ich stehe voll und ganz auf Ihrer Seite.«

»Noch ein Rat«, zischte Kittner. »Wenn Sie schon lügen, dann sollten Sie das besser tarnen. Sie sind zu leicht zu durchschauen.« Er hob die Hand. »Es ist ganz einfach: Machen Sie keine Fehler.«

Keine Fehler machen! Fran dachte an Kleinbau. Zu spät. Sie hatte einen Fehler gemacht. Einen gewaltigen. Kittner rauschte davon, grüßte Sascha im Vorbeigehen. Sie waren allein.

Fran nahm Sascha vorsichtig am Arm. »Was ist los, Sascha?«

Er drehte sich zur Seite, sein Arm entglitt ihrer Hand. Das tat weh.

»Nichts, Fran. Wirklich.« Er lächelte falsch.

»Du hast schwarze Ringe unter den Augen, du läufst wie der Tod auf Urlaub herum, du lachst nicht mehr, bist unkonzentriert.

Mir machst du nichts vor. Hat es etwas mit …« Fran brach ab, Sascha wusste, worauf sie anspielte.

Er lächelte matt. »Hat es nicht. Darf ich nicht auch schlechte Tage haben, ohne dass ich gleich in die Klinik geschickt werde?«

»Ich dachte, wir wären Freunde.« Fran bereute die Frage sofort. Was sie für Sascha empfand, hatte schon lange nichts mehr mit Freundschaft zu tun.

»Dann solltest du mir vertrauen.«

Fran schaute Sascha in die Augen. Ihr wurde heiß. Schluss jetzt. Sie bewegte sich auf sehr dünnem Eis. »Okay. Wenn du mich brauchst, ich bin da.«

»Gut zu wissen. Ich muss los.«

»Ich auch.«

Sascha zögerte einen Moment, es sah aus, als wolle er noch etwas sagen, aber dann strich er sich nur durch sein Haar und ging.

Fran starrte ihm hinterher. Sie musste sich von ihm fernhalten, sonst würde sie Unglück über ihn bringen, so wie sie Unglück über alle Männer gebracht hatte, die sie wirklich geliebt hatte.

Donnerstag, 9. Juli, 20.00 Uhr

Rudger hatte in der Altstadt einen Tisch im besten Fischrestaurant der Stadt reserviert. Er kannte den Besitzer, und das hieß, dass er wirklich frische Ware bekam. Wie es sich gehörte, war Rudger eine viertel Stunde früher da, damit er Jasmin begrüßen konnte und sie auf keinen Fall auf ihn warten musste. Und wie es sich gehörte, kam sie ein paar Minuten zu spät. Er entdeckte sie schon von Weitem, sie sah schlicht umwerfend aus. Genau die richtige Mischung aus Weiblichkeit, Eleganz und Erotik. Ihr Gang war aufrecht, geschmeidig, kraftvoll. Rudger erneuerte seinen Schwur, die Nacht alleine zu verbringen, erhob sich, hauchte ihr einen Kuss auf den Handrücken und rückte ihr den Stuhl zurecht.

»Ich habe den ganzen Tag damit gerechnet, dass du absagst.«

Das war eine interessante Eröffnung, und eine neue Seite an ihr. Bisher hatte Rudger sie nur zurückhaltend erlebt, genau darauf achtend, was und wie sie es sagte, damit sie niemand verletzte, damit sie möglichst niemand missverstehen konnte.

»Ist mein Ruf so schlecht?«

»Man sagt, du würdest Praktikantinnen reihenweise vernaschen, aber nie mit ihnen essen gehen.«

»Dann sind wir heute Abend ja auf der sicheren Seite.«

»Was ist schon sicher im Leben?«, gurrte Jasmin.

»Zum Beispiel, dass ich einen Bärenhunger habe und es heute besonders gute Austern gibt. Isst du lebende Tiere?«

»Nur wenn sie sich nicht wehren können.«

Rudger rief den Ober, bestellte eine Flasche Laroche Chablis Premier Cru von 2009 und eine Meeresfrüchteplatte für zwei Personen.

Jasmin war ebenso bewandert im Small Talk wie Rudger, und so entspann sich schnell eine lockere Unterhaltung, die langsam, aber sicher immer persönlicher wurde. Als Jasmin ihm signalisierte, dass es ihr egal sei, welche Praktikantinnen er vernascht habe, Hauptsache, sie sei darunter, merkte er, dass sie bereits eine zweite Flasche geleert, die Zeit vollkommen vergessen hatten und dass er ihre Hand hielt. Vorsichtig zog er sie zurück, Jasmin schaute ihn irritiert an.

»Was ist?«, fragte sie, in ihrer Stimme mischten sich Unsicherheit und Enttäuschung.

»Es war ein schöner Abend«, sagte Rudger, und er meinte es auch so. Jasmin war gebildet, intelligent, witzig, schlagfertig, sie konnte genießen – Eigenschaften, die Rudger an Frauen liebte. Ihre Schönheit war das Tüpfelchen auf dem i. Alles war bestens, sie wollte ein Abenteuer, wollte ihn heute Nacht, nicht mehr und nicht weniger. Er glaubte ihr. Dennoch musste er ablehnen. Er musste sich selbst beweisen, dass er verzichten konnte, dass sein Trieb nicht stärker war als er.

Er holte Luft, aber Jasmin kam ihm zuvor. »Du musst dir keine Sorgen machen. Ich werde mich nicht in den Rhein stürzen.« Sie legte ihm einen Finger auf den Mund. »Danke für den Abend.«

Rudger bezahlte, sie waren die letzten Gäste. Er wartete mit Jasmin auf ein Taxi, er selbst wollte zu Fuß gehen, frische Luft schnappen, über alles nachdenken. An einem Punkt des Abends hatte ihn die Melancholie überrascht, das Gefühl lag noch immer auf seinem Gemüt.

Jasmin winkte, er winkte zurück, das Taxi fuhr los. Sie hatte von ihren Eltern erzählt, die bei einem Verkehrsunfall gestorben waren, als sie vierzehn war. Ihre Tante hatte sie zu sich genommen, und wie es schien, hatte Jasmin den Schicksalsschlag gut verkraftet.

Vielleicht war es diese Parallele, die Rudger gespürt hatte: Alexander lag im Koma, er war auch aus dem Leben gerissen worden, aber anders als Jasmin hätte Rudger das verhindern können. Er hatte die Chance verpasst! Hätte er Alexander nicht aus den Augen verloren, hätte er zu ihm gestanden, als es hart auf hart gegangen war, läge sein Bruder jetzt nicht auf der Intensivstation, verkabelt und verdrahtet, eingesperrt in einem Körper, der nur mehr ein Käfig war. Immerhin hatte Rudger seinen Fehler nicht wiederholt. Hätte er zugelassen, dass die Geräte abgeschaltet wurden, hätte er ihn umgebracht. Alexander lebte! Das war die Hauptsache. Rudgers Stimmung besserte sich, er dachte an Jasmin, war stolz darauf, standhaft geblieben zu sein.

Es war schon nach zwei Uhr, die Stadt wie ausgestorben, die Rheinuferpromenade menschenleer. Gerade als er sein Handy zückte, um nach seinen Terminen zu schauen, explodierte der Schmerz in seinem Kopf.

Freitag, 10. Juli, 9.12 Uhr

Sofia machte ihre Sache wirklich gut. Nein, nicht nur wirklich gut. Sie machte sie hervorragend. Inzwischen konnte sie Christine vollständig ersetzen. Ein Beweis, dass Christine nicht nur eine fantastische Lehrerin war, sondern auch vollkommen uneitel. Sie teilte all ihr Wissen und ihre Erfahrung bedingungslos mit ihrer jungen Kollegin. Das war im Apparat nicht selbstverständlich.

Fran blätterte durch die Ordner, las einige Dokumente, machte sich handschriftlich Notizen. Das Schreiben mit der Hand half ihr, die Gedanken besser in Fluss zu bringen. Inzwischen konnten sie ausschließen, dass Sandra Meister oder die drei Erpresser von Prokter etwas mit dessen Tod zu tun hatten. Der Modus Operandi, die Handschrift und die forensischen Beweise wiesen eindeutig auf einen anderen Täter hin. Sie las sich durch, was sie in der Besprechung gesagt hatte, schloss die Augen. Sie versuchte sich vorzustellen, wie der Täter vorgegangen war. Wahrscheinlich lebte er in Düsseldorf. Kurze Wege, Anonymität, man bekommt alles, was man braucht.

»Ich habe mich sorgfältig vorbereitet«, murmelte Fran vor sich hin. »Ich habe Prokter über Wochen beobachtet, auch seine Studenten. Ich weiß genau, wann Prokter seinen Abendspaziergang macht. Immer spät in der Nacht, gegen ein Uhr. Prokter leidet unter Schlafstörungen, manchmal schläft er zwei Tage nicht, dann meldet er sich krank, die Vorlesungen fallen aus. Er hat sich Medikamente verschreiben lassen, die er nicht nimmt.

Wie fahre ich zur Uni? Kein Bus, es ist zu spät. Kein Fahrrad, das dauert zu lange. Auf keinen Fall ein Taxi. Man würde sich an mich erinnern. Mein Auto? Was, wenn sich irgendein Spießer das Kennzeichen aufschreibt, weil ich so spät hier herumkurve? Ich könnte ein Kennzeichen stehlen. Aber das könnte zu schnell entdeckt werden. Es ist warm. Es ist trocken. Ich nehme einen Motorroller, schraube ein von mir gefälschtes Kennzeichen dran. Damit kann ich fast überall hin, kann Fußwege nutzen, Absperrungen umgehen. Außerdem kann ich ganz vorschriftsmäßig mein Gesicht mit einem Helm verdecken und meinen Körper mit Schutzkleidung. Ich nehme eine leichte Motorradkombi mit Kevlareinlagen. Sie behindert meine Beweglichkeit nicht im Geringsten. Den Hammer trage ich in einem kleinen Rucksack auf dem Rücken.

Alles geht glatt. Ich stelle meinen Roller ab, ich habe ihn zusätzlich schallgedämpft, der Motor schnurrt leise wie eine Katze, es ist noch Zeit genug, ich kalkuliere immer Komplikationen mit ein. Ich verstecke mich in einem dichten Gebüsch, nehme den Hammer in die Hand, warte. Prokter kommt. Mir stockt der Atem. Eine Frau tritt auf ihn zu, ich habe sie nicht gehört und nicht gesehen. Sie muss auf der anderen Seite gewartet haben. Ich ducke mich ins Gebüsch. Glück gehabt, sie hat mich nicht bemerkt. Die beiden streiten, verdammt, die machen noch die ganze Gegend rebellisch. Ich verstehe jedes Wort. Prokter, seine Stimme ölig vor Hohn. ›Meine liebe Sandra. Du bist im Bett wirklich richtig gut. Bei allem, was recht ist. Aber wenn du noch nicht mal eine Poissonverteilung korrekt berechnen kannst, dann kann dir auch dein Samtpopo nicht helfen.‹

Ich höre einen spitzen Schrei, ein klatschendes Geräusch, eilige Schritte und ein Stöhnen. Prokter knickt ein, fällt auf die Knie. Sandra rennt weg. Sie muss ihm zwischen die Beine getreten haben.

Ich gehe los, der erste Schlag muss sitzen. Da ich nichts dem

Zufall überlasse, habe ich den Hammer nicht in Düsseldorf gekauft und vorher geübt. Ich bin an eine ruhige Stelle gefahren, eine Lichtung in einem Wald, der nicht von Wanderwegen durchzogen ist, habe mir vorher in einem Schlachthof Schweinsköpfe gekauft. Die ersten Schläge habe ich zu zögerlich geführt. Ich mache das zum ersten Mal. Und selbst ein toter Schweineschädel hat etwas Menschliches an sich. Ich murmele mein Mantra: ›Er hat es verdient. Es muss sein. Ich muss mein Ziel erreichen, meinen Plan ausführen.‹ Schon geht es leichter. Mit jedem Schlag werde ich sicherer, ich muss so viel Kraft in den Schlag legen, als wenn ich einen Nagel in hartes Holz schlagen wollte. Ich treffe die Schädelnähte, die Schwarte knackt, die Knochen springen auseinander, das kann niemand überleben. Und es sieht gut aus: Der Hammer im Kopf! Das ist das Zeichen. Der Betrüger stirbt am gespaltenen Schädel, das Symbol für die gespaltene Zunge. Ich schlage so lange auf die Schweinsköpfe ein, bis sie Prokters Gesichtszüge tragen. Doch jetzt kniet Prokter vor mir, ich stehe hinter ihm, er stöhnt vor Schmerz, sein Kopf ist auf die Brust gesackt. Ich nehme den Hammer hinten am Stiel, durch die Latexhandschuhe fühlt er sich seltsam an, irgendwie unecht. Ich hebe den Hammer, lasse die Spitze auf Prokters Hinterkopf niederfahren, sie dringt mühelos ein, die Kopfhaut reißt auf, die Dura Mater reißt auf, der Schädel knackt auseinander, ich sehe Gehirn, Prokter sackt zusammen. Er ist tot. Ich stecke ihm den USB-Stick in die Hosentasche, schaue noch einen Moment hin. Was fehlt? Ein Beweis? Ein Foto! Ich mache mit meinem Smartphone ein Foto. Ich sammele, ordne, hefte ab. Es muss alles seine Ordnung haben, und ich will alles unter Kontrolle haben. Aber ich bin flexibel. Der unerwartete Auftritt von Sandra hat mich nicht aus dem Konzept gebracht. Was fühle ich? Ist es mein erster Mord? Sehr wahrscheinlich. Ich fühle Triumph. Erleichterung. Zufriedenheit. Ein wenig bin ich über mich erschreckt, weil das so leicht ging. Ich muss mich nicht übergeben. Vielleicht später, wenn ich realisiert habe, was ich getan habe? Nein, ich habe Gefallen daran gefunden. Alles hat funktioniert, Prokter hat seine gerechte Strafe bekommen. Ich bin unerkannt entkommen. Keine Spur führt zu mir. Die Botschaft ist überbracht. Der erste Schritt der Rache getan.«

Fran rieb sich die Schläfen. Vielleicht hatten sie es auch mit einem Psychopathen zu tun, der jetzt erst entdeckte, wie er sein »Talent«, kein Mitgefühl zu haben, wirkungsvoll einsetzen konnte.

Und nur zwei Tage später tötete der Henker das nächste Opfer: H. P. Selmann. Auch ein Betrüger. Richtete sich der Hass des Täters gegen Betrüger? Hatte der Täter einen bestimmten Tötungszyklus? Wenn ja, war heute das nächste Opfer fällig. Der Tag war noch jung. Viel Zeit, um jemanden umzubringen. Und wenig Zeit, den Täter davon abzuhalten. Denn sie hatte nicht die geringste Ahnung, um wen es sich handeln könnte.

Freitag, 10. Juli, 15.26 Uhr

Sascha hatte nicht viel Zeit. Er hetzte vom Präsidium zu seiner Wohnung.

Die Jagd nach dem Mörder von Prokter und Selmann lief auf Hochtouren, er musste alles koordinieren, dafür sorgen, dass alle zum richtigen Zeitpunkt das Richtige wussten. Alle Studenten, die etwas mit Prokter zu tun gehabt hatten, mussten vernommen werden. Alle Anwohner der Universität wurden befragt, ob ihnen zur Tatzeit, die sie dank Sandra Meister sehr genau eingrenzen konnten, etwas aufgefallen war. Keine neuen Erkenntnisse. Die Presse spielte mit, sie hatte nur die Meldung gebracht, dass Prokter ermordet worden war, aber nicht die genauen Umstände. Über den Mord an Selmann war ebenfalls berichtet worden, jedoch waren keinerlei Zusammenhänge mit dem Mord an Prokter hergestellt worden. Ein großer Erfolg der Polizeidiplomatie gegenüber den Medien.

Eine andere kurze Nachricht hatte Saschas Aufmerksamkeit erregt: Rudger Krüger, der stadtbekannte Enthüllungsjournalist der »DNP« war Opfer eines Raubüberfalls geworden. Krüger war für jeden, den er ins Visier nahm, ein unangenehmer Zeitgenosse. Gerade hatte er den Unternehmer Ottfried Mittermaier als Unterstützer von Nazi-Netzwerken entlarvt. Eine reife Leistung. Mittermaier würde für einige Jahre ins Gefängnis gehen. Ein echter Dienst an der Menschheit, aber riskant. Krüger war sicherlich nicht Opfer eines Raubüberfalls geworden. Mittermaier hatte sich an Krüger gerächt, davon konnte man ausgehen, aber das war nicht Saschas Problem. Saschas Problem war Ziehfreund, den er nach wie vor nicht greifen konnte. Leider hatte Krüger keine Verbindungen zwischen Mittermaier und Ziehfreund aufgedeckt. Wie auch? Wenn selbst die Polizei nichts finden konnte?

Das Chaos tobte nach wie vor, nicht nur der Boden des Schlafzimmers, sondern auch der Teppich im Wohnzimmer war mit Papieren bedeckt, der Versuch, die Unterlagen zu ordnen, war gescheitert. Auf vier Metaplanwänden hatte Sascha alle Bewegungsinformationen Ziehfreunds in den letzten zwei Jahren zusammengetragen. Wo hatte er die Zusammenfassung hingelegt? Er trug immer alle Daten auch in seinen Laptop ein, in ein spezielles Programm, das er bei der kanadischen Polizei kennengelernt hatte: »The Analyst's Notebook«. Das Programm wertete komplexe Beziehungsstrukturen aus, stellte Bewegungsprofile dar und konnte alle Informationen auf einem Zeitstrahl anzeigen und zueinander in Beziehung setzen. Auch das half nicht. Sascha musste sich eingestehen, dass er nicht weiterkam. Er hatte strikte Anweisung, seine Vorgesetzten zu informieren, sollte er alle Möglichkeiten ausgeschöpft haben – alle legalen. Verdammt noch mal! Er schlug sich mit der Faust in die Handfläche. Wo war die Zusammenfassung! In diesem Chaos verlor sogar er die Übersicht. Er drehte sich einmal um seine Achse. Da lag sie. Neben dem Fernsehsessel. Aber er hatte sie doch auf den Couchtisch gelegt? Er wusste es nicht mehr genau. Alles ging drunter und drüber. Es war Zeit aufzuräumen. In seiner Wohnung – und in seinem Leben. Er würde noch einen Versuch machen, einen ganz privaten, bevor er aufgab. Ziehfreund würde Besuch bekommen, und an den würde er sich noch lange erinnern.

Freitag, 10. Juli, 19.46 Uhr

Es war kein langsames Erwachen. Rudger öffnete die Augen, wusste im gleichen Augenblick, dass er im Krankenhaus war, dass er all seine Glieder bewegen konnte, dass er klar denken und sich daran erinnern konnte, wer er war. An die Schmerzen erinnerte er sich und den Moment, bevor er das Bewusstsein verlor: Jetzt sterbe ich, hatte er gedacht.

»Er ist wach«, hörte Rudger eine Stimme flüstern. Er kannte die Stimme. Es war Jasmin. Er drehte seinen Kopf nach rechts. Sie saß auf einem unbequem wirkenden Metallstuhl neben seinem Bett und hatte Tränen in den Augen.

»Wie lange war ich weg?«, fragte er. Das Sprechen bereitete ihm keine Mühe.

Jasmin tupfte sich die Tränen aus den Augenwinkeln. »Nicht ganz vierundzwanzig Stunden.«

»Bleibende Schäden?« Er zeigte auf seinen Kopf, der in einem Verband steckte.

»Sie haben nur rausgenommen, was überflüssig war.« Jasmin lachte kurz auf.

»Also alles. Fühlt sich gut an. Ballast abwerfen tut gut. Was ist passiert?«

Die Tür öffnete sich. Eine Frau Mitte dreißig im Arztkittel kam herein, trat an Rudgers Bett und reichte ihm die Hand. »Olga Ramienko, ich bin die Stationsärztin. Schön, dass Sie wieder bei uns sind.«

Rudger griff zu. »Ich danke Ihnen. Was immer Sie gemacht haben sollten – es hat gewirkt.«

»Wir haben Sie nur schlafen lassen und ein wenig zusammengeflickt. Ihr Kopf hat einen kräftigen Schlag abbekommen, die Haut ist aufgeplatzt, wir haben sie nähen müssen, zehn Stiche.« Sie deutete auf Jasmin. »Ihre Lebensretterin sitzt da.«

Jasmin lief rot an.

»Sie hat die Angreifer verjagt. Verdammt mutig.«

»Angreifer? Ich verstehe kein Wort.« Rudger richtete seinen Oberkörper auf, Schmerzen rasten durch seinen Kopf, er stöhnte auf.

»Ganz langsam, Herr Krüger. Solange Sie sich nicht bewegen, tut es auch nicht weh.«

»Was für Angreifer?«

»Ich war bei der Polizei, ich glaube, ich konnte einen identifizieren. Ein Nazi-Schläger.«

»Mittermaier!«, rief Rudger.

Heiße Wut schoss durch seine Adern. Er schob die Decke weg, aber die Ärztin drückte ihn sanft zurück ins Kissen, er konnte sich nicht dagegen wehren.

»Wäre Frau Frank nicht dazwischengegangen, hätten die beiden Sie wahrscheinlich totgeschlagen.«

»Aber wie …«

»Ich bin ins Taxi gestiegen, du bist zum Rhein runtergegangen. Na ja. Ich habe einfach keine Lust gehabt, schon nach Hause zu gehen, so allein. Ich bin direkt wieder ausgestiegen und dir hinterher. Keine Menschenseele weit und breit. Schließlich bist du in Sicht gekommen, aber bevor ich rufen konnte, sind die beiden über dich hergefallen, einer hat dir mit einem Baseballschläger eins über den Kopf gezogen. Ich habe rotgesehen, bin losgerannt und habe nur noch geschrien wie am Spieß.«

»Ich weiß gar nicht, was ich sagen soll. Tausend Dank. Ich …«

»Schon gut. Das sollte doch selbstverständlich sein. Hättest du das für mich nicht gemacht?«

Rudger antwortete ohne Zögern. »Natürlich. Ist der, den du erkannt hast, schon eingebuchtet?«

»Nein. Sie fahnden, aber anscheinend sind sie anderweitig sehr beschäftigt.«

»Womit?«

»Dass Professor Prokter ermordet wurde, hast du mitbekommen?«

Rudger nickte, ein Schmerz schoss durch seinen Kopf.

»Es hat einen zweiten Mord gegeben. Ein Recyclingunternehmer. H. P. Selmann.«

»Selmann?« Rudger kannte ihn nur zu gut. Einer dieser widerlichen Geschäftemacher, die vor nichts zurückschreckten. Fast ein Jahr hatte Rudger gegen ihn ermittelt, aber nicht genug gefunden. Selmann war ein cleverer Hund gewesen. Jetzt war er tot. Kein großer Verlust für die Menschheit. »Wie?«

»Nachrichtensperre. Wie bei Prokter.«

»Dann hängen die beiden Morde irgendwie zusammen. Was weißt du über Prokter?«

Jasmin zuckte die Achseln. »Er war der Vorzeigeprof der Geisteswissenschaften.«

Rudger verbiss sich ein Grinsen. Wer immer dieser Prokter war, er war nicht ohne Grund ermordet worden. Vor allem nicht, wenn die Polizei mauerte. Er musste so schnell wie möglich hier raus. Er musste die Ergebnisse der Gewebeproben von Kleinbau haben. Ohne darüber nachzudenken, warf er die Decke beiseite und versuchte aufzustehen.

Die Ärztin fluchte auf Polnisch, dann auf Deutsch. »Wie bescheuert muss man sein? Sie riskieren einen Gehirnschaden! Dummer Kerl!« Wieder drückte sie ihn zurück ins Kissen, und wieder versagte seine Kraft und die Schmerzen wurden so stark, dass er sich einfach fallen ließ.

Jasmin war blass geworden, sie starrte ihn mit aufgerissenen

Augen an, aber sie schwieg. Im Gegensatz zu Olga, die jetzt erst richtig in Fahrt kam.

Sie hieb mit dem Zeigefinger in Richtung seines Kopfs. »Ihr Gehirn ist so angeschwollen, dass es Ihren verdammten Dickschädel fast sprengt. Wenn es sich noch ein bisschen mehr ausdehnt, kann es sein, dass Sie ganz plötzlich nicht mehr wissen, wer Sie sind. Oder Sie können keine Begriffe mehr zuordnen. Sie sehen etwas, aber Sie können es nicht mehr benennen. Ist es das, was Sie wollen? Wenn ja, dann rennen Sie am besten los, machen noch ein paar Liegestütze vorher und dann mit dem Kopf durch die nächstbeste Wand.«

Rudgers Hirn fühlte sich an, als würden tausend Volt hindurchfließen. Er hob beide Hände. »Ich ergebe mich. Wie lange?«

Olga stemmte die Arme in die Hüften. »Vier Tage Minimum.«

Vier Tage! Rudger stöhnte.

Es klopfte. Die Tür öffnete sich. Helversum schob sich herein. Er hatte weder Blumen noch Apfelsinen dabei, aber dafür einen ganzen Strauß Flüche.

»Ich mache Mittermaier fertig, diese miese Scherbe und die ganze verdammte Blase! Die denken wohl, sie könnten hier einen auf SS machen? Verfluchte Scheißdrecks-Nazis! Wie geht es Ihnen, Krüger?«

Olga kam Rudger zuvor. »Schlecht. Er darf sich nicht aufregen, sich nicht anstrengen, und ich lasse ihn nur über meine Leiche gehen!«

Helversum hob die Augenbrauen. »Alle Achtung! Das nenne ich mal eine Umsetzung des Eids des Hippokrates! Aber keine Sorge, ich bin sehr dafür, ihn hier anzuketten, bis er außer Gefahr ist. Ich brauche ihn noch. Und jetzt muss ich mit ihm unter vier Augen reden.«

Jasmins Gesicht versteinerte, sie raffte ihre Sachen zusammen und stolzierte aus dem Zimmer. Olga folgte ihr lautlos.

Helversum zog ein Blatt aus der Jacketttasche, faltete es auseinander und reichte es Rudger, der Triumph in seinem Blick war nicht zu übersehen.

Rudger überflog die Zeilen, sein Herz machte einen Sprung. »Lassen Sie die Hunde von der Leine«, flüsterte er.

»Das wird ein Fest! Mittermaier, Ziehfreund, Miller, Kittner und Herz.«

»Erledigt!«

»So gut wie.«

Rudger warf noch mal einen Blick auf das Papier. Jetzt hatte er es schwarz auf weiß, und es bestand kein Zweifel: Ronald Kleinbau war erstickt worden.

Freitag, 10. Juli, 20.58 Uhr

Frans Handy meldete sich mit den ersten Takten eines schottischen Volksliedes, gespielt von Thinpipes, Trommeln und Fiedeln, gesungen von einer klaren Frauenstimme, die ihrem Heimatland Schottland und einem jungen Mann ihre Liebe erklärte.

Endlich hatte Fran es geschafft, den Klingelton zu ändern. Der vorherige hatte sie immer wieder an Albert erinnert, den sie hatte zurücklassen müssen, den sie hatte sterben lassen müssen, um ihre Schwester zu retten. Die Trauer war nicht mehr scharf wie ein Messer, sie war ein dumpfer pochender Schmerz geworden, der immer öfter ganz verschwand.

Es war Sascha, der anrief. Sollte sie rangehen? Würde er ihre These bestätigen, dass der Täter im Zweitagesrhythmus zuschlug? Sie stellte die Verbindung her. »Schlimm?«

»Schlimmer. Gerresheim. Kommst du? Taxi steht gleich vor der Tür. Aber nicht erschrecken.«

»Mein Vater?«

»Ja.«

»Kein Problem.«

»Das höre ich gern. Ihr versteht euch wieder?«

Fran überlegte kurz. »Wir bekämpfen uns nicht mehr. Wir müssen nicht mehr wegen jeder Kleinigkeit streiten.«

Sie waren ein gutes Stück vorangekommen. Fran hatte ihre reflexartige Feindseligkeit ihrem Vater gegenüber unter Kontrolle, und er schaffte es, zuzuhören, ohne gleich ihre gesamte Existenz infrage zu stellen und sie mit seinen Moralvorstellungen zu erschlagen. Mum hatte ihnen die Pistole auf die Brust gesetzt und ihnen eine Moderation verordnet. Dad hatte sie angedroht, auszuziehen, und Fran hatte sie daran erinnert, dass sie nicht der Nabel der Welt sei. Es hatte gewirkt. Die ersten beiden Termine waren schwierig gewesen und hatten den Moderator an seine Grenzen gebracht, aber auch seinen Ehrgeiz angefacht. »Zwei solche Dickköpfe habe ich noch nie erlebt«, hatte er gesagt und sie zweimal die Woche einbestellt. Inzwischen war der Moderator nicht mehr nötig. Sie hatten gelernt, sich zu respektieren.

»Bis gleich.« Sascha legte auf.

Fran schaute auf die Uhr. Fast einundzwanzig Uhr. Sie sicherte ihre Arbeit und loggte sich aus. Sofia war vor einer Stunde nach Hause gegangen. Fran wählte ihre Nummer. Sie ging sofort ran.

»Tatort?«, fragte sie.

»Ruf die Fahrbereitschaft. Es geht nach Gerresheim.«

»Danke.«

»Wofür?«

»Dass du mich mitnimmst.«

»Du gehörst zum Team.«

»Das war nicht immer so.«

»Jetzt ist es so. Los jetzt, wir haben es eilig.«

»Sorry, klar. Bin schon weg.«

*

Fran musste keine zwei Minuten warten. Die Streife kam mit Blaulicht und Sirene die Völklinger Straße heruntergejagt. Ihr Vater saß am Steuer, der Beifahrersitz war frei. Fran stieg ein, ihr Vater wendete sofort und preschte los.

»Der Dritte. Eine Serie, nicht wahr?«, fragte er.

Keine Begrüßung, ganz so, wie sie ihren Vater, den Dienststellenleiter James Miller, kannte. Inzwischen wusste sie, dass das nicht persönlich gemeint war. Darin lag keine Aussage darüber, ob er jemanden mochte oder nicht. Er hielt es für überflüssig, für Zeitverschwendung, zumindest im Dienst. Aber eine Antwort war er ihr noch schuldig, auf die sie seit einem Jahr wartete, der er immer wieder ausgewichen war, auch während der Moderation.

»So sieht es aus. Ich kenne noch keine Details.«

»Selmann ist doch eindeutig schon …«

»Du bist mir noch eine Antwort schuldig.«

Ihr Vater klappte den Mund zu und brummte, was so viel wie »Ja, aber nicht jetzt« hieß.

»Wenn ich mit dir über den Fall reden soll, was ich gerne tun würde, dann musst du mir die Frage beantworten. Und zwar ehrlich.«

»Warum ich im System gestöbert habe, obwohl ich keine Berechtigung hatte?«

Fran machte sich nicht die Mühe, zu antworten.

»Ich habe etwas gesucht, womit ich dir beweisen wollte, dass du falschliegst.«

»Fündig geworden?«

»Nein.«

Fran konnte das kleine Wort kaum verstehen.

»Ich finde nach wie vor, dass ihr falsch gehandelt habt. Das Gesetz muss immer über dem Menschen stehen, sonst wird es mit der Zeit wertlos, weil es beliebig wird.«

»Und es muss für alle Menschen gleich sein?«

»Du meinst, ich hätte mich selbst anzeigen sollen?«

»Wir hätten früher miteinander reden sollen. Hättest du mir damals die Wahrheit gesagt, ich wäre wütend gewesen, aber ich hätte mein Wort gehalten und dich nicht bei Kittner angeschwärzt.«

Ihr Vater drehte den Kopf. »Wirklich?«

»Aber ja. Du bist mein Vater. Das Risiko wäre ich eingegangen, und wenn es hart auf hart gekommen wäre, hätte ich einfach gesagt, dass ich dir den Zugang gegeben habe, weil ich deinen Rat hören wollte.«

»Die hätten uns ausgelacht.«

»Ich hätte dich als meinen Advocatus Diaboli ausgegeben. Das hätten alle sofort geglaubt.«

Ihr Vater lachte rau. »Ich habe dich unterschätzt.«

Fran musste lächeln. Noch vor einem Jahr wäre sie wutschnaubend aus dem Auto gesprungen und hätte ihm vorgeworfen, er sei ein Holzklotz und als Vater vollkommen untauglich. Das traf zwar zu, aber es traf *sie* nicht mehr.

»Aber wir *haben* Erfolg gehabt.«

»Glück!«

»Dem Glück haben wir nachgeholfen.«

Er machte ein Geräusch, das klang, als hätte er auf den Boden gespuckt. Er war unbelehrbar. Obwohl er ein stockfrommer Christ war, der regelmäßig zur Kirche ging und ernsthafter an Gott glaubte als ein Banker ans Geld, glaubte er ansonsten nur, was er sah. Da half nur der Vorschlaghammer.

»Du hast deinen Teil des Deals eingehalten. Ich halte meinen auch ein, und ich lege noch eins drauf: Ab sofort *bist* du in diesem Fall mein Advocatus Diaboli. Ich habe mein halbes Team in Urlaub geschickt. Mir fehlt jemand, der alles, was ich sage, in Zweifel zieht, jemand, den ich überzeugen muss, jemand, der stur ist wie ein Panzer, aber kein Dummkopf. Ich brauche so jemanden wie dich. Was sagst du?«

»Ich sage, dass du so unverschämt bist wie immer. Ich nehme an.«

Fran hielt ihm die Linke hin. Obwohl er mit fast einhundert Stundenkilometern über die Kruppstraße jagte, schlug er ein.

»Gut, du hast es so gewollt. Hör zu.« Sie erläuterte ihm den Fall und ihre Theorien, und er hörte tatsächlich zu. Es fühlte sich unendlich gut an, aber Fran machte sich keine Illusionen. Er würde ihr kein Pardon geben und sie bis aufs Blut reizen.

Fran hatte nicht viel Zeit, darüber nachzudenken, ein Meer von Blaulichtern kam in Sicht. Die Benderstraße war gesperrt, der Verkehr wurde umgeleitet, was erwartete sie dort? Was war für Sascha schlimmer als schlimm?

Sie hielten vor der Absperrung. Fran wies sich aus, ihr Vater war allseits bekannt, ungläubige Blicke folgten ihnen, Fran spürte sie durch die Kleider hindurch bis auf die Haut.

Ein Kollege führte sie in eine Lagerhalle, es war unschwer zu erkennen, was hier verkauft wurde: chinesische Lebensmittel. Bunte Kartons mit Schriftzeichen, die Fran nichts sagten. Die weißen Gestalten der Spurensicherung wuselten überall herum. Sie durchquerten zwei weitere Hallen, dann sahen sie die Scheinwerfer, die von der Polizei stammten und alles in grelles Licht tauchten. Sascha stand mit dem Rücken zu ihnen und redete mit Machinsky, dem Rechtsmediziner, der erst vor einem Jahr nach Düsseldorf gekommen war. Ein besonnener Mann mit ungeheuer viel Wissen und Erfahrung.

»Sascha«, rief Fran.

Er drehte sich um, lächelte. So schnell, wie das Lächeln auf seinem Gesicht erschienen war, war es auch schon wieder verschwunden. Zögerlich kam er auf sie zu. »Hi Fran.« Er nickte ihrem Vater zu, sagte tonlos: »Herr Miller.« Er wartete einen Moment. Als ihr Vater keine Anstalten machte zu gehen, zeigte er auf ihn, sprach aber Fran an. »Was soll das?«

»Ich habe ihn gebeten, mir seine Meinung zu dem Fall darzulegen.« Fran bemerkte ihre steife offizielle Wortwahl. »Ich will, dass er gegen mich argumentiert. Und wer, wenn nicht er, ist dazu am besten geeignet?«

»Da hast du allerdings recht.« Er wandte sich an ihren Vater. »Ich dulde das, solange Sie nicht dazwischenfunken.«

Ihr Vater nickte nur.

»Dann kommt mal mit.« Er zeigte auf einen Karton. »Schutzanzüge.«

Sie zogen sich um, folgten dem abgesteckten Pfad. Fran zählte sieben Kollegen von der Spurensicherung. Ihr wurde flau im Magen.

Sie durchquerten einen kurzen Gang, zuerst glaubte Fran eine blinkende Warnlampe zu sehen, aber es war nur eine flackernde Neonröhre. Mit jedem Schritt verschärfte sich der Geruch nach Blut und Fäkalien, der in der Luft hing. Frischer Tod also, keine Verwesung. Das hätte sie auch gewundert. Dem Täter kam es darauf an, dass seine Opfer rasch gefunden wurden, und sie hätte darauf gewettet, dass er es so einrichtete, dass sie genau dann gefunden wurden, wann er es wollte.

Sascha hob die Hand. Sie blieben stehen. Blitzlichter flammten auf. Sascha winkte, sie gingen weiter, blieben vor der dicken Tür eines Kühlhauses stehen.

Sascha wies auf die Tür. »Dahinter liegt Li Wang, deutscher Staatsbürger, 52 Jahre alt geworden. Er lebt seit vierzig Jahren in Deutschland und betreibt ein Import-Export-Unternehmen für das, was ihr schon gesehen habt: chinesische Produkte, Schwerpunkt Lebensmittel. Und damit sind wir schon beim springenden Punkt. Wir statten jetzt der eiskalten Hölle einen Besuch ab.«

Er schwenkte den schweren Hebel nach unten, zog die glänzende Stahltür auf und trat zur Seite. Fran machte einen Schritt bis zu dem Punkt, der mit Band als Haltepunkt markiert war. Der Raum war komplett weiß gefliest, an drei Wänden standen Regale, aber mit ihrer Anordnung stimmte etwas nicht. Jemand hatte ein paar Regale verschoben und so vor die anderen platziert, dass man an den Inhalt der hinteren nicht mehr herankam. Fran blickte nach links und wusste, wer das gewesen war und warum er das getan hatte: Die Fliesen der Wand waren bedeckt mit blutiger, verlaufener Schrift: »Sterben muss, wer sinnlos quält.«

Der Henker hatte zugeschlagen, das stand außer Frage. Und er hatte eine Visitenkarte hinterlassen: nicht nur seine Täterhandschrift, sondern auch seine persönliche Handschrift. Die Grafologen würden sich freuen.

Eine Blutlinie zog sich vom letzten Buchstaben bis zum Boden. Am Ende der Linie lag ein kleiner Malerpinsel. Von da führte die Linie weiter bis zu einem Mann, der Li Wang sein musste und der mit toten Augen an die Decke schaute. Er trug einen blauen Kittel, von dem man allerdings nicht viel sah. Li Wang war begraben unter einem Haufen Pakete. Sein rechter Arm hing schlaff über einer Schüssel, die gut drei Liter fasste und bis zur Hälfte mit Blut gefüllt war. Fran schluckte. Auf den Paketen lag noch etwas, das in dem ganzen Chaos schwer zu erkennen war. Eine Nase und zwei Ohren. Li Wangs Kopf war so von den Paketen verdeckt, dass sie das Fehlen der Körperteile nicht bemerkt hatte. War das eine Eskalation oder war das sorgfältig geplant? Nein, der Täter war genauso eiskalt wie die Temperatur in diesem Raum. Ein sauberer Schnitt klaffte in Li Wangs Unterarm. Der Täter hatte sich auch diesmal gut vorbereitet. Er hatte die Arteria radialis mit einem Längsschnitt freigelegt, sie ein Stück herausgezogen und dann durchtrennt. Li Wang musste zu dem Zeitpunkt noch gelebt haben, denn die Menge Blut, die nötig gewesen war, um die Wand zu beschriften, und das Blut in der Schüssel legten nahe, dass es Li Wangs Herz gewesen war, das sein Blut aus seinem Körper gepumpt hatte. Der Täter hatte Li Wang ruhigstellen müssen. Wie? Fran musste den Bericht der Spurensicherung und die Obduktion abwarten.

»Was ist in den Paketen?«, fragte Fran über die Schulter.

»Haifischflossen.«

»Sterben muss, wer sinnlos quält«, sagte Frans Vater. »Die Flossen werden den Tieren bei lebendigem Leib abgeschnitten. Tierquälerei übelster Sorte.«

»Ein Ökoterrorist!« Sascha zeigte auf die abgeschnittenen Körperteile und fixierte dann Frans Vater. »Biblisch. Auge um Auge, Zahn um Zahn.«

»Das steht im Alten Testament«, erwiderte Frans Vater. »Das hat nichts mit der Heilslehre von Jesus Christus zu tun. Wer das getan hat, kann kein gottesfürchtiger Mensch sein. Seine Seele ist verloren, falls er seine Sünden nicht bereut und Gott um Vergebung bittet.«

»Der Antichrist?«, bohrte Sascha nach. Es klang höhnisch.

Fran unterdrückte ein Grinsen. Sascha focht den Kampf aus, den sie bislang immer mit ihrem Vater ausgefochten hatte. Einerseits amüsant, andererseits absurd. Von außen betrachtet hatte Dad gar nicht so unrecht. Aus seiner Perspektive war der Täter eine verlorene Seele.

»Der Antichrist wird im Neuen Testament erwähnt und ist kein blutiger Schlächter, sondern jemand, der Irrlehren über Jesus Christus und Gott verbreitet. Das kann ich hier beim besten Willen nicht erkennen.«

Sascha schnappte nach Luft, Fran hob einen Finger. »Das ist nicht abwegig. Der Täter könnte ein Christ sein, aber er richtet sich nicht gegen andere Religionen. Weder missbraucht er Symbole, noch entweiht er heilige Stätten, noch verbreitet er Irrlehren.« Sie berührte ihren Vater kurz am Arm. »Danke, Dad.«

Er schaute sie wie vom Donner gerührt an, setzte zum Sprechen an, verschluckte die Worte, die er sagen wollte. Stattdessen räusperte er sich, kratzte sich am Kopf, räusperte sich wieder und wippte einmal auf den Fersen hin und her.

»Familienzusammenführung?« Sascha wischte mit der Hand durch die Luft. »Ist ja auch egal.«

»Wir können ja telefonieren«, sagte Frans Vater. »Ich muss sowieso wieder in die Dienststelle zurück.«

»Alles klar, Dad. Ich melde mich.« Sie lächelte ihn an, er verzog das Gesicht, ein Versuch, ebenfalls zu lächeln.

Er salutierte, drehte sich um und schritt den Flur entlang. Ein großer Mann, ein gerades Kreuz. Fran schaute ihm hinterher, es kam ihr vor wie ein Traum. Sie gingen auseinander, aber nicht im Streit, sondern mit einer Verabredung im Gepäck. Lag es an ihr? Oder lag es an ihrem Vater?

»Fran!«

»Ja, hier bei der Arbeit.«

»Hast du irgendein größeres Problem?«

»Was soll das denn jetzt?«

»Du setzt mir deinen Vater vor die Nase, nimmst ihn in die Soko auf, besprichst mit ihm ermittlungsrelevante Sachverhalte? Hakt's, oder was? Ich leite die Soko!«

»Und ich kann mir in *mein* Team holen, wen ich will. Ich leite die OFA!« Fran legte Wärme in ihre Stimme. »Es wird Zeit, dass du den Mund aufmachst. Was ist los, verdammt noch mal?«

Sascha starrte sie an, seine Kiefer mahlten. »Nichts. Wir sollten uns um den Fall kümmern.«

Er wollte sie nicht weiter ins Vertrauen ziehen. Gut! Seine Sache. Das machte es Fran leichter, Abstand zu halten. »Wie du willst. Was meinst du? Eskalation oder Kalkül?«

»Es fehlen nach wie vor klare Forderungen. Warum macht er das? Der Mord und die Verstümmelungen sind noch nicht alles. Li Wangs Frau musste alles mit ansehen. Das ist brutal! Das ist absurd!« Saschas Stimme klang schrill.

»Nichts, was ein Täter macht, ist absurd. Es mag uns unverständlich erscheinen, es mag in unseren Augen dem gesunden Menschenverstand widersprechen, und es ist unfassbar grausam; aber für alles gibt es einen Grund, eine Ursache, einen Auslöser.«

»Er hat dem Mann Nase und Ohren bei lebendigem Leib abgeschnitten, sagt Machinsky. Das ist eine unvorstellbare Eskalation!«

»Vielleicht. *Warum* hat er das getan? Darum geht es! Er richtet wie im Mittelalter, verhängt Spiegelstrafen: Dem Brotdieb wird die Hand abgeschnitten, dem Dieb geistigen Eigentums der Schädel gespalten, der Umweltverschmutzer wird im eigenen Dreck ersäuft. Und Li Wang, den er verantwortlich macht für furchtbarste Tierquälerei, werden Knorpelteile abgeschnitten, genauso wie seinen Opfern. Der Täter handelt nach seinem Plan, und er wird weitermachen. Die Frage ist: Wo sind seine moralischen Grenzen? Wer fällt unter seine Jurisdiktion? Über wen hat er bereits Urteile gefällt und wer ist als Nächster dran?«

»Das ist alles eine riesengroße Scheiße!«

Fran nahm Sascha am Arm und zog ihn von dem Kühlraum weg. Die Spurensicherer rückten mit der 3D-Kamera an, deshalb hatten sie den Kühlraum nicht betreten dürfen. Kein Detail durfte verändert werden.

»Wir haben noch keinen einzigen Fall mit Jammern gelöst«, sagte Fran. »Gibt es irgendetwas Neues von eurer Seite?«

»Haben wir inzwischen zwei Lager? Deins und meins?«

»Seitdem du mit mir Weitpinkeln veranstalten willst, ja.«

Sascha rollte mit den Augen. »Nichts Neues. Nur Bestätigungen von dem, was wir bereits wissen.«

»Wann habe ich die Daten von Li Wang und dem Tatort?«

»Vier Stunden.«

»Wann ist das nächste Treffen?«

»Morgen früh, sechs Uhr, Präsidium.«

»Alles klar. Dann bis morgen.«

Fran hatte genug für heute. Sascha drehte vollkommen am Rad, der Mord an Li Wang war albtraumhaft, sie war müde und hatte kein Konzept. Schlimmer konnte es kaum kommen.

Freitag, 10. Juli, 23.30 Uhr

Helversum hatte ihm seinen Laptop aufs Bett geworfen und sich einverstanden erklärt, den Artikel ohne Vorgespräch mit der Polizei zu bringen. Die Konsequenz war, dass die »DNP« für die nächste Zeit bei den Behörden als geächtet galt.

»Wir sind Journalisten und keine Bücklinge!«, hatte Helversum gerufen, auf Rudger gezeigt und befohlen: »Fass, Krüger!« Dann war er aus dem Zimmer gestürmt.

Jasmins Abgang war nicht so spektakulär gewesen. Sie hatte ihm einen Kuss auf die Lippen gedrückt und ihm ins Ohr geflüstert, er solle sie fertigmachen. Und sie würde auf ihn warten. Nur mit Mühe hatte er seine Erektion in den Griff bekommen.

Jetzt lag der Laptop offen und einsatzbereit auf dem ausklappbaren Esstischchen, der Cursor blinkte vor sich hin. Mühsam, unter Schmerzen hatte sich Rudger aufgesetzt und sich ein zweites Kissen in den Rücken gestopft. Die erste Salve, die er abschießen würde, galt Fran Miller. Die Gewebeuntersuchung hatte eindeutig ergeben, dass Ronald Kleinbau erstickt worden war. Behördenversagen erster Güte! Die Schlagzeile war ihm sofort eingefallen: »Die langen Schatten der Nazis«. Rudger skizzierte den Fall: Der Mord an dem türkischstämmigen Deutschlehrer Metin Küczük aus Kreuzberg in der Eifel. Am 14.08.1985 war er in seiner Wohnung tot aufgefunden worden. Erschlagen. Zuerst ging man von einem Raubmord aus, dann ergaben sich Verdachtsmomente gegen Familienmitglieder, denen aber nichts nachgewiesen werden konnte.

»Das sind klare Parallelen zu den NSU-Morden«, schrieb

Rudger. »Nicht erst seit dem Mordzug der Nazis quer durch Deutschland sind die Behörden auf dem rechten Auge blind. Die Schatten der Nazis sind lang, sie reichen tief in die deutsche Vergangenheit zurück und verdunkeln auch die deutsche Gegenwart.«

Küczük sollte ein Tyrann gewesen sein, angeblich hatte er seine zwei Töchter missbraucht. Nach Auswertung der Vernehmungen stellte sich heraus, dass es eine Rufmordkampagne gewesen war, der die Polizei gerne Glauben geschenkt hatte. Es hatte einen wichtigen Hinweis gegeben, dem nicht nachgegangen worden war. Einige Tage vor seinem Tod war Küczük nervös und unruhig gewesen. Seiner Frau hatte er am Telefon erzählt, er werde sich mit »Leuten treffen, denen man helfen muss«. Wer diese Leute waren, war nie ermittelt worden. Außerdem fehlte in der Wohnung außer Küczüks Brieftasche nichts, obwohl dort Schmuck im Wert von einigen tausend Euro mehr oder weniger offen herumlag. Die Spurensicherung hatte drei Teilfingerabdrücke von Fremdpersonen gesichert – leider zu wenig, um einen Täter eindeutig zu identifizieren. Fran Millers Abteilung hatte immerhin einen Tatverdächtigen ermitteln können, aufgrund der Aussage von Ronald Kleinbau, Aussteiger aus der Nazi-Szene. Von Kleinbau hatten sich alle wichtige Informationen erhofft, Namen von Komplizen, Tätern und Mitläufern. Fran Miller selbst hatte keinerlei nachweisbare Beziehungen in die rechte Szene. Rudger vermutete, dass ihr Wegschauen bei Kleinbau die Gegenleistung für ihre abrupte Beförderung war. Dafür hatte er keine Beweise, also würde er es auch nicht schreiben. Auch nicht zwischen den Zeilen. Er würde Fragen aufwerfen. Unangenehme Fragen, mit denen er die Behörden zwingen konnte, aus der Deckung zu kommen. Welche Rolle Herz und Kittner im Detail spielten, würde sich ergeben. So musste man vorgehen: einen Faden fassen, daran ziehen und schauen, wer alles umfiel. Rudgers Rippen schmerzten. Er hatte zu tief Luft geholt. Der Schmerz spornte ihn an.

Zweimal forderte die Nachtschwester ihn auf, endlich zu schlafen, zweimal zeigte er mit dem Zeigefinger auf die Tür. Als die Sonne aufging, las er seinen Artikel noch einmal durch, dann drückte er auf Senden. Morgen würde die Hölle über die »DNP« hereinbrechen. Diese Scheißkerle, die ihm drei Rippen gebrochen hatten, die würde er auch noch kriegen. Und dann Gnade ihnen Gott!

Samstag, 11. Juli, 5.00 Uhr

Fran schob ihr Gesicht ganz nah an den Spiegel. Da waren sie, die Krähenfüße. Nicht zu übersehen. Und die dunklen Ränder um die Augen. Und kleine dunkle Flecken auf der Haut. Es war so weit. Sie alterte sichtbar. Sie schob die Tür des Badschrankes auf, griff hinein und zog eine Dose Puder aus dem hintersten Winkel hervor, tupfte mit dem Pinsel die Falten ab. Sie begutachtete ihren Täuschungsversuch. Nicht schlecht. Man musste schon sehr genau hinschauen, um die Manipulation zu erkennen.

Ihr Festnetztelefon meldete sich. Sie ging in die Diele, behielt die Puderdose in der linken Hand, hob mit der rechten ab. Weicher französischer Akzent umschmeichelte ihre Ohren.

»Fran. Wo bist du? Warum meldest du dich nicht? Du hast seit Ewigkeiten keinen Sprung mehr gemacht! Wir brauchen dich für den European Base-Jump Contest! Diesmal müssen wir gewinnen!«

»Jean Claude, weißt du, wie viel Uhr es ist? Es ist kurz nach fünf!«

»Natürlich weiß ich, wie spät es ist. Ich weiß aber auch, dass du Frühaufsteherin bist. Und ich weiß, dass dir das Springen fehlt. Es muss dir fehlen! Sonst weiß ich nicht, was ich tun soll! Dich kann niemand ersetzen!«

Nach ihrer Therapie war das Bedürfnis, sich in den Tod zu stürzen, auch wenn es nur symbolisch gewesen war, verpufft. Denn nichts anderes war Base-Jumping: Dem Körper vorspielen, er müsse jetzt sterben, um ihn zu veranlassen, all die wunderbaren Stoffe auszuschütten, die einen Menschen glücklich machten, vor allem in dem Augenblick, wenn der Körper merkte, dass er gar nicht zerstört wurde. Der Kick war unbeschreiblich, und genau das war das Problem. Fran war ein Adrenalinjunkie gewesen, vielleicht war sie es noch immer, aber im Moment war sie trocken. »Es geht nicht.« Jean-Claude schwieg, wartete, dass Fran ihm erklärte, warum. »Ich bin körperlich nicht in der Lage, ich bin zu schwa…«

Er unterbrach sie. »Du bist schwanger? Das ist eine tolle Neuigkeit.«

Seine Stimme entfernte sich, sie hatte sagen wollen: »Zu schwach«.

»Hey, habt ihr gehört? Fran ist schwanger. Das erklärt alles.«

»Jean-Claude! Verdammt noch mal, jetzt hör doch mal zu! Ich bin nicht schwanger.«

»Was hast du gesagt? Ich habe es nicht verstanden. Die Verbindung ist lausig hier oben. Ist ja auch egal. Herzlichen Glückwunsch auch. Lass was von dir hören, wenn es so weit ist! Vielleicht machen wir eine Luftgeburt!«

Lautes Lachen im Hintergrund. Er hatte auf Mithören gestellt, Wut rollte Frans Kehle hoch.

»Au revoir, ma chère! Et prend soin de toi et de ton bébé!«

Und schon hatte er aufgelegt. Sie legte das Telefon vorsichtig beiseite. »Pass auf dich und dein Baby auf!« So ein Unsinn! Die Menschen glaubten alles, was sie glauben wollten, bis man ihnen die Wahrheit rechts und links ins Gesicht schlug, und oftmals selbst dann nicht. So wie sie geglaubt hatte, Sascha könne mehr für sie empfinden als für irgendjemand anderen. Sein Geheimnis, dass er verdeckter Ermittler der Inneren war, hatte er ihr in einem schwachen Moment anvertraut, aber heute hatte er seine Maske fallen lassen und gezeigt, dass er sie nicht wirklich in sein Vertrauen zog, dass er sie nicht einmal respektierte und sie als

Frau dermaßen uninteressant fand, dass er noch nicht einmal mit ihr ins Bett wollte.

Manchmal wünschte sich Fran, wie ihre Schwester zu sein: das Engelsgesicht mit den blonden Locken, die die Typen reihenweise abschleppte und vor die Tür setzte, sobald sie Ansprüche anmeldeten. Sex ohne Verantwortung. Bewunderung ohne Pflicht. Verlockend!

Sie ließ die Puderdose ins Waschbecken fallen und fuhr sich mit den Fingernägeln durchs Gesicht. »Du bist eine Hexe! Die Männer, die du liebst, tötest du, die anderen entpuppen sich als Monster! Lass es einfach sein!«

Sie wischte sich das verschmierte Puder aus dem Gesicht. Es kam nicht infrage, dass sie sich hinter einer Farbschicht versteckte. Ihr Gesicht war ihr Gesicht, nicht besonders hübsch, doch was sollte es? Wenigstens hatte sie eine gute Figur. Der Po klein und knackig, die Brüste fest, nicht zu groß, nicht zu klein, sie war schlank, aber nicht verhungert wie die magersüchtigen Gespenster, die in der Altstadt umherflatterten. Außerdem hatte sie Besseres zu tun, als sich mit Männern rumzuplagen. Heute Abend würde sie einen Kerl abschleppen. Damit das auch funktionierte, würde sie ihre Schwester mitnehmen, sozusagen als Wingwoman. Ende der Ansage.

Sie war so früh aufgestanden, weil sie sich vor der Lagebesprechung auf den neuesten Stand bringen wollte. Sie zog sich bequeme Sachen an, Stretchjeans, eine weiße Bluse, Turnschuhe und die kurze Lederjacke, nahm das Auto; sie brauchte ein wenig Luxus, ein wenig Dekadenz.

*

Das LKA war bis auf den Pförtner und die Bereitschaft verwaist. Auch ihre Abteilung war menschenleer. Fran fuhr den Rechner hoch, öffnete die Akte »Henker«. Sofia hatte eine Nachtschicht eingelegt, gute Arbeit geleistet. Ebenso wie die Forensik. Noch in der Nacht hatten sie Wang obduziert. Alle Daten waren eingepflegt, der Index angelegt: Prokter, Selmann, Wang. Drei tote Männer in sechs Tagen – und nur eine Ankündigung? War die E-Mail, die Fran erhalten hatte, die Warnung gewesen, die sie nicht gehört, nicht ernst genommen hatten? »Ich werde töten, wenn ihr nicht die Wahrheit sagt.« Prokter passte dazu, nicht aber Selmann und Wang. Im weitesten Sinne ging es auch bei Betrug um die Verschleierung der Wahrheit, und auch das Abschlachten von Haien hatte etwas mit Wahrheit zu tun. Niemand wollte hinschauen, wollte wissen, wie die Flossen der Tiere »geerntet« wurden, niemand wollte wissen, dass Haifischflossen als Aphrodisiakum genauso wirksam waren wie Glukosepulver – nämlich überhaupt nicht. Man musste daran glauben, es waren Placebos. Und wo der Glaube übermächtig wurde, hatte die Wahrheit verloren. Der Täter war verzweifelt, seine Seele war gescheitert an der gnadenlosen Realität, am Egoismus der Menschen, an der Brutalität und der Gier. Er konnte nicht mehr das Gute und das Schöne sehen. Es klang kitschig, aber seine Seele hatte sich verdunkelt und fand den Weg zum Licht nicht mehr. Sie kannte diesen Zustand. Alles ist sinnlos, nur der Tod scheint Erlösung zu versprechen. Der eigene! Nicht der anderer Menschen. Fran wäre nie auf die Idee gekommen, andere mit in den Tod zu reißen, nur weil sie nicht mehr leben wollte, weil sie keinen anderen Weg mehr wusste.

Sie rief den Obduktionsbericht von Li Wang auf. Er hatte sich gewehrt, die Abwehrverletzungen an den Armen und im Gesicht waren auf den Fotos gut zu erkennen. Anhand der Spurenlage und der Aussagen von Birte Wang, geborene Müller, konnte Fran den Tathergang lückenlos rekonstruieren. Das Wichtigste aber war: Sie wussten jetzt, dass es sich um einen Mann handelte, der einen Kopf größer war als Li Wang, also über einen Meter achtzig. Ein Mann, der über große körperliche Kraft verfügte, denn er hatte sich Frau Wang ohne Probleme über die Schulter geworfen und sie zur Kühlkammer getragen. Jemand, der keine Kampfsportausbildung hatte, denn Frau Wang beschrieb den Kampf zwischen ihrem Ehemann und dem Täter als »Prügelei wie auf dem Schulhof«. Ein Mann, der diszipliniert vorging, denn er hatte nicht ein Wort gesprochen. Ein Mann, der keine Angst vor Entdeckung hatte, weil er nicht im DNA-Pool der Polizei zu finden war; er hatte Haare und ein wenig Haut an Li Wang zurückgelassen. Ein Mann, der sich seine Opfer aussuchte, sein Vorgehen präzise plante und dennoch Unvorhergesehenes einkalkulierte. Sowohl bei Prokter als auch bei Li Wang hatte er flexibel reagieren müssen, um nicht die Kontrolle zu verlieren. Kalkuliertes Risiko, das war seine Vorgehensweise. Das war der Gegenpol zu seiner verletzten Seele, das hielt ihn im Gleichgewicht: handeln zu können. Nicht aus spontanem Affekt heraus, sondern kopfgesteuert. Über kurz oder lang würde ihn das zu Fall bringen. Dieser Täter hatte ein klares Ziel, und er würde es sie wissen lassen, wenn er es für richtig hielt, wenn er genug getötet hatte, um sicherzustellen, dass ihm jeder glaubte, dass er es ernst meinte. Wen würde es als Nächsten treffen? Einen Zuhälter? Eine Prostituierte? Einen Pfarrer? Einen Politiker? Eine Polizistin? Eine Profilerin? Sie warf einen Blick über die Schulter. Niemand stand hinter ihr. Sie musste an Erik denken, daran, dass er auf freiem Fuß war – und dass sie noch immer nichts von ihm gehört und gesehen hatte. Oder doch?

Samstag, 11. Juli, 6.00 Uhr

Rudger bewegte zuerst das rechte, dann das linke Bein. Sie gehorchten beide, nicht willig, aber es musste reichen. Dann die Arme. Er zuckte zusammen. Der rechte schien Muskeln zu beanspruchen, die auf seine Rippen drückten. Immerhin erlaubte ihm der Stützverband, sich aufzurichten. Diesmal gelang es ihm, die Füße auf den Boden zu stellen. Er drückte sich ab und stand. Ihm wurde nicht schwindelig. Jetzt galt es. Er hob das rechte Bein, setzte es vor das andere, machte noch einen Schritt. Perfekt. Wie schnell er sich an die Behinderung gewöhnt hatte. Zwei Schritte zu vollbringen, machte ihn so glücklich, als hätte er eine Olympiamedaille im Hundertmetersprint gewonnen.

Jasmin kam herein, küsste ihn zart auf die Lippen, strich ihm über die Wange. »Ich hätte dir die Post auch mitbringen können …«

Er hätte gerne einen Schritt rückwärts gemacht, aber er fürchtete den Schmerz, den eine unbedachte Bewegung auslösen würde. Mit einer Hand schob er sie weg. »Ich muss an meinen Schreibtisch.«

Jasmin schluckte hart. Die Verletzung durch seine grobe Zurückweisung stand ihr unverkennbar ins Gesicht geschrieben. Das war nicht sein Problem. Vielleicht hatte sie ihm das Leben gerettet, aber das gab ihr nicht das Recht, ihn als ihr Eigentum zu betrachten. »Hilf mir beim Anziehen.« Er musste bald mit ihr reden und klar Schiff machen, falls sie nicht von alleine begriff. »Bitte«, setzte er hinzu, als sie nicht reagierte. Ihre Lippen zuckten, als wollte sie gleich losheulen, doch dann ging sie zum

Schrank, nahm seine Hose, sein Hemd und sein Sakko und zog ihn an, mit derselben kühlen Routine, wie seine Mutter es immer getan hatte. Sie rupfte und zupfte an ihm herum, Rudger unterdrückte einen Schmerzensschrei, als sie seine Rippen berührte. Er würde sich ihr noch als dankbar erweisen, aber nicht jetzt und nicht mit gespielten Gefühlen. Jetzt ging es um Wichtigeres. Er musste wissen, ob er einen bestimmten Brief erhalten hatte. Oder vielleicht sogar zwei. Sein Mann im Präsidium hatte ihm eine SMS geschickt: »Prokter – Selmann – Wang – da waren es schon drei!« Noch hatte er keine Details, aber wenn ein Zusammenhang mit den Briefen bestand, dann musste er handeln – so oder so. Und Helversum musste Bescheid wissen.

Jasmin stellte sich vor ihn hin und verschränkte die Arme vor der Brust. »Du magst mich nicht!«

Warum musste er jetzt daran denken, dass sie eine wirklich schöne Frau war? Dass er gerne mit ihr geschlafen hätte, aber nicht mehr? Und dass er das nicht tun würde? Dafür gab es einen Grund, und Jasmin hatte ein Recht, ihn zu erfahren. Ob sie ihm glauben würde? »*Weil* ich dich mag, werde ich dir nichts vormachen. Du hast mir den Arsch gerettet, und ich werde es dir nicht mit Lug und Trug vergelten. Vielleicht verliebe ich mich in dich? Wer weiß? Aber im Moment ist es nicht so. Ich werde deine Gefühle nicht mit Füßen treten, wie ich es schon so oft gemacht habe.«

Eine Träne rutschte Jasmins Wange herunter. »Verdammte Scheiße!«, rief sie. »Warum musst du bei mir anfangen, einen auf edler Ritter zu machen?«

Rudger musste lächeln, er küsste ihr eine Träne von der Wange.

Sie stieß ihn sanft von sich. »Los jetzt. Wir müssen uns beeilen, bevor der Zerberus alias Olga uns hier festkettet.«

Jasmin reichte Rudger eine Krücke, aber er lehnte ab. Zu auffällig. Den Verband um seinen Kopf hatte er mit einer Wollmütze getarnt. Sie schlichen den Flur entlang, aus den Zimmern drangen die Geräusche der Apparate, denen Menschen ihr Leben verdankten. So wie Alexander. Rudger musste bald wieder nach Tübingen. Wenn es nicht anders ging, würde er ein Taxi nehmen. Alexander nicht zu besuchen, das war in seinem Universum nicht vorgesehen.

Unbemerkt erreichten sie den Ausgang, Jasmin sagte an der Information Bescheid, dass Rudger das Krankenhaus verließ, damit sein Fehlen nicht eine Panikreaktion auslöste.

Sie stiegen in ein Taxi. Es war Samstag, sieben Uhr morgens, niemand kam ihnen in die Quere, der Taxifahrer fuhr mit halb geschlossenen Augen, bedankte sich für das üppige Trinkgeld und wünschte Rudger und Jasmin alles Gute.

Die Redaktion war ebenso verlassen wie die Stadt. Der Pförtner grüßte und machte sich einen Vermerk. Niemand ging hier ein oder aus, ohne registriert zu werden.

Rudgers Posteingang quoll über. Er schaufelte alles in eine Plastiktüte und packte die zwei Briefe mit den Ankündigungen, die er bereits erhalten hatte, mit ein. Er wollte seine Ruhe haben, um seinem Artikel über das Versagen von Fran Miller den letzten Schliff zu geben.

Bald würden die Räume von Menschen überquellen, die in ständiger Zeitnot die Sonntagsausgabe planen mussten. Rudger grauste es bei dem Gedanken, den Fragen seiner Kollegen ausgesetzt zu sein. Nicht nur seine Rippen schmerzten, seine Seele hatte ebenfalls eine heftige Prellung abbekommen. Und falls die Polizei auf die Idee kommen sollte, die Redaktion zu durchsuchen, würde sie nichts finden. Seinen privaten E-Mail Account konnten sie zwar hacken, aber die Daten waren so verschlüsselt, dass es ohne seinen Code hundert Jahre dauern würde, bis sie auch nur eine Zeile lesen konnten.

»Jasmin, kann ich bei dir ein oder zwei Tage unterkriechen?«

Sie blitzte ihn an. »Du kannst auf der Couch schlafen.«

»Danke, mehr will ich gar nicht.«

Sie schauten sich einen Moment in die Augen. Rudger war sich nicht sicher, was er in ihren sah. Er hatte sie abblitzen lassen, und jetzt lud er sich zu ihr ein. »Du musst nicht, ich kann auch …«

»Ach, halt doch die Klappe! Lass uns gehen.« Jasmin schnappte sich die Tüte, die ein ansehnliches Gewicht erreicht hatte, und zog Rudger hinter sich her.

Diese Frau hatte zweifellos ihre Qualitäten, vielleicht hatte er sie falsch eingeschätzt. Vielleicht hatte sie sich schon wieder entliebt. Vielleicht hoffte sie, ihn auf ihrem eigenen Terrain rumzukriegen. Aber nur bei dem Gedanken an leidenschaftlichen Sex schmerzten seine Rippen.

Wenige Minuten später saßen sie in einem Taxi, Rudger warf noch einen Blick auf die Redaktion. Eine Wolke verdunkelte die Sonne, ein Schatten fiel über die Fassade aus Glas und Beton. Rudger schloss die Augen.

Samstag, 11. Juli, 6.45 Uhr

Fran war pünktlich um sechs zur Besprechung erschienen, Sascha hatte ihr knapp zugenickt, seit einer Dreiviertelstunde besprachen sie Details der Fälle.

Hasso Kittner kam auf die Medien zu sprechen, zeigte auf Fran. »Wir werden heute die Presse informieren müssen. Was können Sie uns sagen? Mit wem haben wir es zu tun?«

»Er wird weitermachen. Es ist ein Feldzug.«

»Gegen wen?«, fragte Kittner.

Fran schaute in die Gesichter der Soko. Gespannte Erwartung. Sascha lehnte mit der Schulter an der Wand, es sah aus, als könne er nicht mehr alleine stehen. Seine Augen waren halb geschlossen, er schien weit weg zu sein. Das war nicht ihr Problem, ab heute würde sie sich um ihre eigenen kümmern. »Gegen Betrüger, Lügner und Geschäftemacher. Gegen alles, was für ihn böse ist. Nur wissen wir nicht, wie weit er diesen Personenkreis zieht.«

Kittner zeigte auf das Whiteboard, auf die vorläufige Timeline der Tathergänge. »Fran Miller hat eine E-Mail erhalten, von der wir annehmen, dass sie vom Täter stammt. Der Text steht im Handout. Außer den Nachrichten, die wir bei den Opfern gefunden haben, liegen keine weiteren Aussagen des Täters vor.«

»Ein Racheengel?«, fragte eine Kollegin.

Fran wedelte mit dem Zeigefinger. »Nicht im biblischen Sinne. Die Bibel kennt keine Racheengel, das widerspricht dem christlichen Gnadengedanken. Aber natürlich hat Gott Engel fürs Grobe, Erzengel Gabriel zum Beispiel, der mit Feuer und Schwert die bestraft, die Gott lästern. Gabriel kämpft auch besonders gerne gegen den Teufel. Unser Mann ist nicht religiös verblendet. Es fehlen jegliche Symbole dafür. Ich weiß nicht, nach welchem Wertesystem er vorgeht. Ich weiß nur, dass es sich bei den drei Morden um ein und denselben Täter handelt. Seine Handschrift ist eindeutig, sein Modus Operandi ebenfalls. Sein Alter würde ich eingrenzen auf Mitte zwanzig bis Ende vierzig.«

»Die meisten Mörder sind eher jünger«, warf ein junger Kollege ein.

»Meine Schätzung leitet sich aus den Tathergängen her: Unser Täter hat Lebenserfahrung. Er kennt sich vorzüglich aus in den Milieus, in denen er zuschlägt. Das können Sie sich nicht anlesen. Und das ist gleichzeitig unser bisher bester Ermittlungsansatz: Wer hatte oder hat mit der Universität, der Müllbranche und dem Handel mit exotischen Lebensmitteln zu tun?«

Schweigen. Ein Handzeichen. Fran nickte einem jungen Kollegen zu.

»Handwerker. Versicherungsmakler. Viele Dienstleister. Telekommunikation. Alles, was mit moderner Infrastruktur zu tun hat. Müllmänner.«

»Polizist«, rief jemand aus der hinteren Reihe.

Niemand lachte.

Fran freute sich über die rege Beteiligung, freute sich, dass die Kollegen mitdachten, ihre Ideen aufnahmen. »Sehr gut. Ärzte und Journalisten kommen ebenfalls in Betracht. Ich würde vorerst den Kreis auf Berufe mit gehobenem Bildungsniveau begrenzen. Der Täter muss überdurchschnittlich intelligent sein und Bildung besitzen, allein schon weil er sich ein solch komplexes Wertesystem geschaffen hat.«

»Er ist ein eiskalter Psychopath!«

Fran konnte nicht erkennen, wer das in den Raum geworfen hatte, es war auch egal. »Das glaube ich nicht.«

»Er hat einem lebenden Menschen Nase und Ohren abgeschnitten und dessen Frau dabei zuschauen lassen.«

Jetzt konnte Fran den Kollegen sehen. Ein älterer Mann, groß, schlank, ganz der Typ drahtiger Ermittler. »Das ist richtig. Aber er hat Frau Wang nicht zur Befriedigung seiner Machtgelüste leiden lassen. Er hat Fesseln und Knebel so angelegt, dass sie keine unnötigen Schmerzen hatte. Ein kleines, überaus wichtiges Detail. Unser Täter ist konsequent und in seiner Konsequenz brutal und grausam. Aber er hat Empathie. Ich glaube, er leidet unter dem, was er tut.«

Plötzlich redeten alle durcheinander. Fran verstand einige Brocken: »… jetzt ist sie komplett verrückt geworden … ach, der arme Killer! … jetzt reicht's aber …«

Kittner gebot Ruhe, und Fran fuhr fort. »Ich verstehe eure Empörung. Aber wenn wir ihn fassen wollen, und zwar möglichst schnell, müssen wir genau hinschauen, müssen wir ihn so sehen, wie er ist, und nicht so, wie wir wollen, dass er sei. Sonst erkennen wir ihn nicht, selbst wenn er vor uns steht. Also noch mal: Er leidet unter dem, was er tut, weil er kein eiskalter Killer ist, sondern ein höheres Ziel verfolgt, das ihm alles abverlangt, das wichtiger ist als sein Leben und das anderer. Er ist genauso verblendet wie ein islamistischer Selbstmordattentäter, nur dass es keine Interpretation einer Religion ist, der er folgt. Ich glaube, er ist so etwas wie ein Weltenretter, ein Moralist. Er wird über kurz oder lang konkrete Forderungen stellen.«

Manche schwiegen trotzig, manche einsichtig. Was würde ihr Vater sagen? Was war mit Sascha? Er lehnte noch immer völlig unbeteiligt an der Wand.

Kittner übernahm. »Unsere offizielle Meinung ist: drei Morde. Über Zusammenhänge kann nur spekuliert werden. Wir ermitteln mit einhundert Personen. Mehr gibt es nicht zu sagen. Wer plaudert, fliegt achtkantig raus.«

Das sagte Kittner immer, und er wusste genauso gut wie Fran, dass es nichts half. Irgendwer plauderte immer. Manchmal gegen Geld, manchmal aus Hass, manchmal aus Geltungssucht.

Sascha stieß sich von der Wand ab und stellte sich vor die versammelte Mannschaft. »Die Einsatzpläne liegen aus. Ihr wisst, was ihr zu tun habt. Wir werden den Bastard kriegen.«

Fran wollte Einspruch erheben, aber Kittner legte ihr eine Hand auf die Schulter und flüsterte ihr ins Ohr. »Ein bisschen emotionale Stimulation ist nicht verkehrt. Die Kollegen haben gehört, was Sie gesagt haben, und die meisten haben es verstanden. Sie machen Ihren Job, wir unseren. Einverstanden?«

Kittners Berührung war Fran unangenehm, er schien es zu spüren und nahm seine Hand weg. Er erwartete keine Antwort. Sie machte einen Schritt auf Sascha zu, der ihr den Rücken zudrehte. Sie blieb abrupt stehen, als hätte er sie mit der flachen Hand vor die Brust gestoßen. Alles war gesagt. Sie hatte hier nichts mehr verloren. Kittner war schon weg, Fran nahm die Einsatzpläne und den Presseordner, verließ das Präsidium und hatte zum ersten Mal seit Langem das Gefühl, nichts von Menschen zu verstehen. Wer immer diese Morde begangen hatte – für Fran war er nicht mehr als ein Schatten in der Dunkelheit.

Samstag, 11. Juli, 18.00 Uhr

Die Couch entpuppte sich als zwei zusammengestellte Sessel, deren Lederbezug nur noch an manchen Stellen ahnen ließ, dass er einst weiß war.

»Du weißt, wie man Rache besonders süß würzt«, sagte Rudger und ließ sich vorsichtig darauf nieder.

»Möchtest du einen Tee?«

»Hast du Whisky?«

»Korn.«

»Prima, dann nehme ich einen schwarzen Tee.«

»Kommt sofort.« Jasmin wechselte in die Küche, die problemlos in einen Kleinwagen gepasst hätte.

Rudger klappte seinen Laptop auf, loggte sich in die Redaktionssoftware ein und lud sich seinen Artikel hoch. Wort für Wort ging er ihn durch, achtete darauf, dass er nichts schrieb, das er nicht beweisen konnte. Als Nächstes verfasste er einen Kommentar zu den Fakten, die er recherchiert hatte. Jetzt konnte er in die Vollen gehen. Seine Meinung konnte ihm niemand nehmen, dazu war schließlich ein Kommentar da.

Jasmin brachte den Tee, er schmeckte vorzüglich. Rudger bedankte sich artig und schaute Jasmin hinterher, die sich in ihr Schlafzimmer zurückzog, um zu lesen. Die Tür ließ sie offen. Einladung oder Test?

Rudger vertiefte sich wieder in die Arbeit. Bis spätestens einundzwanzig Uhr musste alles auf dem Redaktionsserver liegen. Zehn Minuten vor der Deadline schickte Rudger die Dateien los. Er lehnte sich zurück. Wie würden die Behörden reagieren?

Ignorieren? Toben? Eingestehen, dass sie Fehler gemacht hatten?

Rudger hörte ein Geräusch. Es klang wie ein Schaben über Holz. Sein Herzschlag beschleunigte sich. Waren sie hinter ihm her? Stürmten sie die Wohnung? Das Geräusch veränderte sich. Rudger erkannte es, biss sich auf die Zunge, um nicht loszubrüllen vor Lachen. Jasmin schnarchte. Aber nur kurz, dann atmete sie wieder gleichmäßig. Er hätte sich gern zu ihr gelegt, aber nicht, um mit ihr zu schlafen, sondern um sich ein wenig geborgen zu fühlen, geschützt. Sie hatte ihm das Leben gerettet, weil sie mutig war, weil sie sich eingesetzt hatte. Bewundernswert. Sie war eine Heldin. Er rappelte sich hoch, schleppte sich an ihr Bett, deckte sie zu und schloss die Tür hinter sich. Als er sich wieder setzte, stöhnte er leise vor Schmerzen. Mit der Fernbedienung schaltete er den Fernseher ein; er stellte ihn sehr leise, damit er auf keinen Fall Jasmin weckte. Die Medien berichteten, was Rudger schon wusste: Ein dritter Toter war gefunden worden. Ein chinesischer Lebensmittelhändler, bedeckt mit Haifischflossen. Was ging nur in dieser Stadt vor?

Der Bericht glänzte durch das Ausweiden spärlicher Informationen. Die Polizei gab nicht viel preis, laufende Ermittlungen, das Übliche.

Mit einer Hand wuchtete Rudger die Tüte mit den Papieren und der Post auf seinen Schoß.

Einen Umschlag nach dem anderen warf er auf den gewachsten Holzboden, bis er in der Hand hielt, was er einerseits erhofft, andererseits befürchtet hatte. Zwei neue Briefe vom selben Absender. Zwei Sätze: »Ich werde töten, wenn ihr nicht aufhört zu quälen.« Und: »Ich werde töten, wenn ihr nicht aufhört zu freveln.«

Rudger hörte auf zu denken. Bilder rasten durch seinen Kopf, sein Handy plärrte in die Stille. Jaime Davidson. Alexander zeigte ungewöhnliche Gehirnaktivitäten. Sie wussten nicht, ob das gut oder schlecht war. Rudger sollte kommen, für alle Fälle. So bald es ging. Alles andere musste zurückstehen. Rudger legte auf, dachte nach, Informationen fügten sich zusammen. »Oh Herr, vergib mir«, flüsterte er. »Wer wird morgen sterben?«

Sonntag, 12. Juli, 5.25 Uhr

Ein greller Lichtblitz zuckte durch den Raum. Fran schreckte hoch. Sie hatte geträumt. Vor einigen Monaten hatte sich ihr Blutsturz-Albtraum verabschiedet, an seine Stelle war der Lichtblitz getreten, der sie weckte, wenn ihr Handy die Thinpipes und Fiedeln ihres neuen Anruftons abspielte.

Sie schaute auf das Display: fünf Uhr fünfundzwanzig. Hugo Dorfmann, der Leiter des Landeskriminalamts. Schlagartig war sie so wach, als hätte sie eine Stunde gejoggt. Sie stellte die Verbindung her, kam jedoch nicht dazu, sich zu melden.

»Frau Miller?«

»Ja?«

»In zehn Minuten bei mir im Büro.«

»Aber ...«

»Kaufen Sie sich die ›Düsseldorfer Neue Post‹.«

Die Verbindung war tot.

Fran sprang aus dem Bett, hetzte ins Bad und hielt inne. Mit Sicherheit war irgendeine Katastrophe passiert, sonst hätte Dorfmann sie nicht in aller Herrgottsfrühe aus dem Bett geklingelt. Dennoch kein Grund, in Panik zu geraten. Sie sollte sich eine Zeitung kaufen? Genau das würde sie tun und solange die Finger vom Smartphone lassen.

Fran stellte sich unter die Dusche, drehte den Strahl von heiß nach kalt und wieder nach heiß, zwickte sich in die Oberschenkel – alles war bestens. Nicht der Hauch von Cellulite. Ihre straffe Haut hatte sie von ihrer Mutter geerbt, dafür würde sie ihr ewig dankbar sein.

Sie nahm ein Duschgel mit Atlantiksalz, ließ keine Stelle aus, frottierte sich gründlich ab und cremte sich von oben bis unten mit Olivensalbe ein. Jetzt noch Haare föhnen, Lavendelwasser auf die Haut und das Businesskostüm anziehen. Fran betrachtete sich im Spiegel, hob die Hand und reckte den Daumen nach oben.

Ihr Impreza wartete vor der Tür, sie drückte die Fernbedienung, der Wagen antwortete mit erwartungsvollem Blinzeln. Das Büdchen an der Ecke Volmerswerther und Aachener Straße hatte bereits geöffnet. Sie grüßte den koreanischen Inhaber, der ihr heute, entgegen seiner Gewohnheit, voll ins Gesicht schaute.

Fran griff zur »Düsseldorfer Neuen Post« und erstarrte. Ihr Konterfei prangte auf der ersten Seite neben der Schlagzeile: »Nazijäger auf dem Holzweg«. Darunter fragte der Autor des Artikels: »Warum hat das LKA den Mord an einem Kronzeugen vertuscht?«

Unter ihrem Bild stand: »Franziska Miller, Leiterin der Abteilung operative Fallanalyse des LKA. Welche Rolle spielt sie in dem Skandal um Ronald Kleinbau?« Fran brach der Schweiß aus. Das war keine Katastrophe, das war das Jüngste Gericht! Sie riss die Zeitung vom Stapel, warf einen Fünfeuroschein auf den Tresen und rannte zurück zu ihrem Impreza, überflog den Artikel, las den Kommentar und die Infobox über Profiling und ihre Karriere. Wenn nur die Hälfte von dem stimmte, was in dieser verfluchten Zeitung stand, dann würde es einen heißen Tanz geben. Dann würde der Innenminister durchdrehen. Die Frage war, wen würde er opfern? Würde Fran zur Schlachtbank geführt, oder Polizeirat Ziehfreund oder der Obduzent?

Fran warf die Zeitung auf den Beifahrersitz und gab Gas. Sie fummelte ihr Handy aus der Tasche, wählte Saschas Nummer. Nicht einmal die Mailbox. Ihr wurde bewusst, dass ihr Handy stumm geblieben war. Immerhin war ihre Telefonnummer geheim geblieben, denn sonst hätte sie sich vor Anrufen nicht mehr retten können.

Fran raste durch den anbrechenden Tag, das LKA kam in Sicht, sie ging vom Gas, denn die Pressemeute hatte bereits Stellung bezogen. Fran bog rechts ab, parkte den Wagen am Lieferanteneingang und schlich sich wie ein Einbrecher durch die Hintertür in das Gebäude, das für sie bis vor wenigen Minuten so etwas wie ein zweites Zuhause gewesen war. Doch jetzt musste sie die Übelkeit bekämpfen, als sie in den Flur trat und ihr der Geruch des LKA, eine Mischung aus Krankenhaus und Versicherungsunternehmen, in die Nase stieg.

Dorfmann residierte im rechten Flügel, im obersten Geschoss, weit abseits der Völklinger Straße, auf der täglich Tausende ins Hafenviertel pendelten, um dort die Büros der Werbeagenturen und Versicherungen zu bevölkern.

Der Flur, der zu Dorfmanns Büro führte, war menschenleer. Er schien sich in die Unendlichkeit zu dehnen. Fran drehte die Zeitung in der Hand und spielte mit dem Gedanken, in ihr Büro zu gehen und ihre Kündigung zu schreiben. Ihre Füße jedoch setzten einen Schritt vor den anderen, schließlich stand sie vor der Tür von Dorfmanns Vorzimmer. Sie klopfte, eine Frauenstimme rief »Herein«. Noch konnte sie flüchten, aber ihre Hand lag schon auf der Klinke und drückte sie herunter.

Die Sekretärin, die Dorfmann ebenfalls aus dem Bett geklingelt haben musste, wies mit dem Zeigefinger auf Dorfmanns Büro. Die Tür stand offen, Fran hörte Männer gedämpft miteinander reden. Sie überschritt die Schwelle, Dorfmann unterbrach sein Gespräch mit einem Mann, den Fran nicht kannte, kam auf sie zu und reichte ihr die Hand. Sie griff zu, immerhin hielt sich Dorfmann an die Regeln des Anstands und fiel nicht gleich über sie her.

Er zeigte auf den Mann. »Das ist Meinrad Räffgen, unsere Geheimwaffe für besonders heikle Situationen. Er ist Anwalt, einer von der Sorte, die man nicht als Gegner haben möchte. Außerdem ist er der leitende Justiziar des Innenministeriums.«

Räffgen sparte sich einen Handschlag und kam direkt zur Sache. »Frau Miller, haben Sie eine Ahnung, wie es zu diesem Artikel kommen konnte? Kennen Sie Rudger Krüger näher?«

»Nein und nein.« Mehr fiel Fran nicht ein. Ihr Kopf war leer, bis auf einen Satz, der ständig in grellen Neonfarben vor ihren Augen tanzte: »Du bist erledigt!«

Räffgen rieb sich die Augen. »Wir haben nicht viel Zeit. Ich muss einschätzen können, ob wir Fehler gemacht haben.«

Fehler? Wieso Fehler? Bis jetzt gab es nur die reißerische Behauptung, Kleinbau sei ermordet worden. Es gab nicht einen Beweis. Fran wurde ärgerlich, der neongrelle Satz wurde kleiner. »Haben Sie denn die angeblichen Beweise schon untersucht? Wurden Ziehfreund, Dr. Vorweiler und sein Assistent vernommen?«

»Das lassen Sie mal unsere Sorge sein«, blaffte Dorfmann. »Warum haben Sie nicht eine Zweitobduktion angeordnet?«

»Weil mir, verdammt noch mal, der Obduktionsbericht erst zugestellt wurde, als Kleinbau schon zu Asche verbrannt war.« Fran schluckte ihre aufkeimende Wut herunter. »Ich habe nicht den blassesten Schimmer, was hier vor sich geht. Ich habe nichts vertuscht. Was andere Leute treiben, kann ich nicht sagen.«

»Die ›DNP‹ schreibt üblicherweise nichts, was sie nicht belegen kann«, sagte Räffgen. »Wenn an der Sache was dran ist, dann haben sich die verantwortlichen Redakteure strafbar gemacht. Sie haben eine Mordermittlung behindert, hätten uns die Beweise vorlegen müssen. Wenn sie keine Beweise haben, sind sie journalistisch erledigt, dann kriegen sie eine Klatsche vom Presserat, dass es nur so kracht.« Ein leises Lächeln stahl sich über Räffgens Gesicht. »Herr Dorfmann!« Seine Stimme klang wie die eines Richters, der ein Urteil verkündet. »Wir gehen rein. Was die können, können wir schon lange.«

»Das wird Ärger geben«, sagte Dorfmann.

Räffgen zeigte an die Decke. »Ist mit oben abgestimmt.« Er wandte sich an Fran. »Ihnen ist klar, dass Sie erledigt sind, wenn Sie uns irgendetwas verschweigen?«

Da war er wieder, der neongrelle Satz, aber er verblasste schnell. »Ich habe ein Jahr an dem Fall gearbeitet …«

Räffgen winkte ab. »Wissen wir. Deswegen glauben wir Ihnen vorläufig.« Er schwieg und starrte Fran an.

Fran verzog keine Miene.

Räffgen entspannte sich und zog einen roten Zettel aus einer ledernen Aktenmappe. Unverkennbar ein Durchsuchungsbeschluss. »Wir schießen zurück.« Er hob einen Zeigefinger. »Bevor Sie fragen, Frau Miller. Die Durchsuchung ergibt sich schon alleine aus der Beweismittelsicherungspflicht. Es geht um ein Kapitalverbrechen. Der Chefredakteur der ›DNP‹, Christian Helversum, ist nicht dumm. Er führt etwas im Schilde. Mir ist nur noch nicht ganz klar, was.«

»Aufmerksamkeit um jeden Preis«, schlug Fran vor. »Die überregionalen, vielleicht sogar die internationalen Medien werden sich draufstürzen.«

»Wie auch immer.« Dorfmann schnappte sich seine Jacke. »Auf geht's.«

Dorfmann nahm an der Durchsuchung teil. Das war nicht nur ungewöhnlich, das war eine Sensation und zeigte, dass es den Bossen unter den Fingernägeln brannte. Räffgen schnappte sich seine Ledertasche und setzte sich ebenfalls in Bewegung.

Dorfmann zeigte auf die Tür. »Sie auch, Frau Miller. Sie müssen vor Ort die Funde einschätzen, damit wir schnell reagieren können. Wir werden der ›DNP‹ einen Dämpfer verpassen, den sie so schnell nicht wieder vergessen wird.«

Sie verließen das LKA auf demselben Weg, auf dem Fran hineingelangt war. Auf dem Parkplatz des Hochsicherheitsgerichtsgebäudes warteten bereits die Einsatzwagen. Fran bezweifelte, dass sie in der Redaktion etwas Brauchbares finden würden.

Dorfmann lief in großen Schritten vor ihr her. Fran packte ihn am Arm. Er blieb abrupt stehen, funkelte sie an.

»Ich würde lieber bei der Durchsuchung von Krügers Wohnung dabei sein. Ich glaube nicht, dass wir in der Redaktion irgendetwas Verwertbares finden werden. Es sei denn, Helversum ist doch ein Anfänger. Krüger ist auch nicht dumm, aber in der eigenen Wohnung gibt es zu viele Spuren, und wenn es nur kleine Hinweise sind: ein Notizblock, auf dem man eine durchgedrückte Nummer sichtbar machen kann …«

»Bitte keine Lektion!«, brummte Dorfmann. »Okay. Sie fahren mit Dora 3415. Ich nehme die Redaktion auseinander, Sie schleifen Krügers Wohnung bis auf die Grundmauern!« Er drehte sich noch mal um. »Ich empfehle Ihnen wärmstens: Machen Sie keine Fehler.«

Sonntag, 12. Juli, 6.12 Uhr

Wäre die Autobahn nicht verwaist gewesen, hätte Rudger die Fahrt nicht ausgehalten. Er hatte Jasmin geweckt und ihr gesagt, dass er sich ein Taxi nach Tübingen nehmen wolle. Sie hatte sich nur an die Stirn getippt, sich schnell geduscht und ihn auf den Beifahrersitz ihres Golf GTI verfrachtet.

Auf der ganzen Fahrt sagte Jasmin nur zwei Sätze. Einen an der Tankstelle: »Ich brauche deine Kreditkarte«, und einen an der Raststätte: »Du zahlst.«

Den Rest der Zeit füllte Rudger mit seiner Erzählung über sich und seinen Bruder. Wie nahe sie sich gestanden hatten, dass er nicht gemerkt hatte, dass Alexander ins kriminelle Milieu abgerutscht war, und dass sich Rudger ständig Vorwürfe machte, dass er ihm nicht geholfen, sondern ihn im Stich gelassen hatte.

Rudger konnte an nichts anderes denken. Alexander durfte nicht sterben. Und wenn es sein musste, dann nicht ohne ihn an seiner Seite. Immer wieder kamen Rudger die Tränen, wenn er an seinen Bruder dachte, immer wieder beschwor er sich selbst, dass Alexanders Zeit noch nicht gekommen sei. Noch lange nicht. Nur einen kurzen Moment verschwendete er an den vierten Brief und den Artikel, der heute erscheinen würde, überlegte, ob er alle problematischen Unterlagen aus seiner Wohnung entfernt hatte, ob das Redaktionspostfach nichts Verräterisches enthielt. Helversum hatte versprochen, die IT-Leute darauf anzusetzen, und die wussten, wie sie Daten auf Nimmerwiedersehen verschwinden lassen konnten. Kleinbaus Überreste waren sicher verwahrt, an einer Stelle, die nur Rudger kannte. Selbst Jasmin würde nichts davon erfahren.

Um fünf Minuten nach sechs bog Jasmin auf den Parkplatz ein. Sie stiegen aus, Rudger wollte losrennen, aber die Rippen hielten ihn auf. Jasmin stützte ihn, ihre Berührung dämpfte die Panik, die ihn zu überfallen drohte. Die Fassade der Klinik wirkte abweisend, grau, gefährlich. Hinter diesen Mauern tobte täglich der Kampf zwischen Leben und Tod.

»Warum machst du das?«, fragte Rudger, ohne dass er darüber nachgedacht hatte.

»Ehrlich?«

»Bitte.«

»Ich will nicht nach einem langweiligen Leben sterben.«

Die Antwort versetzte Rudger einen kleinen Stich ins Herz, aber dann lächelte er. Jasmin war wie er. Alles, nur keine Langeweile, kein Spießerleben. Deswegen würden sie auch nie ein Paar werden. »Danke.«

»Los jetzt«, sagte Jasmin. »Alexander darf nicht warten. Schaffst du es allein? Ich habe ein, sagen wir, gespanntes Verhältnis zu Krankenhäusern.«

»Klar, kein Thema.« Rudger lief trotz seiner Schmerzen los. Außer Atem kam er auf der Intensivstation an, dort musste er wie immer sein Handy ausschalten und abgeben.

Er betrat das Zimmer, Rudger warf einen Blick auf den Monitor des Gehirnwellen-Messgeräts. Farbige Linien zuckten über den Bildschirm, es sah aus wie die Aufzeichnung eines Seismografen während eines schweren Erdbebens.

»Wir können nicht genau sagen, was es ist. Aber es war noch heftiger. Sein Blutdruck war enorm angestiegen, die Herzfrequenz lag bei 160 Schlägen pro Minute. Es sah aus wie eine Schockreaktion, die aber nur von innen kommen kann. Als wir ihm sagten, dass Sie kommen würden, haben sich seine Werte auf einem hohen Niveau stabilisiert.«

Rudger trat ans Bett und küsste Alexander auf die Stirn. Sie war warm, das Blut pulsierte unter der Haut. Das war die Hauptsache. Alexander lebte. »Liebster Bruder, was ist los?«, flüsterte er ihm ins Ohr. »Wie kann ich dir helfen? Was macht dir Angst?«

»Fantastisch!« Jaime Davidson zeigte auf den Monitor. »Er beruhigt sich immer weiter. Er nimmt Sie deutlich wahr. Ihre Anwesenheit ist die beste Medizin für ihn.«

»Können wir ihn etwas fragen?«

»Leider noch nicht. Die Gehirnströme sind so aufgewühlt, dass wir nur weißes Rauschen bekommen und keine klaren Signale. Er muss sich erst wieder beruhigen. Bleiben Sie hier?«

»Auf jeden Fall.« Er musste Jasmin zurückschicken, sie musste ihn vertreten und durfte niemandem erzählen, wo er sich aufhielt. »Bin gleich wieder da«, sagte er zu Alexander, verließ die Station, rief Jasmin an und erklärte ihr die Situation und was er von ihr erbat.

»Aber das kann ich nicht ...« Jasmin stotterte.

»Das kannst du. Ich verlasse mich auf dich.«

Sie schwieg.

»Bitte, Jasmin. Mein Bruder braucht mich jetzt. Sag Helversum, ich nehme drei Tage Urlaub. Mein Handy bleibt ausgeschaltet, ich höre die Mailbox ab.«

Sie seufzte. »Ich werde dich würdig vertreten.«

Rudger unterbrach die Verbindung und kehrte in Alexanders Zimmer zurück. »Wie lange soll ich hierbleiben?«

»Einen Tag mindestens. Sie brauchen nichts tun, wir beobachten die Geräte von der Zentrale aus. Wenn es so weit ist, melden wir uns.« Jaime Davidson betrachtete einen Moment lang Alexander, dann hielt er Rudger die Hand hin. »Ihr Bruder ist zu beneiden.«

Rudger schlug ein, Davidson packte mit der anderen Hand Rudgers Unterarm, eine vertrauliche Geste, die dieser nicht jedem gestattet hätte. Aber Jaime Davidson gehörte schon fast zur Familie. Er verließ das Krankenzimmer, seine Gummisohlen machten nicht das geringste Geräusch.

Rudger zog den Sessel ans Bett, setzte sich und lauschte. Das Summen der Geräte. Und noch etwas, das außer ihm niemand hören konnte: In seinem rechten Ohr pfiff es leise. Eine Stressreaktion, das hatte er schon lange erkannt. Er musste nur ein paar Stunden in Stille verbringen, und schon verschwand das Pfeifen. Rudger griff in die Tasche und zog die Packung Modafinil heraus. Er betrachtete sie und steckte sie wieder ein. Nicht jetzt. Erst wenn es nicht mehr anders ging, würde er eine oder zwei nehmen.

Er betrachtete Alexander. Seine Gesichtszüge waren vollkommen entspannt. Wie bei einem Toten. Seine Muskeln waren erschlafft, das war der Grund.

Rudger schloss die Augen, sie brannten. Die schlaflose Nacht machte sich bemerkbar – und das ganze Elend, das seine Seele vergiftete. Er hatte jahrelang recherchiert, einen Skandal nach dem anderen aufgedeckt. Was blieb? Viele Feinde, keine Liebe, außer der Liebe zu seinem Bruder, der so gut wie unerreichbar war. Die Augen brannten stärker, Tränen lösten sich, Rudger weinte leise, bis er einschlief.

Sonntag, 12. Juli, 6.36 Uhr

Fran und die Kavallerie hielten mit Blaulicht und Sirene vor Rudger Krügers Wohnung in der Schäferstraße, mitten in der Stadt, nur wenige Gehminuten von seinem Arbeitsplatz am Kö-Bogen entfernt.

Das Haus stammte aus der Gründerzeit, hohe Decken, Erker, Sandstein, Erdgeschoss, drei Etagen, ein Dachgeschoss. Krüger wohnte in der zweiten, in der Wohnung mit dem Erker. Das Umfeld passte. Besserverdienende lebten hier, die das Flair der Stadt liebten: die hochpreisige Edelmarkenmeile Kö in der Nähe, aber auch einige andere schöne Einkaufsstraßen mit gehobenem und vielfältigem gastronomischen Angebot. Fast jeder Geldbeutel kam hier auf seine Kosten.

Fran klingelte bei Krüger, aber niemand öffnete. Den Vermieter hatte sie nicht erreicht, ein Mann vom Schlüsseldienst stand bereit. Dorfmann hatte darauf bestanden, dass alles streng nach Protokoll abgewickelt und nicht mehr Schaden als unbedingt nötig angerichtet wurde. Fran versuchte es bei den anderen Wohnungen, aber nichts rührte sich. Sie gab dem Schlüsselexperten ein Zeichen. Der brauchte keine Minute, um das Schloss ohne Gewalt zu öffnen.

Sie stiegen in die zweite Etage, Krügers Wohnungstür sprang fast sofort auf. Zwei Kollegen von der Streife gingen mit gezogener Waffe vor, ein SEK war hier nicht nötig, schade, denn das hätte noch ein bisschen mehr Staub aufgewirbelt. Fran wartete, bis die Kollegen laut und deutlich riefen: »Wohnung gesichert!«

Sie betrat den Flur, die Wände waren rau verputzt und kalkweiß gestrichen, der Fußboden knarrte. Dielen aus Fichtenholz, abgeschliffen und lackiert. Ein seltsamer Geruch lag in der Luft.

Direkt zur rechten Hand führte eine Tür in eine Toilette, danach kam das Schlafzimmer, geradeaus mündete der Flur in einen Raum, der Küche, Wohnzimmer und Arbeitszimmer gleichzeitig war. Auch hier waren die Wände nur verputzt und kalkweiß gestrichen. Die Einrichtung bestand aus wenigen hochwertigen Möbeln, von Ikea war nichts zu sehen. Der Schreibtisch stand im Erker, lose Kabel hingen herunter, kein Laptop oder sonstige Computer weit und breit. Dafür aber ein Regal mit an die zweitausend Büchern. Fran zog ihr Handy und forderte Verstärkung an. Jedes Buch musste untersucht werden, jedes Blatt Papier gelesen und eingeordnet werden. Sie mussten jede Diele abklopfen, die Möbel zur Seite rücken. Überall konnte etwas verborgen sein, hinter einem losen Stein oder im Boden.

Fran teilte die Mannschaft ein. Sie nahm sich den Schreibtisch vor. Die Arbeitsplatte war in der Mitte mit grünem Leder als Schreibunterlage bedeckt. Ansonsten dunkles Holz, deutliche Gebrauchsspuren, Kratzer und Macken. Rechts und links ein Unterschrank mit je vier Schüben. Sie probierte sie durch: Alle waren unverschlossen. Sie begann mit der rechten oberen Schublade, zog sie heraus, untersuchte zuerst den freien Raum dahinter, ob etwas angeklebt war, leerte dann den Inhalt auf die Schreibtischplatte. Spitzer, Stifte, Klebeband, Ersatzminen, Tintenpatronen. Sie nahm jedes Teil in die Hand, beäugte es von allen Seiten mit einer starken Lupe, drückte darauf, kratzte daran. In jedem dieser Dinge konnte man Unmengen von Daten verstecken. Auf einem Chip, als Mikrofilm, der als Datenversteck wieder in Mode kam, oder als Mikroschrift. Eine Hausdurchsuchung bestand nicht einfach darin, alles einmal anzufassen und seinen Instinkt zu bemühen und das entscheidende Beweisstück unterm Teppich hervorzuziehen. Es war ermüdende

Kleinarbeit, die für jeden Raum Stunden in Anspruch nahm, wenn man es wirklich gründlich machen wollte. Nicht jeder war darin geschult, und so bot sich hier ein weites Feld für Fehler und Schlampereien. Sie selbst hatte schon mehrfach an Zweitdurchsuchungen teilgenommen und Material gefunden, das andere übersehen hatten.

Sie zog einen Plastikbeutel hervor. Der Spitzer schien ihr verdächtig. Er hatte einen Hohlraum, in dem etwas glitzerte, aber sie konnte nicht erkennen, was. Das war eine Sache für die Kollegen von der KTU. Sie trug den Spitzer auf der Liste der zu beschlagnahmenden Gegenstände ein.

»Frau Miller?«

Fran drehte sich um. Vor ihr stand Olaf Weihrauch, einer der besten Strafverteidiger der Stadt. Sie hatte ihn bereits in einem früheren Fall kennengelernt und als harten, aber korrekten Kämpfer erlebt. Sie streckte ihm die Hand hin.

»Sie vertreten Rudger Krüger, nehme ich an?«

Er drückte ihre Hand fest, aber nicht brutal. »So ist es.«

»Wo ist er?«

»Das kann ich Ihnen nicht sagen.«

»Wissen Sie es nicht?«

»Ich kann es Ihnen nicht sagen.«

»Haben Sie ein Mandat?«

Weihrauch zog ein Dokument aus seiner Aktentasche und hielt es Fran unter die Nase. »Generalvollmacht.«

Fran überflog die Zeilen, nickte und reichte Weihrauch den Durchsuchungsbeschluss.

Weihrauch studierte ihn und runzelte die Stirn. »In Ordnung. Daran lässt sich nichts drehen. Ich habe vier Mitarbeiter dabei, die Ihren Leuten zur Seite stehen.«

»Die meine Leute kontrollieren sollen …«

»Das können Sie nennen, wie Sie wollen. Irgendwelche Einwände?« Weihrauch hob eine Hand. »Bevor Sie etwas Unbedachtes sagen: Ich könnte Sie bei dieser Durchsuchung als befangen ablehnen, da Sie in dem Artikel angegriffen werden. Aber ich tue es nicht. Die ›Düsseldorfer Neue Post‹ will maximale Transparenz.«

»Das wollen wir auch. Also sind wir uns einig.«

»Absolut.«

Weihrauchs Lächeln besagte das Gegenteil.

»Leisten Sie mir Gesellschaft, Herr Weihrauch?«

»Immer gerne.«

»Stellen Sie sich auf einen langen Tag ein.«

Fran zog die zweite Schublade heraus. Klebeetiketten. Kleine, auf die kaum drei Worte passten, Aufkleber für CDs, für Briefe, für Ordnerrücken. Die Packung war angebrochen, es war nur noch ein Blatt darin. Sie schaute sich um. Wo waren die Ordner? Wo war Krügers Archiv? Der Geruch stieg ihr wieder in die Nase. Weihrauch schreckte auf, als sie sich plötzlich umdrehte und zu der Wand eilte, die Schlaf- und Wohnraum trennte. Sie stellte sich mit dem Rücken an die Wand und setzte einen Fuß vor den anderen. Als sie mit der Nase an die gegenüberliegende Wand stieß, hatte sie vierzehn Schritte gezählt. Weihrauch konnte ihr kaum folgen, als sie ins Schlafzimmer rannte. Auch hier: vierzehn Schritte. Jetzt die Toilette. Ihr Herz klopfte bis in den Hals. Sollte es so einfach sein? Mit einigen Griffen räumte sie beiseite, was störte: einen hölzernen Toilettenpapierständer, ein Metallregal mit Zeitschriften über Architektur, Reisen und schöne Möbel, einen kleinen Rollcontainer mit Handtüchern. Der Geruch! Jetzt der erste Schritt. Der zweite und endlich der letzte, der dreizehnte. Fran drückte ihre Nase an die Wand. Frischer Leim, die Tapete war noch klamm. »Ich gehe davon aus, dass Sie nichts davon wussten, Herr Weihrauch.« Dann holte sie aus und schlug mit der Faust zu.

Sonntag, 12. Juli, 11.00 Uhr

Sascha drehte das Buch in seinen Händen, die in Latexhandschuhen steckten. Es war kein gewöhnliches Buch, sondern eine Ausgabe des Koran, in Leder gebunden, mit Gold und Silber verziert. Arabische Schriftzeichen prangten auf dem Umschlag, wild ineinander verschlungen, eine wundervolle Arbeit. Sascha verstand nicht ein Wort dieser fremden Sprache, die für ihn klang wie ständiges Streiten.

Aus dem Nebenzimmer drang noch immer das verzweifelte Schreien der Ehefrau des Opfers. Eine Psychologin und eine Dolmetscherin betreuten sie, ein Beruhigungsmittel hatte die Frau abgelehnt.

Harald Machinsky war noch zugange, aber die Todesursache schien eindeutig: Hassan al Jamili – 38 Jahre alt, verheiratet mit Fatima al Jamili, drei Töchter, vierzehn, fünfzehn und sechzehn Jahre alt, Beruf Versicherungsmakler – war erhängt worden. Der Täter hatte sich nicht die geringste Mühe gegeben, zu verbergen, dass es Mord war. Im Gegenteil. Er hatte seine Visitenkarte hinterlassen: Auf der dritten Seite des Koran, den Sascha in Händen hielt, stand mit einem dicken roten Filzer geschrieben: »Sterben muss, wer frevelt.« Hassan al Jamili war Opfer Nummer vier des Henkers, das konnte jeder Hobbydetektiv erkennen.

Sascha hatte Fran bereits benachrichtigt, es würde noch einen Moment dauern, bis sie eintraf. Sie wühlte sich gerade durch die Wohnung von Rudger Krüger. Hoffentlich wurde sie fündig. Dieser miese kleine Pisser von Journalist sollte in der Hölle schmoren! Nichts war dran an seinen Vorwürfen, aus jeder Zeile tropfte die Sensationsgier. Anstatt zu helfen, den Henker zu fassen, blockierte dieses kleine Arschloch den halben Apparat und säte Misstrauen gegen die Polizei.

Sascha klappte den Koran wieder zu, ließ ihn in eine Beweistüte fallen und drückte sie einem Kollegen von der Spurensicherung in die Hand. Welchen Frevel hatte Al Jamili begangen, dass er sterben musste? Sie hatten religiöse Motive bereits ausgeschlossen. Das hätte bei Al Jamili auch nicht gepasst: Er war kein Konvertit, der seine Strafe erhalten hatte. Er übte keine Kritik am Islam, sondern lebte unauffällig und aufgeklärt traditionell, war respektiertes Mitglied diverser Vereine, darunter auch ein Fußballverein, speziell für Jugendliche verschiedener Religionen, die dort lernen sollten, sich gegenseitig zu respektieren.

Al Jamilis Frau trug ein Kopftuch, aber seine Töchter nicht. Die Älteste hatte einen deutschen Freund, der zumindest auf dem Papier Christ war.

Sascha ging hinunter auf die Fleher Straße, die Al Jamilis wohnten im zweiten Stock eines Mehrfamilienhauses in Bilk. Eine anständige Wohngegend, die seit Jahren im Aufwind war. Einige schicke Neubauten hatten die Mieten nach oben getrieben, aber noch waren sie für mittlere Einkommen erschwinglich.

Eine Streife hielt, Fran stieg aus, kam herüber. Sie strahlte Kraft aus, trotz der Breitseite, die Krüger auf sie abgefeuert hatte. Vielleicht auch deswegen. Sie war eine Kämpferin, sie brauchte eine Herausforderung, einen Gegner, der ihrer würdig war. Und sie brauchte einen Mann, der an ihrer Seite bestehen konnte, der sie nicht belügen musste.

Er zwang sich ein Lächeln auf die Lippen. »Hi Fran. Habt ihr was gefunden?«

Sie reckte triumphierend das Kinn. »Ich musste durch und durch den Macho geben, aber es hat sich gelohnt.«

Sascha verstand kein Wort.

»Ich habe meine Fäuste sprechen lassen.«

»Du hast ihn doch nicht verprügelt?«

»Was hältst du von mir? Wir wissen gar nicht, wo sich Krüger verkrochen hat. Egal. Auf seiner Toilette hat er eine Scheinwand eingebaut, dünn wie Papier. Ein Faustschlag, und schon war ein Riesenloch drin. Und dahinter sein privates Archiv. Vierundsiebzig Ordner. Die Auswertung wird dauern.«

»Die meisten Kriminellen scheitern an ihrer Dummheit.«

»Ob er kriminell ist, wissen wir noch nicht.«

»Und der Artikel?«

»Sascha!« Sie klang wie ihre Mutter. »Wir wissen nur, dass Rudger Krüger normalerweise für bestens recherchierte Artikel steht. Denk an Mittermaier. Der sitzt in U-Haft, die Staatsanwaltschaft wird bald Anklage erheben.«

»Dann sollten wir eigentlich Angst haben. Hast du irgendetwas vertuscht?«

»Natürlich nicht. Der Artikel tut weh, Dorfmann tut weh, das alles tut weh. Aber ich habe noch einen Schritt weitergedacht.«

Sascha schlug sich mit der Hand auf die Stirn. »Wenn die Geschichte stimmt …«

»… kann ich das Nazischwein, das Metin Küczük ermordet hat, vielleicht doch noch für immer hinter Gittern verschwinden lassen. Wir kriegen den Mörder von Kleinbau, kochen ihn auf kleiner Flamme weich, und dann lassen wir die ganze Blase hochgehen. Das wäre doch fantastisch.«

Sascha fuhr sich mit der Hand durch die Haare. »Und Krüger? Magst du ihn deswegen?«

»Wo denkst du hin? Krüger ist erledigt. Hat er keine Beweise, dann wird es ziemlich teuer, dann muss die ›DNP‹ so richtig bluten. Hat er die Beweise, ist er auch dran. Dann kriegt er ein Strafverfahren, und glaub mir, jeder Richter wird ihm die Höchststrafe verpassen, um ein Exempel zu statuieren.«

»Wer von uns war bei der Obduktion dabei?«

»Werner Ziehfreund, Polizeirat.«

Sascha musste husten. Ziehfreund!

»Kennst du ihn?«

»Ich habe von ihm gehört, schon vor Jahren. Ist wirklich lange her. Soll ein guter Mann sein.«

»Nicht, wenn er mit den Nazis unter einer Decke steckt.«

»Man wird ihn durch die Mangel drehen, nehme ich an?«, fragte Sascha.

»Dorfmann hat mir zu verstehen gegeben, dass mich das nichts angeht.«

»Ist ja logisch. Du bist befangen, weil du mit drinsteckst.« Vorfreude pulsierte durch Saschas Adern. Ziehfreund hatte den Bogen überspannt, endlich hatte er einen Faden, an dem er ziehen konnte.

»Was ist denn mit dem Toten?« Fran riss Sascha aus seinen Gedanken.

»Ach ja. Hassan al Jamili.« Er erläuterte ihr die Details. Eindeutig die Handschrift des Henkers. Die Botschaft lautete: »Sterben muss, wer frevelt. Was bedeutet das?«

»Er muss auf irgendeine Art gegen die Ordnung seiner Religion verstoßen haben, etwas Heiliges missachtet haben.«

»Er war Muslim, sagst du?« Sie wartete die Antwort nicht ab. »Aber er war kein Fundamentalist, im Gegenteil. Verdammt, das passt alles nicht zusammen.«

»Willst du ihn sehen?«

»Natürlich.«

Hassan Al Jamili hing an einem dicken weißen Heizungsrohr, die Zunge quoll ihm wie eine riesige blaue Schnecke aus dem Hals, es stank nach Exkrementen. Der Mann war mindestens eins achtzig groß und wog um die hundert Kilo, gute fünfzehn Kilo zu viel.

»Er hat gerne gegessen«, sagte Sascha.

»Hat das Leben geliebt«, ergänzte Fran.

»Auf jeden Fall«, sagte Harald Machinsky, hielt den beiden eine Tüte hin und zeigte auf eine Visitenkarte.

»Verdammte Scheiße!«, sagten Fran und Sascha gleichzeitig.

Sonntag, 12. Juli, 21.30 Uhr

Der Raum platzte aus allen Nähten. Fast die gesamte Moko »Henker« war anwesend, bis auf Kittner und Sascha. Fran hatte sich gewappnet, allen erklären zu müssen, dass sie nichts vertuscht habe, aber es war anders gekommen. Alle hatten ihr Mut zugesprochen, ihr versichert, sie würden auf ihrer Seite stehen und man würde den Medien schon zeigen, mit wem sie sich angelegt hätten. Fran wusste nicht, was schlimmer war: die blinde Solidarität oder der Vorwurf der Vertuschung.

Sie schenkte sich die vierte Tasse Kaffee ein. Seit sechzehn Stunden war sie auf den Beinen, die anfängliche Euphorie war verflogen. In den Redaktionsräumen hatten sie, wie erwartet, nichts gefunden. Die vierundsiebzig Ordner aus Krügers Versteck wurden ausgewertet, aber bis jetzt gab es nichts. Fran war am Nachmittag noch mal in die Redaktion gegangen, vor dem Eingang hatte sich bereits die Presse versammelt, ein Rudel Rechtsanwälte hatte jeden ihrer Schritte überwacht.

Der Sprecher der Staatsanwaltschaft verteilte Zettel, auf denen jedem ein Ermittlungsverfahren wegen Behinderung angedroht wurde, der es wagte, irgendetwas zu schreiben, das nicht mit der Behörde abgestimmt war. Kittner musste wirklich verzweifelt sein, wenn er zu solchen Holzhammermethoden griff. Er hätte eigentlich wissen sollen, dass so etwas nur die Neugier der Journalisten anfachte – und ihren Widerstand. Krüger selber war nicht aufzufinden, egal wen sie fragten, sie erhielten als Antwort Schweigen. Nur Helversum hatte am Ende der Durchsuchung zwei Sätze gesagt: »Ich empfehle Ihnen, morgen die ›Düsseldorfer Neue Post‹ zu lesen. Sie wollen doch mit Ihren Ermittlungen weiterkommen?«

Kittner war fast geplatzt, die umstehenden Redakteure hatten sich geschüttelt vor Lachen.

Meinrad Räffgen, der toughe Justiziar, hatte bereits eine einstweilige Verfügung beantragt, um die »DNP« zu zwingen, die Behauptungen zurückzunehmen, aber das Amtsgericht zögerte, wollte die Fakten erst gründlich prüfen. Das spielte Helversum in die Hände, da er dadurch wertvolle Zeit gewann. Je später er eine Gegendarstellung drucken musste, desto tiefer waren seine Lügen in das Bewusstsein der Menschen eingesickert. Der Schaden war jetzt schon enorm. Von allen Abteilungen trafen Meldungen ein, dass sich V-Leute sich zurückzogen. Sie hatten Angst, in den Fokus der Medien zu geraten, oder noch schlimmer, in den Fokus der Kriminellen, die sie tagtäglich verrieten.

Sofia saß Fran gegenüber, um ihre Augen lagen schwarze Schatten. Das war neu, aber kein Wunder: Sie hatte die zweite Nacht durchgearbeitet, hatte alle verfügbaren Daten erfasst, gewertet und indexiert. Fran warf noch einen Blick auf ihren Monitor, dann stand sie auf, ging zu Sofia und beugte sich zu ihr hinunter. »Danke. Wie gut, dass ich dich habe.«

Sofia lächelte kurz, Fran nahm wieder Platz.

Kittner kam hereingerauscht, im Schlepptau Sascha und Räffgen.

Sascha nickte Fran kurz zu, dann baute er sich vor seinen Leuten auf, stemmte die Hände in die Hüften. Ganz klar, es war Zeit für eine Motivationsrede.

Fünf Minuten lang predigte Sascha auf die Leute ein, beschwor sie, kein Detail aus dem Auge zu lassen, nichts zu übersehen, alles bis ins Kleinste aufzuschreiben. Der Fokus der Medien schwebe wie ein Damoklesschwert über der Polizei, niemand könne sich einen Fehler leisten, bis die Vorwürfe aus der Welt geschafft seien, was nur eine Frage der Zeit sei. Wer mit Presseleuten rede, der stelle sich außerhalb der Gemeinschaft.

Alle lauschten andächtig, Kittner knetete sich ständig die Hände, Räffgen starrte auf den Boden.

Die fleißigen Bienchen der Moko hatten Unmengen Informationen zusammengetragen, aber es war keine heiße Spur dabei. Der Henker blieb ein Phantom, es hatten sich keine Gemeinsamkeiten offenbart: Weder gemeinsame Bekannte noch gemeinsame Geschäfte, alle vier gehörten jeweils einem anderen sozialen Umfeld an. Sie gingen in andere Kneipen, andere Restaurants, fuhren in vollkommen entgegengesetzte Richtungen in Urlaub, pflegten völlig unterschiedliche Sexpraktiken. Das war der entscheidende Hinweis für die Einordnung des Mordes an Hassan al Jamili gewesen. Die Visitenkarte, die in seiner Tasche gesteckt hatte, zeigte die Adresse eines Edelpuffs in Düsseldorf. Dort war er Stammgast gewesen. Und es kam noch besser: Am Wochenende ließ er sich bei Herrenabenden seiner Versicherungskollegen volllaufen und vögelte auch da alles, was nicht bei drei auf den Bäumen war. »Sterben muss, wer frevelt.« Al Jamili, offiziell ein angesehener Muslim, der regelmäßig in die Moschee ging, waren seine religiösen Vorschriften und Gesetze gleichgültig. Das war das Wesen des Frevels: Missachtung der göttlichen Ordnung. Vorsätzlich. Bewusst. Zeugen hatten ausgesagt, dass Al Jamili sich im Geheimen über die traditionsbewussten Muslime lustig gemacht hatte. Dass er seine Vernetzung für sein Geschäft genutzt habe, dass er sogar zotige Witze gerissen habe über den Propheten und die Karikaturen äußerst treffend fand. Al Jamili war also mit dem Tode bestraft worden, weil er wider seinen Gott gefrevelt hatte. Li Wang war bestraft worden, weil er gegen die Natur gefrevelt hatte, Selmann ebenfalls, er hatte Geschäfte gemacht, ohne sich über deren Konsequenzen für die Umwelt Gedanken zu machen. Dennoch gab es zwischen den beiden einen feinen Unterschied. Hier das egoistische Quälen von Tieren um der Genusssucht willen, da die skrupellose Zerstörung der Natur um leicht Geld zu verdienen, die pure Gier. Der Henker tötete nicht zweimal aus demselben Grund. Prokter wiederum hatte sich, ähnlich wie Al Jamili, gegen die Moral, gegen die Wahrheit und das göttliche Gesetz versündigt. Der Henker folgte einem ganz bestimmten Wertekanon, ganz bestimmten Gesetzen. Oder waren es keine Gesetze? Waren es nur Empfehlungen?

»Fran!«

Sie schrak zusammen. Sascha stand vor ihr und wedelte mit der Hand vor ihrem Gesicht herum. »Würdest du uns bitte dein vorläufiges Profil erläutern?«

Fran schaute sich um, blickte in teils belustigte, teils fassungslose Gesichter. Sie war so in Gedanken versunken gewesen, dass sie nichts mitbekommen hatte. Anstatt ihr Profil vorzutragen, fragte sie Sascha: »Wie lauten die sieben Todsünden?«

»Was hat das mit dem Henker zu tun?«

Fran wollte gar keine Antwort. Sie kannte die sieben Todsünden auswendig: »Hochmut!«, rief sie. »Das könnte auf Prokter passen.« Alle Gesichter wurden ernst. »Habgier könnte auf Selmann passen.«

»Wie im Film? Setzt jemand Hollywood in die Realität um?«

Fran schüttelte den Kopf. »Nein. Das ist es ja gerade. Die nächste Todsünde ist Wollust. Das würde vielleicht zu Al Jamili passen, weil er im Puff war, aber auf keinen Fall zu Li Wang. Da wäre eher Völlerei passend.«

»Vielleicht hat er die Reihenfolge vertauscht?«, fragte Sascha.

»Der Henker arbeitet einen präzisen Plan ab. Er orientiert sich nicht an Althergebrachtem. Er ist nicht religiös. Er ist modern.« Fran sprang auf und schlug mit der Hand auf den Tisch, dass alle zusammenzuckten. »Moderne Sünden! Gandhis Sieben!«

»Gandhis was?« Sascha schaute sie konsterniert an.

»Mahatma Gandhi hat die sieben modernen Todsünden formuliert, Handlungen der Unvernunft, die nicht zu verantworten sind.« Sie schwieg einen Moment, konzentrierte sich, rief sich alle Fakten ins Gedächtnis. »Prokter musste sterben, weil er ein Wissender ohne Charakter war. Gandhi prangerte alle an, die über Herrschaftswissen verfügen, die ihr Wissen nicht teilen wollen oder es missbrauchen. So wie Prokter.«

»Aber Gandhi war Pazifist.«

»War Jesus auch, und trotzdem hat die Kirche in seinem Namen hunderttausendfach gemordet.«

»Und Selmann? Gegen welches Gesetz Gandhis hat er verstoßen?«

Fran zeigte auf Sascha. »Du hast es intuitiv richtig formuliert. Unser Henker hat aus den sieben modernen Sünden Gandhis sieben Gesetze gemacht. Wer gegen sie verstößt, muss sterben. Selmann fällt unter das Gesetz ›Sterben muss, wer Geschäfte ohne Moral betreibt‹.«

Sascha stöhnte. »Unter dieses Gesetz fällt die halbe Welt.«

»Immerhin eine Hälfte weniger.« Fran stierte an die gegenüberliegende Wand. Dort hingen Plakate von der Gewerkschaft der Polizei, die alle Kollegen dazu aufriefen, sich für die Rechte der Polizisten und Polizistinnen starkzumachen, sich dafür einzusetzen, dass sie nicht den Kopf hinhalten mussten für eine verfehlte Politik. Eine Illusion.

»Li Wang hat sich des ›Genusses ohne Gewissen‹ schuldig gemacht. Fühlenden lebenden Wesen Körperteile abzuschneiden, um sich daran gütlich zu tun, ist in der Tat abscheulich.«

»Du wertest!« Sascha hielt einen Zeigefinger hoch.

»Ich denke wie der Henker.«

»Okay. Weiter.«

»AL Jamili. Auf den ersten Blick ein ganz normaler Spießer. Familie, Job, Puff, Saufen.« Fran sah einige Kollegen erschreckt die Augen niederschlagen. »Aber er verrät seine Religion, weil er sich als guter Muslim ausgibt. Er tritt seine Religion mit Füßen, verhöhnt den Propheten – da ist die Todesstrafe das Mindeste. Nicht, dass ich religiöse Verblendung gutheiße, ich verachte diejenigen, die ›Religion ohne Opferbereitschaft‹ zelebrieren. Darunter könnte genauso gut ein Pfarrer, der Kinder missbraucht, fallen. Das ekelt mich an. Das macht mich wütend, das facht meinen Hass auf diese Welt an.«

»Wie lauten die anderen drei Gesetze?«, flüsterte Sascha.

Es war mucksmäuschenstill. Fran hörte ihr Blut rauschen, hob die Stimme und verkündete, wie Moses am Berg Sinai die Zehn Gebote verkündet haben musste: feierlich, unerbittlich – endgültig. »Sterben muss, wer Politik ohne Prinzipien betreibt.« Sie klatschte in die Hände. »Sterben muss, wer Wissenschaft ohne Menschlichkeit ausübt!« Sie klatschte in die Hände. »Sterben muss, wer Reichtum besitzt, ohne dafür zu arbeiten.« Sie klatschte in die Hände. »Das heißt, es kann jeden treffen.«

Niemand widersprach.

Sonntag, 12. Juli, 22.30 Uhr

Das Piepen wurde lauter, bis es schrill in Rudgers Ohren pfiff. Wo war er? Warum schmerzte sein ganzer Körper wie die Hölle? Er öffnete die Augen. Alexander lag vor ihm. Die Anzeigen auf den Monitoren blinkten ruhig vor sich hin. Das Piepen war nicht schrill, sondern leise und gleichmäßig. Es zeigte Alexanders Herzfrequenz, die sich normalisiert hatte. Richtig, Rudger war in Tübingen, er hing in dem Ohrensessel, der zum Schlafen nicht geeignet war, ein Bett hatte er nie haben wollen, weil er fürchtete, der Versuchung nicht widerstehen können, sich hinzulegen. Jetzt war er doch eingeschlafen, trotz verbogener Körperhaltung. Er hatte schlecht geträumt, konnte sich nur noch an das schrille Piepen erinnern, das Gefahr signalisierte. Und an das Gefühl, im Schlamm zu versinken.

Er brauchte fünf Minuten, bis er seine Knochen so weit sortiert hatte, dass er aufstehen konnte. Rudger war immer wieder aufgewacht, wenn Davidson oder eine Schwester hereingekommen war, und dann von Neuem eingeschlafen. Zuletzt waren sie um sieben aufgetaucht, danach hatte Davidson ihn schlafen lassen. Die Sonne war schon untergegangen, es war zehn Uhr abends.

Rudger trat hinaus auf den Flur. Seine Kehle war ausgetrocknet, sein Magen knurrte. Am Ende des Flurs gab es einen Aufenthaltsraum mit Automaten für Sandwiches und Getränke. Früher hatten sich hier die Raucher getroffen, aber seit einiger Zeit durfte in der gesamten Klinik nicht mehr geraucht werden. Vor der Tür war ein Raucherbereich eingerichtet, überdacht zwar, aber ungeheizt. Rudger rauchte nicht, und er fand Rauchen ekelhaft. Aber

Raucher so auszugrenzen und nach draußen abzuschieben, das ging ihm zu weit. Es gab genug Technik, die es erlaubte, einen Raum so zu belüften, dass der Rauch nicht auf den Krankenhausflur dringen konnte. Aber Rudger glaubte auch nicht, dass die Verwaltung aus Gesundheitsgründen das Rauchen hier verboten hatte. Eine solche Belüftung hätte viel Geld gekostet, nur darum ging es. Letztlich ging es immer nur ums Geld.

Er zog sich ein Thunfischsandwich und einen schwarzen Kaffee extrastark, ließ sich in einem Sessel nieder, der nicht bequemer war als das Folterinstrument, auf dem er die Nacht verbracht hatte. Ein riesiger Plasmabildschirm hing an der Wand, N-TV lief. Im Nahen Osten gab es nichts Neues, Russland und Amerika zankten sich noch immer, die Kanzlerin freute sich über die Eröffnung eines neuen Technologiezentrums. Der Nachrichtenticker lief durch, Rudger biss ins Sandwich, las mit. Nichts über seinen Artikel? Die Polizei musste doch stinksauer sein? Langsam schoben sich die Buchstaben vom rechten Bildschirmrand in Rudgers Blickfeld. Sie liefen viel zu langsam für ihn. Er konnte innerhalb einer Minute den Inhalt von mehreren Buchseiten erfassen.

»Staatsanwaltschaft Düsseldorf durchsucht Redaktionsräume der ›Düsseldorfer Neuen Post‹ – Chefredakteur Helversum kündigt neue Enthüllungen an – Fahndung nach ›DNP‹-Redakteur Rudger Krüger.«

Rudger verschluckte sich an seinem Bissen, hustete und spuckte die Hälfte auf den Boden. Warum zum Teufel wurde nach ihm gefahndet? Und was für neue Enthüllungen?

Er zog sein Handy heraus und schaltete es ein. Kaum stand die Verbindung, prasselten schon die Kurznachrichten und E-Mails auf Rudger ein. Jasmin hatte ihn ein Dutzend Mal zu erreichen versucht, Helversum ebenso, mehrere Nummern vom LKA und dem Polizeipräsidium tauchten im Abstand von wenigen Minuten immer wieder auf. Rudger rief die Internetseite der »DNP« auf. Die Schlagzeile seines Artikels schrie ihm entgegen. Seines Artikels? Er überflog die Zeilen, mit jedem Wort stieg sein Blutdruck. Helversum, dieses Schwein, hatte sein Werk verstümmelt, verzerrt und verbogen. Zwar waren noch einige Fakten vorhanden, aber darüber hinaus hatte Helversum Schlüsse gezogen und Behauptungen aufgestellt, die nicht belegbar waren.

Verfluchte riesengroße Scheiße! Kein Wunder, dass die Polizei mit ihm sprechen wollte. Sie hatten nicht nur die Redaktion, sondern auch seine Wohnung durchsucht.

Rudger schwitzte vor Wut. Helversum hatte mit dem Vorschlaghammer zugeschlagen, hatte mit der Schrotflinte draufgehalten. Was war in den Mann gefahren? Gut, dass Rudger alle sensiblen Informationen beiseitegeschafft hatte. Selbst Jasmin wusste nicht, an welches Labor Rudger die Reste von Ronald Kleinbau geschickt hatte.

Mit Sicherheit hatten sie sein Privatarchiv hinter der falschen Wand gefunden. Das würde sie eine Weile beschäftigen und ihnen nicht viel bringen. Die Ordner waren prall gefüllt mit Belegmaterial zurückliegender Reportagen; über Mittermaier, Herz, Kittner oder Miller war da nichts zu finden. Kein Journalist in Deutschland, der geradeaus denken konnte, ließ brisantes Material in seiner Wohnung oder der Redaktion, wenn er sich mit den Behörden oder der Politik anlegte, denn es gab immer eifrige Staatsanwälte und Richter, die den Medien zeigen wollten, wer am weitesten pinkeln konnte. Was immer Helversum im Schilde führte, die Aufmerksamkeit der überregionalen und internationalen Presse hatte er auf sich gezogen – und auf Rudger. Er saß in einer verdammten Falle. Gut möglich, dass ein Haftbefehl gegen ihn vorlag, um aus ihm rauszuquetschen, was er in der Hand hatte. Auf keinen Fall durfte er sich schnappen lassen. Also war auch Jasmins Wohnung vorerst tabu. Ein Wunder, dass die

Fahnder ihn noch nicht hier besucht hatten. Entweder hatten sie Jasmin nicht auf dem Schirm, oder sie hatte dichtgehalten. Was für eine Frau! Er warf das Sandwich in den Mülleimer, rannte über den Flur, betrat Alexanders Zimmer. Rudger hörte schon die Handschellen klicken, aber niemand erwartete ihn. Mit der Rechten strich er Alexander über den Kopf. »Ich komme bald wieder, liebster Bruder. Ich muss nur ein paar Sachen klären.«

Rudger wartete, aber Alexander zeigte keine Reaktion. Weder im Gesicht noch auf den Monitoren.

Ohne gesehen zu werden, schlich sich Rudger aus der Klinik, winkte ein Taxi herbei und ließ sich in die Innenstadt fahren. Am Bahnhof fand er schnell eine Absteige, in der man ohne Papiere Zimmer mieten konnten, solange man bar zahlte. Rudger stellte den Fernseher an. Eine neue Schlagzeile beherrschte die Boulevardnachrichten: »Der Henker hat wieder zugeschlagen!« Ein Muslim war erhängt aufgefunden worden. Rudger musste hart schlucken. Wie lautete die vierte Ankündigung? »Ich werde töten, wenn ihr nicht aufhört zu freveln.« Rudger ließ sich auf das Bett fallen. Es quietschte, er versank wie in Treibsand darin, seine Rippen schlugen Alarm, der Schmerz schoss ihm durch den ganzen Körper. Er rollte sich auf die Seite, stand auf und setzte sich vorsichtig in den Sessel, der vor einem niedrigen Couchtisch aus den Fünfzigern stand. War das Design einfach nur alt oder war es schon wieder hippes Retro? Den Tapeten nach zu urteilen einfach nur alt. Immerhin roch es nicht muffig, sondern nach Fichtennadeln. In einer Steckdose machte Rudger ein automatisches Raumspray aus.

Wie war der Stand der Dinge? Kurz gefasst: beschissen. Helversum hatte ihn missbraucht, hatte dafür gesorgt, dass die Polizei ihn nicht ganz zu Unrecht als Straftäter suchte. Das wäre mit seiner ursprünglichen Fassung nicht passiert.

Rudger stand mit dem Rücken an der Wand. Stellte er sich, war er erst mal am Arsch. Stellte er sich nicht, ebenfalls. Er konnte nicht auf Dauer untertauchen, zumal er Helversum nicht mehr traute. Gut möglich, dass der ihn verriet, um nicht selbst Ärger zu bekommen. Wer stand zu ihm? Jasmin. Aber die würde überwacht werden.

Rudger wurde heiß. Sein Handy. Er riss es aus der Tasche, schaltete es aus, packte seine Sachen, rannte nach unten, vorbei an dem Portier, der sich nicht für ihn interessierte, trotz der Wollmütze, die er bei sommerlichen Temperaturen trug. Gott sei Dank hatte er genug Bargeld dabei. Seine Kreditkarte würde ihn genauso zuverlässig verraten wie die EC-Karte. Schnell hatte er ein anderes diskretes Hotel gefunden. Durchaus eine Verbesserung: Die Matratze war hart, ein Fenster führte zur Feuerleiter, ein guter Fluchtweg.

Er bestellte sich ein Bier aufs Zimmer, Kosten vier Euro, trank einen Schluck. Das Bier dämpfte seine vibrierenden Nerven. Rudger Krüger auf der Flucht vor der Polizei? Wie beknackt war das denn? Es musste umgekehrt sein! Aber das hatte ihm Helversum gründlich versaut. Wenn er es recht bedachte, war das sein Aus bei der »DNP«. Zumindest solange Helversum dort herrschte. Warum hatte er das nicht kommen sehen? Was hatte er noch alles nicht gesehen? Er leerte die Flasche und bestellte sich drei weitere. Nach der vierten war er so weit, dass er sich seinem Selbstmitleid ergab. Und erst als er kurz davor war, einzuschlafen, ging ihm ein Licht auf. Polizei und Chefredakteur waren zweifellos eine Pest. Aber wer immer der Henker war – warum war Rudger der Einzige, mit dem er kommunizierte? Wann würde der Henker ihn ermorden, weil er herausfand, dass der Artikel erstunken und erlogen war – was er ja nicht war, sondern … Seine Gedanken drehten sich im Kreis, immer schneller. Er sprang auf, rannte zur Toilette und erbrach sich.

Nachdem er sich gesäubert und drei Zahnputzbecher Wasser

getrunken hatte, legte er sich aufs Bett und starrte an die Decke. Er würde nicht zu Alexander gehen können, solange er gesucht wurde. Diese Erkenntnis traf ihn mitten in den Magen. Er sprang auf und schaffte es gerade noch, den Kopf über das Waschbecken zu halten, bevor er den Rest seines Mageninhalts herauswürgte. Das durfte nicht sein. Sein Bruder durfte nicht unter seiner Dummheit, unter seiner Eitelkeit leiden, nicht schon wieder. Es gab nur eine Möglichkeit: Er musste in die Höhle des Löwen.

Montag, 13. Juli, 14.13 Uhr

Fran hatte nicht einmal die Zeit, sich mit Sofia und Bruno abzusprechen. Der Pförtner hielt ihr einen Zettel hin: »Fran Miller bitte sofort in mein Büro. Dorfmann.«

Was war denn jetzt schon wieder los? Fran steuerte Dorfmanns Vorzimmer an, trat ein, wurde in sein Büro gewinkt. Er war nicht allein. Justiziar Räffgen und Innenminister Hartbäcker saßen neben Dorfmann auf der einen Seite des Schreibtischs; auf der anderen wartete ein leerer Stuhl auf Fran. Das war eindeutig das Setting für einen Prozess, für ein Scherbengericht, für ein hochnotpeinliches Verhör. Sie nahm Platz, lächelte. »Worum geht es, meine Herren?«

Dorfmann schnappte hörbar nach Luft. »Es geht um Sie, um Ihre Karriere, sonst nichts.«

Wenn Dorfmann erwartet hatte, dass Fran jetzt zusammenzuckte oder einknickte, hatte er sich getäuscht.

Räffgen hob eine Hand, Dorfmann verstummte. »Herr Dorfmann hat sich nicht klar genug ausgedrückt, fürchte ich. Es geht nicht nur um Ihre Karriere, die Ihnen, so wie ich das sehe, nicht so wichtig ist. Es geht um Straftatbestände. Es geht darum, dass Sie nie wieder einen Fuß auf den Boden bekommen, dass Ihre Reputation zerstört sein wird. Darum geht es. Ich glaube, jetzt haben Sie Grund, zu erschrecken.«

Fran brach der Schweiß aus.

Räffgen wandte sich an Dorfmann. »Sehen Sie, so macht man das.«

Hartbäcker stupste Räffgen an. »Sie sind ein echt scharfer

Hund, Räffgen, das weiß ich zu schätzen. Aber Sie unterstehen meinem Kommando. Wenn ich es für nötig erachte, dass Sie Ihre Zähne irgendwo reinhauen, dann sage ich Ihnen das rechtzeitig. Also bitte: Nie wieder loskläffen, um sich wichtig zu machen.«

Räffgen fiel das süffisante Lächeln aus dem Gesicht. Fran begriff nichts.

»Ich habe Ihre Verdienste nicht vergessen, Frau Miller«, sagte Hartbäcker und sah sie ernst an. »Aber diese Sache sieht nicht wirklich gut aus für Sie.«

Da er schwieg, ergriff Fran das Wort. »Wären Sie so freundlich, mir zu erklären, worum es geht, und was sich seit unserem Gespräch«, sie zeigte auf Räffgen und Dorfmann, »geändert hat?«

Hartbäcker legte ihr ein Blatt Papier vor. Es sah aus wie Faxpapier, es glänzte, und sie konnte schwarze Schlieren erkennen. »Helversum und Krüger sind nicht schlecht, aber sie sind nicht gut genug. Wir haben auf einem Server die Überreste einiger Mails gefunden, eine davon hat Krüger an ein Privatlabor für forensische Untersuchungen geschickt.«

Fran nahm das Papier in die Hand und überflog es. Woher, zum Teufel, hatte Krüger Gewebe von Kleinbau? Und war das auch wirklich Gewebe von Kleinbau, oder war es ein Fake?

Dorfmann kam ihr zuvor. »Es ist Gewebe von Kleinbau. Das steht fest. Wir hatten Haare von ihm asserviert.«

Fran blickte auf.

»Ja, ja, es ist nicht ganz nach den Vorschriften, aber Vorschriften weit auszulegen, ist doch Ihre Spezialität, oder?«

Fran verzichtete auf eine Antwort. »Kleinbau ist also ermordet worden. Woher hat Krüger das Material?«

»Wissen wir nicht«, sagte Hartbäcker. »Haben Sie eine Idee?«

»Gab es doch noch Asservate von der Obduktion?«

»Nein. Es wurde alles fein säuberlich verbrannt«, sagte Dorfmann.

»Wer hat Kleinbau noch zu Gesicht bekommen?« Fran dachte laut, redete einfach weiter. »Der gesetzlich vorgeschriebene zweite Leichenbeschauer vor der Einäscherung und der Mann vom Krematorium. Es wäre nicht das erste Mal …«

Fran zückte ihr Smartphone, wählte Saschas Nummer. »Du musst sofort checken, ob es eine Verbindung zwischen Rudger Krüger und dem Krematorium gibt. Ruf mich sofort zurück.« Sie legte auf, Sascha hatte nicht ein Wort gesagt, hoffentlich machte er, was sie ihm aufgetragen hatte.

»Warum haben Sie das nicht gleich veranlasst?« Dorfmann klang hart.

Weil sie frustriert gewesen war. Weil sie nicht wirklich an einen Erfolg geglaubt hatte. Weil sie nicht daran gedacht hatte. Weil sie einen Fehler gemacht hatte. Sie zog es vor, die Frage nicht zu beantworten. Es war offensichtlich.

»Kennen Sie Werner Ziehfreund?«, hakte Dorfmann nach.

»Das wäre zu viel gesagt. Ich habe seinen Namen im Zusammenhang mit Ronald Kleinbau das erste Mal gehört. Er war der Vertreter der Ermittlungsbehörden bei der Obduktion.«

»Warum haben Sie Ihrem Vater ermittlungsrelevante Informationen verraten?« Dorfmann ließ nicht locker.

»Ich habe überhaupt nichts verraten.« Fran hielt sich die eine Hand mit der anderen fest.

»Ich bitte Sie, Frau Miller, nicht so spitzfindig. Ihr Vater hat nichts mit den Ermittlungen zu tun, der Fall geht ihn absolut nichts an. Sie wissen genauso gut wie ich, dass Sie dafür ein Disziplinarverfahren bekommen könnten.«

»Er sollte mich beraten und er hat mich gut beraten«, gab Fran trotzig zurück und bereute es sofort.

»James Miller ist Straßenbulle. Er lehnt Profiling als Hokuspokus ab, Frau Miller. Sie sind zerstritten! Warum haben Sie ihn wirklich eingeweiht?«

»Er sollte mich …«

»Warum haben Sie Ihr halbes Team nach Hause geschickt?« Dorfmanns Zeigefinger stach in ihre Richtung.

»Ich …«

»Warum haben Sie Bruno Rheinstahl als Verbindungsmann vorgeschoben?«

»Aber …«

»Schluss jetzt«, donnerte Hartbäcker.

Fran zuckte zusammen, mit einem solchen Ausbruch hatte sie bei Hartbäcker nicht gerechnet. Auch Dorfmann und Räffgen zogen ihre Köpfe ein wenig ein.

»Sie werden sich ab sofort aus allen Ermittlungen heraushalten. Sie dürfen einen Tatort besichtigen, das ist nicht zu vermeiden, aber nicht mehr. Keinerlei Polizeiarbeit. Dazu zählen auch solche Anrufe wie gerade eben. Ihre einzige Aufgabe wird ab sofort sein, ein Täterprofil anhand der Fakten zu erstellen, die Ihnen von der Mordkommission zur Verfügung gestellt werden, nachdem sie von der Staatsanwaltschaft überprüft wurden.« Hartbäcker beugte sich zu ihr hin. »Ich sage nur so viel: Wir können noch nichts von dem beweisen, was Krüger behauptet, aber sollten Sie in schräge Machenschaften verwickelt sein, werde ich Sie vernichten, und Ihren Vater gleich mit.«

Räffgen grinste breit, jetzt hatte er wieder Oberwasser, Dorfmann jedoch schien unglücklich.

»Und noch etwas: Sollte sich Ihr Spezi Sascha Herz nicht an die Spielregeln halten, egal warum, dann wird er ebenfalls dran glauben. Aller guten Dinge sind drei.«

Fran war sprachlos. Ihre Vorgesetzten glaubten einem karrieregeilen Schmierfink mehr als ihr. Sie gab sich alle Mühe, elegant und geschmeidig aufzustehen. »War's das?« Sie blickte jedem der drei Männer in die Augen. Sie sah nichts als Eiseskälte. Schweigen schlug ihr entgegen. Sie drehte sich um, ging zur

Tür, ihre Beine zitterten, ihr Smartphone vibrierte. Perfektes Timing. Auf dem Flur zog sie es heraus. Eine SMS von Sascha. Es gab eine Verbindung von Krüger zum Krematorium, und was für eine.

Montag, 13. Juli, 16.00 Uhr

Sascha sank in seinen Bürostuhl, warf drei Aspirin in ein Glas, füllte es mit Wasser und sah zu, wie sich die Tabletten auflösten. Er setzte an, leerte das Glas in einem Zug. Hoffentlich wirkten die Tabletten schnell, hinter seiner Stirn hämmerte der Schmerz, wollte sich einfach nicht beruhigen. Fran hatte ihn mit der Nase auf Rudger Krügers Onkel gestoßen, der aber nach dem Besuch seines Neffen alles beiseitegeschafft hatte, was mit Kleinbau zu tun hatte. Und nicht nur das. Er verweigerte jegliche weitere Aussage, sagte nur, er hätte Angst. Vor wem, verriet er nicht, aber Sascha tippte auf Ziehfreund. Anstatt ihm auf die Pelle rücken zu dürfen, war von ganz oben die Order ergangen, Ziehfreund nicht zu behelligen. So ein Murks! Damit verschafften sie ihm nur die Möglichkeit, Beweise zu vernichten, Zeugen zu erpressen oder sogar unterzutauchen.

Sascha fuhr seinen Rechner hoch, ein hektisches Blinken verriet ihm, dass sein Mail-Postfach überlief. Sascha bearbeitete eine Mail nach der anderen, stoisch, so wie er einen Regenschauer hinnahm, der sich unerwartet bei einem Spaziergang über ihn ergoss. Es war nicht zu ändern, es gehörte zum Leben dazu. Der Kopfschmerz ließ ein wenig nach, aber noch immer war er stark genug, um Sascha daran zu erinnern, dass es eigentlich Zeit war, einen Gang herunterzuschalten, oder besser gleich zwei.

Jeder Absender erhielt eine kurze Antwort, einige legte er sich auf Wiedervorlage. Sein Stellvertreter hatte ihm die ersten Ergebnisse der Auswertung von Rudger Krügers Akten geschickt. Eine Liste von Artikeln, die sich mit Skandalen aller Art beschäftigten.

Krüger war fleißig gewesen. Seit er für die »DNP« arbeitete, hatte er im Schnitt zwei Artikel pro Monat geschrieben, insgesamt waren es einhundertsechsundvierzig. Sascha ging die Liste durch, nach zehn Minuten schwirrte ihm der Kopf von Namen, die er alle schon mal gehört hatte, die manchmal deutliche, manchmal vage Erinnerungen hervorriefen. In der Mitte stockte er. Ein Artikel aus dem Jahr 2011. Es ging um Prokter. Sascha öffnete die Liste in seiner Textbearbeitung und gab in der Suche »Selmann« ein. Sofort gab es einen Treffer. Krüger hatte am Beispiel von Selmann die laschen Kontrollen der Umweltbehörden angeprangert. Genutzt hatte es anscheinend nichts. Nächste Suche: »Li Wang«. Treffer! Krüger schäumte vor Wut über die geldgeilen Tierquäler. Genutzt hatte es nichts. »Al Jamili«. Treffer. »Islam«. Treffer. In diesem Artikel hatte Krüger nicht Al Jamili persönlich angegriffen, sondern moderne Vorzeige-Muslime interviewt, darunter auch Al Jamili, und dann den fundamentalistischen Islam angeklagt. Wann hatte Krüger herausgefunden, dass Al Jamili ihn an der Nase herumgeführt hatte? War Krüger als erfolgreich zu bezeichnen? Er war zweifelsfrei ein angesehener und zugleich gefürchteter Journalist, der sich allerdings mit seinem letzten Artikel eindeutig übernommen hatte. Krüger hatte wild um sich geschlagen, ohne Berücksichtigung der Fakten. War er für die Morde verantwortlich? Hatte er mit Gewalt zu Ende gebracht, was er mit Worten nicht hatte erreichen können? Verschanzte er sich hinter Gandhis Sieben? Krüger war ein Intellektueller, also würde die Anleihe bei einem Friedensstifter gut passen. Er musste unbedingt Fran informieren, und er musste die Fahndung nach Krüger ausweiten. Sein Tischtelefon blinkte. Birte Wang war da, sie hatte sich angekündigt und versprochen, Hinweise auf den Täter mitzubringen. Das würde nicht lange dauern, danach konnte er Fran anrufen und die Hunde auf Krüger loslassen.

Sascha wechselte in einen Besprechungsraum, der nett hergerichtet war, um mit Zeugen entspannter reden zu können, um ihnen das Gefühl zu geben, Polizisten vertrauen zu können. Die normalen Büros strahlten den Charme von zweitklassigen Absteigen aus.

Birte Wang saß kerzengerade in dem Ledersessel, in ihren Händen hielt sie einen schmalen Aktenordner. Ihr Gesicht hatte einen asiatischen Einschlag, obwohl sie von deutschen Eltern abstammte, oder bildete sich Sascha das nur ein? Ihre Augen waren mandelförmig, aber es gab viele Europäerinnen, die solche Augen hatten. Ihre Wangenknochen passten eher zu einer osteuropäischen Frau, ihre lackschwarzen Haare waren zu einem Zopf geflochten, der ihr bis in den Schoß fiel. Sie wirkte gefasst, kontrolliert. Sascha spürte, dass sie auf einen Händedruck verzichten konnte, und nahm Platz.

Er nickte ihr zu und zeigte auf den Ordner.

»Er hat uns schon immer verleumdet.« Ihre Stimme klang wie dickes reißendes Papier.

»Wer hat Sie verleumdet?«

»Dieser Journalist, der jetzt auch die Polizei mit Dreck bewirft.«

»Sie meinen Rudger Krüger von der ›Düsseldorfer Neuen Post‹?«

»Genau den.« Sie klappte den Ordner auf, blätterte einige Klarsichthüllen um und hielt Sascha einen Artikel hin. Die Schlagzeile kannte er bereits. »Das blutige Geschäft mit Haifischflossen«. Die Unterzeile lautete: »Bei lebendigem Leib verstümmelt: Die Haifischflossenmafia regiert auch in Düsseldorf.« Sascha überflog den Artikel. Krüger ließ kein gutes Haar an allen, die irgendetwas mit Haifischflossen zu tun hatten. Weder an den Fischern, die den Tieren bei lebendigem Leib die Flossen abschnitten und sie dann zurück ins Meer warfen, noch an den

Verbrauchern, die sich die Suppe kauften, die aus dem gallertartigen Knorpel gemacht wurde, noch an den Politikern, die nicht Manns genug waren, scharfe Gesetze zu erlassen. Er geißelte die Händler, Menschen wie Li Wang, denen es laut Krüger »egal ist, ob fühlende Wesen unsägliche Schmerzen erleiden – Hauptsache, die Kasse stimmt«.

»Wir tun nichts Unrechtes.« Frau Wang verzog keine Miene.

Hatte sie diese Beherrschung von ihrem Mann gelernt, oder hatten sie zueinander gepasst, weil sie so kontrolliert war?

»Das weiß ich, Frau Wang. Niemand klagt Sie an.« Li Wang galt als freundlicher fürsorglicher Chef, der stets darauf achtete, dass sich seine Leute nach Aufenthalten im Kühlhaus aufwärmen konnten, der kostenloses Mittagessen ausgab und peinlich genau auf die Einhaltung aller Arbeitsvorschriften achtete. Li Wang war ein guter Mensch gewesen, soweit Sascha es beurteilen konnte. »Ich kenne den Artikel.«

Aber Wang war auch Teil einer Industrie, die auf ekelerregende Weise ihren Rohstoff gewann. In Europa war zwar das sogenannte »Finning« verboten, bei dem die Haie nach dem Abtrennen der Rückenflosse zurück ins Meer geworfen wurden, wo sie elend verbluteten. Aber es gab kein Gesetz in Deutschland, das die Einfuhr, den Verzehr oder den Handel mit Haifischflossen verbot. Birte Wang und ihr Mann waren Opfer eines Ökoterroristen geworden.

Birte Wang blätterte einige Seiten weiter und zeigte auf ein Foto. »Aber das hier kennen Sie noch nicht.«

Sascha zog den Ordner zu sich heran. Zwei Bilder einer Überwachungskamera. Warum, zum Teufel, sah er diese Fotos erst jetzt?

Birte Wang erriet seine Gedanken. »Ich hatte die Kamera völlig vergessen. Ich war einfach nicht in der Lage, zu denken. Sie ist sehr gut versteckt.«

Ihre Lippen waren nur noch ein Strich. Hinter der kühlen Fassade brodelte es. Hoffentlich entlud sich ihre Trauer nicht jetzt und hier, das hätte Sascha noch gefehlt. »Haben Sie noch mehr davon? Bänder? Aufzeichnungen?«

»Nein. Die Kamera macht nur Standbilder. Immer dann, wenn jemand an ihr vorbeigeht.«

»Wir brauchen die Kamera. Und die Originale. Kann ich die Kopien haben?«

Birte Wang schob den Ordner mit einem Ruck von sich weg. »Nehmen Sie alles. Den Rest lasse ich Ihnen zukommen. Finden Sie das Monster, das meinen Mann abgeschlachtet hat wie ...« Sie brach ab, riss ihre Augen auf. »Oh mein Gott.« Sie atmete heftig, stand auf und verließ den Raum ohne ein weiteres Wort.

Sascha schaute ihr hinterher, bis sie aus seinem Blickfeld verschwand. Er lief zurück in sein Büro, den Ordner unterm Arm. Ihre Worte gingen ihm durch den Kopf, ihre Reaktion. »Abgeschlachtet wie einen Haifisch«? War es das gewesen, was sie hatte sagen wollen? War ihr gerade klar geworden, dass es ihr Beruf gewesen war, der den Mörder angelockt hatte wie Blut einen Hai? Li Wang war der Tropfen Blut im Ozean gewesen, den der Killer zielgerichtet gefunden hatte. Er musste eine gute Nase haben – oder über Wissen verfügen. Dasselbe Wissen, über das Rudger Krüger verfügte – oder er hatte schlicht Krügers Artikel gelesen. Sascha betrachtete die beiden Fotos. Das Erste zeigte eindeutig einen Mann von etwa einhundertachtzig Zentimetern Größe, schlank, athletisch, mit breitem Kreuz. Genug Kraft, um zwei Zentner wegzutragen oder jemandem mit einem Ruck das Genick zu brechen. Er schleppte Birte Wang mit sich, es war nicht zu erkennen, ob sie sich wehrte, seine Körperhaltung verriet, dass er nicht viel Mühe mit ihr hatte.

Schwarzer Pulli, eng anliegend, schwarze Hose, leichte Kletterschuhe, schwarze Handschuhe und eine Gesichtsmaske, die eng am Kopf anlag. Also hatte der Mann sehr kurze Haare, vielleicht eine Glatze. Das zweite Bild zeigte ihn von vorn, als er von seinem Schlachtfest zurückkam. Trotz der schlechten Bildqualität konnte man sehen, dass er Blutspritzer im Gesicht hatte, die Maske war verrutscht, ein Teil seines rechten Ohres lag frei. Bingo! Ein Gutachten würde schnell klären, ob Rudger Krüger der Besitzer dieses Ohres war oder nicht. Von der Statur her würde er passen.

Sascha verständigte Hasso Kittner, der sofort einer erweiterten Fahndung zustimmte und versprach, die Kollegen zu unterrichten und sie zu warnen, dass Rudger gefährlich sein könnte. »Wir werden ein Foto von ihm veröffentlichen, Sascha. Was hältst du davon?«

»Großartig! Wir schlagen ihn mit seinen eigenen Waffen.«

Kittner lachte dröhnend und hängte ein.

Sie würden natürlich trotzdem weiterhin in alle Richtungen ermitteln, die Moko lief auf vollen Touren, aber Saschas Gefühl sagte ihm, dass er bei Rudger Krüger auf der richtigen Spur war.

Die Fahndung nach Krüger verschaffte ihm ein wenig Luft. Endlich konnte er sich um Ziehfreund kümmern und ihm einen Besuch abstatten.

Montag, 13. Juli, 18.45 Uhr

Fran brütete über den Akten, ihr Handy gab Laut. Eine unbekannte Nummer. Sie ging ran.

»Franziska Miller?«

»Wer will das wissen?«

»Rudger Krüger ist mein Name. Ich muss mit Ihnen reden.«

»*Der* Rudger Krüger?«, fragte Fran entgeistert.

»Nicht nur Sie sind über den Tisch gezogen worden.«

»Was soll das heißen? Wo sind Sie?«

»Sie müssen mir versprechen, mich nicht ans Messer zu liefern.«

»Das kann ich nicht. Wie stellen Sie sich das vor? Sie stehen auf der Fahndungsliste ganz oben. Wie naiv sind Sie denn? Ihr Telefon wird abgehört, das volle Programm.«

»Nicht so naiv, wie Sie denken. Ich telefoniere von einem Prepaid-Handy aus.«

»Vergessen Sie's. Ich lege jetzt auf und informiere meine Kollegen, dass Sie mich angerufen haben.«

»Ich habe den Artikel nicht geschrieben.« Die Verzweiflung in Krügers Stimme war nicht zu überhören.

Krüger war wirklich nicht dumm. Er warf einen fetten Köder aus. »Ihr Name hat darunter gestanden.«

Krüger lachte auf. »Wie naiv sind *Sie* denn? Ich gebe den Artikel ab, er wird vom Chefredakteur gelesen, eventuell gekürzt, verändert, dann wird er ins Blatt gesetzt. Ich hatte keinen Einfluss mehr darauf.«

»Wollen Sie mir verkaufen, dass Helversum den Mist verzapft hat?«

»Genau so ist es.«

»Aber warum? Er bringt sich und die Zeitung damit in Teufels Küche.«

»Ich weiß nicht, warum. Genau deswegen rufe ich ja an. Ich würde es gerne wissen, aber wenn mich ein Haufen angefressener Polizisten und Staatsanwälte in die Finger kriegt, dann sitze ich erst mal eine Zeit lang fest.«

»Davon können Sie ausgehen, so oder so. Wir wissen, woher Sie die Gewebereste von Kleinbau haben.«

»Er hat gesungen?«

»Nein. Er schweigt wie ein Grab.«

»Wie haben Sie dann …«

»Das bleibt mein kleines Geheimnis. Ich will damit sagen, dass Sie so oder so Ärger bekommen.«

»Das weiß ich. Hören Sie, Frau Miller. Ich bin bereit, alles zu tun, um Sie zu rehabilitieren. Ich habe immer noch gute Verbindungen zu anderen Blättern. *Focus*, *Stern*, *Spiegel*. Aber ich muss mich bewegen können. Und ich kann Ihnen nicht alles am Telefon erzählen. Bitte! Vertrauen Sie mir.«

Was sollte Krüger ihr großartig erzählen können? Was konnte sie damit anfangen, selbst wenn es relevant war? Man hatte sie an die Kette gelegt. Und wenn herauskam, dass sie sich mit einem zur Fahndung ausgeschriebenen Kriminellen traf, dann konnte sie ihre Sachen packen. Was nicht das Schlimmste wäre. Verdammt, dieser Krüger hatte sie am Haken. »Wo?«

Krüger atmete erleichtert aus. »Ich wusste, Sie gehören nicht zu den verbohrten Menschen.«

»Wenn Sie sich da mal nicht täuschen.«

»In fünf Minuten am Aachener Platz. Am Bahnsteig der Straßenbahn. Wir werden uns gegenseitig sicherlich erkennen.«

Krüger wartete keine Antwort ab, sondern unterbrach die Verbindung.

Fünf Minuten – das war durchaus zu schaffen. Aber woher wusste Krüger, dass sie das schaffen konnte?

Fran lenkte den Impreza auf die Völklinger Straße, dann links auf den Südring, nahm mit Absicht den Umweg über die Aachener Straße in Kauf, um eine bessere Übersicht zu haben. Vielleicht hatte Krüger nur den ungefähren Schnittpunkt ihrer möglichen Aufenthaltsorte gewählt. Er wusste, wo sie wohnte und wo sie arbeitete. Von beiden Orten war es etwa gleich weit zum Aachener Platz. Um diese Zeit war dort nichts los, und es war schwer, die vielen Straßen, die von dem Platz abzweigten, zu überwachen, geschweige denn zu sperren, ohne dass Krüger es bemerkt hätte. Der Mann war nicht dumm.

Sie rollte langsam auf den Bahnsteig zu, konnte Krüger aber nicht entdecken. Er versteckte sich, um die Lage zu sondieren, zu prüfen, ob sie allein kam oder nicht. Er unterschätzte sie, wenn er glaubte, sie brauche Verstärkung, um einen Schreibtischtäter festzunehmen.

Fran stieg aus, ließ sich Zeit, benutzte nicht die Fernbedienung, um den Impreza abzuschließen, sondern den Schlüssel. Es fühlte sich seltsam an. Sie schlenderte auf die andere Straßenseite und platzierte sich so, dass er sie sehen musste.

Es dauerte noch einige Minuten, bis sich Krüger aus der Deckung wagte. Er hielt sich mit der rechten Hand die Seite, hatte anscheinend Schmerzen. Er war überfallen worden, richtig. Die Täter waren noch auf freiem Fuß, aber es gab neben Krügers Praktikantin, die ihm das Leben gerettet hatte, noch eine weitere Zeugin, die sich erst gestern gemeldet hatte. Das KK 11 ermittelte auch in diesem Fall. Krügers Linke steckte in einer Außentasche seiner Jeansjacke.

»Krüger«, rief Fran. »Ich will Ihre linke Hand sehen. Jetzt!«

Krüger blieb verblüfft stehen, nahm die Hand aus der Tasche, wedelte damit. »Ich morde mit der bloßen Hand, wussten Sie das nicht?«

»Nicht mit der Hand. Mit den Fingern, die über die Tastatur huschen und unsägliche Sätze auf den Bildschirm schmieren.«

»Sie haben Talent …« Er kam näher.

»Es reicht mit dem Geplänkel. Was haben Sie zu sagen?«

»In *meinem* Artikel zähle ich die Fakten auf: Dass Kleinbau ermordet wurde«, er zögerte, wartete auf eine Reaktion, aber Fran ließ ihn kommen. »Dass er Kronzeuge war. Dass er nicht wirklich gründlich obduziert wurde. Dass ein zwielichtiger Polizeibeamter der Obduktion beigewohnt hat. Dass das Nazinetzwerk in Nordrhein-Westfalen gut ausgebaut ist und bestens funktioniert, bis in alle Behörden hinein, und aktiv ist wie seit Langem nicht mehr.«

»Das war alles?« Fran schob ein Bein nach vorn, um schnell reagieren zu können, falls Krüger abhauen wollte. »Wenn ich …«

»Das war nicht alles. Ich habe Ihren Namen ins Spiel gebracht. Vieles an Ihrer Person ist seltsam. Ihre Karriere in diesem Männerapparat Polizei ist so steil, dass man es kaum glauben kann.«

»Also nehmen Sie automatisch an, dass ich mich entweder hochgevögelt oder hochbetrogen habe, indem ich Nazis laufen lasse?«

Krüger schwieg. Antwort genug.

»In welcher Welt leben Sie eigentlich? Sie sind ja noch paranoider als einer von der Sitte oder vom Betrug.«

Krüger hob eine Augenbraue. »Und wo leben Sie? Die Ermittlungsfehler sind offensichtlich, sie sind vorsätzlich gemacht worden, es stinkt zum Himmel, ich bekomme keine offizielle Auskunft, ihr wurschtelt vor euch hin und glaubt, wir müssen alles fressen, was ihr uns serviert. So läuft das nicht. Gäbe es mich nicht und andere, die es riskieren, sich mit euch anzulegen, dann hätten wir schnell wieder Verhältnisse wie in den Siebzigern, als die Bullen jeden normalen Bürger, der es gewagt hat, Kritik zu äußern, als natürlichen Feind ansahen.«

»Sie haben mich nicht gefragt.«

»Okay, Sie leben wirklich hinterm Mond. Ihr Pressesprecher hat mich abgewimmelt und mir gleichzeitig mit ewiger Nachrichtensperre gedroht, wenn ich mich privat an Sie wende. Versteht ihr das nicht? Je mehr Geheimnisse ihr produziert, desto neugieriger werden wir. Das ist mein Job. Nein, es ist mehr als das: Es ist meine Berufung. Ich kann nicht anders. Manchmal liege ich daneben, aber das ist bei euch nicht anders. Wo gehobelt wird, fallen Späne. Vielleicht habe ich mich in Ihnen getäuscht und Sie sind eine von den Guten. Aber alle Indizien sprechen gegen Sie.«

Frans Handy vibrierte. Zwei SMS. Die erste jagte ihr einen Schauer über den Rücken. Neue Erkenntnisse zu Krüger: Kittner ging jetzt davon aus, dass Krüger der Henker war. Die zweite kam von Benjamin Haller und ließ den Boden unter ihren Füßen weich werden.

»Ich fürchte, ich habe mich in Ihnen getäuscht«, sagte Fran und lächelte.

Krüger verzog verwirrt das Gesicht.

Fran machte einen Schritt auf ihn zu, drehte ihm den rechten Arm auf den Rücken und drückte ihn an die kalte Plexiglaswand der Haltestelle. Jetzt hätte sie Handschellen gebrauchen können. Er stöhnte auf. »Rudger Krüger, ich nehme Sie vorläufig fest wegen des Verdachts auf vierfachen Mord. Sie haben das Recht, zu schweigen. Ich empfehle Ihnen, einen Anwalt zu konsultieren.«

Fran zückte ihr Handy und rief Verstärkung. Eins stand fest: Krüger hatte zu viele Spionagethriller gesehen. Sie hätte ihn so oder so festgenommen. Die SMS allerdings erforderte sofortiges Handeln: Großfahndung! Krüger war als gefährlich eingestuft worden. Sie glaubte zwar nicht, dass Krüger etwas mit den Morden zu tun hatte; dazu war er zu gut in seinem Leben und seinem Beruf eingerichtet, er passte nicht ins Profil; aber dass er Beweise vorenthalten und mit seinen Recherchen ihrer Diffamierung Tür und Tor geöffnet hatte, das reichte, um ihm die eine oder andere unangenehme Nacht in Untersuchungshaft zu verschaffen.

Sie dachte an die zweite SMS und schlucke eine Träne hinunter. Sascha stand unter dem dringenden Verdacht, Werner Ziehfreund erschossen zu haben.

Montag, 13.Juli, 19.00 Uhr

Es dauerte nur zwei Minuten, bis die Streife vor Ort war, zwei Minuten, in denen Krüger versuchte, sie weichzukochen. Er flehte, drohte, beschwor, aber Fran ließ sich nicht erweichen. Was glaubte dieser Kerl eigentlich? Dass er über dem Gesetz stand? Sie sagte kein Wort, hörte aber aufmerksam zu. Verdächtige, die redeten, waren gute Verdächtige. Krüger sprach von Beweisen, die ihn von jedem Verdacht reinwaschen würden, von seinem Bruder, den er besuchen müsse, den Ärzten dort, die ihm ein Alibi geben könnten. Fragte sich nur für welchen Zeitraum? Wenn Krüger wusste, wann er ein Alibi brauchte, verfügte er über Täterwissen und machte sich damit noch mehr verdächtig. Er erzählte von seiner Praktikantin, die ihm das Leben gerettet hatte und mit ihm unterwegs gewesen war, von Wahrheit, die man ergründen müsse, und davon, dass er kein Motiv hatte, irgendjemanden umzubringen. Es ging hin und her, manchmal durcheinander, manchmal sprangen seine Gedanken so weit, dass Fran Mühe hatte, zu folgen. Krüger hatte die Hosen gestrichen voll, er schwitzte und stöhnte immer wieder.

Fran versuchte, es ihm so bequem zu machen, wie es ging, aber mit auf den Rücken gebundenen Händen war das so gut wie unmöglich. Krüger musste noch ein wenig leiden, das befriedigte Fran nicht, aber es war auch nicht zu verhindern.

Die Kollegen übernahmen Krüger, Fran wies sie darauf hin, dass er noch verletzt sei und unbedingt einem Arzt vorgeführt werden müsse. Außerdem sollten sie seinen Anwalt, Olaf Weihrauch, verständigen.

Die Streife rückte ab, Krüger warf ihr noch einen langen Blick zu. Fran sprang in den Impreza und startete durch. Die Wahrheit hatte er herausfinden wollen, aber mit Lügen und Verleumdungen konnte das nicht gelingen. Fran wusste, wie schwer es war, Wahrheit überhaupt zu definieren, erfuhr tagtäglich am eigenen Leib, dass die Wahrheit für jeden etwas anderes war. Sie wollte nicht die Wahrheit finden, sie suchte nach Beweisen, die einen Täter überführen konnten. Manchmal kam das der Wahrheit nahe, aber die ganze Wahrheit und nichts als die Wahrheit? Eine Floskel, nichts weiter.

Ihre Gedanken sprangen zu Sascha. War er deswegen in der letzten Zeit so mies drauf gewesen? Weil er als interner Sonderermittler Ziehfreund auf den Fersen gewesen war und ihm nichts hatte nachweisen können? Sie brauchte nur eins und eins zusammenzuzählen, um zu erkennen, dass Ziehfreund Dreck am Stecken hatte. Nicht sie und Sascha oder Kittner waren es gewesen, die den Mord an Kleinbau hatten vertuschen wollen, sondern Ziehfreund! Also musste es eine Verbindung zwischen ihm und Mittermaier und anderen Nazis geben. Vielleicht wurden sie in Ziehfreunds Nachlass fündig. Und sie würden natürlich Saschas Büro und seine Wohnung mit dem Flohrechen durchkämmen.

Fran parkte auf einem der wenigen Plätze, die vor dem Präsidium noch vorhanden waren. Bürocontainer füllten fast die gesamte Fläche, die Renovierung des Präsidiums war im Gange, oder besser gesagt, sie stockte. Planungsfehler, wie immer. In den Bürocontainern war auch das KK 12 untergebracht mit der Vermisstenstelle, in der ihr väterlicher Freund KHK Benjamin Haller, genannt Senior, sein letztes Jahr vor der Pensionierung absaß.

Die Türen zu den Containern standen offen, um ein wenig frische Luft hineinzulassen. Die Luft in den Blechbüchsen wurde schnell stickig.

Sie begrüßten sich mit einer langen Umarmung.

Senior zeigte auf einen Stuhl, Fran setzte sich, er drehte seinen Monitor so, dass sie alles sehen konnte, was darauf angezeigt wurde.

»Um 0.21 Uhr ist Werner Ziehfreund in seiner Wohnung in der Sedanstraße mit seiner Dienstwaffe erschossen worden. Um 0.22 Uhr ging in der Leitstelle ein Notruf ein. Zwei Minuten später überraschen zwei Beamte Sascha dabei, wie er den Schreibtisch des Opfers durchsucht.«

»Hat er gestanden?«

»Er ist weg.«

»Verdammt! Damit macht er sich nur verdächtig!«

»Allerdings.« Senior klickte zweimal mit der Maus.

»Warum hat er nicht sofort die Kollegen gerufen?«

Die Tatortbilder erschienen. Ziehfreund lag mit dem Gesicht nach unten auf der Tastatur seines Computers. Alles war mit Blut und Gewebefetzen übersät.

»Ein Schuss ins Genick, dann in den Kopf. Ziemlich professionell.«

»Ich muss den Tatort sehen.«

»Vergiss es. Du bist befangen. Außerdem ist das kein Fall für die OFA.«

»Und wenn es der Henker war?«

»Das ist unwahrscheinlich. Es gibt keine Message.«

»Es stehen noch drei Sünden aus.«

Senior verschränkte die Arme über seinem gewaltigen Bauch. »Aber keine passt wirklich zu Ziehfreund. Er war Polizist.«

»Das sehe ich anders«, sagte Fran und wusste gleichzeitig, dass sie sich an einen Strohhalm klammerte. »Es passt zu ›Politik ohne Prinzipien‹. Ziehfreund war Polizeirat, ein hohes Tier, ein Polizeipolitiker, der kriminell geworden ist.«

»Alles nur Spekulationen.«

»Was ist in Saschas Wohnung gefunden worden?«

»Nichts bisher. Die Wohnung sieht aus wie frisch renoviert.«

»Sein Büro?«

»Dasselbe Bild. Er hat richtig aufgeräumt, bevor er zu Ziehfreund gegangen ist.«

Senior wusste nichts von Saschas zweitem Leben, und das würde vorerst auch so bleiben, sie hielt sich an ihr Versprechen, das sie Sascha gegeben hatte. Sie musste mit ihm reden. »Kann ich zu ihm?«

»Keine Chance. Kittner kann auch nichts machen, er ist genauso befangen wie du.«

Frans Telefon meldete sich. Dorfmann, wie immer ohne Floskeln.

»Dieser Krüger verweigert die Aussage, bis auf einen Satz: ›Ich will mit Fran Miller reden.‹ Wo sind Sie?«

»KK 12.«

»Er ist im Vernehmungsraum vier. Bis gleich.«

Senior schaute sie fragend an.

»Dorfmann. Krüger will nur mit mir reden. Obwohl ich ihn hopsgenommen habe.«

»Vielleicht deswegen. Du hast ihn beeindruckt.« Senior grinste hämisch. »Was hältst du davon: Mach einen Deal mit Dorfmann. Vernehmung Krüger gegen Vernehmung Sascha.«

»Dorfmann würde mich vierteilen.«

»Du bekommst so oder so Probleme. Egal, ob du etwas verbrochen hast oder nicht. Du wirst denen da oben lästig. Du wirst dir vielleicht bald wünschen, nur gevierteilt worden zu sein.«

»Wie lästig?«

»Man handelt schon Namen für deine Nachfolge. Die Münchner mischen kräftig mit, sie wetzen ihre Messer. Die wollten schon immer unser LKA unterwandern.«

»Damit habe ich den Status eines Ungeziefers erreicht.«

»Das trifft es.«

Fran wählte Dorfmanns Nummer, verzichtete ebenfalls auf Geplänkel. »Wenn ich mit Krüger rede, dann rede ich auch mit Herz. Als Erster. Wenn ihr ihn habt.«

Fran hatte mit einem Wutausbruch gerechnet. Aber Dorfmann sagte nur: »So langsam begreifen Sie, wie es läuft. Das geht klar. Aber es wird immer jemand an Ihrer Seite sein, der Sie stoppt, wenn Sie übermütig werden. Und weder das eine noch das andere Gespräch ist ermittlungsrelevant.«

»Es sei denn, ich hole ein Geständnis raus …«

Dorfmann legte auf.

Fran zeigte auf ihr Telefon. »Dorfmann hat sofort zugestimmt. Das heißt, ich bin meinen Job los?«

Senior seufzte. »Wahrscheinlich nur die Leitung. Die sind ja nicht vollkommen verblödet. Du bist als Profilerin zu gut.«

»Was gibt es an Beweisen gegen Sascha?«

»Keine Beweise, nur Indizien: Er war der Einzige am Tatort. Mittel, Möglichkeit …«

»Aber kein Motiv?«

»Bis jetzt kein stichhaltiges. Nur Spekulationen.«

»Er ist Profi.« Fran stand auf, beugte sich zu Senior und drückte ihm einen langen Kuss auf die Wange. »Glaubst du, dass er es war?« Sie richtete sich auf.

»Das ist das Schlimme. Die Indizien sind stark. Sehr stark. Ob er es war? Ich weiß es nicht, aber ich traue es ihm zu.«

Montag, 13. Juli, 23.30 Uhr

Der Arzt hatte ihn gründlich untersucht, den Stützverband gewechselt und ihm ein Schmerzmittel gegeben. Zwei Kriminalkommissare saßen ihm gegenüber an dem grauen Tisch, dessen Kratzer Rudger inzwischen auswendig kannte. Weihrauch hatte man aus dem Bett geklingelt, er brauchte noch eine halbe Stunde, bis er kommen konnte. Immer wieder fielen Rudger die Augen zu, aber nach gefühlten fünf Sekunden riss er sie wieder auf, weil er zu fallen glaubte.

Die Beamten schwiegen ebenso beharrlich wie er.

Die Tür schwang auf. Fran Miller kam herein, einen dicken Aktenordner in der Hand. Sie setzte sich ihm gegenüber, reichte ihm nicht die Hand, legte den Ordner sorgfältig vor sich auf den Tisch. Sie sah so aus, wie er sich fühlte: fix und fertig, übermüdet, keine Lust mehr. Die zwei Beamten verließen den Raum. Sie ließen ihn mit Miller allein. Das gefiel ihm ganz und gar nicht. Sie hatte ihn mit einer schnellen Bewegung wehrlos gemacht, es hatte höllisch wehgetan, das hatte er nicht vergessen. Was würde sie machen, wenn sie wütend wurde? War im Beobachtungsraum hinter dem Spiegel jemand, oder schauten sie gekonnt weg, wenn Miller ihn in die Mangel nahm?

»Warum ich?«, begann Fran Miller. »Ich habe Sie hierher gebracht, Sie verraten.«

Das hatte sie, ohne Frage. Aber sie war die Profilerin, sie konnte am ehesten dafür sorgen, dass er entlastet wurde. Sie kannte die Fakten besser als jeder andere. »Ich vertraue Ihnen. *Weil* Sie mich nicht haben laufen lassen. Sie sind nicht bestechlich.«

Sie verzog die Lippen. »So schnell ändern Sie Ihre Meinung? Auch wenn Sie den Artikel nicht mit der Schärfe verfasst haben, mit der er letztendlich in der ›DNP‹ veröffentlicht wurde, hatten Sie es dennoch auf mich abgesehen. Wir haben Ihre Aufzeichnungen durchgesehen. Wissen Sie, was ich glaube?« Sie machte eine Kunstpause, Rudger schaute sie nur an. »Ihnen geht der Arsch auf Grundeis.«

»Logisch. Man wirft mir mehrfachen Mord vor. Was vollkommener Unsinn ist.«

»Ist es nicht.« Fran schlug den Ordner auf. »Wo waren Sie am Montag, den 06.07., zwischen null und ein Uhr?«

»Was soll das? Ohne meinen Anwalt sage ich dazu überhaupt nichts.«

»Weil Sie kein Alibi haben!«

»Das können Sie gar nicht wissen, weil Sie es noch nicht überprüfen konnten.«

»Ach ja?«

»Ja. Aber das ist auch nicht relevant.«

»Was ist denn relevant?«

»Ich habe vier Briefe erhalten. Jeweils einen Tag, bevor einer dieser Morde geschah.«

»Was stand in den Briefen?« Fran Millers Stimme wurde schneidend.

Rudger holte tief Luft. »Ich werde töten, wenn ihr nicht die Wahrheit sagt. Das war der erste. Der zweite lautete: Ich werde töten, wenn ihr die Umwelt zerstört. Der dritte: Ich werde töten, wenn ihr nicht aufhört zu quälen.«

»Ich werde töten, wenn ihr nicht aufhört zu freveln. Lautete so der vierte?«

Rudger war verblüfft. »Das ist richtig. Woher wussten Sie das?«

»Sie sind der Letzte auf dieser Welt, dem ich das erzählen würde. Wo sind die Briefe?«

Fran Miller schien sich nur noch mit Mühe beherrschen zu können. Auf ihrer Stirn trat eine Ader hervor, eine Hand hatte sie zur Faust geballt, die andere lag darüber, als wolle sie die Faust daran hindern, zuzuschlagen.

»In einem Postfach.«

»Der Schlüssel?«

»Den hat mein Bruder.«

Sie nahm die Hand von der Faust. »Wäre es möglich, dass Sie mir umfassend und vor allem schnell sagen, wo sich dieser Schlüssel genau befindet? Sonst könnte ich ärgerlich werden.«

Ihre Stimme vibrierte, Rudger konnte nicht entscheiden, ob aus Wut oder vor unterdrückter Spannung.

Rudger zögerte nicht, er spürte die Angst in seinem Magen. »Universitätsklinikum Tübingen. Alexander liegt dort auf der Intensivstation im Wachkoma. In der Schublade seines Nachttisches. Dort finden Sie den Schlüssel.«

Fran Miller zeigte keine Regung, zückte ihr Handy, gab die Information weiter, mit dem Auftrag, den Schlüssel und die Briefe zu besorgen.

»Ist Ihnen klar, dass Sie …« Sie brach ab, kramte in der Akte herum. Las. Sprang auf, rannte aus dem Raum.

Dienstag, 14. Juli, 0.56 Uhr

Fran hatte alles zehnmal überprüft. Krüger konnte nicht der Mörder von Li Wang sein, das stand außer Frage. Als der Chinese abgeschlachtet wurde, lag Krüger mit Verletzungen im Krankenhaus, die es ihm unmöglich machten, auch nur daran zu denken, jemanden zu ermorden. Trotzdem konnte er an den Taten beteiligt sein. Krüger hatte die Informationen besorgt, andere hatten die Tat ausgeführt. Es musste ein Team sein. Eine Terrorzelle? Welchen Part würde Krüger übernehmen? Führer, Anstifter, Guru? Wer gehörte noch dazu? Mehrere Personen?

Fran brühte sich einen grünen Tee auf, kehrte zum Schreibtisch zurück. Das war alles Unsinn. Sie hatten Krüger durchleuchtet, Fran hatte ein Profil erstellt. Nichts, aber auch gar nichts wies darauf hin, dass er mit Mördern gemeinsame Sache machen könnte. Seine Artikel waren veröffentlicht worden, also kannte jeder, der lesen konnte, die Informationen. Es waren keine Geheimnisse. Ziehfreund wiederum war zwar in Krügers Unterlagen zu finden, aber in keinem seiner Artikel. Sie war auf dem Holzweg. Zumindest war ihr eine Idee gekommen, wie sie Sascha entlasten konnte – oder ihm den Fangschuss geben, falls sie sich täuschte. Ziehfreunds Kopf hatte auf der Tastatur gelegen, er war nicht auf die Tastatur gefallen. Also hatte der Mörder seinen Kopf gehalten und ihn dann auf der Tastatur abgelegt. Warum? Bisher hatte der Mörder nichts ohne Grund getan. Wenn Sascha unschuldig war und der Henker der Täter, dann musste irgendwo in Ziehfreunds Nähe die fünfte Message zu finden sein. Passend zum Opfer. Wenn nicht, wurde es eng für Sascha.

Fran raste in drei Minuten vom Präsidium zum LKA, missachtete jede Geschwindigkeitsbeschränkung, überfuhr zwei rote Ampeln.

Sie sprang die Treppen in die dritte Etage hoch, riss die Tür zum EDV-Labor auf und stürmte hinein.

Die Techniker ließen sich nicht aus der Ruhe bringen, sie warfen einen kurzen Blick auf Fran, dann vertieften sie sich wieder in ihre Arbeit. Auf einem halben Dutzend technischer Arbeitsplätze standen geöffnete Computer, auf den Displays der Messgeräte flimmerten grüne Kurven, zwei, drei oder vier Monitore zeigten kryptische Symbole, manchmal leuchteten sie auch nur komplett blau.

Fran ging zum letzten Tisch. Dort stand Ziehfreunds Desktop-Computer. Die Tastatur war noch in der KTU. Der junge Mann, der mit gefalteten Händen vor dem halb zerlegten Gehäuse saß, redete einfach drauflos.

»Das ist alles sehr seltsam, Fran.«

Fran kannte das Prozedere. Wenn die Nerds laut dachten, musste man sie mit entsprechenden Fragen ölen. »Was ist seltsam?«

»Das ist angeblich Ziehfreunds privater Rechner. Korrekt?«

»So steht es im Durchsuchungsprotokoll.«

»War Ziehfreund ein Computer-Freak?«

Fran war nichts bekannt. »Nicht, dass ich wüsste.«

»Das Ding ist vollgestopft mit Technik, die in Kaufhauscomputer nicht eingebaut wird. Zu gut. Zu teuer. Zu ausgefallen. Zu fett.«

»Fett?«

»Mit dem Ding kannst du das halbe LKA mit Rechenleistung versorgen. Es ist ein RAID-Rechner. Acht Festplatten. SSID. Sauteuer. Sauschnell. Richtig teuer. Aber das sagte ich schon, oder?«

»Datensicherung?«

»Mit Datensicherung hat das nichts zu tun. Es sind redundante Speichersysteme. Fällt eine Platte aus, inklusive System und allem, übernimmt die nächste. Das heißt, das Ding funktioniert so gesehen immer. Es sei denn, du wirfst eine Bombe rein. Und selbst dann könnte es sein, dass …«

»Was für Daten hat Ziehfreund da drauf?«

»Das ist ja die Kacke.«

Fran atmete nur einmal tief ein und aus.

»Nichts. Zero. Nada. Null. So was von sauber. Und zwar richtig sauber. Nicht mehr herstellbar. Geschreddert. Zwei oder drei Mal. Das dauert.«

»Wann ist das gemacht worden?«

»Ungefähr drei Stunden vor Ziehfreunds Tod.«

Fran ließ die Arme hängen. »Verdammt. Ich dachte, auf dem Ding wäre die Message des Henkers zu finden.«

»Na ja, ein bisschen was habe ich schon noch gefunden.«

»Ein bisschen was? Was heißt das? Bilder? Text? Videos? Ich dachte, alles sei geschreddert? Red schon.« Fran trat von einem Bein aufs andere.

»Das hat mich auch stutzig gemacht. Im BIOS, also in der Hardware, ist ein Keylogger eingepflanzt. Irre, was?« Er stockte. »Du weißt, was das bedeutet?«

»Woher sollte ich das wissen?«

»Schon klar. Keylogger im BIOS, das gibt's nicht auf dem Markt. Der Rechner ist quasi verwanzt. Alles, was auf diesem Rechner passiert ist, wurde protokolliert und sehr wahrscheinlich sofort übers Netz irgendwohin kopiert.« Er hob die Hände. »Keine Ahnung, wohin.«

»Ist irgendetwas übrig?«

»Der Logger hat jeden Tastaturanschlag der letzten drei Stunden aufgezeichnet. Deswegen weiß ich, wann das System plattgemacht wurde.«

Fran stand kurz vor dem Herzinfarkt. »Ja und? Was hat er getippt?«

Die Spinnenfinger des jungen Mannes huschten über die Tastatur. Grüne Buchstaben auf schwarzem Hintergrund fielen in Frans Blickfeld. Ihr Herz machte einen Sprung.

Dienstag, 14. Juli, 1.12 Uhr

»Ich brauche keinen Anwalt.« Sascha tippte sich mit dem Finger gegen die Stirn, wohlwissend, dass sein Gesprächspartner das nicht sehen konnte. »Ihr habt sie wohl nicht mehr alle!« Die Nummer des Anrufers war unterdrückt, seine Auftraggeber achteten darauf, im Dunkeln zu bleiben. Von wo aus rief der Staatssekretär an? Von irgendeiner konspirativen Wohnung aus? Direkt aus dem Landtag? Oder saß er in Berlin, in einem Büro des Staatsschutzes?

»Ich kann nur wiederholen: Sie müssen sich stellen. Sie dürfen sich Ihrer Verantwortung nicht entziehen.«

Sascha nahm einen Schluck Wasser aus der Flasche, die er sich an einem Kiosk gekauft hatte. Es schmeckte schal, aber es verdünnte die Säure, die aus seinem Magen aufstieg. »Ich habe mit dem Tod von Ziehfreund nichts zu tun. Ich bin zu ihm nach Hause gefahren, die Tür stand offen, ich bin rein, habe einen Schuss gehört, die Waffe gezogen, bin in Ziehfreunds Arbeitszimmer gerannt und habe vorschriftsmäßig gerufen: ›Polizei! Stehen bleiben!‹ Aber leider hat das den Täter nicht beeindruckt. Er ist aus dem Fenster gesprungen und hat sich aus dem Staub gemacht. Ich bin ans Fenster und habe einen Schuss abgegeben. Und ich bin mir sicher, dass die Kugel ihn zumindest gestreift hat. Das Projektil muss doch gefunden worden sein? Es müssen Gewebefetzen dran sein.«

»Herz, jeder weiß, wie clever Sie sind. Ich hätte auch aus dem Fenster auf den berühmten dritten Mann geschossen. Es sind keinerlei Sohlenabdrücke gefunden worden. Kein Projektil.«

»Natürlich nicht!« Sascha bellte ins Telefon. »Der Platz unter dem Fenster ist mit Pflaster ausgelegt und die Horden von Polizisten, die zwei Minuten später anrauschten, haben alles zertrampelt, was es zu zertrampeln gab. Haben Sie den Befehl gegeben, das Projektil verschwinden zu lassen?«

»Jetzt werden Sie mal nicht paranoid. Ich habe erst davon gehört, als alles schon passiert war. Glauben Sie, mir schmeckt das? Aber wenn Sie weglaufen, wird Sie jeder für schuldig halten, ob Sie es nun sind oder nicht.«

»Was glauben Sie?«

»Ich traue es Ihnen zu und hätte Verständnis dafür. Hat er Sie provoziert?«

»Verdammte Scheiße noch mal! Ich war es nicht!« Sascha ging in die Knie. Es war eine Falle. Er hatte verschissen, so sah es aus. Seine einzige Chance war ein Deal. »Ich weiß nicht, wer mich fertigmachen will, ich weiß nur, dass ich alles, was ich weiß, an die Presse geben werde, wenn Sie mich nicht da rausholen. Egal wie. Erfinden Sie einen anderen Täter. Erfinden Sie neue Beweise. Wenn mein Kopf rollt, dann rollt Ihrer auch, und der einiger anderer Leute.«

Die Leitung blieb still. Eine volle Minute.

»Wenn Sie auch nur ein falsches Wort sagen, sind Sie tot.«

»Wie bitte?« Sascha federte aus der Hocke nach oben. »Haben Sie komplett den Verstand verloren?«

»Sie sollten sich an unsere Vereinbarungen erinnern. Die verdeckte Innere ist kein Kindergarten. Es geht um mehr als um Sie oder mich. Es geht um den ganzen Apparat. Wenn Sie versuchen, den Apparat zu zerstören, wird er Sie zerstören, und zwar für immer. Überlegen Sie sich gut, was Sie tun. Ich werde mich umhören, was mit dem Projektil ist.«

Saschas Gesprächspartner unterbrach die Verbindung. Immerhin. Der große Boss hatte so weit eingelenkt, dass er nachforschen würde, warum ein wichtiges Indiz, eventuell sogar der Beweis seiner Unschuld, verschwunden war.

Was jetzt? Er war zur Fahndung ausgeschrieben, konnte also nicht in seine Wohnung. Wen würden sie noch überwachen, wen konnten sie überwachen? Die Mordkommission fraß schon alle Reserven, es standen mehrere Großevents an. Sie konnten kein eng geknüpftes Netz über ihn werfen. Würden sie Fran überwachen? Es war einen Versuch wert.

Dienstag, 14. Juli, 1.18 Uhr

Fran stürzte in den Container vor dem Präsidium und riss die Tür zu Seniors Büro auf. Er hob die Augenbrauen, als sie die Tür hinter sich schloss und den Schlüssel umdrehte.

»Neuigkeiten?«, fragte er.

»Wir sind schlechte Freunde!«

»Was?«

»Sascha war es nicht. Er hat Ziehfreund nicht erschossen. Es war der Henker.«

»Wie …«

»Die Jungs von der EDV haben die Message gefunden. Frag mich nicht nach Details. Es ist auf jeden Fall gerichtsfest.«

»Und?«

»Ich werde töten, wenn ihr den Willen des Volkes verhöhnt.«

»Ziehfreund war korrupt?«

»Danach sieht es aus. Er hat dafür gesorgt, dass der Mord an Kleinbau nicht entdeckt wurde. Er muss Verbindungen in die rechte Szene haben. Gehabt haben«, korrigierte sich Fran.

»Wir hätten Sascha niemals verdächtigen dürfen. Das ist der Anfang vom Untergang, wenn wir uns nicht mehr vertrauen.«

»Weißt du, was mit ihm los ist?«

»Er mauert seit Monaten. Kommt nicht vorbei, entschuldigt sich immer mit zu viel Arbeit.«

»Er sieht aus wie ein Drogenabhängiger.«

Seniors Computer meldete mit einem schrillen »Ping« den Eingang einer Mail. Er las, auf seiner Stirn bildete sich eine Falte. »Ziehfreunds Haus in Ratingen ist noch mal durchsucht worden, von Spezialkräften, in einem weiteren Umkreis.« Er schlug mit der flachen Hand auf den Tisch. »Sie haben Bruchstücke des Projektils gefunden. Mit Gewebefetzen daran. Auf einmal. Verdammt, was geht da vor?«

Fran ließ sich auf einen Stuhl sinken. Müdigkeit überfiel sie, und gleichzeitig ein warmes Glücksgefühl. Doch die Gefahr war noch längst nicht vorüber. Sascha stand mit dem Rücken an der Wand, er wurde wegen des Verdachts des Mordes an einem Polizisten gesucht, die Waffen der Kollegen könnten locker sitzen. »Informierst du Manger? Als Polizeipräsident kann er die Fahndung sofort aufheben.«

Senior griff zum Telefon, wählte Mangers Nummer, sie hatten Glück. »Benjamin Haller, grüße Sie, Herr Manger. In der Sache Herz haben sich neue Aspekte ergeben. Die Message ist gefunden worden, der Mörder ist mit an Sicherheit grenzender Wahrscheinlichkeit der Henker. Wir müssen die Fahndung nach Sascha Herz sofort aufheben.« Senior lauschte, nickte, verzog das Gesicht. »Wir versuchen, Sascha Herz zu erreichen. Ja, danke.« Senior legte auf, lächelte gequält. »Es wird ein bis zwei Stunden dauern. Er muss erst einen Gerichtsbeschluss erwirken.«

»Aber inoffiziell können wir doch verbreiten, dass Sascha unschuldig ist.«

»Das können wir nicht. Manger vertraut mir zwar, aber er hat ja noch keinen Bericht, der unsere Behauptungen beweist. Wir müssen beten, dass nichts passiert.«

Dienstag, 14. Juli, 2.23 Uhr

Sascha gab dem Taxifahrer reichlich Trinkgeld, ließ den Verkehr und die Passanten nicht aus den Augen. Dass hier an der Hellriegelstraße Kollegen observierten, war unwahrscheinlich, aber er konnte sich keinen Fehler leisten. Es war fast halb drei Uhr in der Nacht, eine gute Zeit, da war niemand einfach so unterwegs, Sascha würde sofort erkennen, ob Kollegen den harmlosen Spaziergänger mimten.

Mit gesenktem Kopf stieg er aus und ging langsam los, achtete auf jede Bewegung. Hatte man den Auftrag erteilt, ihn zu liquidieren, weil er gedroht hatte auszupacken? War er zu weit gegangen? Konnte er Fran überhaupt vertrauen? Er zuckte zusammen, drückte sich hinter einen Mauervorsprung. Ein Kleinwagen fuhr langsam vorüber, ein Aufkleber verriet, dass es ein mobiler Pflegedienst war. Warum saßen da zwei Leute im Auto? Ein Mann und eine Frau? Warum schauten sie so angestrengt nach links und rechts? Sascha kannte die beiden nicht. Der Wagen fuhr weiter, Sascha wartete noch eine Minute, aber er kam nicht zurück. Es waren noch gut zweihundert Meter bis zu Frans Haus. Eine unglaublich lange Strecke, mit unendlich vielen Möglichkeiten, ihn zu erwischen. Wenn sie ihn nicht erschossen, würde er für immer hinter Gittern verschwinden. Ihm brach der Schweiß aus. Lieber sterben als das. Langsam trat er zurück auf den Gehweg, zog die Schultern hoch, fünf Schritte, zehn Schritte, zwanzig Schritte. Motorengeräusch von hinten. Er durfte sich nicht umdrehen, das sah verdächtig aus, er ging ein klein wenig schneller. »Vorsicht!«, mahnte er sich, auf keinen Fall eilig wirken. Der

Motor wurde lauter, die Reifen summten auf dem rauen Asphalt, das Summen wurde leiser, der Motor verstummte, Türen gingen. Sascha beschleunigte seinen Schritt, eine junge Männerstimme rief seinen Namen, gefolgt von einem hysterischen: »Polizei! Stehen bleiben!«

Sascha sprintete los, er musste die Gärten erreichen, von da konnte er in die Gassen flüchten, sich irgendwo verstecken, sie durften ihn nicht erwischen. Wieder rief eine Stimme, diesmal unterbrochen von heiserem Keuchen. »Polizei! Stehen bleiben!« Sascha dachte nicht daran. Schneller musste er laufen, viel schneller, er hatte in seiner Jugend Leichtathletik trainiert, achthundert Meter und tausendfünfhundert Meter. Man hatte ihm eine Karriere als Sportler prophezeit, doch dann war sein Trainer ums Leben gekommen und er hatte aufgegeben.

»Stehen bleiben oder ich schieße!«

Sascha sprang über eine niedrige Gartenmauer, ein Schuss knallte. Der Warnschuss. Sie würden Ernst machen. Er zählte bis fünf, dann warf er sich der Länge nach auf den Boden. Der nächste Schuss krachte, Erde spritzte neben seinem Kopf auf. Er federte hoch, schlug Haken, nur noch zwanzig Meter bis zum nächsten Haus, da durften sie nicht rumballern, nicht in Richtung bewohnten Gebietes, wieder ein Schuss, waren die vollkommen bescheuert? Nein, waren sie nicht, sie hatten ja den Auftrag, ihn abzuschießen, aus dem Weg zu räumen. Das Blut jagte durch seine Adern, der Kopf wollte platzen, hundert Hämmer hieben im Stakkato auf ihn ein. Bevor er den Schuss hörte, spürte er den Schmerz. Er fiel, gnädige Schwärze umfing ihn.

Mittwoch, 15. Juli, 6.00 Uhr

So schlecht hatte Rudger seit Jahren nicht mehr geschlafen. Immer wieder war er aus Albträumen hochgeschreckt, nassgeschwitzt, panisch. Die Zelle war enger, als er es sich jemals vorgestellt hatte. Wie konnte man Mensch bleiben, wenn man darin Jahre, vielleicht Jahrzehnte verbringen musste? Er war nach zwanzig Minuten so aggressiv geworden, dass er den Schließern, einem nach dem anderen, die Haut vom Leib hätte ziehen können, ohne dabei mit der Wimper zu zucken.

Nichts hatten sie ihm gelassen. Handy, Uhr, Gürtel, Schnürsenkel. Er war zu einer Sache degradiert worden, niemanden kümmerte es. Bevor er das Handy hatte hergeben müssen, hatte er noch einen Blick in sein Postfach werfen können. Eine Mail von Jaime Davidson war ihm ins Auge gesprungen. Er hatte sie überflogen und aus dem halbmedizinischen Kauderwelsch herausgelesen, dass es dem Arzt geglückt war, mit Alexander zu kommunizieren. Sein Bruder konnte über die Gehirnströme eindeutig »Ja« und »Nein« signalisieren. Sie waren dabei, das Alphabet zu üben, Alexander machte schnell Fortschritte und war in der Lage, einzelne Wörter zu diktieren. Das dauerte noch recht lange. Pro Wort zwei bis drei Stunden. Sein erstes Wort war »Sonne« gewesen. Jaime Davidson interpretierte es dahingehend, dass Alexander damit sagen wollte, dass er Licht wahrnehmen konnte. Um das zu prüfen, hatten sie das Licht ausgeschaltet und den Raum verdunkelt. Eine Stunde später hatten sie Alexanders Antwort: »Mond«.

Gerade als Rudger endlich wieder eingenickt war, knallte ein Schuss durch die Zelle. Er schrie auf, sein Herz raste, er fiel von der Pritsche, auf die rechte Seite. Trotz Stützverband schoss ihm der Schmerz durch den ganzen Leib. Es war kein Schuss gewesen, sondern ein Wecksignal.

»Frühstück«, bellte eine harte Stimme. »Sechs Uhr. Aufstehen, wir sind hier nicht im Grandhotel.«

Rudger zog sich auf die Pritsche hoch und hechelte, um den Schmerz in den Griff zu bekommen.

Die Futterklappe krachte runter, ein Schließer schob sein hässliches Gesicht davor, seine Augen glubschten in der Zelle herum. »Was'n los? Hast du noch nicht fertig gewichst, oder wo hängt's?«

Rudger kam sich vor wie im falschen Film. So redeten doch nur Fantasie-Bullen! Der konnte ihn mal. »Friss deinen Scheiß doch selber!«, bellte er zurück.

Die hässliche Visage verschwand, der Schlüssel rasselte, die Tür flog auf, der Schließer stürmte hinein.

»Aufstehen«, brüllte er. »Zellendurchsuchung. Verdacht auf Drogen.«

»Drogen?« Rudger musste lachen. »Machen Sie sich nicht lächerlich!«

»Auch noch frech werden? Widerstand gegen Vollzugsbeamte? Na, das ist doch geil.«

Mit zwei Schritten war der Schließer bei Rudger, drehte ihm den Arm auf den Rücken. Die Schmerzen seiner gebrochenen Rippen waren nichts im Vergleich zu den Schmerzen in seinem Ellbogengelenk, das jeden Moment zu brechen drohte. Rudger schrie aus vollem Hals, der Schließer erschrak, ließ los, trat einen Schritt zurück.

»Was bist du denn für einer? Schreist wie 'ne Pussy! Aber das wird dir nichts nützen.«

Ein schriller Pfiff ließ den Schließer aufhorchen. Er beugte sich zu Rudger. »Ein Wort, und du scheißt die nächsten drei Wochen

Blut, ist das klar?« Er wartete keine Antwort ab, rannte aus der Zelle und warf die Tür hinter sich zu.

Nur einen Moment später rasselten die Schlüssel wieder im Schloss, Rudger wich in die hinterste Ecke der Zelle zurück. Die Tür schwang auf, ein Gesicht schob sich herein. Endlich! Weihrauch. Der Retter in der Not, der Anwalt der Entrechteten und Verfolgten. Weihrauch wandte sich um. »Sind hier alle vollkommen verrückt geworden? Warum sitzt mein Klient hier im Regelvollzug? Das wird Konsequenzen haben!« Er kam rein, schüttelte Rudger die Hand. »Haftprüfungstermin.«

Rudger schluckte.

»Keine Sorge, ich lass Sie nicht bei den Bekloppten hier. Reine Formsache. Denen reiße ich den Arsch auf, das können Sie singen. Die sind völlig von der Rolle.« Er zeigte auf die Zellentür. »Nach Ihnen.«

Rudger macht zwei vorsichtige Schritte, trat hinaus in den Flur. Der Schließer war verschwunden, stattdessen stand ein normaler Streifenpolizist vor der Tür und nahm Rudger in Empfang.

Es dauerte noch eine halbe Stunde, bis der Bürokratie Genüge getan war, dann saßen sie endlich im Streifenwagen und fuhren zum Amtsgericht.

Weihrauch sagte zum fünften Mal: »Sie halten die Klappe. Ich rede. Es sei denn, Sie wollen zurück ins Staatshotel.«

Rudger war sich sicher, dass er kein Problem damit haben würde, noch nicht einmal »Piep« zu sagen. Und er hatte schon das Thema für seine nächste Reportage, die er gewiss nicht der »DNP« verkaufen würde. Titel: »Die dunkle Seite der Macht. Polizei und Machtmissbrauch in Deutschland«. Insofern war er dem Schließer dankbar. Er hatte ihm noch mal die Augen dafür geöffnet, dass man in der Regel immer nur den netten Bullen von nebenan sah. Aber was die mit kleinen Ganoven machten, abseits der öffentlichen Wahrnehmung, das interessierte niemanden.

Der Uniformierte blieb hinter Rudger, als sie die Schleuse des Gerichts passierten. Das Zimmer des Richters lag im zweiten Stock.

Weihrauch klopfte, eine dunkle Männerstimme rief: »Herein.«

»Wir haben nicht nur eine klare Faktenlage, wir haben auch noch Glück. Die Stimme kenne ich. Richter Rowald verhandelt die Sache. Ein echter Menschenfreund und Verfechter der Menschenrechte. Den Staatsanwalt kenne ich nicht. Irgendein Schnösel, Kittner fällt aus, weil sie ihn anscheinend auf dem Kieker haben.«

Rudger trat ein, Richter Rowald lächelte ihn an, reichte ihm die Hand, drückte nicht zu fest, bot Platz und Kaffee an. Er hatte volle schwarze Haare, Rudger schätzte ihn auf Ende vierzig, aber er konnte sich täuschen, weil Rowald sonnengebräunt war und sportlich schlank.

Rowald stellte den Staatsanwalt vor, Rudger vergaß seinen Namen sofort wieder. Er sah aus wie ein Milchbubi, aber das hatte nichts zu sagen.

Rowald hielt sich nicht mit Geplänkel auf. Er wandte sich an den Milchbubi. »Als Allererstes will ich wissen, warum Herr Krüger im Regelvollzug war und nicht in einer Arrestzelle.«

»Überbelegung. In der Altstadt war die Hölle los. Massenschlägerei.«

Rowald beugte sich vor. »Das darf nicht auf dem Rücken von vorläufig Festgenommenen ausgetragen werden. Das wird noch Folgen haben. Wer hat die Verlegung in den Knast unterschrieben?«

»Dorfmann.«

Rowald hob die Augenbrauen. »Dorfmann? Ist der von allen guten Geistern verlassen. Was soll das? Indirekte Folter? Weichkochen auf rheinische Art?«

Rudger musste schmunzeln. Weihrauch stieß ihm in die Seite, aber es war zu spät.

»Herr Krüger«, sagte Rowald scheißfreundlich und faltete die Hände. »Wenn Sie glauben, dass Sie aus der Sache ohne weitere Blessuren herauskommen, sind Sie schiefgewickelt.«

Rudgers Mundwinkel sanken nach unten.

»So ist es besser. Meine Auffassung ist, dass ein Unrecht nicht das andere Unrecht zu Recht macht.« Er schlug die rote Akte auf, die schon die ganze Zeit auf seinem Schreibtisch gelegen hatte. »Dann zu den Fakten. Herr Weihrauch, bitte.«

»Mein Klient Rudger Krüger wird verdächtigt, der Henker zu sein. Das ist allein schon deshalb lächerlich, weil er zum Zeitpunkt zweier Morde, die dem Henker zugeordnet werden, im Krankenhaus lag.«

»Mittäterschaft?« Rowald lehnte sich zurück, der Milchbubi grinste.

»Das steht hier nicht zur Debatte. Es geht nur darum, ob ein Haftgrund vorliegt, ob es stichhaltige Beweise gibt, dass mein Klient eine Straftat begangen hat, die eine Untersuchungshaft rechtfertigt. Die Sache ist also ganz einfach: Es gibt nichts.« Er hob den Zeigefinger. »Null komma gar nichts.«

Rowald nickte dem Milchbubi zu, der eifrig seine Akten konsultierte. »So stimmt das natürlich nicht. Krügers Unterlagen ergeben ein klares Bild: Er hat die Vorarbeit geleistet, sein Komplize hat die Drecksarbeit gemacht. Die Tätigkeit als Journalist ist die perfekte Tarnung. Wir haben etliche glaubhafte Zeugenaussagen, die einhellig bestätigen, dass Rudger Krüger eine tickende Zeitbombe war. Schon lange ist es ihm nicht mehr genug, Artikel zu recherchieren. Er hat wiederholt gesagt, man müsse endlich etwas Handfestes tun und die Täter bestrafen, die der Strafverfolgung entwischen. Es gibt auch einen Kommentar, in dem Krüger diese Auffassung schriftlich fixiert hat.«

Rudger wurde übel. Was sollte das denn? Hatte der Milchbubi die NSA angezapft? Und was für ein Kommentar?

Weihrauch räusperte sich. »Alles, was der geschätzte Kollege Staatsanwalt von sich gibt, passt perfekt ins Bild des blind um sich schlagenden Rechtsapparates. Der sogenannte Kommentar, von dem er spricht, stammt aus dem Jahr 1997, da war mein Klient gerade mal sechzehn Jahre alt und hat einen kleinen Artikel in einer Schülerzeitung veröffentlicht, in dem er sich dafür ausspricht, dass sexueller Missbrauch an Kindern nicht verjähren dürfe, damit die Täter, die, ich zitiere, ›durch zu kurze Verjährungsfristen der Strafverfolgung entgehen, der gerechten Strafe zugeführt und aus dem Verkehr gezogen werden können‹, Zitat Ende.«

Rowald seufzte. »Ist das wirklich alles, Herr Staatsanwalt?«

»Aber …«

Rowald schnitt ihm das Wort ab. »Was Sie da machen, ist Verschwendung von Ressourcen. Also?«

Der Staatsanwalt schüttelte langsam den Kopf, Rowald stieß Luft aus und verkündete: »Es ergeht folgender Beschluss: Gegen Rudger Krüger wird kein Haftbefehl erlassen, allerdings muss er sich zur Verfügung halten, er darf die Stadt nicht verlassen.« Rowald schaute Krüger tief in die Augen. »Da kommt was auf Sie zu. Und wenn Sie irgendetwas machen, das ich als Unbelehrbarkeit deuten könnte, dann sind Sie schneller in U-Haft, als Sie ›Anwalt‹ buchstabieren können.« Er knallte die Akte zu. »Das war's, meine Herren. Guten Tag.«

Der Milchbubi rauschte hinaus.

Rudger folgte, alle Schmerzen waren verschwunden. Weihrauch ging neben ihm, Rudger spürte, dass er etwas sagen wollte.

»Was?«, fragte er.

»Das war ein harmloses Vorgeplänkel, Herr Krüger. Aber glauben Sie mir, der Gegner wird sich mit aller Macht auf Ihre unglaubliche Dummheit im Krematorium stürzen. Das kann bitter werden. Wenn ich Sie da raushauen soll, dann müssen Sie mir die Wahrheit sagen. Ihre Wahrheit. Was immer das sein mag. Sonst sind Sie geliefert.«

Mittwoch, 15. Juli, 13.45 Uhr

»Er hat einen Chemiecocktail im Blut, mit dem man einen Ochsen umlegen kann. Paracetamol, Aspirin, Novalgin und noch ein paar andere Substanzen – alles legal.« Der Arzt schüttelte den Kopf, machte sich noch ein paar Notizen und verließ das Krankenzimmer.

Fran setzte sich auf einen Stuhl neben Saschas Bett. »Du bist einfach zusammengeklappt.«

»Die haben auf mich geschossen.«

»Nur in die Luft.«

»Ich habe die Kugel am Bein gespürt. Ein höllischer Schmerz.«

»Stacheldraht. Du hast dir das Bein an einem rostigen Stacheldraht aufgerissen und bist dann ohnmächtig geworden. Die Jungs haben dich notversorgt, sonst hättest du verbluten können.«

Warum mussten Männer nur immer so dumm sein? Warum musste Sascha so dumm sein? Er hatte sich einen Cocktail aus Uppern und Downern reingepfiffen, der unweigerlich zum Zusammenbruch hatte führen müssen. Er war paranoid geworden, hatte sich gewehrt, hatte geschrien, man wolle ihn ausschalten.

»Warum hast du uns nicht vertraut, Sascha? Wir haben ganz schnell die Beweise gefunden, die dich entlasten. Der Haftbefehl ist aufgehoben, die Fahndung abgeblasen, nach außen wird alles als ein bedauerlicher Irrtum dargestellt, man wird kein Disziplinarverfahren gegen dich einleiten. Alle haben ein riesengroßes schlechtes Gewissen. Sobald der Arzt es zulässt, und das wird bald sein, wirst du wieder als Leiter der ›Moko Henker‹ eingesetzt. Weil du keine verbotenen Substanzen genommen hast. Was willst du mehr?«

»Die Wahrheit.«

Fran seufzte. »Red keinen Unsinn. Was geht hinter den Kulissen vor sich? Warum bist du so ausgerastet? Was hat Ziehfreund mit dir zu tun? Wo hast du deine Ermittlungsunterlagen gebunkert?«

Sascha blickte aus dem Fenster, schwieg.

»Glaubst du, wir werden abgehört?«

»Möglich.« Er starrte weiter aus dem Fenster.

»Wenn es nach mir ginge, würde ich dich zwangsbeurlauben! Wer zieht die Fäden? Wer will, dass du die Ermittlungen an die Wand fährst? Hast du dich das mal gefragt?« Fran packte ihn an der Schulter. »Schau mich an, wenn ich mit dir rede.«

Er drehte den Kopf, schob Frans Hand langsam, aber unerbittlich von seiner Schulter. »Das geht dich nichts an. Kümmer dich um deinen eigenen Kram.«

»Glaub mir, das würde ich gerne, aber leider gehöre ich zum Team, auch wenn dir das nicht passt.«

»Du gehörst nicht mehr zur Moko.«

Daher wehte der Wind. Fran schluckte ihre Wut hinunter. Bitte schön! Sollte er seinen Mist doch alleine machen. Was ging sie das an? Sie stand auf, Sascha starrte wieder aus dem Fenster. »Wie du willst. Viel Spaß.«

Bis sie die Tür hinter sich geschlossen hatte, hielt ihre Beherrschung. Dann rannte sie los, sperrte sich in der nächsten Toilette ein und weinte vor Wut und Enttäuschung. Sie hatte gedacht, Sascha sei anders, aber sie hatte sich getäuscht. Er war ein eitler Pfau, er war größenwahnsinnig und nicht mehr in der Lage, Freund und Feind zu unterscheiden. Der Vorteil war, dass sie sich um ihn nicht mehr den Kopf zu zerbrechen brauchte. Endgültig! Das hatte etwas Befreiendes. »Du hast Probleme genug«, sagte sie zu sich selbst. »Fang doch da an.«

Sie putzte sich die Nase, wusch sich Hände und Gesicht, tupfte sich ein wenig Rouge auf die Wangen und lächelte sich im Spiegel an. »Ich schwöre hiermit feierlich, dass ich mir nicht mehr die Probleme anderer zu eigen mache.« Sie hob die rechte Hand, legte sie auf ihr Herz.

Die Frage war nur: Wie lange würde der Schwur halten?

Sie dachte an Sascha und machte sich auf den Weg zu Dorfmann. Er war der Einzige, der ihr jetzt helfen konnte. Denn sie hatte eine Idee, wie man dem Henker das Leben erheblich erschweren konnte. Warum waren die anderen noch nicht darauf gekommen?

Mittwoch, 15. Juli, 15.16 Uhr

Rudger hatte Weihrauch alles erzählt, was er wusste, was er getan hatte und was er vorgehabt hatte. Weihrauch hatte ihm eingeschärft, die Finger von der Sache zu lassen und sich still zu verhalten. Tätige Reue nannte er das und versprach Rudger mindestens fünfzig Prozent Rabatt beim Richter, wie immer das Urteil auch ausfallen würde. Dass ein Prozess unvermeidlich sei, das stand für Weihrauch zweifelsfrei fest.

Ob sein Handy abgehört würde, hatte Rudger gefragt. Weihrauch hatte die Stirn gerunzelt und gesagt: »Nicht offiziell, es gibt keinen richterlichen Beschluss. Bis jetzt. Aber ich würde mich nicht darauf verlassen. So ein Beschluss ist schnell erwirkt.«

Also hatte Rudger als Allererstes Jasmin von seinem Prepaid-Handy aus angerufen. Sie war die Einzige, der er zum jetzigen Zeitpunkt vertrauen konnte, und sie war die Einzige, auf deren Rat er hören würde. Er musste eine Entscheidung treffen: bleiben oder gehen. Der erste Impuls war gewesen: Scheiß auf Helversum, scheiß auf die »DNP«, alles hinschmeißen. Aber es gab auch Argumente dagegen.

Rudger rührte in seinem Kaffee, den er immer schwarz trank. Diese Latte-Macchiato-Fanatiker konnte er nicht verstehen. Da konnte man doch genauso gut eine heiße Milch mit Honig trinken.

Durch das große Fenster konnte er Jasmin aus der Straßenbahn steigen sehen. Sie trug einen wadenlangen dunkelblauen Rock, eine weiße Bluse und darüber einen schwarzen Bolero; sie bewegte sich geschmeidig wie eine Tänzerin, schaute sich mehrfach um. Rudger stellte sich vor, mit ihr zusammen zu sein, so richtig, aber es entstand kein Bild in seinem Kopf und kein Kribbeln im Bauch. War es noch zu früh? Abwarten. Sie respektvoll behandeln. Sie winkte ihm durch das Fenster zu, er winkte zurück.

Jasmin kam herein, bestellte im Vorübergehen ein Kännchen Darjeeling, drückte Rudger einen Kuss auf die Wange und setzte sich. »Die haben mich nicht zu dir gelassen. Keine Chance. Haben gesagt, Untersuchungshäftlinge dürften keinen Besuch bekommen.«

Rudger wurde heiß. »Diese Scheißbullen. Das ist kompletter Unsinn. Zum einen war ich nicht in Untersuchungshaft, zum anderen steht jedem Untersuchungshäftling Besuch zu, wenn auch nicht viel.«

»Es muss furchtbar gewesen sein …« Jasmin legte ihre Hände über seine.

Rudger musste schlucken. Ihre Finger waren lang und perfekt geformt, die Fingernägel kurz geschnitten, die Haut weich und warm. »Nie wieder. Es ist die Hölle.«

Jasmin streichelte seine Hände mit den Fingerspitzen. »Ich bin für dich da.«

»Ich danke dir, Jasmin, und ich …«

Sie legte ihm einen Zeigefinger auf die Lippen, ein warmer Schauer lief ihm durch den ganzen Körper.

»Nichts sagen. Es ist in Ordnung. Ich bin deine Freundin, und wenn du das mal anders sehen solltest – kein Problem.«

Sie nahm den Finger weg, Rudger musste sich beherrschen, Jasmin nicht in die Arme zu nehmen, um sie nie wieder loszulassen. Sein Verstand siegte: Du bist emotional ausgedörrt, du greifst nach allem, das dir ein wenig Zuneigung entgegenbringt. Morgen wirst du wieder stark sein. Trotzdem ist es gut, Jasmin als Freundin, als Vertraute zu haben, belass es dabei!

»Du solltest mit Helversum reden.«

Rudger schreckte hoch. Er war völlig in seine Gedanken versunken gewesen. »Er hat mich über den Tisch gezogen, er hat mir die ganze Sache eingebrockt. Er sollte mit mir reden.«

»Willst du hinschmeißen?«

»Was habe ich bei dem Scheißblatt noch verloren? Ich traue Helversum nicht mehr, die Kollegen hassen mich, und mein Anwalt hat mir geraten, Kreide zu fressen, bis ich kotzen muss.«

»Wo willst du hin?« Jasmin überlegte einen Moment. »Beruflich.«

»Ich will die Wahrheit schreiben. Auch die unbequeme.«

Jasmin lächelte warm. »Du weißt, dass Freunde manchmal Wahrheiten aussprechen müssen – auch unbequeme?«

Rudger nickte kaum merklich. »Schieß los.«

Sie holte tief Luft. »Der Artikel über Fran Miller war ein Schnellschuss. Auch wenn Helversum noch einiges verdreht hat. Du trägst die Verantwortung für den Text. Helversum ist davon ausgegangen, dass die Sache wasserdicht ist. Er hat dir vertraut. Deswegen hat er das Ding so groß gemacht. Er ist genauso sauer wie du.«

»Er hat den Artikel in grundlegenden Bereichen verfälscht«, knurrte Rudger. »Er hat meine Worte verdreht. Er hat mir den Text nicht mehr vorgelegt. Allein das ist eine Schweinerei.« So schnell wurden Freunde zu Gegnern. Hatte Helversum Jasmin vorgeschickt, um das Terrain zu sondieren? Rudger zog seine Hände zurück, verschränkte sie vor der Brust.

»Hat er nicht«, sagte Jasmin. »Ich muss keine Gedanken lesen können, um zu merken, dass du mir nicht vertraust. Im Gegenteil. Er hat mir ausdrücklich untersagt, mit dir zu reden. Was den Job angeht.«

»Aber du hast doch beide Artikel gelesen.«

»Vielleicht habe ich mich falsch ausgedrückt. Natürlich hätte er dein Einverständnis einholen müssen. Ich stelle dir nur eine Frage: Hast du Beweise für jeden Verdacht, den du in dem Artikel aufgeworfen hast?«

Rudger senkte den Blick. »Natürlich nicht für alles, was sich die Leute aufgrund des Artikels zurechtfantasieren. Ich wollte sie ein klein wenig aus der Reserve locken.« Er hielt Daumen und Zeigefinger dicht übereinander. »Und es ist immer noch nicht klar, warum der Mord an Kleinbau vertuscht werden sollte.«

»Richtig. Aber jetzt bist du handlungsunfähig. Weil du von deiner Linie abgewichen bist, immer bei der absoluten Wahrheit zu bleiben. Deinen Plan einzuhalten. Bisher hat immer alles tausendprozentig gestimmt, was du recherchiert und geschrieben hast.«

Rudger erinnerte sich, was Fran Miller ihm vorgeworfen hatte. Ja, verdammt, er hatte sich verrannt. »Und was soll ich Helversum sagen?«

»Unentschieden. Neuanfang. Klare Spielregeln.«

»Du kannst erheblich nerven!«

Jasmin grinste. »Dann habe ich es ja richtig gemacht.« Sie warf einen Blick auf die Uhr. »Ich muss los.«

»Zurück in die Redaktion?«

»Ich darf einen Artikel schreiben. Über das neue Programm der Oper. Supergeil! Ich werde zwei Tage bei den Proben dabei sein und mit den Stars reden.« Ihre Augen leuchteten. »Es ist einfach ein geiler Job. Und du gehörst zu den Vollblutreportern. Du kannst nicht anders. Du gehörst zu den Guten. Immer noch. Du hast einen Fehler gemacht, ihn eingesehen, und du wirst ihn korrigieren. Das ist ein hohes Gut. Setz es nicht aufs Spiel.«

Zum Abschied gab es wieder einen Kuss auf die Wange.

Rudger ließ sich mit dem zweiten Kaffee Zeit. Er wurde das Gefühl nicht los, dass er gerade eine Halluzination gehabt hatte. Dass Jasmin irgendetwas gesagt hatte, das nicht zu ihr passte und nicht zu ihrem Verhältnis zueinander. Er kaute auf seinem Löffel herum. Wer war diese Frau überhaupt? Er wusste nicht viel über sie. Die Personalabteilung hatte sie routinemäßig überprüft – keine Auffälligkeiten. Du wirst paranoid, sagte sich Rudger und loggte sich in seinem privaten Postfach ein. Seine Quelle zur Polizei war nicht versiegt. Wenn Rowald das mitbekam, würde es richtig Ärger geben, aber Rudger konnte nicht anders. Er musste am Ball bleiben. Man hatte das Briefpapier des Henkers analysiert. Handgeschöpft, es trug ein unauffälliges Wasserzeichen, der Informant hatte ein Bild angehängt. Und man hatte Haare gefunden von einem Mann, einer Frau und deren Tochter. Das war keine echte Spur, aber dennoch interessant.

Rudger beschloss, sich einen Tag auszuruhen, seine Wunden zu lecken und darüber nachzudenken, was Jasmin ihm geraten hatte.

Sollte er wirklich vor Helversum den Kotau machen? Sollte er zum Gespött der Kollegen werden? Sollte er sich sein Rückgrat brechen lassen? Diese Fragen würden sich von selbst beantworten, wenn er sich in seiner Wohnung einsperrte mit einem Stapel Pizzen, einem Kasten Altbier und einem Dutzend Action-Videos.

Donnerstag, 16. Juli, 2.25 Uhr

Fran war augenblicklich wach, noch bevor die Thinpipe das Thema wiederholte. Ein Blick auf das Display machte ihr klar, dass Dorfmann Wort gehalten hatte. Es war seine Nummer, es war zwei Uhr fünfundzwanzig. Sie stellte die Verbindung her.

»Lena von Gräfinthal.«

Mehr brauchte Dorfmann nicht sagen. Die Gräfinthal war eine millionenschwere Erbin, zählte zum Düsseldorfer Jetset und verbrachte ihre Zeit damit, Skandale zu provozieren, um ihr Gesicht im Fernsehen und auf den Titelbildern der Regenbogenpresse wiederzufinden, was ihr nicht immer gelang.

»Und?«, fragte Fran.

»Sie hatten recht. Sie ist das nächste Opfer des Henkers.«

»Und?«

»Sie lebt.«

»Ja!«, rief Fran, ihr Puls sprang in die Höhe.

»Freuen Sie sich nicht zu früh. Sie liegt im künstlichen Koma. Dieser Henker ist ein verdammter Marder, er hat sie mit einem roten Seidenschal fast erdrosselt.«

»Er ist entkommen?«

Dorfmann seufzte. »Daran konnten wir nichts ändern. Die Gräfinthal hat Polizeischutz abgelehnt. Wir konnten nur die Umgebung überwachen. Hermetisch abriegeln war nicht drin. Zu wenig Leute. Und der private Sicherheitsdienst hat weder den Hinweg noch den Fluchtweg übers Dach in ein Nachbarhaus bedacht. Dieser Henker muss ein Sportler sein. Er ist genau sechs Meter und acht Zentimeter weit von einem Dach aufs andere gesprungen. Das hat der Sicherheitsdienst als unmöglich eingestuft. Der deutsche Rekord steht bei acht Meter vierundfünfzig. Selbst sechs Meter sind für einen Normalsterblichen unüberwindlich.« Dorfmann schwieg einen Moment. »Wir übrigens auch. Aber diesmal sind die anderen die Versager.«

Fran lag die Frage auf der Zunge, was wichtiger war: den Henker zu fangen oder in der Presse gut dazustehen. »Warum hat sie überlebt?«

»Die Wärmebildkamera in ihrem Schlafzimmer. Einem Wachmann ist aufgefallen, dass ihre Silhouette plötzlich heller war. Der Henker hatte sich ins Zimmer geschlichen und sich zu ihr ins Bett gelegt. Seine Wärme fiel dem Wachmann auf.«

»Aber er hat ihn nicht ins Zimmer kommen sehen?«

»Er überwacht einen Monitor mit dreißig Kameras, und er war alleine.«

»Also hat er gepennt!«

»Wahrscheinlich. Vor allem hat er in seiner Panik Großalarm ausgelöst.«

»Da hat sich der Henker sicherlich bedankt.«

»Immerhin haben wir DNA sicherstellen können. Sie passt. Herz ist damit endgültig raus aus der Sache. Er ist definitiv nicht der Henker und nicht der Mörder von Werner Ziehfreund.« Dorfmann klang entspannt. »Wie geht es weiter? Was wird der Henker tun?«

Darüber hatte Fran den ganzen Tag nachgegrübelt. Sie hatten eine kleine Schlacht gewonnen, in dem sie vielleicht Lena von Gräfinthal das Leben gerettet hatten.

Frans Plan war einfach gewesen: Krügers Unterlagen sichten und alle Artikel identifizieren, die mit der nächsten Ankündigung, die pünktlich am Mittwochmorgen in Krügers Post gewesen war, übereinstimmten: »Hört auf zu schmarotzen von den Toten!«, hatte darin gestanden, und es war nicht schwer gewesen, die Botschaft zu verstehen, die sich auf Gandhis Sieben bezog: »Reichtum ohne Arbeit ist verwerflich.« Nach der allgemeinen Interpretation gehörten reiche Erben in diese Kategorie. Aber auch Spekulanten und Lottogewinner, vielleicht auch Banker und ganz allgemein Unternehmer. Nach dem Abgleich mit Krügers Unterlagen hatten sie sechsundzwanzig Kandidaten in Düsseldorf und der näheren Umgebung ausgemacht, die sie unauffällig informiert hatten. Die meisten hatten den Polizeischutz gerne in Anspruch genommen.

»Es wird noch mindestens ein weiteres Opfer geben, vorerst. Ich befürchte allerdings, dass der Henker es sich nicht mehr aus den Artikeln von Krüger heraussuchen wird.«

»Das liegt nahe. Aber wen suchen wir? Können Sie den Täterkreis eingrenzen?«

»Männlich, das Alter korrigiere ich nach unten, nicht älter als fünfunddreißig. Nach der Sprungleistung zu urteilen aktiver Sportler, risikobereit, absolut überzeugt von seinem Tun. Das geografische Profiling hat ergeben, dass er mit großer Wahrscheinlichkeit im Stadtzentrum oder den an das Zentrum angrenzenden Stadtteilen wohnen muss.«

»Ich werde alle Sportvereine durchleuchten, alle Weitspringer werden eingeladen zur DNA-Probe. Gute Arbeit, Frau Miller.«

Sie nahm das nicht als Kompliment. »Kann ich den Tatort sehen? Ist eine Message gefunden worden?«

»Hätte ich fast vergessen. Der Henker ist ja gestört worden, er hat einen Beutel mit Spielgeld dagelassen. Nichts weiter.«

»Vielleicht wollte er damit Buchstaben legen, nicht originell, aber plakativ. Der Henker liebt es, deutlich zu sein. Was ist mit dem Tatort?«

»Ich werde Bescheid geben, dass man Sie vorlässt. Aber keine Ermittlungen. Ist das klar?«

»Absolut.«

Sie unterbrach die Verbindung, duschte sich, zog sich eine Stretchjeans an und Turnschuhe, damit sie beweglich war.

*

Lena von Gräfinthal wohnte in einer Zwei-Millionen-Villa im Zooviertel, Premiumlage, Luxusausstattung. Sie hatte die Anteilsmehrheit an einer der renommiertesten Privatbanken Deutschlands geerbt und sofort für über zweihundert Millionen Euro verkauft. Fran schwindelte es bei diesen Zahlen. Sie konnte sich nicht vorstellen, wie ein Mensch so viel besitzen konnte. Würde sie weiter arbeiten, wenn sie plötzlich reich wäre? Als Kinder hatten sie und ihre Schwester immer »Wenn wir Bonzen wären« gespielt. Eine hatte eine Summe genannt, damals waren es meistens hundert Trillionen Mark gewesen, um die es ging, die andere durfte das Geld ausgeben. Sie kauften einen Reiterhof nach dem anderen, Papa bekam die Polizei geschenkt und Mama eine neue Küche. Fran hatte sich immer eine ganze Stadt gewünscht, die sie so bauen konnte, wie sie es für richtig hielt.

Fran schaute sich in der Eingangshalle um. Die Spusi war noch zugange, das ganze Gebäude musste abgesucht werden. Sie stieg eine Marmortreppe in die erste Etage hinauf, die so breit war, dass mühelos drei Kollegen nebeneinander an ihr vorbeihasten konnten. Sie grüßten kurz, Fran erkannte sie nicht, ihre Gesichter waren hinter weißem Mundschutz verborgen.

Das Schlafzimmer war mit flauschigem weißem Teppich ausgelegt, ein Traum. Und es war riesig. Mindestens fünfzig Quadratmeter. Fran dachte an die syrischen Flüchtlinge, die sich mit einem Dutzend Menschen ein Zimmer mit genau dieser Fläche teilen mussten. Sie schloss die Augen, versetzte sich in den Henker. Ich habe die Gräfinthal beschattet. Es ekelt mich an, wie sie lebt, welche Werte sie vertritt. Ich freue mich darauf, sie zu töten wie Ungeziefer, wie unwertes Leben. Ich bemerke die Veränderung in und um das Haus, freue mich, dass die Polizei und die Security blind sind. Die Schmerzmittel haben gewirkt, der Streifschuss am Bein behindert mich nicht, ich steige auf das Flachdach des Nachbarhauses, nehme Anlauf, der Sprung glückt, ich könnte auch noch einen Meter weiter springen. Niemand nimmt mich wahr, ich bin ein Schatten, ein Phantom. Ich schlüpfe unter die Decke, schlinge meine Beine um den Körper, den Schal um den Hals, sie kann sich nicht mehr bewegen. Ich ziehe den Schal zu, es wird schnell gehen, eine Sirene kreischt los, ich springe aus dem Bett, renne aufs Dach, der Sprung glückt ein zweites Mal, zur Sicherheit nehme ich das nächste Haus, niemand kommt mir in die Quere. Glück gehabt. Doch ich weiß nicht, ob ich sie getötet habe, aber ich weiß, dass ich kein Mitleid mit ihr habe. Sie hat den Tod verdient, weil sie gegen meine Gesetze verstoßen hat …

Fran kehrte aus ihren Gedanken in den Luxus zurück. Lena von Gräfinthal war reicher als reich, sie hatte geerbt und lebte in Saus und Braus. Sie hatte niemanden ausgebeutet, nichts gestohlen. Es war ihr Recht, so zu leben. Man konnte diesen Lebensstil als moralisch verwerflich ansehen, aber deswegen jemanden töten? Das ging für Fran gar nicht. Niemand durfte irgendjemanden töten, es sei denn aus Notwehr, als letzten Ausweg, um das eigene Leben oder das anderer zu schützen. Fran war nicht der Henker. Warum hatte der Henker getötet? Handelte er subjektiv aus Notwehr?

Fran drehte sich im Kreis. Aus jedem Detail sprang sie der pure Überfluss an. Meisterwerke der Malerei von Gauguin bis Richter zierten die Wände. Skulpturen, deren Schöpfer Fran zwar nicht kannte, aber sie war von ihnen beeindruckt, sie lösten etwas in ihr aus. Nachdenklichkeit. Gefühl. Warum wurden sie nicht im Museum für alle ausgestellt? Es gab kein Gesetz, das vorschrieb, Kunst allen zugänglich zu machen. Aber es gab viele reiche Menschen, die ihre Kunstschätze teilten, und ebenso viele, die aus Gier und Sammelwut Schätze der Menschheit in Kellern verschwinden ließen. War der Henker ein moralischer Mensch mit humanistischen Werten? Er hatte sich auf jeden Fall Menschen ausgesucht, die eines gemeinsam hatten: Sie ragten aus der Masse hervor, wenn auch manchmal erst auf den zweiten Blick.

Sie ließ sich von einem Kollegen den Fluchtweg zeigen. Fassungslos starrte sie auf die Schlucht zwischen den beiden Häusern. Sie wusste, dass der Abstand etwas mehr als sechs Meter betrug, aber es sah aus, als seien es zwanzig. Das Gehirn spielte ihr einen Streich, denn es vergrößerte den Abstand, weil es ihn als unüberwindbar einstufte. Hatte das Gehirn des Henkers ihm denselben Streich gespielt? Eher nicht, sonst hätte er nicht springen können, noch dazu mit der Verletzung, Schmerzmittel hin oder her. Sie zählte die Schritte, die der Henker als Anlauf gehabt hatte. Elf waren es. Bei ihrer Körpergröße addierten sie sich zu etwa neun Metern. Das reichte aus, um für solch einen Sprung genügend Bewegungsenergie aufzunehmen.

Sie stieg wieder herab von dem Dach, verließ den Palast, in dem sie sich nicht hätte wohlfühlen können. Eines hatten Lena von Gräfinthals Palast und ihre eigene Wohnung gemeinsam: Es lebte nur eine einzige Person darin. Wer von ihnen beiden war einsamer?

Fran trat auf die Straße, fröstelte. Sascha fiel ihr ein. Wie schlecht er ausgesehen hatte. Es tat ihr weh. Die Katastrophe war endgültig eingetreten. Sie konnte ihn nicht mehr aus ihren Gedanken verbannen, und was noch viel schlimmer war: auch nicht aus ihren Gefühlen.

Donnerstag, 16. Juli, 8.14 Uhr

Natürlich hatte der Arzt ihm einen Vortrag darüber gehalten, wie gefährlich es sei, das Krankenhaus zu verlassen, und dass das auf seine eigene Verantwortung geschehe. Sascha hatte alles unterschrieben, seine Sachen gepackt und war in seine Wohnung gefahren. Noch immer kochte er vor Wut. Wenn Fran nicht gewesen wäre, und ein paar Kollegen, die geradeaus denken konnten, wäre er in den Knast eingefahren, das war so sicher wie das Amen in der Kirche. Mit jeder Frage hatte Fran ins Schwarze getroffen. Wer steckte hinter dieser Verschwörung? Und warum war plötzlich jeder Vorwurf gegen ihn wie weggeblasen?

Sascha hatte seine Dienstwaffe, seinen Ausweis und seinen Laptop abgeholt und versucht, Innenminister Hartbäcker zu sprechen, war aber abgewimmelt worden.

Mit einem mulmigen Gefühl im Magen sperrte er die Haustür auf, atmete tief durch und trat in seine Wohnung. Er atmete aus. Hie und da war ein Gegenstand ein wenig verrückt, aber ansonsten sah alles genauso aus, wie er es verlassen hatte. Sogar sein Laptop stand wieder an Ort und Stelle. Die Kollegen hatten mit Samthandschuhen gearbeitet. Er schämte sich und nahm sich vor, bei den nächsten Hausdurchsuchungen möglichst wenig Chaos anzurichten.

Er fuhr seinen Rechner hoch, loggte sich ein und studierte die Neuigkeiten im Fall »Henker«. Er fluchte leise vor sich hin, als er las, dass ihnen der Henker durch die Lappen gegangen war. Immerhin konnten sie den Täterkreis jetzt deutlich eingrenzen. Die ersten Leichtathleten waren bereits vorgeladen worden, und sie waren auch brav angetanzt, um ihre DNA abzugeben. Insgesamt waren es in Düsseldorf fast fünfzig Sportler, von denen man offiziell wusste, dass sie ohne Probleme weiter als sechs Meter springen konnten. Bestimmt gab es noch mehr Männer, die eine solche Distanz überwinden konnten und nicht in irgendwelchen Statistiken auftauchten. War bei den Sportlern mit Bestleistungen der Henker nicht dabei, wovon Sascha ausging, mussten sie auch die anderen unter die Lupe nehmen. Bis dahin würde der Henker mindestens noch einmal zuschlagen, das hatte Fran vorausgesagt, und Sascha zweifelte nicht daran, dass sich ihre Weissagung erfüllen würde.

In den Stunden im Krankenhaus hatte Sascha Gelegenheit gehabt, gründlich über alles nachzudenken. Er hatte alle Fakten, die er kannte, hin- und hergewälzt und miteinander verbunden, aber er war zu keinem vernünftigen Ergebnis gekommen. Und dann hatte er eine Variable verändert, einfach das Vorzeichen umgekehrt, und schon hatte alles einen Sinn ergeben. Warum hatte Ziehfreund der Obduktion an Kleinbau beigewohnt und das Ergebnis manipuliert? Um jemandem einen Gefallen zu tun, keine Frage. Aber wem und warum?

Ziehfreund hatte keinen erkennbaren materiellen Vorteil davon gehabt. Sascha hatte nicht die geringste Spur von Geldtransfers gefunden. Die Wege waren oft verschlungen und schwer nachzuvollziehen, aber letztlich kam das Geld immer bei dem an, der geliefert hatte. Nicht so bei Ziehfreund. War das der Fehler, den Ziehfreund gemacht hatte? Oder die, die ihn erfunden hatten? Sascha musste es herausfinden. Er musste mit Hartbäcker reden. Er warf einen Blick auf die Uhr. Jetzt oder nie.

Sascha brauchte sechs Minuten bis zum Golfclub am Hafen. Gut, dass Hartbäcker seine Gewohnheiten nicht geändert hatte. Drei schwere Limousinen parkten vor dem Vereinshaus. Zwei davon Personenschutz, eine von Hartbäcker. Er übte hier den

Abschlag, plauderte mit wichtigen Leuten und versuchte, sich dabei zu entspannen.

Sascha zückte seinen Ausweis, ging auf den ersten Bodyguard zu und hielt ihm das Plastikstück unter die Nase. Der Mann murmelte etwas, zögerte einen Moment, dann nickte er und sagte: »Abschlag sieben.«

Sascha passierte zwei weitere Wachmänner und ging hinter Hartbäcker in Position, der gerade zum Schlag ausholte, aber innehielt. »Ihnen ist schon klar, dass Sie nur hier sind, weil ich es zulasse?«

»Spielt das eine Rolle? Müssen wir hier wirklich erst mal ein Wettpinkeln veranstalten?«

Hartbäcker ließ den Schläger sinken. »Mein Vorgänger mochte Sie, deshalb rede ich mit Ihnen.«

»Ich hoffe, dass es noch einen anderen Grund gibt.«

»Und der wäre?«

»Ziehfreund.«

»Was ist mit Ziehfreund? Reden Sie Klartext, ich habe nicht ewig Zeit.«

»Ziehfreund war kein Nazi. Er war auch nicht korrupt. Seine Rolle ist eine Erfindung des Innenministeriums oder des Staatsschutzes oder des Verfassungsschutzes. Sie haben mich ins offene Messer laufen lassen.«

»Warum sollte ich eine so absurde paranoide Verschwörungstheorie bestätigen?«

»Weil ich sonst Krüger informieren werde. Oder besser Helversum. Krüger ist ja abgemeldet. Übrigens – waren das Ihre Schläger, die Krüger eine Warnung haben zukommen lassen?«

Hartbäcker lächelte milde. »Mein lieber Herz.« Er schmunzelte. »Ihr Name ist schon ulkig. Passt gar nicht zu Ihnen.« Er machte eine wegwerfende Handbewegung. »Egal.« Er stellte den Schläger zur Seite. »Es gibt manchmal übergeordnete Ziele. Das müsste Ihnen klar sein. Eins davon ist die Bekämpfung der rechten Szene in Deutschland an der Wurzel. Anordnung von ganz, ganz oben. Mit allen Mitteln. Aber die Strukturen innerhalb der Polizei und der Justiz sind schwerfällig, man müsste ganze Abteilungen neu besetzen, mit frischen mutigen Leuten, und das geht leider nicht. Zu viele Polizisten und Staatsanwälte kümmern sich lieber um kleine Kiffer, als sich mit wirklich gefährlichen Nazis anzulegen. Also müssen wir zu anderen Mitteln greifen.«

»Unterwandern.«

»Bingo. Sie denken schnell, das schätze ich an Ihnen.«

»Dann denke ich mal ein bisschen weiter. Sie wussten, dass Kleinbau ermordet wurde.«

Hartbäckers Kopfbewegung war so schwach, dass Sascha sich nicht sicher war, ob sie Zustimmung signalisierte oder nicht.

Sascha bohrte weiter. »Ziehfreund, der Obduzent und der Assistent gehören zu Ihrem Team, das heißt, es gibt ausreichend forensische Beweise für den Mord.«

Diesmal nickte Hartbäcker deutlicher.

»Das bedeutet, dass Ziehfreund verdeckt ermittelt hat.«

Hartbäcker lächelte. »Wir sind noch einen Schritt weiter gegangen. Ziehfreund hat nicht ermittelt. Er hat nicht einfach Informationen weitergegeben. Er war Teil des rechtsradikalen Systems. Nicht zu durchschauen, weil es nichts zu durchschauen gab. Seine Aufgabe war es, bis in die Führungsspitze aufzusteigen und den Verein von innen heraus zu zerstören.«

»Und ich sorge dafür, dass es echt wirkt, weil ich intern gegen Ziehfreund ermittle.«

»Das war ein Fehler meines Vorgängers. Er wusste nichts von Ziehfreunds wahrer Identität.«

Sascha stieß vor Überraschung die Luft aus. »Das wurde am Innenminister vorbei inszeniert?«

»Ich sagte doch: ganz, ganz oben. Ich bin eingeweiht worden, weil die Sache anfing, schwierig zu werden, und sie einen Kopf brauchen, den sie abschlagen können, wenn es schiefgeht.«

»Und dann kommt Ihnen auch noch Krüger in die Quere.«

»Krüger war nicht so schlimm. *Sie* waren schlimm. Als wir gemerkt haben, dass wir zwei bissige Hunde aufeinander losgelassen hatten, die nichts voneinander wussten, war es bereits zu spät. Also sahen wir die Vorteile. Sie ermitteln als verdeckter interner Ermittler gegen einen Offshore-Agenten. Realistischer geht es nicht, Sie haben es bereits erkannt.«

»Offshore-Agent?«

»Haben die Amis eingeführt. Agenten, die keinerlei Kontakt mehr zum Apparat haben. Sozusagen die Schläfer des Rechtsstaates.«

Sascha schüttelte langsam den Kopf. »Hat es etwas gebracht?«

Hartbäcker klatschte in die Hände. »So fragt ein echter Teamplayer. Bewundernswert! Wirklich. Ich an Ihrer Stelle wäre echt angepisst, würde die Brocken hinschmeißen und meine Story meistbietend verkaufen.«

»Hat es etwas gebracht? Ich habe nicht ewig Zeit.«

Hartbäcker nahm einen anderen Schläger, Sascha hatte nicht die geringste Ahnung von Golf, er konnte nicht verstehen, dass man Stunden damit zubringen konnte, einen kleinen weißen Ball über das Gelände zu treiben. Beim Fußball ging es auch um einen Ball, aber es gab Action und Emotionen.

Hartbäcker schwang den Schläger hin und her, legte den Kopf schief und peilte ein Ziel an, das Sascha nicht ausmachen konnte. »Noch nicht. Dieser gottverdammte Henker ist uns in die Quere gekommen.«

Sascha hob einen Golfball auf und betrachtete ihn. Er hatte kleine Dellen, die regelmäßig über die ganze Fläche verteilt waren.

»Dimples«, sagte Hartbäcker. »Sie verbessern die Flugeigenschaften des Balls. Es geht um den Luftwiderstand. Jeder Hersteller hat seine eigene Philosophie um den c_w-Wert zu minimieren. Jeder Golfer spielt sich auf eine bestimmte Sorte ein.« Er schnappte sich ebenfalls einen Ball, legte ihn auf den Abschlagplatz, schwang den Schläger und drosch den Ball bis zur Hundertfünfzig-Meter-Marke. »Ich kann ihn noch weiter spielen, aber das ist nicht Sinn der Sache. Es kommt darauf an, den Ball genau dorthin zu spielen, wo er landen soll.«

Ich bin auch so ein Golfball, dachte Sascha, überzogen mit Dimples, damit ich besser in eine Richtung geschlagen werden kann. »Und wo soll ich landen?«

Hartbäcker schlug Sascha auf die Schulter. »In der Mordkommission. Vergessen Sie Ziehfreund und fangen sie diesen Henker.«

»Eine Frage noch: Wäre ich Ihnen mit meinem Besuch bei Ziehfreund nicht in die Quere gekommen?«

»Nicht wirklich. Ziehfreund hätte Sie abblitzen lassen, Sie hätten ihm vielleicht eine verpasst, hätten Ihren Job verloren. Eine prima Episode im Drehbuch. Ziehfreund hätte noch authentischer gewirkt. Seine braunen Freunde hätten ihm einen Orden verliehen.« Sascha setzte zum Sprechen an, aber Hartbäcker hob eine Hand. »Es gab nie so etwas Absurdes wie einen Schießbefehl. Im Gegenteil, man sollte Sie besonders vorsichtig behandeln, aber natürlich nicht laufen lassen. Wären Sie nicht gestolpert, wären Sie entkommen. Mit allen möglichen Konsequenzen.«

»Kein Disziplinarverfahren?«

»Weshalb? Widerstand gegen Vollzugsbeamte? Kinderkram.«

»Ich will Fran Miller zurück im Team.«

Hartbäcker ignorierte Saschas Forderung. »Dieses Gespräch ist absolut vertraulich. Oberste Geheimhaltungsstufe. Wenn Sie dagegen verstoßen, wäre es kein Kinderkram, dann werden Sie vom Apparat vernichtet.«

»Das habe ich verstanden. Was ist mit Fran Miller?«

Hartbäcker rieb sich das Kinn. »Ich setze mich ein, aber ich kann nichts versprechen.«

»Warum der plötzliche Sinneswandel?«

»Sie hatten Ihre letzte Frage schon gestellt.«

»Das sind neue Fragen.«

Hartbäcker lachte. »Schadensbegrenzung. Mit Ziehfreund haben wir einen guten Mann und drei Jahre Arbeit verloren. Sie könnten auf Kosten Ihrer Karriere eine Menge Porzellan zerschlagen. Das will ich verhindern. Habe ich das erreicht?«

Jetzt wusste Sascha, warum er nicht zum Polizeipolitiker taugte. Er hätte sich zu sehr verbiegen müssen. Hartbäcker musste so handeln, er musste lügen und betrügen, um ein an sich vernünftiges Ziel zu erreichen – und seine Macht zu erhalten. Sascha fiel die Antwort leicht. »Vorerst ja.«

Hartbäcker reichte ihm die Hand. »Wir sind trotz allem immer noch die Guten.«

Sascha schlug ein. Wenn sie die Guten waren, dann mussten die Bösen Ausgeburten der Hölle sein.

Donnerstag, 16. Juli, 15.35 Uhr

»Wie geplant, daran ändert sich nichts, Mum. Wir treffen uns am Donnerstag auf der Kirmes, und dann machen wir es wie früher.« Fran legte auf, lehnte sich im Stuhl zurück. Das letzte Mal, als sie mit ihrer Mutter auf der Kirmes gewesen war, lag mehr als zwanzig Jahre zurück. Sie war sechzehn gewesen. Oder siebzehn? Sie wusste es nicht mehr genau. Was sie noch genau wusste, war der Streit, der vorangegangen war. Dad, dieser Erzkatholik, hatte die Kirmes als Teufelswerk verdammt, und alle, die dorthin gingen, als verlorene Seelen gebrandmarkt. Anna war so verschüchtert gewesen, dass sie nicht mitgegangen war. Diesmal würden sie zu viert gehen, die ganze Familie Miller. Dad mochte die Kirmes zwar immer noch nicht, aber Anna war erwachsen, und Dad hatte auf eine Predigt verzichtet.

Ihr Tischtelefon gab seltsame elektronische Geräusche von sich. Eine Nummer aus dem Polizeipräsidium. Fran hob ab.

»Hi Fran.«

Saschas Stimme. Warm und einschmeichelnd. Schmetterlinge flatterten auf. Lass dich nicht täuschen! Bleib sachlich. Keine Schwäche. Sie war schon darüber informiert worden, dass er wieder der Leiter der Moko war, und fragte sich, wer daran gedreht hatte, und warum. »Neuigkeiten?«

»Die Leichtathleten gehen uns aus. Bis jetzt kein Treffer. Die meisten haben nicht nur die falsche DNA, sondern auch wasserdichte Alibis. Aber das Papier hat ein Geheimnis preisgegeben.«

Fran hasste Kunstpausen. »Red schon.«

»Das Papier ist handgeschöpft. Wir haben zwischen den Fasern insgesamt fünf Haare von drei Personen gefunden: einem Mann, einer Frau und ihrer Tochter.«

»Treffer in der Datenbank?«

»Das nicht. Aber die DNA des Mannes stimmt mit der des Henkers überein.«

»Der Mann ist definitiv nicht der Vater des Mädchens?«

»Definitiv nicht. Das Papier ist nicht industriell hergestellt. Aber es hat ein Wasserzeichen. Die Silhouette eines kleinen Elefanten. Was sagt uns das über den Täter?«

»Nichts.«

»Fran, bitte.«

»Du weißt doch selbst, dass es hundert Möglichkeiten gibt, wie die Haare an das Papier gelangt sind, und dass Mutter, Tochter und der Henker nichts miteinander zu tun haben müssen. Wäre es industriell hergestellt, könnten wir die Firma herauszufinden versuchen und nach Mitarbeitern suchen, die locker sechs Meter weit springen. Aber so … Für das Profil ist das nicht hilfreich. Hast du nicht irgendetwas anderes? Etwas, das uns zeigt, dass der Henker auch Fehler machen kann, dass er etwas falsch eingeschätzt hat. Das würde mich weiterbringen.«

Sascha schwieg so lange, dass Fran schon dachte, er habe aufgelegt. »Nicht am Telefon. Wir treffen uns am Volmerswerther Deich, da wo die Allmendenstraße mündet. In zehn Minuten.«

Er legte auf. Fran fuhr den Rechner runter, schaute kurz bei Sofia rein, die nur den Daumen hob und sich dann wieder ihrem Bildschirm zuwandte.

Fran nahm den Impreza, ließ sich Zeit. Sie wollte nachdenken. Würde er ihr jetzt endlich sagen, weswegen es ihm so schlecht ging? Warum er unter Mordverdacht geraten war? Würde sie ihm sagen, was sie für ihn empfand? Niemals. Sie stellte sich vor, wie er verlegen auf den Boden schaute und die bescheuertsten

Worte sagte, die in einer solchen Situation gesagt werden konnten: »Wir können ja Freunde bleiben …« Darauf konnte sie gut verzichten. Wenn er sich nicht ihr gegenüber öffnete, würde sie das heiße Eisen nicht anpacken und sich damit eine tiefe Demütigung ersparen.

Sascha wartete bereits, lief unruhig hin und her. Als er sie sah, hellte sich seine Miene etwas auf, aber trotzdem wirkte er wie ein alter Mann. Die Schultern nach vorne gebeugt, ungepflegter Bart, die schulterlangen Haare wirr, grau im Gesicht. Er kam auf sie zu, sie bereitete sich auf eine Umarmung vor, aber er blieb zwei Schritte vor ihr stehen, schaute nach rechts und links.

»Warum glaubst du, könnten wir beschattet werden?«, fragte Fran halb belustigt.

Er trat einen Schritt näher. »Das ist kein Scherz. Du hast keine Ahnung, mit wem wir es zu tun haben.«

»Dann klär mich auf und spiel nicht den paranoiden Detektiv in der Midlifecrisis. Das steht dir nicht.«

Er lächelte gequält. »Okay. Aber erst schwörst du mir, dass du nichts davon preisgeben wirst, solange ich es nicht will.«

Das fiel Fran nicht schwer. »Ich schwöre.«

Sascha nickte. »Kurzform: Ziehfreund war verdeckter Agent. Offshore. Ohne Verbindung zum Apparat. Er sollte die Nazis in NRW von innen heraus zerstören. Ohne Öffentlichkeit.«

Der Boden unter Frans Füßen gab ein Stück nach. Das war allerdings ein Hammer. Die Leute, die das entscheiden konnten, konnten noch ganz andere Dinge in die Wege leiten.

»Fuck!«, rief sie aus. »Das muss veröffentlicht werden!«

Sascha lachte nervös. »Bist du lebensmüde? Die filetieren uns und braten uns auf kleiner Flamme gar.«

»Verstehst du denn nicht? Das ist eine Chance, den Henker zu stoppen – wenn er so tickt, wie ich mir das vorstelle.«

»Red keinen Unsinn.«

»Der Henker tötet nicht aus Lust, er tötet aus Prinzip. Er hat eine Mission. Er ist sehr wahrscheinlich gegen die Todesstrafe.«

Sascha hob einen Zeigefinger. »Moment! Er hat die, die er für Sünder hält, bestraft – mit dem Tod.«

»Das war Notwehr!«

»Du meinst, er sieht sich als Widerstandskämpfer, so wie Stauffenberg, der Hitler umbringen wollte?«

»So ähnlich. Für ihn gilt: ›Wo Unrecht zu Recht wird, wird Widerstand zur Pflicht.‹ Sein Widerstand ist die Selbstjustiz.«

»Das ist zu riskant. Es kann schiefgehen, der Henker kann sich auf den Standpunkt zurückziehen, dass Späne fallen, wo gehobelt wird. Nein, nein und nochmals nein.«

Fran hob die Augenbrauen, Sascha packte sie mit beiden Händen an der Schulter. »Denk an deinen Schwur!«

Hatte ein Schwur Gültigkeit, wenn es darum ging, einen Killer zu stoppen? Wenn es darum ging, Menschenleben zu retten? Auf keinen Fall. Aber wie hoch war die Wahrscheinlichkeit, dass sie recht hatte oder dass Sascha recht hatte? Genau genommen halbe-halbe. Nicht genug. »Ich werde schweigen. Aber ich werde die Information mit in mein Profil einbeziehen. Ohne, dass jemand Verdacht schöpfen kann. Was ist mit dem Mörder von Kleinbau?«

»Da sind Zielfahndung und Staatsschutz dran. So wie es aussieht, haben sie zwei oder drei aussichtsreiche Kandidaten. Einer hat sich abgesetzt. Ich schätze, in zwei Tagen haben die Spürhunde der Zielfahndung ihn geortet. Was uns allerdings fehlt, sind handfeste Beweise. Wir wissen nur, dass Kleinbau ermordet wurde. Wir haben nicht das kleinste Asservat vom Tatort. Aber wir werden sie weichkochen, und sie werden sich gegenseitig beschuldigen. Es ist zwar ein Klischee, aber die meisten Nazis sind dummdreist.«

»Deswegen gehen uns ja auch so viele durch die Lappen.«

Sascha wollte protestieren. »Ernsthaft. Die dummen Täter sind meistens länger auf freiem Fuß als die intelligenten. Zumindest bei den Serienkillern ist das so. Wer nicht viel denkt, hat weniger Probleme und macht Dinge, auf die intelligente Leute wie wir nicht so schnell kommen. Allerdings überschätzen sie sich häufiger.«

»Das sollte uns nicht passieren.« Sascha rieb sich die Augen. »Ich werde jetzt ein paar Stunden schlafen, sonst kippe ich noch mal um.«

»Und die Pillen?«

»Noch brauche ich sie. Wenn der Henker dingfest ist, schmeiße ich sie weg.«

»Wenn du dann noch lebst.«

»Weißt du, ob du morgen noch lebst, oder übermorgen?«

»Nein, das weiß ich nicht. Ich weiß aber, dass übermorgen jemand sterben wird, wenn wir den Henker nicht fangen.«

Freitag, 17. Juli, 16.00 Uhr

Fran hatte sich seit Wochen auf das Treffen mit ihrer Mutter gefreut. Dad war noch auf Streife, Anna probte, es war schön, Mum ganz für sich zu haben. Fran hatte sich zwei Stunden frei genommen, es war erst zehn Uhr, ein ungewohntes Gefühl. Die Ermittlungen liefen, sie konnte es sich leisten, sich auszuklinken, obgleich sie das Handy natürlich nicht ausgeschaltet hatte.

Fran klingelte. Es dauerte nur einen Moment, bis sich die Tür öffnete, sie fielen sich in die Arme, Mum drückte Fran, als hätten sie sich Jahre nicht gesehen.

»Mum, du bist stark«, sagte Fran. »Stärker, als du glaubst. Du brichst mir fast die Rippen.«

Ihre Mutter ließ sofort los, trat einen Schritt zurück und schlug die Hände vor den Mund. »Ach Gott, Kind, entschuldige. Ich vergesse immer, wie gut das Krafttraining wirkt.«

Tatsächlich. Mum hatte sich verändert. Sie hielt sich aufrecht, ihre Augen leuchteten, sie hatte kein Gramm Fett zu viel auf den Rippen. Fran tastete ihre Arme ab. Stramme Muskeln. »Du gehst zum Pumpen? Wie das? Was ist passiert?«

Ihre Mutter winkte sie herein. Sie setzten sich ins Wohnzimmer, wo sich nichts verändert hatte. Eiche rustikal und Perserteppiche, auf dem Couchtisch warteten bereits der Kaffee und der Frankfurter Kranz. Fran erkannte sofort, dass Mum ihn selber gebacken hatte. Ihr lief das Wasser im Mund zusammen.

»Ich war so schlapp, das ging mir auf die Nerven. James hat gesagt, ich soll nicht jammern, sondern was machen. Du kennst ihn ja. Also habe ich mich bei einem Frauenfitnessstudio angemeldet. Da gafft keiner, es gibt eine Sauna, und es ist immer jemand für mich da.«

»Großartig«, sagte Fran. »Du bist besser als ich. Ich werde langsam fett, bewege mich viel zu wenig, seit ich mein Auto habe.«

»Fett! So ein Quatsch. Du bist viel zu dünn.«

»Ich habe fast ein Pfund zugenommen!«

Mum ignorierte die Bemerkung und lud ihr ein gigantisches Stück Frankfurter Kranz auf den Teller. »Das wird gegessen, sonst gibt es Hausarrest!«

Fran seufzte und aß ein Stück. »Köstlich!«, rief sie mit vollem Mund.

Im selben Moment meldete sich ihr Handy. Sie grinste und aß weiter.

»Du musst rangehen«, sagte ihre Mutter. »Es ist sicher wichtig.«

Fran schluckte den Bissen hinunter. »Aber dann muss ich wahrscheinlich wieder los.«

Ohne Unterlass bliesen die Thinpipes ihre Melodie in die Luft. Fran schloss kurz die Augen, zog ihr Handy aus der Tasche und erkannte Saschas Nummer. Sie stellte die Verbindung her, verfluchte den Henker und meldete sich. »Was ist los, Sascha? Ich hoffe, es ist wichtig.«

»Ich werde töten, wenn ihr die Wissenschaft entmenschlicht«, sagte Sascha. »Das ist los. Gandhis siebte Sünde.«

»Später als sonst.«

»Deutlich später. Es ist fast halb fünf, sonst kam die Ankündigung vor neun Uhr am Morgen. Wir müssen uns besprechen. Kommst du?«

»Am besten im LKA. Dann haben wir alle Daten in Griffweite. Ich sage Sofia Bescheid, sie soll alles aktualisieren und das Geoprofiling vorbereiten.«

»Alles klar. Bis gleich.«

Fran legte auf.

»Warum sprecht ihr euch nicht mal richtig aus?«

»Wie bitte?«

»Wie lange scharwenzelt ihr schon umeinander herum?«

»Wir haben noch nie in irgendeiner Weise scharwenzelt.«

Ihre Mutter lächelte. »Erinnerst du dich an Markus?«

Fran musste lachen. »Das ist hundert Jahre her!«

»Fast. Du warst fünfzehn und hast dich nicht getraut, ihm zu sagen, dass du in ihn verliebt bist.«

»Und dann ist er mit einer anderen zur Party gegangen.«

»Eben. Du musst schneller sein.«

Fran stand auf. »Sascha hat erstens eine Freundin, und zweitens will er nichts von mir, und drittens bin ich nicht verliebt.«

Ihre Mutter stand ebenfalls auf, nahm sie in die Arme, drückte sie sanft und flüsterte ihr ins Ohr: »Dich kannst du vielleicht belügen, mich nicht. Warte nicht zu lange.«

Fran machte sich frei. »Ich melde mich für einen neuen Termin.«

»Möglichst bald.«

»Wir sehen uns ja spätestens am Donnerstag.« Fran hatte das Gefühl, fliehen zu müssen, so wie früher. Sie stieg ins Auto, ließ die Reifen quietschen. Sie brauchte vier Minuten bis zum LKA, alle Ampeln standen auf Grün, einige auf Gelb. Als eine Ampel auf Rot sprang, bremste Fran scharf. Bei Rot über die Ampel, das war kein Mann der Welt wert. Sie lachte in den Rückspiegel, fuhr gemächlich weiter. Sie ließ sich Zeit, parkte den Wagen sorgfältig rückwärts ein, grüßte den Portier, wechselte ein paar Worte über das Wetter mit ihm und schlenderte dann zum Besprechungsraum. Sie blieb an der Tür stehen, hörte Sascha und Sofia. Flirtete er mit ihr? Oder drehte sie jetzt komplett durch?

»Hi Sascha, hi Sofia.« Fran trat in den Raum und hob kurz eine Hand zur Begrüßung.

Sascha schwieg. Sofia kam gleich zur Sache. »Dasselbe Papier, das Wasserzeichen, die Sprache. Ganz klar der Henker. Er kündigt den siebten Mord an.« Sie drückte ein paar Tasten. Auf dem Whiteboard erschien eine Karte von Düsseldorf. Konzentrische Formen bedeckten das Straßen- und Häusernetz, es sah aus wie moderne Kunst. »Der Henker wird am wahrscheinlichsten in der roten Zone wieder zuschlagen.« Sie zeigte auf die Karte. »Wenn er sich an unsere Algorithmen hält.«

»Er arbeitet seinen Plan ab«, sagte Sascha. »Er weicht nur ab, wenn es nicht anders geht.«

»Oder wenn er falsche Informationen hat«, warf Fran ein.

»Falsche Informationen?«, fragte Sofia und schürzte die Lippen.

»Wir müssen Sofia erzählen, was wir wissen. Ich vertraue ihr.«

Sofia grinste über das ganze Gesicht.

Sascha wandte sich ihr zu. »Wenn du irgendwas davon rauslässt, bist du erledigt. Und zwar so richtig. Nicht nur Disziplinarverfahren oder so.«

»Sind Mächtige im Spiel?«, fragte Sofia, und sie wirkte nicht im Mindesten beunruhigt, im Gegenteil, sie schien sich auf ein kleines Abenteuer zu freuen.

»Ziehfreund war eine Art Agent Provocateur. Er sollte die rechte Szene von innen heraus zerstören«, sagte Fran mit Grabesstimme.

»Verdammte Scheiße!«, rief Sofia. »Er war ein Guter, und der Henker hat es nicht gewusst. Das heißt …« Sie schlug sich mit der Hand vor die Stirn. »… wir könnten ihn moralisch unter Druck setzen, wenn …«

»Keine Chance«, rief Sascha dazwischen. »Wenn das an die

Öffentlichkeit kommt, gefährden wir nicht nur andere Kolleginnen und Kollegen, wir zerstören die Arbeit von Jahren.«

Jetzt erst begriff Fran die ganze Tragweite: Ziehfreund war nur die Spitze des Eisbergs. Der Henker hatte aus Versehen das Kartenhaus der Offshore-Agenten ins Wanken gebracht. Wer gehörte noch dazu? Wie weit konnten sie gehen, ohne selbst in Schwierigkeiten zu geraten? Denn darauf hatte sie im Moment nicht die geringste Lust. Sie erinnerte sich an ihren Schwur: Finger weg von den Problemen anderer Leute.

»Sascha und ich haben das schon diskutiert, Sofia. Die Chancen stehen halbe-halbe, dass der Henker auf einen solchen Vorstoß positiv reagieren könnte. Genauso gut kann das Gegenteil eintreten.«

Sofia hob drei Finger. »Ich werde schweigen!«

Sascha nickte, zeigte auf den roten Bereich auf dem Stadtplan. Er umfasste die gesamte Innenstadt rechts des Rheins, zuzüglich Ober- und Niederkassel linksrheinisch. »Ich werde töten, wenn ihr die Wissenschaft entmenschlicht«, murmelte er.

Fran fasste sein Murmeln als Frage auf. »Alle, die irgendwie mit einem Wissenschaftsgebiet zu tun haben, dessen Ergebnisse Menschen oder Tieren schaden, oder die mit Methoden arbeiten, die Menschen oder Tiere verletzen oder töten. Das fängt bei Tierversuchen für Medizin und Kosmetika an und geht bis zur Entwicklung von Waffen und chemischen Kampfstoffen. Es kann sich um einen Ingenieur für Kernenergie handeln.«

»Wir machen es wie bei Lena von Gräfinthal.«

»Was ist mit ihr?«, fragte Sofia.

»Nach wie vor im Koma«, antwortete Sascha. »Die Prognosen sind nicht gut.«

»Diesmal müssen wir Polizeischutz anordnen. Wir brauchen alle SEKs und auch die MEKs. Wer kommt aufgrund der Artikel von Krüger infrage?«

Sofia tippte Suchworte ein, der Rechner warf vier Namen aus Krügers Datenbestand aus.

»Überschaubar«, sagte Sascha.

Fran rieb sich die Augen. »Falls es sich der Henker nicht anders überlegt hat.«

Freitag, 17. Juli, 19.53 Uhr

Anstatt in Selbstmitleid zu baden und sich den Kopf zu zerbrechen, hatte Rudger Jasmins Einladung angenommen. Er hob das Glas und prostete ihr zu. »Auf dich! Du hast mir das Leben gerettet.«

Jasmin stieß mit ihm an. »Auf eine bessere Welt.« Sie tranken, Jasmin stand auf. »Das Essen müsste fertig sein. Bin gleich wieder da.«

Rudger ließ sich tief in den Ledersessel sinken, zog sein Handy aus der Brusttasche und ließ es in der Jacke verschwinden. Er hatte es bereits zu Hause ausgeschaltet, er wollte seine Ruhe haben. War das alles real? Oder hatte sich die Wirklichkeit klammheimlich verabschiedet? Er war im Knast gewesen, man hatte ihn fast erschlagen, und Jasmin war die erste schöne Frau, die er nicht gleich ins Bett zerren wollte.

Er schaute sich um. Beim ersten Mal hatte er keinen Nerv gehabt, sich Jasmins Wohnung genauer anzusehen. Das Schlafzimmer war durch eine Tür vom Rest der Wohnung getrennt und mit einem schmalen Flur verbunden. Das Bett schien echt antik zu sein, neunzehntes Jahrhundert, es musste eine Stange Geld gekostet haben. Es war mit einem hellblauen Himmel überspannt, ein dickes Federbett versprach wohlige Wärme. Rudger quälte sich aus dem Sessel, blickte den Flur entlang, der zur Küche führte. Er konnte Jasmin nicht sehen, aber er hörte sie mit Geschirr hantieren. Neben dem Bett, zum Fenster hin, das die Sicht auf den Hinterhof eröffnete, lud ein Biedermeiersekretär ein, sich zu setzen und Gedichte zu schreiben. Rudger fuhr mit den Fingerspitzen über das lackierte Holz. In einem Postkartenständer klemmten einige Papierbögen. Handgeschöpft. Rudger zog ein Blatt heraus. Es trug ein Wasserzeichen. Er hielt es gegen die Fensterscheibe, damit Licht durch den Bogen hindurchfallen und er das Zeichen besser sehen konnte. Es war ein Elefant. Rudger starrte auf das Tier. Sein Gehirn weigerte sich, den Gedanken zu denken, den es jetzt denken musste. Mühsam rang er sich die Worte ab: »Jasmin … ist … der …«

Hinter sich hörte er einen tiefen Seufzer. Langsam drehte er sich um, den Bogen immer noch hoch erhoben in der Hand. Jasmin lächelte ihn an und zielte mit einer kleinen Pistole auf ihn.

»Du bist zu neugierig. Aber deswegen mag ich dich so. Ich wusste, dass du einen Informanten bei der Polizei hast. Dass er dir so brisante Neuigkeiten verrät, das hätte ich nicht gedacht. Dumm gelaufen.«

»Du …« Rudger führte den Satz nicht zu Ende. Sie konnte nicht der Henker sein. Sie hatte wasserdichte Alibis, sie war mit ihm unterwegs gewesen, als der Henker zugeschlagen hatte. In Zeitlupe sickerte die Erkenntnis in sein Bewusstsein. Es gab nur eine Lösung.

»Ihr seid zu zweit!«, flüsterte Rudger. »Er ist die Hand, du der Kopf, richtig?«

»Wir sind nicht aufzuhalten. Wir werden die Welt verändern. Zum Besseren.«

Ein fast flehender Ton lag in ihrer Stimme. Jasmin wollte, dass er sie verstand, dass er ihr Absolution erteilte. Wenn er damit sein Leben retten konnte – liebend gerne.

»Ihr habt ein paar Leute umgebracht, die es wirklich verdient haben.«

Jasmin atmete sichtbar auf. »Gut, dass du das so siehst. Die meisten werden uns nicht verstehen, aber du weißt, wie es ist, wenn man alles weiß und nichts geschieht, wenn man nichts machen kann. Wenn man die Täter aus den Gerichtssälen spazieren sieht, gehässig grinsend. In Gedanken planen sie schon das nächste Verbrechen.«

Rudger nickte. »Ich weiß, wie das ist, ja. Du hast ja alle meine Artikel gelesen, und ich nehme an, auch den größten Teil meiner Rechercheunterlagen.«

»Du hast mir die Augen geöffnet!«

»Ich habe nie dazu aufgerufen, Leute hinzurichten.«

»Du hast ihnen die Masken vom Gesicht gerissen, sie wie Ungeziefer aus den Ritzen getrieben. Du hast es nicht gewusst, aber wir haben schon immer zusammengearbeitet. Das ist Schicksal. Das ist Bestimmung.«

Sie zeigte auf einen hölzernen Stuhl, der aussah, als ob er noch in zweihundert Jahren nichts an seiner Stabilität einbüßen würde. Rudger setzte sich. Jasmin trat hinter ihn, sein Herz raste. Kam jetzt der Fangschuss? Er hechelte.

»Ich werde dir nichts tun, entschuldige bitte, dass es so ausgesehen hat. Ich muss nur dafür sorgen, dass du uns bis zum Finale nicht dazwischenfunken kannst.«

Sie strich ihm über den Kopf, es lief ihm eiskalt über den Rücken. Er spürte, wie sie ihm die Hände an den Stuhl fesselte. Es tat nicht weh, aber er konnte sie nicht mehr bewegen. Dann band sie seine Füße fest.

»Das ist vorerst sicher. Ich werde es dir später bequemer machen.« Sie legte die Pistole weg, kniete vor ihm nieder, legte ihren Kopf in seinen Schoß. »Es ist schade, dass ich diesen Weg gehen muss. Wir hätten uns lieben können.«

»Das könnten wir noch immer. Niemand stellt eine Verbindung zwischen dir und dem Henker her. Lass uns woanders hingehen. Du hast genug für die Welt getan. Du musst dich nicht opfern.«

Sie hob den Kopf. »Ich glaube dir, dass du das ernst meinst. Aber ich muss das durchziehen. Außerdem würde ich Michael nie im Stich lassen.«

»Dein Bruder?«

»Im Geist und in der Seele, ja.«

»Wie habt ihr euch kennengelernt? Wie seid ihr auf die Idee gekommen? Ich habe so viele Fragen, ihr seid so faszinierend.«

Jasmin zog sich langsam am Stuhl hoch. »Das wird mein Abschiedsgeschenk an dich sein. Wenn es so weit ist, wirst du unsere Geschichte erzählen. Ohne etwas wegzulassen und ohne etwas hinzuzufügen.«

Ein Kloß im Hals hinderte Rudger daran zu sprechen.

»Selbst wenn du dich in mich verliebt hättest, es hätte nichts geändert, es hätte alles nur schlimmer gemacht. Meine Stunden sind gezählt, ich weiß, wann ich sterben werde, du hast noch ein langes Leben vor dir.«

»Warum, Jasmin. Warum?« Eine Träne stahl sich über Rudgers Wange. »Ich trauere deinen Opfern nicht nach, ich trauere um dich.«

Jasmins Augen wurden eiskalt. »Ich muss dir noch eins sagen. Es fällt mir nicht leicht, aber du musst es wissen. Solltest du versuchen zu fliehen oder dich irgendwie bemerkbar zu machen, wird zuerst dein Bruder sterben und dann du.«

Rudger schluckte. »Das ist konsequent.«

»Gut«, sagte Jasmin betont langsam. »Ich muss noch mal weg.« Sie schob Rudger samt Stuhl zu einem Heizkörper, kettete den Stuhl daran, zog sich eine leichte Jacke über, warf Rudger einen Handkuss zu und verschwand.

Rudger war unfähig zu denken, geschweige denn sich zu bewegen. Er starrte auf den Boden, sein Blut rauschte, von draußen drang kein Laut in die Wohnung, sie war perfekt gedämmt. Diese Frau und ihr Handlanger waren vollkommen durchgeknallt. Nichts von dem, was er gesagt hatte, meinte er so. Er hatte gelogen, um diese Verrückte in Sicherheit zu wiegen. Er musste hier raus, Jasmin war eine tickende Zeitbombe, die jederzeit hochgehen konnte. Ein falsches Wort, ein falscher Impuls, und sie würde ihm, ohne zu zögern, den Schädel wegblasen. An Alexander würde sie nicht rankommen, die Station konnten nur Personal oder Angehörige betreten.

Rudger versuchte, seine Hände zu bewegen. Schmerz zuckte durch seine Handgelenke. Die Fessel zog sich zu. Dieses verdammte Miststück!

Sein Hals verengte sich, er begann wieder zu hecheln, in seiner Brust brach ein Höllenschmerz aus, war das der Herzinfarkt? Das Ende? Rächten sich jetzt die Tabletten? Was hatte Jasmin vor? Wer musste morgen sterben?

Er stellte sich vor, in der warmen Frühlingssonne auf einer grünen Wiese zu liegen, weiße Puderwölkchen zogen vorbei. Sein Atem wurde ruhiger. Er musste klar denken können, musste einen Plan entwickeln, ein Konzept. Die Kette, mit der er an die Heizung gefesselt war, ließ ihm etwas Spielraum. Er beugte sich nach vorn, um sein Gewicht zu verlagern, spannte die Oberschenkelmuskeln an, Schmerzen schossen ihm durch die Handgelenke, als der Stuhl sich ein wenig hob. Er entlastete das rechte Bein, schob das andere ein wenig vor. Ja! Es funktionierte. Die Kette war länger als gedacht. Ein Fehler von Jasmin? Oder hatte sie es mit Absicht gemacht, um zu prüfen, ob er gehorsam war oder nicht? Egal, jetzt war es sowieso zu spät. Er schaffte es bis zu ihrem Schreibtisch. Das Festnetztelefon war fast in Reichweite, aber nur fast. Mit den Armen hätte er es erreichen können. Trotz höllischer Schmerzen versuchte er näher heranzukommen, aber die Kette spannte, hielt ihn fest. Auf dem Schreibtisch lag ein Blatt. Es trug das morgige Datum. Samstag. In einer Stunde war bereits Samstag. »Sterben muss, wer die Wissenschaft entmenschlicht«, das war die Überschrift. Darunter ein Name und eine Adresse. Caroline Seibert, Grevenbroich. Diesen Namen hatte Rudger noch nie gehört.

Samstag, 18. Juli, 21.34 Uhr

Jasmin ging einmal um den Block, blieb stehen, setzte ihren Weg fort, wandte sich plötzlich um, nahm die entgegengesetzte Richtung. Nach einer halben Stunde war sie sich sicher, dass sie nicht observiert wurde.

Sie zog ihr zweites Handy aus der Tasche und wählte Michaels Nummer. Er ging sofort ran, seine Stimme klang gepresst.

»Wir müssen abbrechen. Mein Bein ist nicht zu gebrauchen.«

Jasmin holte tief Luft. »Wir haben einen Schwur geleistet, willst du ihn brechen?«

»Aber mein Bein!«

»Kannst du den LKW fahren?«

Michael zögerte. Dann sagte er leise: »Ja.«

»Gut. Es ist bald vorbei. Dann sind wir für immer frei.«

»Ja, dann sind wir frei.«

»Du klingst nicht überzeugt. Nimm eine von den Tabletten, dann geht es dir besser. Ich komme gleich zu dir.«

»Ja.«

»Bis gleich.« Jasmin unterbrach die Verbindung. Mit den Männern war es immer dasselbe. Sie waren zu wehleidig, sie gaben zu schnell auf. Sie hatten keine Prinzipien. Rudger war vielleicht eine Ausnahme. Als sie den ersten Artikel von ihm gelesen hatte, hatte sie zunächst geglaubt, die falsche Zeitung in den Händen zu halten. Rudger prangerte Missstände schonungslos und ohne Blatt vor dem Mund an. Aber er konnte natürlich niemanden zur Rechenschaft ziehen, sonst hätte er nicht mehr schreiben können, er war Journalist und kein Richter. Jasmin hatte erkannt, dass es ihre Aufgabe war, über die zu richten, die Rudger anklagte. Doch schnell war ihr klar geworden, dass sie nicht alle, die Rudger geißelte, umbringen konnte. Dann war ihr Michael über den Weg gelaufen. Ein Öko-Aktivist, der für die letzten Monate oder Jahre, die er noch zu leben hatte, eine sinnvolle Aufgabe suchte, etwas, das nicht nach drei Tagen aus den Schlagzeilen verschwand. Seine Diagnose war Krebs, unheilbar. Sie legte ihm ihre Idee dar, er war spontan begeistert gewesen. Diese Welt brauchte ein Fanal, ein Zeichen für einen Aufbruch. Sie waren nicht so naiv, zu glauben, dass die Konzerne plötzlich aufhörten, die Menschen und den gesamten Planeten auszubeuten und zu zerstören. Sie wollten nichts weiter als ihrer eigenen Verantwortung gerecht werden. Denn darum ging es: Die Menschen lehnten es ab, Verantwortung zu übernehmen. Es ging ausschließlich um sie selbst. Sie wollten niemanden bekehren, der nicht bekehrt werden wollte. Sie wollten niemanden retten, der nicht gerettet werden wollte.

Michael war begeistert gewesen. Er hatte Gandhis Sieben ins Spiel gebracht. Genial! Die Verbindung von Pazifist und Krieger würde noch in zehn Jahren für Gesprächsstoff sorgen. Und sie würden guten Gewissens diese Welt verlassen, um vielleicht irgendwann, in welcher Transformation auch immer, wiederzukehren. Und wenn nicht – dann war das ihr Karma. Es war ein Leichtes gewesen, Michael von ihren hehren Zielen zu überzeugen.

Jasmin stieg in ihr Auto, konzentrierte sich einen Moment, aber in ihr kamen keinerlei Zweifel auf. Sie würde Michaels Job heute Nacht übernehmen und dann die Statements veröffentlichen.

Sie ließ den Motor an, fuhr los, hielt sich an alle Verkehrsregeln, fuhr aber nicht zu defensiv, denn auch das konnte durchaus die Aufmerksamkeit der Polizei wecken.

Ihr letztes Einzelopfer bedurfte einer besonderen Behandlung. Die Utensilien dafür hatte Michael besorgt, Jasmin musste alles in ihren Wagen laden und sich von Michael noch ein paar Details erklären lassen.

Sie fand einen Parkplatz direkt vor Michaels Wohnung. Noch einmal schaute sie sich genau um, aber sie konnte nichts Verdächtiges erkennen.

Sie klopfte das vereinbarte Zeichen an die Wohnungstür, wartete, bis Michael die Schlösser entriegelt und die Selbstschussanlage entschärft hatte. Er öffnete, verdammt, er sah wirklich aus wie der Tod. Kalkweiß, das Gesicht schmerzverzerrt.

Jasmin drückte ihn vorsichtig. »Hast du Schmerzmittel genommen?«

»Das macht mich nur benebelt. Das geht nicht.«

Er humpelte ins Wohnzimmer, ließ sich auf die Couch fallen.

Jasmin betrachtete sich die Bescherung. Eigentlich war es nur ein Streifschuss, den Sprung hatte er mit Schmerzmitteln noch bewerkstelligen können, aber die Wunde hatte sich schnell entzündet, das musste an Michaels schwachem Immunsystem liegen. »Hast du nicht …«

»Doch, hab ich, aber es hat nichts genutzt, die Wunde eitert. Keine Ahnung, was die Scheißbullen in ihre Munition machen. Gestern ging es noch.«

»Wir brauchen Antibiotika.«

»Jeder Arzt sieht sofort, dass das eine Schusswunde ist.«

Jasmin legte eine Hand auf Michaels Unterarm. »Wie viel Schmerz hältst du aus?«

»Du willst die Wunde verändern, so dass sie nicht mehr wie eine Schusswunde aussieht und …«, er brach ab. »Manchmal bist du mir unheimlich, Jasmin.« Er lächelte. »Ich stecke mir einen Kochlöffel zwischen die Zähne. Und du musst mir die Hände festbinden.«

Jasmin ging in die Küche, nahm das elektrische Fleischmesser aus der Schublade, schloss es im Wohnzimmer an die Steckdose an, fesselte Michael, steckte ihm das Beißholz in den Mund, zögerte keinen Moment. Michaels Augen quollen aus ihren Höhlen. Jasmin fürchtete, das Beißholz würde brechen, jeder Muskel spannte sich in seinem Körper, die Lehnen des Sessels ächzten. Blut spritzte, Fleischfetzen flogen in alle Richtungen. Es hatte nicht länger als drei Sekunden gedauert, aber es waren die längsten Sekunden ihres Lebens gewesen. Michael sackte im Sessel zusammen, verdrehte die Augen, atmete wie ein Ertrinkender.

Jasmin band das Bein ab, ihre Hände zitterten, sie schluckte den Brechreiz hinunter. Aber das Ergebnis rechtfertigte die Tat: Die Wunde sah nicht mehr aus wie eine Schusswunde. Jetzt war es ein Küchenunfall, das Fleischmesser war auf sein Bein gefallen, die Sicherung hatte nicht ausgelöst, es hatte sich ins Fleisch gefressen.

Der Schweiß tropfte von Michaels Stirn, sie tupfte ihn ab. »Du bist so tapfer«, flüsterte sie. »Wir ziehen es durch, nicht wahr?«

Michael lächelte gequält.

»Ich lade die Sachen ein, dann rufst du den Notarzt. Sie behalten dich vielleicht die Nacht über im Krankenhaus. Ich hole dich danach ab.«

Michael sagte: »Nein«, dann stöhnte er auf. »Ich lasse mich mit dem Taxi fahren. Niemand darf uns zusammen sehen.«

»Natürlich. Dann treffen wir uns aber im Fuchsbau.«

Er packte sie am Arm und schaute ihr in die Augen. »Eins weiß ich jetzt. Ich würde alles tun, um *diesen* Schmerz nie wieder zu spüren. Alles.«

»Niemand kann der Folter widerstehen«, sagte Jasmin.

Es wurde Zeit. Sie ließ sich von Michael die Apparatur noch mal erklären, dann packte sie ihre Sachen zusammen, strich Michael erneut über die Stirn und verließ die Wohnung. Sie würde nie wieder hierher zurückkehren. Der Plan lief weiter, wie ein Uhrwerk, das nicht angehalten werden konnte. Seit Jahren hatte sich Jasmin nicht mehr so lebendig wie heute gefühlt. Noch sechs Tage bis zum krönenden Feuerwerk.

Samstag, 18. Juli, 23.23 Uhr

Fran reichte ihrem Vater den Kaffeebecher. Das Funkgerät des Zivilwagens gab in einem Abstand von wenigen Sekunden Geräusche von sich, manchmal einfach nur atmosphärisches Knistern, manchmal eine Positionsdurchsage oder einen Einsatzbefehl.

»Mit viel Zucker, ohne Milch, so wie du es magst.«

Er nahm den Becher, lächelte. »Ich habe mich oft gefragt, warum wir beide so aneinandergeraten sind.«

Fran verschluckte sich fast. »Willst du meine ehrliche Meinung hören?«

»Ich stelle mir einfach vor, du bist ein Freund, der versucht, mir mein Leben zu erklären. Das müsste gehen.« Er lächelte immer noch.

»Woher der Sinneswandel, Dad?«

»Die Flüchtlinge aus Syrien, um die wir uns gekümmert haben – bei Gott, sie haben mich Demut gelehrt!«

Fran wartete, aber Dad sprach nicht weiter, also beantwortete sie seine Frage. »Warum wir so aneinandergeraten sind? Weil du versucht hast, mich nach deinem Ebenbild zu formen. Weil du einen Sohn aus mir machen wolltest, weil du blinden Gehorsam verlangt hast. Weil du mich erdrückt hast mit deinen Regeln und Gesetzen der Bibel. Weil dir Gott wichtiger ist als ich.«

Er nickte mehrmals hintereinander. »Ich wollte dir alles mitgeben, was du brauchst, um in dieser Welt zu bestehen. Und ein wenig ist mir das ja auch geglückt, oder?«

»Warum hast du mich und meine Arbeit immer missachtet?«

»Weil du mich nie akzeptiert hast.« Er hob eine Hand. »Ich weiß, das ist die Frage nach der Henne und dem Ei. Was war zuerst?«

Fran nippte an ihrem Kaffee. Er schmeckte nach Kantine, nach zu kurzen Pausen, in denen man sich nicht wirklich erholen konnte, bevor man wieder in den Streifenwagen sprang, mit Blaulicht und Martinshorn losraste und nicht wusste, was einen erwartete. »Du natürlich.«

Er lachte.

»Es geht um echte Toleranz«, sagte Fran. »Nicht um Multikulti. Es geht darum, zu ertragen, dass jemand ganz anders ist als man selber und trotzdem in Ordnung. So wie bei deinen Flüchtlingen. Es sind meistens Muslime, sie sagen, dass Jesus nicht der Sohn Gottes ist, sondern nur ein Prophet war. Das greift die Grundpfeiler deines Glaubens an.«

»Richtig. Obwohl sie dem falschen Glauben anhängen, sind sie nah an Gott. Sehr nah. Das ist für mich harte Kost.«

Das Funkgerät meldete sich. Eine verdächtige Person näherte sich Zielobjekt eins. Fran griff instinktiv nach dem Kaffeebecher ihres Vaters, der schon den ersten Gang reingehauen hatte und losfuhr, allerdings ohne Licht und Sound. Sie würden das Zielgebiet weiträumig absperren, sie hatten sogar die Kanaleingänge und -ausgänge im Blick. Wenn es der Henker war, dann zappelte er schon jetzt in dem Netz, das er nicht erkennen konnte. Zielobjekt eins, das war der Chef eines Testlabors für Medizin. Alljährlich wurden dort Tausende Tiere zu Testzwecken verstümmelt, gequält und getötet. Vorwiegend Mäuse und Ratten, aber auch Kaninchen und Katzen und der eine oder andere Affe. Rudger Krüger hatte vor zwei Jahren eine mehrteilige Reportage über Tierversuche geschrieben und die bestialische Quälerei angeprangert. Dabei war Zielobjekt eins in sein Visier geraten. Der Journalist hatte kein gutes Haar an ihm gelassen, eine einstweilige Verfügung gegen Krüger war vom Gericht abgeschmettert worden. Genutzt hatte es nichts. Als sich der Pulverdampf gelegt hatte, war die Arbeit in dem Labor weitergegangen, als sei nichts gewesen, denn man hielt sich streng an die Vorschriften. Ein ideales Ziel für den Henker.

Zielobjekt eins wohnte in Meerbusch, in einem adretten Einfamilienhaus mit Vorgarten und Wiese hinterm Haus. Sie gingen in einer Seitenstraße in Stellung, etwa hundert Meter vom Haus des Zielobjekts entfernt.

»Verdächtige Person trägt eine Tasche bei sich. Sie scheint schwer zu sein. Zugriff erst auf Kommando von Einsatzleiter Sascha Herz.«

Frans Puls beschleunigte sich. Da sie nicht im aktiven Polizeidienst stand, trug sie auch keine Waffe. Sie fühlte sich schutzlos.

Ihr Handy vibrierte. Sie hatte den Klingelton ausgestellt, denn es war schon öfter als einmal vorgekommen, dass eine Observation wegen eines privaten Handys gescheitert war. Es war Sascha.

»Ich stehe auf der anderen Seite des Hauses«, flüsterte er. »Wir haben die verdächtige Person im Blick. Sie steht auf der Straße, betrachtet das Haus.«

»Wie ist ihre Statur?«

»Würde passen. Zugriff? Was meinst du?«, fragte Sascha.

»Wir sollten warten, bis wir sicher sind. Es kann ja nichts passieren.«

»Gut, dann warten wir noch. Hätte ich auch so entschieden.«

Sonntag, 19. Juli, 3.00 Uhr

Jasmin war zufällig über Caroline Seibert gestolpert, als sie noch bei »Animal-Watch« als Aktivistin unter falschem Namen Mitglied gewesen war und gegen sinnlose Tierversuche gekämpft hatte; vor allem gegen die deutsche Hirnforschung, die gerne im Verborgenen arbeitete, da die Methoden schlicht und ergreifend barbarisch waren. Die Seibert war der Prototyp der skrupellosen Wissenschaftlerin, der das Leiden von Tieren und Menschen gleichgültig war, solange ihre Forschungen vorangingen, die Kasse stimmte und sie sich mit Veröffentlichungen profilieren konnte. Unter ihrer Leitung waren mehr Tiere in den Labors der Deckfirma CEO-CHEM gestorben als jemals zuvor. Seibert hatte die Reaktion von Affengehirnen auf elektrische und chemische Reize getestet, den Tieren bei lebendigem Leibe Löcher in den Kopf gebohrt, sie halb verdursten lassen.

Die Firma gab es nicht mehr: Sie war bis auf die Grundmauern abgebrannt. Bis heute war die Ursache nicht zweifelsfrei geklärt. Auch Jasmin wusste nicht, ob Aktivisten dahintersteckten, ein Versicherungsbetrug oder ein Zufall. Auf jeden Fall war mit der CEO-CHEM ein brutales Forschungslabor vom Antlitz der Erde getilgt worden.

Jasmin war nicht so naiv, zu glauben, dass ein solcher Nadelstich das System verändern konnte. Deswegen war sie angetreten: als Vorreiterin für eine neue Form des Kampfes für die Umwelt und Gerechtigkeit gegen Behördenwillkür und Unmenschlichkeit. Und weil die Täter zur Rechenschaft gezogen werden mussten, die ihr Leben zerstört hatten, und alle, die irgendwie mitverantwortlich waren, musste man sie alle *fühlen* lassen, was sie anrichteten.

Das Haus war unbewacht, weder Polizei noch private Security schützten das Anwesen. Nur eine Alarmanlage blinkte vor sich hin. Lächerlich.

Nach dem Schuss auf Michael war Jasmin klar geworden, dass sie nicht mehr die Dossiers von Krüger nutzen konnte. Sie lächelte. Die Bullen würden schäumen vor Wut, wenn sie die Seibert finden würden. Und die Presse würde Jasmin auch auf Kurs bringen und gleichzeitig damit den Bullen so richtig eins reinwürgen. Die würden nackt dastehen, wie die Obertrottel, und jeder denkende Mensch würde mit dem Finger auf sie zeigen und sagen: »Ihr seid Versager!«

Jasmin wartete noch einige Minuten, dann schlich sie sich hinters Haus, legte sich auf den Bauch, robbte ein paar Meter, die Apparatur zog sie hinter sich her. Wären die Bewegungsmelder nicht so eingestellt gewesen, dass sie nichts erfassten, das niedriger als vierzig Zentimeter hoch war, hätte sie ihren Plan nicht umsetzen können. Wahrscheinlich war die Seibert vom ständigen Aufflammen der Scheinwerfer genervt gewesen, ausgelöst durch Katzen, Hunde oder sogar einen Igel.

Jetzt kam der schwierige Teil. Sie musste nicht nur sich, sondern auch die Apparatur in den zweiten Stock schaffen. Sie hatten geübt, bis die Muskeln gebrannt hatten, doch das machte sich jetzt bezahlt. Sie schnallte sich die Apparatur auf den Rücken, das Gewicht zog an ihren Schultern und ihrer Hüfte. Fast dreißig Kilo! Aber es musste sein. Das Bild musste eindringlich werden, schmerzhaft, authentisch!

Ein weiterer Grund, warum sie die Seibert ausgesucht hatten, war die klassizistische Hausfassade: Die Wand war ein Relief von quer verlaufenden Vorsprüngen, die zum Klettern geradezu einluden. Überall standen steinerne Ecken hervor, auf denen sie sicher stehen oder an denen sie sich hochziehen konnte. Sie brauchte keine fünf Minuten bis auf den Balkon, der zu Seiberts Schlafzimmer führte. Jetzt kam es darauf an, ob die Informationen stimmten, die sie im Umkreis von Seibert gesammelt hatte. Litt die Frau immer noch unter Schlafstörungen und nahm deshalb ein Schlafmittel? Wenn nicht, konnte der ganze Plan scheitern. Ohne Risiko keine Gewinn. Sie dachte an Michael, der fast erschossen worden wäre. Aber eben nur fast. Und der Nebeneffekt war grandios gewesen. Die Bullen waren so sehr mit sich selbst beschäftigt, dass sie weder Michael noch sie auch nur im Entferntesten auf dem Radar hatten. Wie auch? Jasmins Name tauchte in keinem Zusammenhang auf, der irgendetwas mit Öko-Aktivisten zu tun hatte. Sonst säßen sie schon längst in Untersuchungshaft.

Jasmin setzte den Glasschneider an, der Diamant ritzte über das Glas, der Sauger hielt das Stück fest, sie nahm es heraus. Wieder hatte sie Glück: Die Seibert war ebenso unvorsichtig wie die meisten Menschen. Zwar hatte sie die Tür abgesperrt, aber der Schlüssel steckte von innen. Selbst ohne Schlafmittel hätte die Seibert nichts mitbekommen. Jasmin sperrte auf, blieb geduckt, huschte ins Schlafzimmer, hörte die ruhigen Atemzüge, schloss die Tür und musste zuerst ihren Puls beruhigen. Trotz des Trainings tat ihr die Seite weh, ihr Herz schlug hart, Schweiß tropfte ihr von der Stirn. Sie öffnete die Jacke und berührte das Amulett. »Für dich«, flüsterte sie.

Langsam zog sie den Reißverschluss der Tasche auf. Sie betrachtete den Inhalt. Oh ja, das war die Anstrengung wert gewesen: ein original Affenstuhl, ein wenig modifiziert, damit ein Mensch darin Platz fand.

Sie schraubte die Teile ineinander, ließ dabei die Seibert nicht aus den Augen.

Die Gewinde waren mit Grafit eingerieben, sie gaben keinen

Ton von sich. Sie klappte die Seitenstützen aus, ein Ergebnis ihrer Versuche. Ohne die zusätzlichen Beine wäre der Stuhl umgekippt.

Zuletzt legte sie den Lochbohrer für den Schädel neben den Affenstuhl. Sie schluckte. Das würde der schwierigste Teil werden. Jasmin musste sich nur vor Augen halten, dass diese Quälerei einen Sinn hatte, im Gegensatz zu der Folter, der Affen unterzogen wurden, nur um das Wissen zu erweitern, ohne jegliche medizinische Bedeutung.

Doch bis dahin war noch Zeit. Zuerst musste sie die Seibert wecken. Sie zog sich die Maske über, lud die Pistole durch, ging zum Bett und rüttelte die Frau an den Schultern. Nach dem Brand des Labors war sie in Rente gegangen, unerwartet. Man munkelte, sie habe im besoffenen Zustand das Feuer selbst verursacht. Bewiesen werden konnte die Anschuldigung nie.

Es dauerte eine halbe Ewigkeit, bis die Seibert endlich die Augen öffnete, allerdings überhaupt nicht verstand, worum es ging. Wahrscheinlich wähnte sie sich in einem schlechten Traum. Weitere Minuten vergingen, bis die Seibert im Stuhl saß und Jasmin den Knebel angelegt hatte. Jetzt begann die Seibert zu begreifen, sie atmete hektisch, nässte sich ein, als Jasmin ihr den Schädelbohrer zeigte. Affen ging es genauso. Sie hatten Angst! Sie entleerten Darm und Blase. Sie versuchten zu schreien. Die Seibert rüttelte an ihren Fesseln, der Stuhl wackelte bedenklich. Jasmin schlug ihr mit der Pistole auf den Kopf; es wurde etwas besser, das Zappeln ging in ein heftiges Zittern über.

Mit einem Einmalrasierer entfernte sie die Haare von der Stelle, an der sie den Bohrer ansetzen wollte. Es würde eine riesige Schweinerei geben, denn verletzte Kopfhaut blutete extrem stark.

Jasmin setzte den Bohrer an, die Spitze drang in die Kopfhaut ein. Die Seibert spannte jeden Muskel an, versuchte, sich zu befreien, hoffnungslos. Der Affenstuhl hatte schon ganz andere Tiere gebändigt. Blut quoll hervor, die scharfen Zähne des Bohrrings drückten ein Muster in die Haut.

Jasmin holte tief Luft. Los jetzt, sagte sie sich, mach schon! Sie muss fühlen! Alle müssen erleben, was es heißt, wenn ein Kopf bei lebendigem Leib angebohrt wird. Doch ihre Hände gehorchten nicht. Tränen traten ihr in die Augen. Verflucht! Sie war nicht hart genug. Warum war sie nicht ein verdammter Psychopath! So einer wie die Seibert. Wut kochte in ihr hoch, sie warf den Bohrer an die Wand und traf ein Bild. Sofort schrillte der Alarm los.

Jasmin zögerte nicht. Sie setzte die Waffe an, drückte ab, spürte den Rückstoß. Seiberts Kopf fiel nach vorn.

Jasmin hetzte zur Balkontür. Das Manifest lag noch in der Tasche, es sollte eigentlich in Seiberts Schoß gefunden werden. Egal, die Bullen würden sowieso alles durchsuchen und es finden. Sie brauchte keine zehn Sekunden für den Weg nach unten, machte sich nicht die Mühe, sich zu ducken. Schweinwerfer flammten auf, die Silhouette eines Mannes wuchs vor ihr aus dem Boden, sie zielte, schreiend stürzte der Mann, hielt sich das Bein. Jasmin sprang über das Gartentor, hetzte zu ihrem Wagen und gab Vollgas. Erst als sie auf der anderen Rheinseite war, beruhigte sie sich langsam. Doch die bittere Erkenntnis, versagt zu haben, blieb. Das durfte nicht noch einmal passieren. Das nächste Mal würde sie es schaffen. Was auch immer es war.

Sonntag, 19. Juli, 7.30 Uhr

»Okay«, sagte Hasso Kittner. »Wir haben ein Problem.«

Sascha lachte auf. »So kann man es auch sehen: Es sind so viele Probleme, dass sie sich zu einem einzigen riesigen Problem zusammengeballt haben.«

Fran legte die Akten beiseite, in denen sie gelesen hatte. »Das war Nummer sieben. Ich denke, wir werden bald Forderungen erhalten. Der Henker hat uns klargemacht, dass er es ernst meint, dass er einen Plan hat, den er auf Biegen oder Brechen durchziehen wird.«

»So weit war ich auch«, schnauzte Kittner. »Irgendwas Neues?«

Fran lächelte. »Nicht direkt neu, eher eine Bestätigung meiner These, dass der Henker kein Psychopath ist, dass er Grenzen der Grausamkeit kennt und, aus seiner Sicht, versagen kann.«

Kittner sagte nichts, schnaufte nur.

»Der Bohrer ist nicht wirklich eingesetzt worden, obwohl es zum Setting dazugehört hätte. Auge um Auge, Zahn um Zahn. Der Henker macht sich die Mühe, einen Affenstuhl zu bauen, geht wieder große Risiken ein, um eine bestimmte Person zu bestrafen, und dann geht was schief. Er knallt den Bohrer in das Bild. Weil er sauer ist auf sich selbst, weil er es nicht geschafft hat.«

»Aber dann setzt er die Waffe an …«, Kittner blätterte in einem Bericht, »… es ist übrigens dieselbe Waffe, mit der Ziehfreund erschossen wurde, und richtet Caroline Seibert hin.«

»Schmerzfrei. Er ist nicht in der Lage, einem Menschen den Schädel aufzubohren, so wie es mit Affen gemacht wird.«

»Ein wahrer Engel!« Kittner warf den Bericht auf seinen Schreibtisch.«

Fran seufzte. »Weder Engel noch Teufel! Besessen von einer Idee. Haben Sie die Statements gelesen?«

»Es blieb mir nichts anderes übrig.«

Fran schaute Sascha an, der keine Reaktion zeigte. »Der Text ist einfach gehalten, als wäre er für die breite Masse gedacht. Aber aus jeder Zeile spricht tiefe Kenntnis der Materie: Philosophie, Geschichte, Anthropologie und so weiter.« Der Henker legte seine Gedankenwelt dar und erklärte, warum er tötete: Damit die Menschen aufgerüttelt würden und wieder Verantwortung übernähmen. Der Henker handelte verschiedene Themen ab: Gott – den es seiner Meinung nach nicht gab; der freie Wille des Menschen, der ihn zu einem ethischen und verantwortlichen Menschen machte; die Verantwortung, der er nicht gerecht wurde. Die übliche Geschichte. Und doch gab es etwas an den Texten, deren Kapitel mit »Statement« überschrieben waren, das Fran nicht greifen konnte. Etwas unter dem Subtext, ein Sub-Subtext, den sie nicht entschlüsseln konnte. Und es gab ein Kapitel, das sich dem »Dies Irae« widmete, dem Tag des Zorns. Ausführlich.

»Was hilft uns das? Wir haben die gesamte Uni durchleuchtet und niemanden gefunden, der auch nur annähernd passt«, warf Kittner ein.

»Der Henker muss nicht aus Düsseldorf stammen«, sagte Fran. »Er ist clever genug, um uns auszutricksen; er riecht die Gefahr, reagiert schnell. Caroline Seibert hatten wir nicht auf dem Schirm. Wie auch. Wir können nicht alle beschützen. Und er ist hart im Nehmen. Hat der Krankenhaus- und Ärztescan schon was ergeben?«

»Nichts. Das läuft noch, wird dauern«, sagte Kittner. »Es ist zum Verrücktwerden.«

Fran betrachtete die Statements. »Was sehen wir nicht?«, fragte sie in die Runde.

Hilflos zuckten alle mit den Achseln.

Montag, 20. Juli, 3.45 Uhr

Fran schreckte hoch. Es war Viertel vor vier, der Wecker würde erst in zwei Stunden losgehen. Jetzt wusste sie, was sie an den Statements gestört hatte. Sie waren nicht von einer Person geschrieben worden: Es gab Passagen, die auf einen Mann deuteten, und Passagen, die eher von einer Frau stammten. Der Henker war ein Pärchen. War Caroline Seibert deshalb das Loch im Kopf erspart geblieben? Oder war es umgekehrt? War der männliche Teil des Teams der »schwächere«? Erfahrungsgemäß waren Männer eher bereit, alle Formen von Gewalt auszuüben, aber bei einer Trepanation konnte jeder schwach werden. Sie wussten, dass der Henker Ziehfreund erschossen hatte, und sie nahmen an, dass er versucht hatte, Lena von Gräfinthal umzubringen, denn nur ein Profi-Sportler hätte den Sprung fertiggebracht, mit dem sich der Henker in Sicherheit gebracht hatte, trotz seiner Verletzung. Li Wangs Frau war weggetragen worden wie ein Bündel Reis, auch hier hatte ein Mann zugeschlagen, die Fotos bewiesen es. Ein Mann, der nicht gezögert hatte, seinem Opfer die Nase abzuschneiden – als es noch lebte. Dieser Mann hätte nicht gezögert, die Trepanation durchzuführen. Er war das psychopathische Element des Teams. War er auch das Gehirn? Wie stark war seine Gefühllosigkeit ausgeprägt? Würde er seine Partnerin opfern, wenn es darauf ankam? Wie würde er mit ihrem Versagen umgehen? Waren sie ein Liebespaar? Auf jeden Fall war sie ebenso gut trainiert. Sie war mit dem Affenstuhl die Fassade hochgeklettert. Aber sie hatte noch einen Rest Menschlichkeit in sich.

Fran griff zu ihrem Handy und wählte Saschas Nummer. Sie war nicht erstaunt, als er sofort ranging.

»Neuigkeiten?«, fragte er.

»Wir suchen ein Team.«

»Warum?«

Sie erklärte es.

»Ich kenne jemanden, den ich nicht kennen sollte, der schnell bestätigen kann, ob die Texte wirklich so deutliche Gender-Merkmale tragen – oder eben nicht. Wenn du recht hast, haben wir einen neuen Ermittlungsansatz.«

»Ich trommele mein Team zusammen und mache mich ans Profil. Das ändert alles.«

»Fran?« Saschas Stimme klang plötzlich weich. »Ich wollte dich nicht in Gefahr bringen, das war alles.«

»Das nächste Mal sage ich dir, wie du das machen kannst, ohne mich ständig vor den Kopf zu stoßen, einverstanden?«

»Okay, ist angekommen. Ich melde mich nachher.«

Saschas Entschuldigung schmeckte schal, aber sie hatte keine Lust, mit ihm zu diskutieren. Das war sinnlos. Er hatte sie aus einem einzigen Grund vor den Kopf gestoßen: weil er vor allem mit sich selbst beschäftigt war.

Fran klingelte zuerst Sofia aus dem Bett, dann Bruno, der Mühe hatte, wach zu werden. Sie sprang aus dem Bett, zehn Minuten später traf sie fast zeitgleich mit Sofia im Büro ein. Bruno kam wenige Minuten später. Sie setzten sich an den runden Tisch, stürzten sich in die Fallakten, suchten nach Hinweisen auf die Struktur des Täterteams.

»Wir haben zwei Frauen als Opfer und fünf Männer. Nicht sehr ausgewogen«, sagte Sofia.

»Aber gerecht«, gab Fran zurück.

Fran und Sofia giggelten.

Bruno verzog den Mund.

»Unbewusste Bevorzugung der Geschlechtsgenossinnen, das könnte durchaus sein.«

Alle drei fuhren herum. In der Tür stand Günther und hob die Hände. »Ohne mich werdet ihr nie fertig. Keine Fragen. Keine Bemerkungen. Was gibt es zu tun?«

Nach drei Stunden meldete sich Sascha und bestätigte Frans Vermutung. »Mit einer Wahrscheinlichkeit von sechsundneunzig Prozent stammt der Text von einem Mann und einer Frau. Es gibt vierunddreißig Passagen mit eindeutigen semantischen Markern. In deinem Posteingang ist die Analyse.«

Fran schlug sich mit der Faust in die Hand. »Danke, Sascha.« Sie unterbrach die Verbindung, holte die Mail auf das Whiteboard und ließ die Texte anzeigen. Saschas Kollege hatte die Babyfarben gewählt: blau für männlich, rosa für weiblich. Die neutralen Passagen waren nicht markiert.

Stumm studierten sie die Texte und machten sich Notizen.

Nach einer Stunde ging es los, Günther fing an. »Wir suchen eine junge Frau, maximal fünfunddreißig Jahre alt. Sie hat studiert, ist links-ökologisch ausgerichtet. Sie ist in ihren Gedanken absolut. Sie hat eine Mission. Alles ist dieser Mission untergeordnet. Leben und Tod sind für sie nur Aggregatzustände, ihr Weltbild ist absolut materialistisch geprägt, nicht ein Hauch von Jenseitsgläubigkeit, egal in welcher Variante. Sie ist gefährlich. Sie ist der Kopf des Teams. Der männliche Part beschränkt sich auf die Fakten, sie aber beschreibt die Beziehungsaspekte. Er ist das Werkzeug. Ich wette hundert Euro, dass er ihr in irgendeiner Art hörig ist, dass sie aber keine sexuelle Beziehung haben. Sie ist ihm intellektuell weit überlegen, sie ist die treibende Kraft. Wenn sie befiehlt, dann geht er willig in den Tod.«

»Ich habe dich vermisst, Günther«, sagte Fran. »Hat jemand etwas hinzuzufügen?« Keine Reaktion. »Gut, dann gehen wir an die Details. Sofia, du kommst mit den Daten klar?«

»Yep! Aber wer macht die geografische Analyse? Ich habe zwar alles in Martinas Programm eingepflegt, aber das war's auch. Ich kann das nicht auswerten.«

»Aber ich kann das. Wie im Film, nicht wahr? Gerade rechtzeitig.« Martina setzte sich neben Sofia. »Ich habe schon einen Blick darauf geworfen. Gute Arbeit! In zwei bis drei Stunden habe ich ein erstes Ergebnis. Wir haben ja jede Menge Daten.«

»Wie war der Urlaub?«, fragte Fran.

»Frag nicht. Was glaubst du, warum ich freiwillig hergekommen bin?«

»So schlimm?«

Martina winkte nur ab. »Auf geht's, Sofia. Es ist schon neun Uhr, es wird Zeit.«

Die beiden verschwanden, Fran teilte Günther und Bruno jeweils ein Drittel der Fallakten zu; auch sie verschwanden in ihren Büros, um die Nadel im Heuhaufen zu suchen. Immerhin konnte Sascha seine Ermittlungen auf eine zweite Person ausweiten.

Fran blieb sitzen und nahm sich alles vor, was mit Rudger Krüger zu tun hatte, angefangen bei seiner Geburt. Jeder hatte ein Geheimnis, und sie würde seines lüften.

Montag, 20. Juli, 10.00 Uhr

Kies knirschte, die Briefklappe rasselte. Jasmin spähte aus dem Fenster. Sie hatte das Haus, das sie Fuchsbau nannten, von ihren Eltern geerbt. Es stand allein auf weiter Flur, war von Hecken umgeben; an das Haus schloss sich eine Scheune an. Es gab kein besseres Versteck. Jasmin hob die Zeitung auf, blätterte sie durch, feuerte sie in die Ecke. Nichts! Weniger als nichts! Waren die alle bescheuert? Diese verfluchten Wichser! Wieder ein Beweis für die Gleichschaltung der Lobbypresse in diesem gottverdammten Land!

»Warum machen sie das?«, fragte Michael.

Diese bekloppte Frage machte Jasmin noch wütender. »Weil sie uns ausbluten wollen, weil sie uns mundtot machen wollen, weil sie immer alles verschweigen, was ihnen nicht passt«, brüllte sie. »Ist das so schwer zu begreifen?«

Michael zog den Kopf ein. »Nein, natürlich nicht. Aber …«

»Aber was?« Jasmin hätte ihn am liebsten geohrfeigt, aber ihr letzter Rest Verstand sagte ihr, dass nicht Michael für ihr Scheitern verantwortlich war. Außerdem regte sich ihr schlechtes Gewissen. Sie hatte Michael angelogen. Sie sei überrascht worden, und deswegen habe sie den Bohrer nicht benutzen können.

»Wir müssen zum großen Schlag ausholen. Das können sie nicht ignorieren. Das hast du doch immer gesagt.«

Jasmin ließ sich in den Ohrensessel fallen, den sie von ihrer Großmutter geerbt hatte. Sie liebte das Möbelstück, so wie sie ihre Großmutter geliebt hatte, die ihr den Respekt vor der Natur beigebracht hatte, die mit ihr stundenlang spazieren gegangen war, ihr alle Pflanzen und Tiere gezeigt hatte, deren Namen und Bedeutung für das Ganze erklärt hatte.

Sie strich über den zarten Samt. »Ja, das habe ich gesagt, und wir werden es auch tun, wie geplant, aber wir machen es nicht erst am Sonntag. Wir machen es am Donnerstag. Was machen wir mit dem Journalisten?«

»Er ist einer der Gerechten, hast du gesagt. Wir sollten ihn laufen lassen.«

»Er ist ein Gerechter, ja, aber ich weiß nicht, wie lange ich brauche, um unsere Message in die Welt zu tragen. Ich kann ihn nicht wochenlang gefangen halten. Man wird ihn vermissen, ihn suchen, und dann gerate ich in den Fokus der Polizei.«

»Dann sollten wir ihn verschwinden lassen. Kein Problem.«

»Wie stellst du dir das vor?«

Michael kratzte sich am Kinn. »In den Rhein, mit Gewichten an den Füßen. Das sollte reichen. Oder ich verscharre ihn irgendwo.«

»Im Moment verscharrst du niemanden. Du kannst dich kaum auf den Beinen halten.«

»Entschuldige, das habe ich vergessen.«

»Die Nazis.«

»Du willst mit den Nazis zusammenarbeiten?«

»Bei allen Göttern, Michael! Wir erschlagen ihn und schieben es den Nazis in die Schuhe, das klappt immer. Die blutgeilen Medien warten doch nur auf so was. Und die Bullen stehen wieder wie die Deppen da, weil sie ihn nach dem ersten Anschlag nicht beschützt haben.«

Michaels Miene hellte sich auf. »Das ist genial! Wenn du willst, hau ich ihn weg, dann brauchst du ihn nur noch irgendwo ablegen.«

»Genauso machen wir es«, sagte sie und dachte: Eigentlich schade um ihn.

Montag, 20. Juli, 18.05 Uhr

Es war halb sieben am Abend, Günther und Bruno waren bereits nach Hause gegangen, Martina und Sofia bastelten noch immer am geografischen Profil. Sie hatten Fran darauf vorbereitet, dass es noch dauern würde, weil die sieben Fälle doch mehr Details aufwiesen, als sie erwartet hatten. Sie rechneten damit, die Nacht durchzuarbeiten, um das erste belastbare Ergebnis zum Soko-Treffen fertig zu haben.

Frans Smartphone meldete sich. Dad. Sie stutzte. Sie sah seine Nummer – und freute sich. Sie atmete tief durch und ging ran. »Hi Dad, wie geht es dir?«

»Gut, danke. Du sitzt wahrscheinlich im Büro?«

»Treffer, versenkt.«

»Hast du Zeit? Es könnte interessant sein.«

»Ja?« Fran dehnte das A lang genug, damit Dad merkte, dass sie nicht gerne auf die Folter gespannt wurde.

»Die Zeugin, die den Anschlag auf Rudger Krüger beobachtet hat, sie ist aus dem Urlaub zurück und kommt gleich ins Präsidium. Willst du bei der Befragung dabei sein?«

Fran zupfte sich vor Verlegenheit am Ohrläppchen. Gut, dass Dad sie nicht sehen konnte. »Und ob!«

»Zeugenvernehmungsraum. Bis gleich.«

»Dad!«

»Ja?«

Fran schluckte. »Danke. Du hast was gut bei mir!«

»Nein. Wir sind quitt. Du hast mir letztes Jahr den Arsch gerettet. Da war mir das noch nicht klar gewesen. Bis gleich.«

Er unterbrach die Verbindung, Fran kullerte eine Träne die Wange herunter, die sie schnell wegwischte.

*

Fran, der Kollege Andratsch vom KK 11, der die Ermittlungen im Fall Rudger Krüger leitete, und die Zeugin Helene Freiler saßen sich an einem viereckigen Couchtisch gegenüber.

Andratsch erklärte Frau Freiler, dass sie als Zeugin nach bestem Wissen und Gewissen die Wahrheit sagen müsse, und dass er natürlich froh sei, dass sie sich gemeldet habe. Frau Freiler nickte. Fran wusste, dass es problematisch war, sich vom ersten Eindruck leiten zu lassen, aber diese Frau war ihr von Anfang an sympathisch.

Andratsch begann. »Frau Freiler, Sie sind am 08.07. dieses Jahres an der Rheinuferpromenade gegen zwei Uhr fünfzehn spazieren gegangen. Ist das korrekt?«

»Das ist korrekt«, sagte Frau Freiler laut und deutlich.

»Was haben Sie gesehen, als Sie fast das Parlament erreicht hatten?«

»Wie ich jetzt weiß, habe ich Rudger Krüger gesehen, der im Rheinpark Richtung Apollo ging.«

»Haben Sie noch andere Personen gesehen?«

»Ja. Zuerst eine Frau, die etwa einhundert Meter von Herrn Krüger entfernt war. Wie ich jetzt weiß, handelte es sich um Jasmin Frank, die Rudger Krüger gefolgt war. Dann stürmten zwei Männer auf Herrn Krüger zu, einer hielt einen Baseballschläger in der Hand. Als er Herrn Krüger erreicht hatte, schlug er ihm damit auf den Kopf. Herr Krüger ging zu Boden, und ich bekam schreckliche Angst.«

»Was ist dann passiert?«

Frau Freiler schaute unter sich. »Ich bin weggelaufen, weil ich dachte, dass sie mich auch angreifen, wenn sie mich sehen, dass sie mich umbringen, wenn sie mich für eine Zeugin halten, die sie identifizieren könnte.«

»Können Sie das denn?«

»Sie trugen Skimasken, mit Gucklöchern drin, so wie Bankräuber.«

»Konnten Sie irgendwelche Besonderheiten erkennen?«

Frau Freiler schaute immer noch auf den Boden.

»Es ist nicht verwerflich, dass Sie sich in Sicherheit gebracht haben. Ihre Befürchtung, selber in Lebensgefahr zu geraten, war nicht unbegründet«, sagte Fran.

Frau Freiler hob den Kopf. »Vielen Dank für Ihr Verständnis. Ich kam mir so mies vor. Als ich dann in der Zeitung las, dass Herr Krüger von einer beherzten jungen Dame gerettet worden war, habe ich mich noch mehr geschämt.«

Andratsch übernahm wieder. »Umso mutiger, dass Sie jetzt zu uns gekommen sind. Vielen Dank dafür.« Er wartete einen Moment, lächelte warm. »Ist Ihnen an den Männern etwas aufgefallen?«

»Sie trugen Springerstiefel, waren von Kopf bis Fuß schwarz gekleidet, keine Abzeichen, nichts. Wie rechtsradikale Schläger haben die nicht ausgesehen.«

Fran musste tiefer in das Gedächtnis dieser Frau eindringen. Alles, was Frau Freiler sagte, wussten sie schon. Natürlich liefen Nazis nicht mit ihren Abzeichen herum, wenn sie auf der Jagd waren. Ganz so dumm waren sie denn doch nicht. »Wollen Sie uns einen Gefallen tun?«, fragte Fran.

Frau Freiler nickte vorsichtig.

»Nichts Schlimmes. Ich möchte versuchen, Ihre Erinnerungen wachzurufen. Manchmal sind Dinge, die Sie gesehen haben, nicht mehr in Ihrem Bewusstsein, aber immer noch in Ihrem Gedächtnis.«

»Gut. Was muss ich tun?«

»Schließen Sie bitte die Augen.« Frau Freiler zögerte nicht. »Legen Sie Ihre Hände in den Schoß, denken Sie an etwas Schönes.«

Ein leichtes Lächeln legte sich über Frau Freilers Gesicht.

»Sehr gut«, sagte Fran. »Und jetzt gehen Sie bitte zu dem Tag zurück, als Sie Herrn Krüger gesehen haben.«

Frau Freilers Stirn legte sich in Falten.

»Wann sind Sie morgens aufgestanden?«

»Um neun. Es war mein erster Urlaubstag. Ich bin einkaufen gegangen, abends habe ich mich mit Freundinnen getroffen. Es war ein lustiger Abend, es ist spät geworden, aber ich hatte so gut wie nichts getrunken, weil ich fit sein wollte für den nächsten Tag.«

»Sie sind bester Stimmung, es ist Ihr erster Urlaubstag. Sie gehen die Rheinuferpromenade entlang. Sie sehen Rudger Krüger. Sehen in dem Moment noch jemanden.«

Frau Freiler atmete schwer, ihre Augäpfel rollten hin und her. »Ja! Da ist noch jemand. Sie steht im Schatten eines Busches. Es ist eine Frau. Sie kann mich nicht sehen.«

»Was macht die Frau?«

»Sie telefoniert.«

»Sie gehen weiter. Bleiben stehen, weil die Männer kommen. Was machen die Männer?«

Frau Freiler stöhnte. »Der eine hat den Baseballschläger …«

»… und der andere?«

»Der hat ein Handy. Er steckt es gerade ein.«

»Was passiert jetzt?«

»Der eine hebt den Schläger.« Ihre Augen bewegten sich immer schneller. »Aber es ist seltsam. Er schlägt irgendwie nicht richtig zu, und dann hebt der andere die Hand.«

»Was ist mit Rudger Krüger?«

Frau Freiler riss die Augen auf. »Oh mein Gott!«

Fran nahm ihre Hand, sie war eiskalt und feucht. »Sie sind in Sicherheit. Es kann Ihnen nichts passieren.«

Sie presste Frans Hand. »Also war eine sechste Person da. Jemand, der die beiden Schläger dirigiert hat?«

»Das ist eine von vielen Möglichkeiten, Frau Freiler.« Aber genau die, die Fran sofort ins Auge gefasst hatte. Da waren keine Nazis am Werk gewesen. Das waren gedungene Schläger gewesen, die per Handy Anweisungen erhalten hatten. Wahrscheinlich hatte man ihnen signalisiert, dass sie den Richtigen vor sich hatten. Sie hatten präzise ihren Auftrag ausgeführt: Rudger Krüger verletzen, aber nicht zu schwer. Wer konnte daran Interesse haben? Fran musste mit Jasmin Frank reden. Sie war die sechste Person am Tatort gewesen! Frau Freiler hatte sie nicht kommen sehen, war geflüchtet, bevor Jasmin Frank eingegriffen hatte. Fran knabberte an ihrer Unterlippe. Das Timing passte einfach nicht. Frau Freiler hätte Jasmin Frank sehen müssen, und Jasmin Frank hätte eine weitere Person nicht übersehen können. Sie hätte ihr quasi in die Arme laufen müssen. Wer war in dieser Nacht im Rheinpark? Hatte es wirklich eine sechste Person gegeben? Wenn nicht, dann … Um sich Klarheit zu verschaffen, musste sie bei einem Bekannten, der Zugriff auf alle Verbindungsdaten der Düsseldorfer hatte, einen Gefallen einfordern.

Montag, 20. Juli, 18.30 Uhr

Jasmins Handy klingelte. Eine unbekannte Nummer. Sie ging ran. »Frank hier, wie kann ich helfen?«

»Guten Tag, Frau Frank. Mein Name ist Franziska Miller, ich arbeite für das Landeskriminalamt als Profilerin und ermittle im Fall Rudger Krüger.«

Franziska Miller! Schau an. »Haben Sie die Täter?«, fragte Jasmin und musste sich ein Lachen verbeißen.

»Leider noch nicht, aber wir haben neue Hinweise, denen wir nachgehen. Dazu hätte ich ein paar Fragen an Sie. Könnten wir uns treffen?«

»Warum nicht am Telefon?«

»Datenschutz. Wer weiß, wer alles mithört.«

Das leuchtete Jasmin ein. »Ich könnte morgen oder übermorgen …«

»Es ist dringend. Ich lasse Sie abholen, egal, wo Sie sind.«

»Schon gut. Dann müsste es allerdings sofort sein.«

»Wir können uns in einem Café treffen. Es ist ein informelles Gespräch. Dann kann ich mich auch ausweisen.«

Jasmin schluckte. Daran hatte sie gar nicht gedacht. »Ich bin so naiv«, sagte sie, und das war ihr erster ehrlicher Satz in diesem Gespräch. »Sie könnten ja sonst wer sein.« Sie überlegte. »Wie wäre es mit dem Schlosscafé in Benrath?«

»Gerne. Sagen wir in zwanzig Minuten.«

»Das müsste passen. Wie erkenne ich Sie?«

»Ich erkenne Sie«, sagte Franziska Miller. »Danke, dass Sie kommen.«

»Immer gerne«, sagte Jasmin und wünschte ihr die Pest an den Hals.

»Und jetzt?«, fragte Michael.

»Jetzt lassen wir Krüger erst mal in Ruhe. Mal sehen, was die Bullen-Tussi will. Vielleicht brauchen wir ihn noch. Pass gut auf ihn auf. Er darf nicht abhauen.«

»Mach ich. Pass du auch gut auf.«

Jasmin küsste Michael auf die Wange. »Die Bullen haben nicht die geringste Ahnung, mit wem sie es zu tun haben. Ist das nicht herrlich? Wir verarschen sie nach Strich und Faden.«

*

Fran legte auf und setzte sich in den Impreza. Sie hatte alles gelesen, was über Jasmin Frank verfügbar war, und das war nicht sehr ergiebig gewesen.

Als Fran im Café ankam, war Jasmin bereits da, hatte einen Platz auf der Terrasse unter einer Platane gewählt und rührte in einer heißen Schokolade. Fran ging auf sie zu, ihre Blicke trafen sich.

Jasmin Frank stand auf, reichte Fran die Hand. »Mir ist eingefallen, dass ich Sie schon mal gesehen habe. In der Zeitung.«

Fran schüttelte ihre Hand, sie war weich und trocken, keine Anzeichen von Aufregung. »Nicht sehr schmeichelhaft. Alle Vorwürfe wurden entkräftet.«

»Das freut mich«, sagte Jasmin Frank. »Was kann ich noch tun, um zu helfen, die Bastarde zu finden, die Rudger fast umgebracht haben?«

Fran war erstaunt. Kein Wort darüber, dass sie Krüger festgenommen hatte, dass sie dafür verantwortlich gewesen war, dass er eine Nacht im Gefängnis verbracht hatte. Er musste doch mit ihr darüber geredet haben? »Auch wenn Sie es bereits getan haben: Könnten Sie mir bitte noch einmal genau schildern, was an dem Abend passiert ist. Ungefähr ab dem Zeitpunkt, als Sie Krüger im Rheinpark gesehen haben?«

Jasmin Frank nickte, schloss die Augen. »Es war ein wunderschöner Abend gewesen, er hatte meine eindeutigen Angebote abgelehnt, ein echter Gentleman. Daran hat sich bis heute leider nichts geändert.«

Ein kaum wahrnehmbares Lächeln huschte über ihr Gesicht. So, als erinnerte sie sich an etwas Angenehmes. Ihre Hände lagen gefaltet in ihrem Schoss, die Nägel waren perfekt rot lackiert. Jasmin Frank war eine ausgesprochen attraktive Frau. Warum hatte Rudger Krüger, der bekannt dafür war, keine schöne Frau von der Bettkante zu schubsen, sie verschmäht?

»Ich bin in das Taxi gestiegen, es ist losgefahren, dann habe ich es mir anders überlegt und habe den Fahrer halten lassen. Die Angst vor einem leeren Bett hat mich wohl dazu gebracht – und das eine oder andere Glas Rotwein. Ich bin dann Richtung Apollo losgegangen. Nach ein paar Minuten habe ich ihn gesehen, und fast im selben Moment kamen die Männer hinter dem Brückenpfeiler hervorgeschossen, der eine schlug sofort mit dem Baseballschläger zu. Rudger ging zu Boden, der andere trat auf ihn ein. Ich habe nicht nachgedacht, bin losgelaufen und habe nur geschrien wie am Spieß. Es hat geholfen, Gott sei Dank! Sie haben sich nach mir umgesehen, ich habe fast einen Herzinfarkt bekommen, aber dann sind sie abgehauen. Ich bin zu ihm hingelaufen, zuerst habe ich gedacht, er sei tot, so hat er geblutet, aber er hat gestöhnt und geatmet. Dann habe ich den Notruf gewählt.«

Es geht doch nichts über perfekte Zeugen, dachte Fran. Sowohl Jasmin Frank als auch Frau Freiler hatten ihre Geschichten parat, als hätten sie zu Hause geübt. Doch es gab einen großen Unterschied zwischen den beiden Aussagen: Laut Helene Freiler waren die Angreifer vom Apollo her gekommen, laut Jasmin Frank hatten sie sich hinter einem Brückenpfeiler direkt am Rhein versteckt.

»Ist Ihnen an den Angreifern nichts aufgefallen?«

Jasmin Frank öffnete die Augen, sie schimmerten. Sie suchte nicht in ihren Erinnerungen. Sie dachte nach. Eindeutig. »Nein. Allein schon deshalb, weil ich geschockt war von dem Angriff.«

Fran lächelte. »Das ist wirklich heftig, wenn plötzlich so brutale Gewalt in das sonst friedliche Leben hineinplatzt, vollkommen unerwartet.«

Jasmin Frank fuhr sich über das Gesicht. »Ich habe noch immer Albträume davon«, flüsterte sie.

»Wissen Sie zufällig, wo sich Herr Krüger aufhält?«

»Nein. Es ist seltsam, er wollte sich eigentlich melden. Er hat zwar einen Krankenschein, aber normalerweise kann er nicht stillhalten. Allerdings ist es schon öfter vorgekommen, dass er ein paar Tage verschwindet.«

»Weswegen wollte er sich melden?«

»Er hat irgendetwas von einer Reportage erzählt, eine heiße Sache, aber Details hat er nicht verraten.«

Sollte sie Jasmin Frank mit der Aussage von Helen Freiler konfrontieren? Nein, Fran würde abwarten, ob ihr Informant herausfände, wer wann an diesem Abend telefoniert hatte. Aber eine Frage wollte sie noch loswerden. »Was erwarten Sie sich von Rudger Krüger?«

»Was soll ich von ihm erwarten? Er hat mir klar zu verstehen gegeben, dass er sich nicht mit mir einlassen wird. Ich hoffe, dass er mir weiterhin ein guter Chef sein wird. Das ist alles.«

»Wunderbar«, sagte Fran, orderte die Rechnung, bezahlte und ignorierte Jasmin Franks Protest.

Sie verabschiedeten sich freundlich, Jasmin Franks Hand war noch immer trocken, Fran hielt sie fest.

»Eine Frage habe ich noch. Ich weiß, das haben Sie schon ausgesagt, aber ich bitte Sie, es mir noch mal zu sagen: Wo genau haben Sie gestanden, als Sie den Überfall sahen?«

»Mitten auf der Wiese, allerdings im Schatten. Es gibt dort viele Gebäude, die das Licht der Laternen abfangen.«

Fran ließ Jasmin Franks Hand los und zog einen Lageplan des Tatorts hervor. »Können Sie mir das hier auf der Karte zeigen?«

Jasmin überlegte nicht lange und tippte auf einen Punkt.

Sie trennten sich, Fran setzt sich in den Impreza und fuhr zurück in die Innenstadt. Zeugen widersprachen sich oft fundamental. Sie sahen denselben Mann, doch der eine Augenzeuge schwor, dass er einen Mantel getragen hatte, der andere schwor, dass es eine Jeansjacke gewesen war. Insofern lagen die Zeugenaussagen von Freiler und Frank dicht beieinander, so dicht wie der Klang ihrer Nachnamen. Und doch musste eine von beiden lügen. Denn dort, wo Jasmin Frank gestanden haben wollte, hatte Helene Freiler gestanden. Wer von den beiden log? Wer von den beiden hatte einen Grund zu lügen?

Montag, 20. Juli, 18.40 Uhr

Michael, was für ein Name für einen höllischen Serienkiller! Der Erzengel, der den Teufel in die Hölle stoßen soll, ist selbst der schlimmste Teufel.

Jasmins Komplize führte Rudger noch mal die Flasche an den Mund. Rudger trank gierig, bis ihm das Wasser übers Kinn lief.

Michael humpelte zu seinem Stuhl zurück.

»Geht es wieder halbwegs?« Rudger deutete mit dem Kinn auf Michaels Bein.

»Es muss.«

»Tut es noch weh?«

»Ich soll nicht mit Ihnen sprechen.«

»Ich wollte nur sagen, dass ich keinem von denen nachtrauere, die ihr erledigt habt. Ihr habt sozusagen meinen Job zu Ende gebracht. Cool!«

Michael verzog verächtlich die Lippen. »Jasmin hat vorausgesehen, dass Sie versuchen werden, sich bei mir einzuschleimen. Das vergessen Sie besser ganz schnell.«

»Ich meine das ernst. Jasmin hat Ihnen sicherlich von meinen Recherchen erzählt. Ihr habt die Richtigen rausgesucht.«

»Wenn Sie es sagen. Wollen Sie was essen?«

Rudger war latent übel. An Essen wollte er gar nicht denken. »Jetzt nicht. Danke.«

»Dann halten Sie besser die Klappe, oder ich stopfe eine alte Socke rein. Kapiert?«

»Es gäbe noch eine ganze Reihe Leute, die den Tod verdient hätten. Aber jetzt sind euch die Bullen auf den Fersen.«

Michael stand auf, ging an einen Schrank, zog die oberste Schublade auf und nahm eine Socke raus.

»Schon gut«, sagte Rudger. »Ich halte die Klappe.«

Michael warf Rudger die Socke vor die Füße. »Zur Erinnerung.« Dann setzte er sich wieder auf seinen Stuhl und starrte ins Leere.

Rudger hatte versucht, die Fesseln zu lösen, aber es war sinnlos. Sie hatten ihn mit Kabelbindern an den Stuhl gefesselt. »Ich muss mal«, rief Rudger.

»Du nervst echt. Pinkel halt in die Hose.«

Michael hatte die Anrede geändert. War das ein gutes oder ein schlechtes Zeichen? Er musste es versuchen. »Soll ich dir den Stuhl vollkacken?«

Stöhnend stand Michael auf, zog seine Pistole aus dem Hosenbund und trat hinter Rudger. »Wenn du irgendwas versuchst, blase ich dir das Hirn weg. Klar? Du bist mir so was von scheißegal, das glaubst du nicht.«

Das glaubte Rudger sofort. Aber Michael war Jasmins Diener. Sie hatte ihm aufgetragen, auf ihn aufzupassen, und nicht, ihn umzubringen. Es war eine leere Drohung. Rudger hörte das Klacken, als Michael den Kabelbinder mit einer Zange durchtrennte. Langsam bewegte Rudger seine Arme nach vorne, der Schmerz war köstlich. Michael stieß ihm in den Rücken. »Vorwärts! Mach schon.«

Rudger stand auf, die Toilette war geradewegs gegenüber. Er öffnete die Tür, trat hinein, wollte sie wieder schließen, aber Michael legte eine seiner Pranken auf die Klinke. »Ich will sehen, was du machst.«

»Wenn jemand zuschaut, kann ich nicht groß«, sagte Rudger und zeigte auf das vergitterte Fenster.

Michael brummte und warf die Tür zu. Rudger zog die Hose runter, setzte sich auf die Schüssel und schaute sich um. Gab es nichts, das er als Waffe hätte nutzen können? Der Spiegel! Rudgers Herz raste. War er in der Lage, einem Menschen mit einer Spiegelscherbe die Kehle aufzuschlitzen? Entweder er oder ich. Also der Spiegel. Das Glas steckte in vier Haltern, an jeder Seite einer. Er kannte diese Befestigungsmethode. Die Halterungen besaßen Federn, man musste das Glas nur ein wenig nach einer Seite drücken, um es herauszunehmen. Rudger wartete ein paar Minuten, dann rollte er Klopapier ab, warf es in die Schüssel und zog ab. Er öffnete den Wasserhahn des Beckens und machte sich sofort daran, den Spiegel aus der Halterung zu nehmen. Es gelang ohne Probleme. Das Handtuch diente ihm als Schalldämpfer. Rudger wickelte den Spiegel darin ein, legte das Paket über eine Kante des Waschbeckens und drückte sein Gewicht darauf. Es knackte dumpf, der Spiegel zerfiel in Scherben. Eine davon sah aus wie ein Krummdolch. Er steckte seine Waffe vorsichtig vorne zwischen Gürtel und Hose. Rudger war nicht so dumm, einfach aus der Tür zu stürmen. Er musste einen günstigen Moment abpassen, am besten, wenn Michael ihn fesseln wollte. Er würde hinter ihn treten und ihn auffordern, die Hände nach hinten zu strecken. Dann würde Rudger seine Waffe ziehen und seinen Feind unschädlich machen. Er hatte keine Wahl. Schweiß trat ihm auf die Stirn. Das konnte unmöglich klappen. Michael würde ihn auf der Stelle töten. Oder er würde ihm ins Knie schießen. Es war sinnlos. Seine Gedanken spielten verrückt. Er warf die Scherbe auf den Boden, drehte den Hahn zu, trat in die Scherben und schrie: »Verdammte Scheiße!«

»Was ist los?«, rief Michael.

Rudger öffnete die Tür. »Der Spiegel ist aus der Halterung gefallen.«

Michael stand einen Meter von der Tür weg, die Pistole im Anschlag. »Arme hoch.«

Rudger gehorchte. Michael durchsuchte ihn, zerrte ihn am

Kragen zurück zum Stuhl, presste die Waffe in sein Genick, riss Rudgers Arme nach hinten, fesselte ihn. Rudger spürte keinen Schmerz. Er stand unter Schock. Nur knapp war er dem Tod entronnen. Er hätte diese Kampfmaschine trotz seiner Verletzung niemals besiegen können, nicht mit Gewalt.

Michael legte die Waffe auf den Wohnzimmertisch, unerreichbar für Rudger, und inspizierte den Schaden. Er kehrte die Scherben auf, dann setzte er sich mit der Waffe im Schoß wieder Rudger gegenüber.

Zu Rudgers Überraschung fing er an zu reden: »Entweder warst du zu feige oder der Spiegel ist tatsächlich runtergefallen. Was war es?«

Rudger konnte nicht richtig denken. Sein Kopf fühlte sich an, als hätte er eine schwere Grippe. Nichts konnte er tun. Er war gefangen in den Klauen eines Psychopathen. Wie in einem Scheißfilm. Alles war Scheiße. Die ganze Welt. Warum hatte Jasmin ihn ausgesucht? Warum, gottverdammt, ihn? Er hatte niemandem etwas getan. Was jetzt? Rudgers Angst, seine Verzweiflung und seine Wut bahnten sich einen Weg nach außen. »Ihr seid ein feiges Mörderpack! Ihr tötet Unschuldige. Ihr habt kein Gefühl und kein Gewissen! Was wollt ihr erreichen? Nichts könnt ihr erreichen. Ihr werdet in die Geschichte eingehen als Verrückte, als Verblendete, als blutrünstige und brutale Terroristen. Ihr seid nicht besser als Nazikiller und Islamischer Staat zusammen. Ihr seid so gut wie tot!«

Michael grinste. »Geht's jetzt besser?«

»Wichser«, schrie Rudger, seine Stimme überschlug sich.

Michael zeigte auf die Socke. »Jetzt reicht es!«

Rudger schwitzte, sein Hals schmerzte vom Schreien, außerdem hatte er etwas gehört. Autoreifen auf Kies.

Michael spähte durch die Gardine, richtete sich auf, lächelte. »Es ist Jasmin.«

Einen Moment später stand sie im Raum und zeigte auf Rudger. »Wir werden Herrn Krüger noch ein bisschen als Gast hierbehalten. Er könnte uns noch nützlich sein.«

»Was war bei den Bullen?«, fragte Michael.

Rudger sah ihm an, dass er enttäuscht war. Jasmin hatte ihn nicht begrüßt, nicht gefragt, ob alles in Ordnung sei, nichts.

Jasmin grinste. »Die haben keinen Schimmer. Die drehen sich im Kreis, begreifen nichts, es ist herrlich.« Sie tippte Michael auf die Brust. »Wie weit ist der Wagen?«

Michael zeigte auf sein Bein.

»Gut, dann werde ich mich kümmern. Du machst Essen und passt auf unser kleines Faustpfand auf.«

Rudger schaffte es, einen Satz hervorzuwürgen. »Was für einen Wagen?«

Jasmins Augen verengten sich. »Wir werden die Kirmes um eine Attraktion bereichern.«

Rudger hustete. »Ihr wollt einen Anschlag …«

»Jetzt weißt du es. Pech für dich.«

Jasmin stürmte ohne ein weiteres Wort aus dem Haus.

Rudger fühlte Übelkeit aufsteigen. Gerade hatte er sein Todesurteil unterschrieben. Er übergab sich, Michael fluchte und holte zum Schlag aus.

Montag, 20. Juli, 18.45 Uhr

Wo war Rudger Krüger abgeblieben? Weder in der Redaktion noch in seiner Wohnung hatte Fran ihn erreichen können. Sein Handy war ausgeschaltet, der Mast der letzten Funkzelle, in die es eingeloggt gewesen war, stand auf einem Dach gegenüber Krügers Wohnung.

Damit verletzte Krüger die Auflagen des Richters, Fran gab die Info an Sascha weiter, der sofort eine stille Fahndung einleitete. Krüger war wieder mit im Spiel, seit klar geworden war, dass der Henker ein Team war. Es konnten durchaus mehr als zwei Personen mit im Spiel sein. Der Staatsschutz hatte schon angeklopft, weil die Möglichkeit bestand, dass es sich beim Henker um eine kriminelle Vereinigung handelte. Martina und Sofia hatten erste geografische Profile erstellt und mehrfach darauf hingewiesen, dass sie keinerlei Vergleichswerte hatten, so wie bei Sexualstraftätern oder Serienmördern. Deswegen waren es mehrere Varianten. In einem waren sie sich allerdings einig: Es gab mehr als einen Ankerpunkt. Einer musste sich im Stadtzentrum befinden, der andere außerhalb, die Höhle, in die sich das Raubtier zurückzieht, wenn es nicht auf der Jagd ist. Krügers Wohnung lag in der Innenstadt.

Frans Handy spielte Thinpipes. Sascha. »Du hast recht gehabt.«

»Womit?«

»Es sind Forderungen eingegangen. Schalt den Fernseher ein. Es ist auf allen Kanälen.«

Fran rief das Team zusammen. Sie schalteten einen Nachrichtensender ein.

»… gingen heute Morgen bei über achthundert Redaktionen bundesweit zur gleichen Zeit per E-Mail die Forderungen einer neuen Terrorgruppe ein. In ihrem Schreiben verlangen die Täter, die sich zu den sechs Düsseldorfer ›Henker-Morden‹ und dem Anschlag auf Frau Gräfinthal bekennen, dass sich Gesellschaft und Politik wieder ökologisch und humanistisch ausrichten sollen. Außerdem verlangen sie die Zahlung von dreißig Millionen Euro. Das Geld soll von einem Hubschrauber über dem Unterbacher See abgeworfen werden. Das Schreiben umfasst mehrere hundert Seiten, liest sich wie ein Regierungsprogramm und wird derzeit von Experten in ganz Deutschland analysiert. Die Pressestelle des nordrhein-westfälischen Innenministeriums gab an, dass sie das Schreiben ebenfalls erhalten hätten und die Ermittlungen auf vollen Touren liefen. Zu Gast haben wir den Kriminologen Dr. Jürgen Bellert. Er ist aus unserem Hamburger Studio zugeschaltet. Herr Bellert, das alles sieht doch sehr seltsam aus? Sechs Morde und ein Mordversuch, einer brutaler als der andere, bis heute quasi Nachrichtensperre, und jetzt das Bekennerschreiben einer Terrorbande. Hilflose Polizei, unerfüllbare Forderungen – haben wir es mit einer neuen Qualität des Terrorismus – des Ökoterrorismus zu tun?«

Fran kannte Bellert. Er war einer der schärfsten Kritiker der Polizei. Wenn es etwas anzuklagen gab, dann war er immer vorneweg. Bellert ließ sich nicht lange bitten.

»Die ganze Sache ist ein Skandal, vergleichbar mit den NSU-Morden. Das gesamte System hat wieder einmal versagt, wenn es um mehr geht, als einen Beziehungsmord aufzuklären, bei dem der Täter mit dem Messer neben der Leiche sitzt und sein Geständnis auf den Lippen hat. Immer wenn Dinge passieren, die nicht ins Weltbild der Ermittlungsbehörden passen, geht alles schief. Sogar unsere hochgelobte Abteilung operative Fallanalyse schweigt sich aus. Das ist kein Wunder, denn die OFA beruht auf Erfahrungswerten – und die sind für diesen Fall logischerweise nicht vorhanden.«

»Das heißt, wir müssen es aussitzen, die Behörden können uns nicht schützen.«

»So einfach ist das auch wieder nicht …«

Aber der Moderator wollte keine sinnvollen Beiträge hören, sondern emotional aufputschen, deshalb fragte er: »Besteht Gefahr für die Bevölkerung? Sind wir alle im Visier des ›Henkers‹?«

Fran hätte den Moderator erwürgen können. Es bestand immer Gefahr für die Bevölkerung, vor allem, wenn sie sich in ein Auto setzte. Die Wahrscheinlichkeit, bei einem Autounfall ums Leben zu kommen, war grob geschätzt hundert Mal höher als durch ein Gewaltverbrechen.

Bellert überlegte einen Moment. Hoffentlich verbreitete er keine Panik. »In den Forderungen wird ein großer Anschlag angekündigt, wir können davon ausgehen, dass die Täter Ernst machen.«

»Wird es Düsseldorf treffen? Dort sind die sechs ›Henker-Morde‹ begangen worden.«

»Das ist nicht vorherzusagen. Wir haben es mit hochintelligenten, vernetzten Terroristen zu tun. Die können überall zuschlagen.«

»Das glaubst auch nur du!«, rief Sofia und hieb mit ihrem Zeigefinger in Richtung Bellert. »Der hat doch keine Ahnung! Es wird Düsseldorf sein, mit neunzigprozentiger Wahrscheinlichkeit.«

Fran schaltete den Fernseher ab. Sie hatten genug gehört. »Seid ihr euch wirklich so sicher?«

»Zahlen lügen nicht«, sagte Sofia.

»Wo werden sie zuschlagen? Die Altstadt? Die Kirmes? Der Schlossturm? Ein Parkhaus? Was werden sie tun? Sprengstoff? Gift im Bier? Maschinenpistolen?«

Martina schüttelte langsam den Kopf und legte die Hände vor sich auf den Tisch. »Sie haben keine Verbindung ins kriminelle Milieu. Hocheffizienten Sprengstoff kannst du nicht einfach kaufen.«

»Was ist mit Hausmitteln? Schwarzpulver kann jeder Depp herstellen. Eine leere Gasflasche damit gefüllt, Nägel rein, gezündet – das gibt jede Menge Tote und Verletzte, ein echtes Blutbad«, sagte Fran.

»Wahrscheinlich können wir es nicht verhindern«, sagte Günther. »Es wird ein Selbstmordattentat werden. Ein Einzeltäter. Wobei die Kirmes der ungünstigste Ort ist, weil die Sicherheitsmaßnahmen dort sowieso schon sehr streng sind. Es gibt Sprengstoffsensoren überall auf dem Gelände, es wird rund um die Uhr bewacht.«

»Das hat Lena von Gräfinthal auch nicht geholfen«, gab Fran zu bedenken. »Irgendetwas stimmt an der ganzen Sache nicht. Die Forderungen sind absurd!«

»So ist das bei Fanatikern, Verblendeten und Fundamentalisten«, sagte Martina.

»Denkt an die Rote-Armee-Fraktion. Die hatten einen Plan, sie wollten die Gesellschaft destabilisieren, was ihnen zum Teil auch gelungen ist. Und wenn sie Forderungen stellten, waren sie theoretisch erfüllbar. Bellert ist kein Dummkopf, auch wenn ich ihn nicht mag; er hat etwas gesagt, das uns zu denken geben sollte, das wir nie vergessen dürfen.«

»Dass wir nicht erkennen können, was außerhalb unserer Vorstellungskraft liegt«, sagte Bruno.

»Exakt!« Fran stand auf. »Wenn wir alle Motive weglassen, die mit Terrorismus, simplem Wahnsinn oder Bereicherung zu tun haben. Was bleibt dann?«

»Rache«, sagte Sofia. »Simple banale Rache an allem und jedem, verkleidet als Kreuzzug gegen das Böse in der Welt.«

»Der Henker ist nicht Richter, sondern Rächer! Wer hat Grund, sich an der Gesellschaft in solch einem Ausmaß zu rächen? Denkt an den ›Mad Bomber‹! Sechzehn Jahre lang terrorisierte er New York. Und nur New York! Sein Motiv: Wut und Ärger über seine Entlassung.«

»Also müssen wir jemanden aus Düsseldorf finden, dem Unrecht geschehen ist, zumindest subjektiv. Aber wir können nicht alle Menschen durchleuchten, die irgendwann aus dem Job geflogen sind«, sagte Günther.

»Korrekt. Also fangen wir oben an. Der Tod eines nahen Angehörigen.« Fran zeigte auf ihr Team. »Wir müssen alle belasteten Todesfälle untersuchen, alle Todesfälle, bei denen der Täter nicht hart genug bestraft worden ist. Bei fahrlässiger Tötung im Straßenverkehr kann man durchaus mit Bewährung davonkommen. Für jemanden, der seine Frau oder seinen Mann oder sein Kind verloren hatte, ein Albtraum. Chronologisch rückwärts ab dem Todestag von Prokter. Gab es Anzeigen? Gab es Presse? Und immer Fotos besorgen. Namen können sich schnell ändern. Ihr wisst schon. Damit fangen wir an. Wenn nichts dabei rauskommt, müssen wir neu ansetzen. Noch Fragen?«

Niemand hatte Fragen. Allen war klar, dass sie die Nadel im Heuhaufen suchten. Aber wenn sie die Nadel fanden, konnte es die Lösung sein und sie konnten den Tod vieler Menschen verhindern.

Dienstag, 21. Juli, 6.00 Uhr

»Ich habe keine Kapazitäten mehr frei«, sagte Sascha und zeigte in den Besprechungsraum, der aus allen Nähten platzte. »Pro Stunde gehen etwa sechzig Anrufe ein. Bisher alles Totgeburten. Bis auf einen.« Er hielt ihr eine Telefonnotiz hin. »Der Anrufer ist Arzt im evangelischen Krankenhaus, Notfallambulanz.«

Fran las. Es ging um einen verdächtigen Verletzten. »Warum hat er nicht früher angerufen?«

»Er hat sich nichts dabei gedacht, aber routinemäßig bei Verdacht auf häusliche Gewalt oder ein Verbrechen eine toxikologische Untersuchung angeordnet. Erst als das Labor nachgefragt hat, was das für ein Patient sei, der Schmauchspuren in seiner Verletzung habe, und warum er die Schussverletzung nicht gemeldet habe, ist ihm ein Kronleuchter aufgegangen.«

»Das heißt, der Henker hat die Verletzung verändert.« Fran las weiter. »Mit einem elektrischen Küchenmesser. Das muss ein harter Knochen sein.«

»Oder verzweifelt.«

Ein Mann, den Fran nicht kannte, kam angerannt, er schwenkte einen Zettel über dem Kopf wie ein Banner. »Touchdown! Der DNA-Abgleich stimmt, die Versichertenkarte war nicht gefälscht und ist auch nicht als gestohlen gemeldet. Der Henker heißt Michael Siebenberg und wohnt in der Kölner Straße 195, viertes Stockwerk.«

»Der halbe Henker«, korrigierte Fran.

Der Mann verstand nicht, aber das war ihm egal. »Das SEK ist auf dem Weg. In zehn Minuten wissen wir mehr.« Er drehte sich um und lief wieder aus dem Raum.

Sascha winkte Fran, sie stiegen in einen Dienst-Audi, Sascha setzte das Blaulicht aufs Dach und gab Gas.

Streifenwagen sperrten die Kölner Straße ab, zwei schwarze Vans des SEK standen quer auf der Fahrbahn, der Einsatzleiter gab gerade den Befehl zum Vorrücken. Fran und Sascha klemmten sich hinter den letzten Mann, warteten in der dritten Etage, hörten Holz splittern und dann die Rufe der Männer: »Polizei!«, »Flur gesichert!«, »Küche gesichert!«, »Raum eins gesichert!«, »Raum zwei gesichert.« Dann blieb es still, bis ein Mann brüllte: »Wohnung gesichert!«

Fran entspannte sich und folgte Sascha, der die Treppen hinaufsprang und in die Wohnung trat. Fran hatte es befürchtet: Sie war leer. Die Schränke der Einbauküche waren ausgeräumt, es gab kein einziges Möbelstück, der Parkettboden glänzte, er war frisch gewischt, kein Krümel Staub lag herum. Keine sichtbaren Spuren. Hier war für Fran nichts zu holen, außer der Erkenntnis, dass der Henker ihnen immer einen oder zumindest einen halben Schritt voraus war.

»Haben wir einen Maulwurf?«, fragte Sascha.

»Vielleicht. Aber diese Wohnung ist schon länger leer.«

»Oder sie war noch nie möbliert.«

»Ja, sicher, das ist natürlich möglich. Konspirative Wohnungen sind selten möbliert«, gab Fran zu.

»Immerhin haben wir einen Namen und ein Bild dazu«, sagte Sascha.

Sie verließen die Wohnung, dankten den Kollegen und fuhren ins LKA.

»Und wenn es ein falscher Name ist? Würde mich nicht wundern, wenn irgendwo ein Michael Siebenberg vor sich hinrottet«, sagte Sascha.

»Durchaus möglich. Aber so wie dieser Mann bisher agiert hat, scheint er nicht sehr an seinem Leben zu hängen.«

»Deine These vom Selbstmordanschlag?«

»Was sagt der Staatsschutz dazu?«

Sascha trommelte mit den Fingern aufs Lenkrad. »Die nehmen das sehr ernst, aber sie können schlecht alle Großereignisse in Düsseldorf absagen. Das würde auch nichts bringen. Ein Anschlag auf die U-Bahn im Berufsverkehr zum Beispiel wäre groß genug für die internationale Presse. Und wenn du wirklich recht hast, werden wir es auch nicht verhindern können.«

»Morgen um fünfzehn Uhr ist die Übergabe. Der See ist nicht zu kontrollieren, ohne dass es auffällt. Wir setzen darauf, dass die Täter erst morgen beginnen, den See zu beobachten.«

»Was habt ihr vor?«

»Wir haben eine kleine Überraschung für den Henker.«

»Du glaubst doch nicht im Ernst, dass da jemand auftaucht?«

Sascha trommelte schneller. »Warum nicht? Doppelte Wendung. Wir sollen glauben, es sei nur eine Ablenkung, wir passen nicht auf, und die hauen mit dem Geld ab.«

»Ihr schmeißt doch keine dreißig Millionen Euro in den See?«

»Natürlich nicht. Außen Geld, innen Papier, es sind vielleicht hunderttausend Euro.«

»Das bindet Kräfte, die wir woanders besser brauchen könnten.«

Sascha trommelte langsamer. »Ihr habt nicht den geringsten Ansatz. Ihr wisst nicht wer, nicht wo, nicht warum. Die Geldübergabe ist die einzige konkrete Spur, die wir haben.«

»Ist das auf deinem Mist gewachsen? Oder will Kittner mit mir ein Wettpinkeln gewinnen? Allein der gesunde Menschenverstand sagt, dass eure Aktion am Unterbacher See …«, Fran zögerte einen Moment, weil ihr das Wortspiel albern vorkam, »… ein Schlag ins Wasser wird.«

»Die Sache ist entschieden und beschlossen.« Sascha hörte auf zu trommeln.

Fran starrte aus dem Fenster und schwieg.

Donnerstag, 23. Juli, 8.00 Uhr

Sascha leckte sich die Finger ab. Die Pizza war nicht besonders gewesen, wahrscheinlich würde er davon Sodbrennen bekommen. Er saß in der Leitzentrale, um ihn herum wuselten die Kollegen durcheinander. Den ganzen Mittwoch über war nichts passiert, wie erwartet. Die Einsatzleitung hatte Hasso übernommen, der dem Leiter des Einsatzkommandos freie Hand ließ. Die Anweisungen waren klar gewesen: Das Gelände wird geräumt und für Zivilisten abgesperrt. Dann graben sich mehrere Teams an strategisch wichtigen Punkten in den Boden ein, danach ziehen sich alle Einsatzkräfte zurück, so wie die Terroristen es gefordert hatten. Das hatte Sascha Fran verschwiegen. Denn so abwegig waren die Forderungen nicht gewesen, wenn sie denn erfüllt wurden. Dass sich Teams eingraben würden, damit konnten die Terroristen nicht rechnen. Für sie sah es so aus, als könnten sie das Geld nehmen und unerkannt fliehen. Der Hubschrauber mit dem Geld-Papierpaket stand bereit.

Jetzt hieß es nur noch warten, bis die Falle zuschnappte.

Donnerstag, 23. Juli, 14.00 Uhr

Es fühlte sich seltsam an. Zum einen musste sie sich aus der Arbeit im wahrsten Sinne des Wortes herausreißen, zum anderen war sie seit gefühlten hundert Jahren nicht mehr auf der Kirmes gewesen. Obwohl durchaus die Möglichkeit bestand, dass der Henker auf der Kirmes zuschlug, hatte Fran sich breitschlagen lassen. Anna und Mum hatten wie kleine Kinder gebettelt, Dad, der auch nicht begeistert war, war als Erster eingeknickt. Also konnte Fran sich nicht drücken, und vielleicht würde es auch wirklich nett werden. Allein die Tatsache, dass sich Dad hatte überreden lassen, mit auf die Kirmes zu gehen, lohnte den Aufwand. Sie hatten sich den Donnerstagnachmittag ausgesucht, da war nicht so viel los, ein Argument, warum der Henker nicht heute auftauchen würde.

Frans Gedanken schweiften zwar ständig zu Sascha und der Geldübergabe ab, die irgendwann heute stattfinden sollte, und dem Henker, der unberechenbar war. Bisher hatte die Suche nach der Nadel im Heuhaufen kein Ergebnis gebracht. Insgeheim rechnete Fran auch nicht mit einem schnellen Durchbruch. Bevor sie ihn finden würden, würde er auf sich aufmerksam machen. Der Henker war zu schnell für den Ermittlungsapparat. Sie ignorierte also ihr mulmiges Gefühl und nahm sich vor, sich zu amüsieren.

Wenn sich etwas Entscheidendes tat, würde sie sofort informiert. Es war noch gut eine Stunde bis zur Übergabe.

Fran klingelte, Anna öffnete die Tür und fiel ihr um den Hals. »Liebste Schwester! Wie schön, dass du dir Zeit nimmst. Ich weiß das zu schätzen, gerade jetzt, wo der Henker unterwegs ist und du ihn gerne fangen würdest.« Sie drückte Fran einen Kuss auf beide Wangen und zog sie ins Haus.

Fran umarmte Mum, und nach einem kurzen Zögern auch Dad, der ein wenig steif blieb, sie aber nicht zurückwies. Noch so ein seltsames Gefühl, aber nicht unangenehm.

Mum und Anna mussten sich im Impreza nach hinten setzen, Dads Beine waren einfach zu lang für den Fond. Fran fuhr gemütlich los, der Motor des Impreza blubberte friedlich vor sich hin.

In einer Nebenstraße am Kirmesgelände stellte sie sich ins Halteverbot.

Fran wollte loslaufen, nicht schlendern. Das musste die Zwangspause sein, ihr inneres Schwungrad lief weiter. Es fühlte sich an, als wäre sie plötzlich in das Auge des Hurrikans getreten. Um sie herum tobte der Sturm mit tödlicher Gewalt, hier aber schien alles in bester Ordnung. Blauer Himmel, ihre Familie, die sich wieder zusammengefunden hatte, lachende Menschen, die sich kindischen Vergnügungen hingaben.

»Alles klar, Fran?« Anna zupfte sie am Ärmel.

»Oh ja, ich war nur in Gedanken.«

»Gar nicht so einfach, mal abzuschalten.«

»Wie recht du hast, Anna!« Fran drehte sich zu ihren Eltern um und rief: »Wer zuletzt an der Wilden Maus ist, zahlt.«

Gleichzeitig rannten alle vier los, nach ein paar Metern führten Fran und ihr Dad das Feld an, Fran gewann das Rennen mit einem halben Meter Vorsprung.

Prustend und lachend kam Frans Mutter an, zuletzt Anna, die ihren Geldbeutel hochhielt. »Gebe mich geschlagen.«

Die Wilde Maus machte ihrem Namen alle Ehre, Fran quietschte und schrie mit Anna um die Wette, Mum genoss den rasanten Lauf mit geschlossenen Augen, Dad verzog keine Miene.

Er kaufte Zuckerwatte für alle, sie schmeckte herrlich süß. Dann blieb er am Schießstand stehen. »Gibst du mir Revanche?«

»Aber klar doch!«, sagte Fran, zahlte und nahm das Luftgewehr, dessen Lauf so verzogen war, dass Fran kaum glauben konnte, dass irgendetwas vorne herauskommen konnte. Sie nahm ein anderes, mit halbwegs geradem Lauf, der Budenbesitzer hob eine Augenbraue.

»Gleichzeitig, pro Sekunde ein Schuss?«

»Deal!«, sagte Fran. Ihr Dad zählte von drei auf null, Fran drückte ab, sagte dabei in Gedanken »einundzwanzig«, dann drückte sie wieder ab, so lange, bis das sechsschüssige Magazin leer war. Sie setzte ab und zählte. Sie hatte immerhin drei Treffer ins Schwarze, Dad hatte vier. »Und das mit den Gurken! Alle Achtung.«

»Aber gewonnen habe ich!«, sagte Frans Mutter.

Fran hatte gar nicht bemerkt, dass sie mitgemacht hatte. Aber sie hatte recht: fünf Mal ins Schwarze! »Ich fass es nicht! Hast du heimlich geübt?«

Mum lachte. »Ich habe einfach daneben gezielt, das war alles.«

Anna, Fran und ihr Dad applaudierten.

Frans Handy vibrierte. Sie nahm es heraus und schaute auf die Nummer. Es war der Anruf, den sie sehnlichst erwartet hatte, der sie zurück in den Sturm werfen konnte. »Entschuldigt kurz«, sagte sie und trat einen Schritt beiseite.

Ihr Kontaktmann meldete sich. »Treffer. Jasmin Frank hat, kurz bevor Krüger angegriffen wurde, telefoniert, mit einem Anschluss, der in dieselbe Funkzelle eingeloggt war. Zu diesem Zeitpunkt wurden von dieser Zelle nur siebzehn weitere Gespräche gleichzeitig geführt. Die Verbindungsdaten habe ich dir auf deine private E-Mail-Adresse geschickt. Aber kein Wort zu irgendwem, sonst bin ich erledigt. Die haben die Schrauben ganz schön angezogen. Ohne richterlichen Beschluss dürfen wir nichts mehr rausgeben. Androhung der Kündigung und horrender Schadensersatzklagen.«

»Du hast mein Wort. Ich rede nur unter Folter.«

»Okay. Waidmannsheil.«

»Du hast was gut bei mir.«

»Schon in Ordnung. Wir sind quitt.«

Fran unterbrach die Verbindung. Jasmin Frank hatte gelogen oder zumindest etwas verschwiegen. War sie die Partnerin des Henkers? Sie hatten in ihrer Vergangenheit nichts Auffälliges gefunden. Sie hatten Jasmin Frank natürlich als eine der Ersten auf kritische Todesfälle durchleuchtet. Ergebnis gleich null. Ihre Eltern waren vor vielen Jahren eines natürlichen Todes gestorben, sie hatte Abitur gemacht, anstatt zu studieren allerdings zuerst eine Ausbildung zur Krankenschwester absolviert mit Zusatzausbildung Intensivstation, hatte dann doch noch Politik und Geschichte studiert und mit einem Bachelor und sehr guten Noten abgeschlossen. Danach hatte sie bei der »DNP« angeheuert. Es gab keinerlei sichtbare Verbindungen zu irgendwelchen Umweltschutzorganisationen oder linken politischen Organisationen. Eine falsche Identität war ebenfalls auszuschließen, das hatten sie geprüft. Also hatte es keinen Anlass gegeben, ihre Telefonverbindungen zu überprüfen. Ein Fehler, wie sich jetzt herausstellte oder, besser gesagt, vielleicht herausstellen würde. Es waren mehrere Erklärungen denkbar, warum Jasmin Frank zur Tatzeit telefoniert und es verschwiegen hatte. Fran seufzte. Sie musste mit Jasmin reden. Sofort. Sie musste sie als Mittäterin ausschließen können, vor allem darum ging es ihr.

»Du musst los, nicht wahr?« Ihr Vater lächelte sie an. »Offiziell? Irgendwas Neues?«

Er würde es so oder so erfahren. »Halboffiziell.«

»Dass ich das mal von meiner Tochter hören würde.«

»Ich muss eine Person ausschließen.«

»Ich komme mit. Diesmal lasse ich dich nicht allein.«

Fran musste schlucken, Tränen drückten. Warum nicht? Wenn Jasmin Mittäterin war, war sie brandgefährlich, wenn nicht, war es nützlich, einen Zeugen dabeizuhaben.

»Soll ich meine Dienstwaffe mitnehmen?«

»Kann nichts schaden.« Sie schaute ihm in die Augen. »Das kann Ärger geben.«

»Was meinst du, welchen Ärger ich mit deiner Mutter bekomme, wenn dir was passiert und ich es hätte verhindern können.«

Sie verabschiedeten sich bei Anna und Mum, die enttäuscht waren, sich aber das Versprechen holten, dass sie nach der Befragung wieder zur Kirmes kommen würden. Von da aus wollten sie gemeinsam essen gehen, wenigstens das.

Fran rief im Gehen ihre Mails ab, es gab zwei Adressen auf den Namen Jasmin Frank: Auf'm Hennekamp 356 und zwischen Dormagen und Nievenheim, ihr Elternhaus, ein paar Kilometer außerhalb von Düsseldorf. Das passte perfekt auf das geografische Profil. Sie versuchten es zuerst mit der Stadtwohnung, doch niemand öffnete die Tür. Eine Nachbarin bestätigte, dass Jasmin seit dem Vortag nicht hier gewesen sei. Also machten sie sich auf den Weg.

Donnerstag, 23. Juli, 14.00 Uhr

»Los, mach schon, halt drauf, verdammt noch mal!« Michael fuchtelte mit der Pistole vor Rudgers Nase herum.

Rudger konnte kaum noch laufen. Zuerst hatte er die Abwechslung begrüßt, aber dann schnell gemerkt, dass es kein Zuckerschlecken würde. Die Kanister wogen jeweils fast fünfzehn Kilo, er musste immer einen in jeder Hand tragen, damit er keine Hand frei hatte, um Unsinn zu machen. So hatte sich Michael ausgedrückt. Fast dreitausend Liter passten in den Löschmitteltank des Feuerwehrwagens. Was für eine teuflische Ironie! Ein Teil war bereits eingefüllt gewesen, aber die letzten fünfhundert Liter hatten noch gefehlt. Michael konnte wegen seiner Verletzung noch immer nicht vernünftig laufen, also waren sie auf die Idee gekommen, Rudger als Sklaven einzusetzen, seine Verletzungen und sein Schmerz waren ihnen gleichgültig. Sie mussten alles seit langer Zeit geplant haben, denn diese Mengen Benzin konnte man nicht mal so eben an einer Tankstelle abzapfen.

Immer wieder hatte Rudger versucht, Michael in ein Gespräch zu verwickeln, doch es war zwecklos gewesen. Er war Jasmin definitiv hörig. Zumindest hatte Rudger begriffen, was sie vorhatten. Sie wollten den Löschwagen in einer Menschenmenge zur Explosion bringen. Dutzende Tote und Hunderte Verletzte mit den furchtbarsten Verbrennungen wären die Folge. Grauenhaft! Gab es eine Möglichkeit, das zu verhindern? Nur, wenn er sein Leben riskierte. Er müsste Michael überrumpeln, ihm die Waffe abnehmen. Oder irgendwie einen Funken erzeugen, damit die

Bombe hier hochging. Er wälzte einen Plan nach dem anderen, aber keiner schien erfolgversprechend.

Das Lager war fast leer, noch zehn Kanister standen darin. Allein durch das Einatmen der Dämpfe fühlte er sich im Kopf wie nach einer dreitägigen Sauftour. Immerhin dämpfte das seine Angst. Würde Michael ihn nach dem letzten Kanister einfach erschießen? Warum sollte er? Michael ging in den Tod, Rudger konnte ihm nichts anhaben. Aber Jasmin …

Rudger hievte die Kanister auf den Wagen, öffnete den Verschluss des ersten und ließ den Inhalt in den Tank laufen. Die Löschmittelanzeige stand bereits auf voll, aber es passten immer noch ein paar Kanister hinein.

Als er die letzten beiden einfüllte, kam Jasmin aus dem Haus, in jeder Hand ein Sektglas. Eins reichte sie Michael, der Rudger nicht aus den Augen ließ.

Sie hob ihr Glas. »Auf eine neue Welt. So oder so.«

Michael hob das Glas, stieß mit ihr an. »Auf eine neue Welt.«

Rudger drehte sich zu den beiden um. »Ihr könnt keine neue Welt bauen, wenn euch der Hass regiert. Ihr werdet immer Tod und Verderben verbreiten gegen alles, was euch nicht passt. Eure Welt wäre nichts als eine bluttriefende Diktatur, ist euch das nicht klar?«

Michael und Jasmin lachten gleichzeitig, schüttelten die Köpfe. Michael gab Jasmin sein Glas, stand auf und richtete die Pistole auf Rudger. »Runter da.«

Rudger stieg langsam von dem Feuerwehrwagen hinunter.

»Da stehen bleiben«, raunzte er und gab Jasmin die Waffe, die damit sofort auf Rudgers Kopf zielte.

In den letzten Tagen war Rudger so oft bedroht worden, dass er sich daran gewöhnt hatte. Den Fangschuss würde er sowieso nicht kommen sehen, was sollte also die Aufregung?

Michael stieg ins Führerhaus, warf Jasmin noch einen Handkuss zu, startete den Motor und fuhr los. Rudger hätte für den endgültigen Abschied eine feierlichere Prozedur erwartet.

Jasmin winkte Rudger mit der Waffe zurück ins Haus. Er setzte sich brav wieder auf seinen Stuhl, er war todmüde und durstig, sein Körper war eine einzige Wunde.

Jasmin fesselte ihn, zog einen Stuhl heran und setzte sich vor ihn. »In etwas mehr als einer Stunde ist Michael tot. Er wird in einem Feuerball verbrennen. Bevor er die Hitze spürt, wird die Druckwelle ihn getötet haben.«

»Und das macht dir nichts aus?«

Jasmin überlegte. »Doch, es macht mir etwas aus. Er war ein hervorragendes Werkzeug. So wie du.«

Jasmin war eindeutig verrückt. »Was habe ich denn für dich Großes getan?«

»Du hast mich mit den neuesten Nachrichten aus dem Präsidium versorgt.«

Rudger wurde noch schlechter, als ihm eh schon war. »Du hast meinen Account gehackt?«

»Das war gar nicht nötig. Ich habe einfach dein Passwort genommen, das du auf der Rückseite deines Führerscheins notiert hast.«

Rudger blies die Backen auf und ließ die Luft geräuschvoll entweichen. »Warum das alles? Michael ist ein Fanatiker, da bin ich mir sicher, aber du kannst doch nicht so naiv sein …«

Jasmin schmunzelte. »Bin ich auch nicht.«

»Dann sag mir bitte, warum?« Rudger wurde lauter. Die Selbstgefälligkeit dieser Tussi ging ihm auf die Nerven.

»Nur die Ruhe. Es geht um Privatangelegenheiten. Wenn ich sie dir anvertraue, muss ich dich leider erschießen. Möchtest du das?«

Rudger schwitzte sofort aus allen Poren. Unfassbar, diese Angst vor dem Tod, dieser Überlebenswille. »Nein«, krächzte er und schämte sich dafür, dass er sich fast die Hosen vollmachte.

Jasmin lachte. »Keine Sorge. Ich werde dich nicht erschießen. Du fragst dich sicher, warum?«

Mehr als ein schwaches Nicken bekam Rudger nicht hin.

»Du gehörst zu den Gerechten, das meine ich ernst.«

»Was?« Seine Stimme klang noch immer wie die eines Kettenrauchers mit Kehlkopfkrebs.

»Du kämpfst gegen das Unrecht. Du bist unbestechlich.« Sie legte die Waffe vor sich auf den Boden. »Eitel zwar, aber gerecht. Eine Kleinigkeit muss ich noch tun, dann verschwinde ich auf Nimmerwiedersehen. Du bist keine Gefahr mehr für mich, deswegen darfst du leben. Oh ja, du wirst über mich schreiben, du wirst deine Sicht der Dinge offenlegen, ohne mich zu verteufeln, wenn du dich nach ein paar Wochen erholt hast. Du kannst, wenn du möchtest, aus deiner Gefangenschaft bei mir auch Kapital schlagen. Verkauf die Story an den Meistbietenden. Ich hätte kein Problem damit.«

»Aber ich hätte ein Problem damit. Ich bin kein Leichenfledderer, das solltest du wissen.«

»Wie du meinst.« Sie schaute auf die Uhr. »Es ist Zeit.« Sie nahm die Waffe und richtete sie auf Rudger. »Eins noch.« Sie trat einen Schritt näher. »Gib mir zum Abschied und zum Dank, dass ich dir dein Leben schenke, einen Kuss. Einen echten. So, als hätten wir uns verliebt.« Sie grinste. »Wenn du mich beißt …«

»Schon klar«, sagte Rudger.

Jasmin beugte sich über ihn, er spürte den Lauf der Waffe in der Seite, dann ihre Zunge auf seinen Lippen, er öffnete den Mund und verdammt, er genoss den Kuss des Teufels.

Donnerstag, 23. Juli, 14.25 Uhr

Büsche versperrten von allen Seiten die Sicht auf das Haus und das umgebende Gelände. Fran passierte langsam die Einfahrt. Vor dem Wohnhaus stand kein Fahrzeug. Das hatte nicht viel zu sagen, denn in der angrenzenden Scheune hätte man ohne Probleme einen Sattelzug verstecken können.

»Sollen wir vorfahren oder uns durch die Büsche heranpirschen?«, fragte Frans Vater.

Eine schwierige Frage, deren Antwort sie nur durch Versuch und Irrtum herausfinden konnten. Fran entschied sich, vor dem Haus vorzufahren und so zu parken, dass die Ausfahrt blockiert war.

»Den kannst du vielleicht gebrauchen.«

Fran starrte auf den kleinen silbernen sechsschüssigen Revolver, den ihr ihr Dad vor die Nase hielt.

»Keine Angst, ich habe einen Waffenschein dafür. Ich darf ihn sogar in der Öffentlichkeit tragen.«

»Aber ich nicht«, gab Fran zurück und griff nach der Waffe.

»Tust du ja auch gar nicht«, erwiderte ihr Vater, öffnete die Tür und stieg aus. Kaum war er aus dem Wagen, zeigte er auf das Haus und rannte los. Fran sprang auf den Kiesweg und wusste im selben Moment, worum es ging. Jemand schrie um Hilfe. Ein Fenster war geöffnet, er war laut und deutlich zu hören. Ihr Vater pirschte sich ans Fenster, Fran ging neben ihm in Deckung. Er zeigte auf sich, dann auf das Fenster. Das hieß: »Ich werfe einen Blick hinein, du sicherst.«

Fran nickte. Gute alte Polizeiroutine.

Ihr Vater federte hoch und ließ sich sofort wieder fallen. »Es ist Rudger Krüger. An einen Stuhl gefesselt. Die Augen verbunden. Sonst war niemand im Raum«, flüsterte er. »Was tun wir?«

Hatte er sie gerade gefragt, was sie tun sollten? Wollte er wirklich ihre Meinung hören? Sie hatte sich nicht verhört. Tausend Gedanken schossen ihr durch den Kopf, die sie alle sofort verbannte. Was mussten sie jetzt tun? Sie mussten rein. Sie zuerst durch die Tür, zur Ablenkung, falls noch jemand im Haus war. Dad durchs Fenster, um den Gefangenen zu sichern. Sie zeigte auf sich, dann auf die Haustür, dann auf ihren Vater und das Fenster.

Er hob den Daumen.

Fran ging in die Hocke und watschelte zur Haustür. Sie probierte die Klinke. Sie ließ sich nach unten drücken, Fran konnte die Tür öffnen. Sie signalisierte ihrem Vater, dass sie bereit war. Ihr erster gemeinsamer Einsatz. Einer, der beide die Karriere kosten konnte, aber das war es wert. Es fühlte sich großartig an. Sie zählte mit den Fingern bis drei, so dass ihr Vater es sehen konnte, dann riss sie die Tür auf, warf sich aus der Hocke in den Flur und brüllte: »Polizei! Keine Bewegung. Das Haus ist umstellt.« Ein wenig lächerlich kam sie sich schon vor, aber was sollte sie sonst sagen?

»Es ist niemand im Haus«, rief Krüger und kurz darauf ihr Vater: »Hier unten ist alles sauber.«

»Ich gehe hoch«, antwortete Fran. Krüger behielt recht. Das gesamte Anwesen war verlassen – bis auf den Gefangenen.

Fran zückte ihr Handy und wählte Saschas Nummer, der sofort ran ging. »Im Westen nichts Neues«, sagte er mit Grabesstimme. »Wie du prophezeit hast. Wir werden hier verladen.«

Fran wollte antworten, aber Krüger, den Vater gerade von seinen Fesseln befreite, fing hektisch an zu reden. »Eine Bombe. Sie haben eine Bombe. Ein Löschwagen, ein echter …«

»Moment, Sascha, ich rufe gleich noch mal an.«

»Wer hat eine Bombe?«, fragte Fran.

»Michael fährt mit ihr nach Düsseldorf …«

»Michael Siebenberg?«

Frans Vater löste Krügers Fesseln, der sprang auf, taumelte, sie fingen ihn auf, er war ohnmächtig.

»Riechst du das auch?«

»Benzin«, sagte Fran und fühlte Krügers Puls, der gleichmäßig schlug. »Ruf den Rettungswagen und die Kollegen, die sollen hier alles auf den Kopf stellen.«

Sie rief Sascha wieder an. »Sorry, aber Krüger hat zuerst was von einer Bombe und einem Feuerwehrwagen erzählt, dann ist er umgekippt.«

»Wo zum Teufel seid ihr?«

»Im Elternhaus von Jasmin Frank. So wie es aussieht, ist sie die Partnerin von Michael Siebenberg.«

»Aber …«

»Ist eine lange Geschichte. Was wir jetzt brauchen, ist eine Fahndung nach Michael Siebenberg und Jasmin Frank. Und zwar volles Programm. Bilder auf jedes Handy! Es kann sein, dass sie mit einem Löschwagen unterwegs sind, um eine Bombe zu platzieren.«

»Wo?«

»Keine Ahnung. Wir suchen nach Hinweisen, wenn wir was haben, melden wir uns.«

»Wer ist wir?«

Fran räusperte sich. »Polizeioberkommissar Miller und ich.«

»Ich fasse es nicht! Habt ihr jetzt ein Familienunternehmen aufgemacht? Und wie seid ihr überhaupt da reingekommen?«

»Gefahr im Verzug, was denn sonst. Und jetzt halt keine Volksreden. Ich melde mich.«

Fran unterbrach die Verbindung, und schon meldete sich ihr

Handy erneut. Eine ihr unbekannte Nummer. »Fran Miller hier, was kann ich für Sie tun?«

»Jaime Davidson ist mein Name. Ich versuche, Rudger Krüger zu erreichen. Er hat mir Ihre Nummer hinterlassen, falls es etwas Dringendes gibt.«

Fran weckte Rudger, der widerwillig zu sich kam. »Sie haben Glück. Sie können mit ihm persönlich reden.« Und dann werde ich mit ihm ein Hühnchen rupfen, das so groß ist wie eine fette Weihnachtsgans. Fran reichte ihr Handy an Rudger, der inzwischen zu sich gekommen war. Er lauschte, wurde blass. »Alexander! Er hat gesprochen. Ein Wort. ›Jasmin‹«.

Donnerstag, 23. Juli, 14.28 Uhr

Die Lagerhalle stand seit fast zwei Monaten leer. Einige Scheiben waren eingeworfen, noch hatten sich die Subkulturen der Stadt das Gebäude nicht zu eigen gemacht. Die Tore waren verschlossen, keine Penner übernachteten hier, keine Party-People feierten ihre Drogenfeste, es prangten keine Graffiti an den Wänden. Jasmin hatte lange danach gesucht und ihren Plan schon ändern wollen, als sie endlich über die Halle gestolpert war. Sie lag Luftlinie nur etwas mehr als einen Kilometer vom Kirmesgelände am Rhein entfernt.

Sie fuhr mit dem Kombi rückwärts an ein kleines Nebentor, knackte das Schloss und lud die Kanister aus. Zusätzlich zum Benzin hatte sie sich ein paar Kilogramm roten Phosphor zusammengekauft, der mit dem Benzin ein anständiges Feuerwerk ergeben würde. Einen Teil des Phosphors würde Michael zünden, um den Tank des Feuerwehrwagens zu sprengen. Das Benzin konnte sich dann mit der Luft verbinden, die Explosion würde alles zerstören, was sich in einem Umkreis von zweihundert Metern befand.

Sie platzierte den Zeitzünder, warf einen Blick auf die Uhr und stellte ihn auf sechsunddreißig Minuten.

Sie machte das Tor zu, schloss es mit einer Kette und einem Vorhängeschloss, stieg in ihren Wagen, fuhr langsam los, hielt an, kontrollierte, ob sie die Magnetkarte für die Intensivstation dabeihatte. Jetzt musste sie nur noch Alexander aus den Klauen der Medizin befreien, dann konnte sie endlich Frieden finden.

Donnerstag, 23. Juli, 14.30 Uhr

Rudger ließ das Handy sinken, kratzte sich am Kopf, hustete.

Fran nahm ihm ihr Handy aus der Hand. »Was zum Teufel soll das? Wie kommt dieser Arzt an meine Nummer?«

»Alexander ist mein Bruder. Er liegt seit fast zwei Jahren im Koma – Locked-In.«

»Alexander Krüger?«

»Nein. Nicht Krüger. Er ist mein Halbbruder.«

Fran packte Krüger am Kragen. »Verdammt noch mal, Mann, das weiß ich alles! Was hat Jasmin Frank mit Ihrem Bruder zu tun? Wie heißt er mit Nachnamen?«

»Graber.« Krüger war kaum zu verstehen.

»Graber? Sie sind der Bruder von Alexander Graber? Der von der Polizei niedergeschossen wurde?«

»Ich bin nie in Erscheinung getreten. Als es passierte, hatte ich den Kontakt zu meinem Bruder schon lange abgebrochen. Meine Kollegen haben alles dafür getan, dass ich nicht ins Rampenlicht gelange.«

»Das hat ausgezeichnet funktioniert. Und deswegen haben Sie begonnen, Polizisten zu jagen. Aber warum erst nach zwei Jahren?«

»Ich habe sofort nach der Schießerei damit angefangen, aber inkognito. Ich habe Kollegen die Informationen zugespielt, die haben veröffentlicht.«

»Was hat Jasmin Frank mit Alexander zu tun?«

Rudger warf hilflos die Hände in die Luft. »Ich habe nicht den geringsten Schimmer. Als ich ihn das erste Mal nach Jahren wiedergesehen habe, lag er im Koma. Und Jasmin hat ihn die ganze Zeit mit keinem Wort erwähnt. Vielleicht ist es eine andere Jasmin?«

»Für Zufälle ist kein Platz mehr. Irgendetwas hat sie mit ihm zu tun. Gibt es irgendwelche Aufzeichnungen von ihm aus der Zeit vor seinem …« Fran brach ab.

Alexander Graber war wochenlang das Flurgespräch gewesen. Er war bei einer Kontrolle von einem Beamten angeschossen worden und gestürzt – und hatte sich an der Bordsteinkante so schwer verletzt, dass er ins Koma gefallen war. Die Ermittlungen gegen den Beamten waren eingestellt worden, die Ermittlungen gegen Alexander Graber ebenfalls. Und nach zwei Monaten hatte es niemanden mehr interessiert. »Unfall«, sagten sie, auch wenn es das nicht ganz traf.

Graber hatte den Polizisten mit einem Messer angegriffen, der hatte die Waffe gezogen und nach einmaliger Aufforderung, es fallen zu lassen, geschossen. Der Kollege war zweifelsfrei von Graber bedroht worden, aber er hätte nicht schießen müssen, er war weit genug entfernt. Doch er durfte. Das Gesetz sah es so vor, es war juristisch einwandfrei; moralisch war es das Versagen des Beamten, der überreagiert hatte. Und wenn Jasmin Alexanders Freundin gewesen war, konnte das der Anlass gewesen sein, an der Polizei, dem System, der ganzen Gesellschaft Rache zu üben, deren Sünden anzuprangern und sie leiden zu lassen, ohne dass es die Chance gab, den Rachefeldzug abzuwenden. Deshalb die unerfüllbaren Forderungen. Jasmin Frank passte perfekt ins Profil.

Fran erwartete eine Zurechtweisung von Krüger, aber der war einfach zu fertig, legte sich auf ein Sofa und schloss die Augen.

Fran wartete nicht ab, bis die Kollegen auftauchten. »Machen wir die Bude links, Dad?«

»Darauf kannst du wetten. Jede Minute zählt. Du oben, ich unten?«

Fran sprang die Treppe in den ersten Stock hoch. Rechts vom Flur das Schlafzimmer. Sie wühlte sich durch das Bett, die Schränke und Schubladen. Nichts. Der nächste Raum. Ein Arbeitszimmer. Auf dem Schreibtisch ein hypermodernes Notebook. Ohne Experten hatte sie keine Chance, das Passwort zu knacken.

Sie durchsuchte die Schubladen. Bewerbungsunterlagen von Michael Siebenberg, datiert auf das Jahr 2013. Warum hatte er sie aufgehoben? Siebenberg hatte Informatik studiert, war Programmierer und 3D-Animator. Aber keine Informationen oder Pläne über einen Anschlag. Sie hatten alles immer minutiös geplant, das konnten sie nicht alles im Kopf behalten. Es musste Aufzeichnungen geben.

Sie riss eine Schublade nach der anderen auf. Privater Kram, Rechnungen, ausgedruckte Kontoauszüge. Michael Siebenberg hatte sein Konto leer geräumt. Die Kündigung seiner Stadtwohnung fand Fran ebenso wie die Abmeldung des Festnetzanschlusses. Siebenberg plante den Abgang. Den ganz großen Abgang. Präzise und korrekt wie ein Buchhalter. Flucht oder Tod? Was steckte dahinter?

In einem Hängeregister fand sie die Antwort. Michael Siebenberg hatte Krebs. Hodenkrebs beidseitig. Eine Chemotherapie hatte nicht geholfen. Die Ärzte hatten zur Operation geraten. Siebenberg hatte es abgelehnt. Wenn *das* kein Selbstmordkandidat war! Und warum hatte sie das nicht früher erfahren? Sascha musste Siebenberg doch durchleuchtet haben. Egal. Es war nicht mehr wichtig.

Wo würde Siebenberg zuschlagen? Er hatte eine fahrende Bombe, die von einem echten Feuerwehrwagen nicht zu unterscheiden war. Wenn er nicht ganz verblödet war, würde er sich ein Ziel außerhalb von Düsseldorf suchen, weil er damit rechnen musste, dass Düsseldorf wie eine Festung bewacht wurde. Er konnte einfach nach Köln fahren und sich und den halben Dom in die Luft jagen. Das gab mit Sicherheit beste Presse weltweit. Aber Siebenberg war nicht der Planer. Jasmin Frank würde den Ort des finalen Schlages bestimmen. Sie war getrieben von Rache. Sie würde dort ansetzen, wo es besonders wehtat. Sie würde versuchen, möglichst vielen Menschen möglichst großen Schmerz zuzufügen. Ein Kindergarten wäre geeignet oder eine Schule. Von einer Bombe zerfetzte verbrannte Kinder – da kam niemand jemals darüber hinweg. Und die Polizei, sie eingeschlossen, würde es nicht verhindern können.

Rudger hatte gesagt, dass Michael vor einer halben Stunde losgefahren sei. Bisher war noch keine Meldung über eine Katastrophe eingetroffen. Entweder hatte er einen längeren Weg, oder er wartete auf etwas. Die Geldübergabe hatte bis jetzt nicht stattgefunden, und sie würde nicht mehr stattfinden. Das Finale stand kurz bevor. Es war zum Verzweifeln.

Fran arbeitete sich durch die restlichen Unterlagen. Nichts. Sie ging zurück ins Arbeitszimmer. Das Notebook. Sie drückte den Einschalter. Das Gerät fuhr in kürzester Zeit hoch, die Oberfläche erschien, die Passwortabfrage. Wem gehörte der Rechner? Von Jasmin Frank gab es hier keine Spur. Es musste Siebenbergs Computer sein. Er hatte alles zurückgelassen, hatte die Wohnung gekündigt, Telefon und Strom abgemeldet. Er wusste, er würde sterben, so oder so. Er würde der Welt einen Nachruf hinterlassen wollen, in welcher Form auch immer. Jasmin musste damit einverstanden gewesen sein. Dieser Nachruf war auf dem Rechner versteckt, das war die einzige Möglichkeit. Und zwar so, dass sie ihn entdecken konnte. Das Passwort musste also durch Nachdenken herauszufinden sein.

Fran schloss die Augen. Rief sich in Erinnerung, was sie in den letzten zehn Minuten gelesen hatte. Michael David Siebenberg!

Er hatte einen zweiten Vornamen, der nur in der Krankenakte vermerkt war. Sie ließ ihren Assoziationen freien Lauf. David! Michael und Jasmin. Sybilla, nicht Saschas Freundin, sondern die Sybilla aus der biblischen Totensequenz. *Dies irae, dies illa!* Der Tag des Zorns. In den Statements hatten sie oft auf den Tag des Zorns Bezug genommen. Die meisten Menschen verwendeten Passwörter, die etwas mit ihnen persönlich zu tun hatten, oder die sie sich leicht merken konnten. Fran versuchte es zuerst mit »Jasmin«, die vielleicht Siebenbergs große Liebe gewesen war. Fehlanzeige. Wie viele Versuche hatte sie? Sie tippte Buchstabe für Buchstabe »Dies irae dies illa« ein. Ohne Komma. Nichts. Mit Komma. Nichts. Großgeschrieben. Nichts. »Stopp!«, sagte sie und gab ein: »Tag des Zorns«. Die Eingabemaske verschwand, die Benutzeroberfläche war frei. Sie öffnete den Dateibrowser, klickte sich durch die Ordner und fand, was sie suchte. Die Datei hieß genauso wie das Passwort: Tag des Zorns. Es war eine Animationsdatei. Fran klickte darauf. Das passende Programm öffnete sich, die Animation lief ab, Fran erstarrte.

Das Riesenrad drehte sich träge in der Julihitze, die Speichen und Gondeln warfen Schatten auf die Gokartbahn, die rund zwanzig Meter entfernt stand. Dutzende Kinder johlten dort vor Vergnügen.

Siebenberg verstand sein Handwerk. Wie viele Stunden er wohl damit verbracht hatte? Es mussten Hunderte gewesen sein, in denen er hier einsam und vom Krebs zerfressen jedes Detail des Riesenrads modelliert hatte.

Es mochten an die dreihunderttausend Menschen auf dem Gelände unterwegs sein, die Menge floss wie zähe Lava an den Buden und Schießständen vorbei, unaufhaltsam, und heiß darauf, den Alltag zu vergessen.

Selbst einzelne Gesichtszüge hatte er seinen Figuren eingehaucht, Haare wehten im Wind. Wo hatte er das rendern lassen?

Um so etwas zu berechnen, brauchte man Rechenpower ohne Ende. Mit seinem Notebook musste es Stunden gedauert haben, für jede Sekunde.

Ein Löschwagen der Feuerwehr näherte sich mit überhöhter Geschwindigkeit von der Altstadt her der Stelle, an der das Riesenrad über die Kniebrücke ragte. Seine Nabe schloss mit der Oberkante der Straße ab. Der Wagen durchbrach das Geländer, explodierte und hüllte das Riesenrad in einen Feuerball.

Fran hatte genug gesehen. Sie zückte ihr Handy und wählte Annas Nummer. Sie mussten sofort von dort verschwinden. Und das Gelände musste evakuiert werden. Anna ging nicht ran. Verdammt, warum hatten Frauen ihre Handys immer in der Handtasche, wo sie das Klingeln dann nicht hörten, wenn es darauf ankam?

Sie rannte nach unten, hörte Gepolter aus der Küche. Dad war dabei, alles auseinanderzunehmen. »Dad!«, schrie Fran. Sie erschrak vor ihrer eigenen Stimme, die voller Panik war. Er kam sofort angerannt.

»Es ist die Kirmes! Oben. Auf dem Schreibtisch, das Notebook! Du musst versuchen, Anna oder Mum zu erreichen. Und eine Evakuierung einleiten. Jetzt. Ich fahre los.« Sie presste ihren Vater kurz an sich, er versuchte sie zu halten, sie machte sich mit einem Ruck los, rannte aus dem Haus, sprang in den Impreza, Kies und Dreck spritzten hoch, als sie durchstartete.

»Du kannst nicht alleine …«, hörte sie ihn noch brüllen, dann war sie außer Hörweite.

Donnerstag, 23. Juli, 14.45 Uhr

Er musste in Bewegung bleiben, musste selbst überzeugt sein, dass er ein Feuerwehrmann war. Der Verkehr war dicht, immer wieder stauten sich die Fahrzeuge, vor allem wegen der Baustellen für die U-Bahn und wegen der Kirmes, die auch heute Zehntausende anlockte. Alle, die nicht in Urlaub gefahren waren, nutzten das Wetter, um sich dem billigen Vergnügen, das die Buden und Fahrbetriebe boten, hinzugeben. Sie alle waren auf dem falschen Weg. Sie alle waren verantwortlich für das Elend in der Welt. Jeder Einzelne, egal ob Kind oder Erwachsener, scherte sich einen Dreck um verhungernde Kinder in Afrika, um verseuchtes Wasser in Südamerika oder um Zehntausende Sklaven, die sich in den illegalen Erzgruben des Kongo für eine Handvoll Maniok totschufteten. Niemanden interessierte es, dass Tausende Frauen zur Prostitution gezwungen wurden – nicht etwa in irgendeinem Bananenstaat, sondern in Deutschland, in Frankreich oder England. Europa war verrottet, denn die Herzen der Menschen waren verfault und gierten nur nach Geld und Macht. Als er vor vier Jahren die Diagnose bekommen hatte, war er zuerst verzweifelt gewesen. Doch dann hatte er den Wink verstanden. Er war auserkoren, das Zeichen zu setzen. Aber alleine hatte er das nicht schaffen können. Jasmin glaubte bis heute, dass sie sich ihn ausgesucht hatte, aber das Gegenteil war der Fall. Er hatte sie lange beobachtet, nachdem ihr Freund von den Bullen fast umgebracht worden war. Er war bei ihr eingestiegen, wenn sie in der Therapie oder auf Arbeit war, hatte ihre Tagebücher gelesen. Er hatte ihren wachsenden

Hass verfolgt und ihr Vorhaben studiert. Sie war die Hälfte, die ihm fehlte: Sie konnte organisieren, planen, sie hatte eine messerscharfe Logik und gleichzeitig eine unglaubliche Menschenkenntnis. Als sie sich das erste Mal trafen, hatte sie ihn sofort erkannt, hatte seine Seele durchschaut, soweit er es für nötig erachtet hatte.

Es hatte keine zwei Wochen gedauert, bis sie sich einander anvertraut hatten. Ab diesem Punkt hatte es kein Zurück mehr gegeben, und es waren die glücklichsten Monate seines Lebens gewesen. Sie hatten nie miteinander geschlafen, denn sie hatte Alexander ewige Treue geschworen, und wenn Jasmin einen Schwur leistete, hielt sie ihn auch. Sie hatten all ihr Geld nach Brasilien transferiert, Jasmin hatte sich dort eine falsche Identität zugelegt. Wenn das Zeichen gesetzt war, würde sie dort eine Zeit lang untertauchen und dann weiterkämpfen gegen das Unrecht der Welt. Aber mit anderen Mitteln. Ihr Motiv war Rache, seines war das Märtyrertum. Jasmin verachtete Religion, er fand Sinn und Trost darin. Ob es Gott gab oder nicht, spielte dabei keine Rolle. Nur das Opfer spielte eine Rolle. Er hätte sich heilen lassen können, Hodenkrebs war kein Todesurteil.

Er bog rechts ab, musste warten, weil die Fußgänger Grün hatten, ein kleiner Junge zeigte auf ihn und winkte, Michael lächelte breit und winkte zurück. So wie es aussah, war die Familie auf dem Weg zur Kirmes. Ob sich ihre Wege im Tod noch mal kreuzen würden?

Donnerstag, 23. Juli, 14.50 Uhr

Fran hielt das Steuer mit einer Hand, hupte lahme Enten aus dem Weg und wählte Saschas Nummer. Er ging ran.

»Ihr müsst die Kirmes evakuieren. Sofort. Er wird von der Rheinkniebrücke einen benzingefüllten Feuerwehrwagen in das Riesenrad steuern.«

»Dein Vater hat schon angerufen. Woher willst du das wissen? Diese Animation ist doch nur eine weitere Ablenkung!«

»Nein, es ist Siebenbergs Vermächtnis. Ich weiß es. Vertrau mir. Du musst mit dem Innenminister reden. Jetzt sofort.«

»Vergiss es. Wenn das durchsickert, hast du eine Panik am Hals. Auf der Festwiese drängeln sich fast zweihunderttausend Menschen. Wenn die losrennen, gibt es Hunderte Tote. Dagegen war die Massenpanik von Duisburg harmlos.«

»Es ist doch Platz genug!«

»Fran, es ist schlicht nicht möglich. Wir müssten zuerst die Kniebrücke sperren, damit die Leute dahin ausweichen können. Dann müssen wir alle Leute von den Fahrgeschäften holen, müssen die Sperrgitter wegräumen, das dauert mindestens zwei Stunden. Wir können die Brücke sperren, das ist alles. Und eine Fahndung rausgeben. Die Feuerwehrwagen haben eindeutige Kennungen, wir können ihn also identifizieren. Ich werde dafür sorgen, dass er aufgehalten wird, es gilt sofortiger Schießbefehl, wenn irgend möglich.« Sascha schwieg einen Moment. »Und du bist dir absolut sicher?«

»Achtundneunzig Prozent.«

»Warte mal.«

Die Leitung war kurz tot, dann meldete sich Sascha wieder. »Zwei Prozent, Fran, zwei Prozent! Ich habe gerade die Meldung über eine schwere Explosion erhalten. Nicht weit vom Kirmesgelände entfernt. Ich glaube, Siebenberg hat woanders zugeschlagen, und so wie es aussieht, hat seine Bombe zu früh gezündet.«

»Sascha, um Gottes willen, *das* ist der Trick, genau wie die Geldübergabe. Das bindet noch mehr Kräfte und lenkt unseren Blick weg vom eigentlichen Ziel. Es geht um Rache. Jasmin Frank ist die Freundin von Alexander Graber!«

»Sorry, Fran, das mag alles stimmen, aber mir sind die Hände gebunden, Kittner hat mitgehört, und er schüttelt die ganze Zeit nur den Kopf. Das Einzige, was wir machen können, ist, die Brücke für den Zivilverkehr zu sperren. Bis später.«

Die Verbindung war unterbrochen. »Ihr verdammten Hornochsen«, schrie Fran und gab Gas.

Donnerstag, 23. Juli, 14.55 Uhr

Laut und deutlich konnte Michael die Durchsage aus dem Funkgerät hören. Schwere Explosion in Oberkassel. Sofort schlug er die Richtung zur Brücke ein. Bald würde es hier von Feuerwehrautos nur so wimmeln. Aus allen Stadtteilen würden die Löschzüge angefordert. Die Explosion hatte eine weitere Halle in Brand gesteckt, in der brennbare Chemikalien lagerten. Das hatten sie nicht gewusst, aber es kam genau richtig. Das Chaos würde sich verdoppeln, niemand würde auf die Idee kommen, einen Feuerwehrwagen anzuhalten, vor allem, wenn er die reguläre Besatzung aufwies. Michael klopfte seinem Beifahrer auf die Schulter. Eine Schaufensterpuppe, gekleidet in die Uniform eines Feuerwehrmannes. Daneben eine weitere. Drei Mann Besatzung. Wenn überhaupt, suchte die Polizei nach einem Wagen mit nur einem Fahrer. Der Verkehr war noch immer zäh, Michael schaltete Blaulicht und Martinshorn ein, sofort bildete sich vor ihm eine Gasse.

Von links näherte sich ein Löschzug, der Richtung Oberkassel raste. Michael hängte sich dahinter. Besser konnte es nicht kommen. Selbst wenn die Brücke gesperrt war, einen Löschzug mussten sie durchlassen. Michaels Puls beschleunigte sich. Nur noch wenige Minuten, dann hatte er es hinter sich. Das war der Moment, den er herbeigesehnt und gleichzeitig gefürchtet hatte. Hatte er Zweifel? Hatte er Angst? Nichts davon. Im Gegenteil. Eine tiefe Ruhe überkam ihn. Schade nur, dass dies seine einzige Fahrt mit Blaulicht und Martinshorn bleiben würde.

Der Zug bog von der Corneliusstraße in die Herzogstraße,

die Geschwindigkeit erhöhte sich, die Rheinkniebrücke kam in Sicht, das Riesenrad erhob sich darüber, drehte sich träge in der gleißenden Sonne. Alle Kabinen waren besetzt, alle waren dem Tod geweiht. Er, Michael Siebenberg, entschied über Leben und Tod!

Donnerstag, 23. Juli, 14.56 Uhr

Fran war mindestens drei Mal geblitzt worden, genug, um ihren Führerschein für lange Zeit zu verlieren. Sie war auf der linken Rheinseite geblieben, fuhr auf der B7 auf die Kniebrücke zu. Links stieg eine Rauchsäule auf, das war der Brand, den Jasmin Frank zur Ablenkung gelegt hatte. An der Auffahrt zur Brücke sah sie die Straßensperre, aber die Streifenwagen öffneten gerade eine Durchfahrt, vermutlich um Rettungsfahrzeuge durchzulassen. Sie musste dafür sorgen, dass Siebenberg nicht zu der Stelle kam, an der er sich mit der Bombe auf das Riesenrad stürzen wollte. Anna ging noch immer nicht ans Telefon, es war zum Verzweifeln. Fran fuhr an die Sperre heran, Beamte erkannten sie und winkten sie durch. Ein Löschzug fuhr ihr entgegen, die Fahrzeuge mussten langsam machen, kamen fast zum Stehen, weil ein Streifenwagen falsch stand.

Fran fuhr auf die Brücke, der Löschzug hatte sich weit auseinandergezogen, das letzte Fahrzeug stand noch in der Mitte der Brücke und wartete auf freie Fahrt. Das musste Siebenberg sein! Was für eine geniale Tarnung! Niemand hätte einen Löschzug aufgehalten, der zum Einsatz fuhr, um Menschenleben zu retten. Siebenberg brauchte eine gewisse Distanz, um Anlauf nehmen zu können. Er musste mindestens achtzig Stundenkilometer schnell sein, um den Sprung ins Riesenrad zu schaffen.

Welche Optionen hatte sie? Letztlich nur eine: ihn auf der Brücke festhalten, ihn blockieren. Sie knallte den Gang rein und griff nach dem Handy, aber es rutschte ihr aus der nassgeschwitzten Hand. Verflucht, die mussten doch auch so merken, dass was nicht stimmte! Sie rammte das Gaspedal fast in den Motorraum, der Impreza machte ein Satz und schoss nach vorn. Siebenberg beschleunigte ebenfalls. Fran sah, dass hinter ihm bereits Streifenwagen auftauchten, aber sein Vorsprung war zu groß. Wenn sie ihn nicht aufhielt, würde er seinen Plan ausführen und Hunderte Menschen in den Tod reißen.

Fran sackte für eine Sekunde der Kreislauf weg. Es war zu spät. Anna und Mum konnten nicht mehr fliehen. High Noon, dachte sie, legte auf und lenkte den Impreza auf die linke Fahrspur. Sie würden in der Mitte der Brücke aufeinanderprallen. David gegen Goliath. Aber in Wirklichkeit gewann immer Goliath.

*

»Verfluchte Scheiße«, brüllte Siebenberg. Der Diesel gab alles, was er konnte. Wenn sich ihm dieser verrückte Impreza in den Weg stellte, musste er noch mindestens zehn Kilometer pro Stunde zulegen, um die nötige Absprunggeschwindigkeit zu schaffen. Wer immer in dem Wagen saß, würde sich umsonst opfern.

Hinter ihm sammelten sich Streifenwagen, aber die scherten ihn nicht. Er blockierte die Fahrspur, sie konnten nicht überholen, der Trennstreifen in der Mitte war für PKWs zu hoch. Diese armseligen Bullen konnten ihn nicht aufhalten, und dieser spießige Piss-Sportwagen schon gar nicht, den würde er einfach überrollen und zerfetzen.

*

Fran gab sich nicht der Illusion hin, dass Siebenberg im letzten Moment ausweichen würde. Das war auch gar nicht ihre Absicht. Sie fummelte aus der Handtasche den Revolver ihres

Vaters hervor und versicherte sich, dass die Trommel voll war. Sie musste es schaffen, Siebenberg über dem Rhein zu stoppen. Der Impreza raste mit hundertzwanzig Stundenkilometern auf den Feuerwehrwagen zu. Wie eine Fliege auf eine Windschutzscheibe, so würde sie auf den Kühler des Löschfahrzeugs klatschen. Jetzt ging es um Sekunden. Wenn sie sich verschätzte, war sie tot.

*

Siebenberg schwitzte. Atmete schwer. Schrie all seine Wut heraus, all seinen Hass auf eine Welt, die nichts als Gier kannte und Mammon und Gewalt. Er umklammerte das Lenkrad, spürte den Schmerz nicht, wollte es endlich zu Ende bringen.

*

Noch eine Sekunde. Fran sagte laut: »Einundzwanzig.« Hoffentlich waren die Bremsen so stark wie der Motor. Mit aller Kraft trat sie das Bremspedal durch und riss das Lenkrad herum, die Gurte strafften sich, der Druck auf ihre Brust nahm ihr fast den Atem. Quer zur Fahrbahn blieb der Impreza stehen. Fran sprang heraus, legte an, schoss dreimal auf den linken Vorderreifen, der zischend platzte. Der Feuerwehrwagen geriet ins Schleudern. Sie jagte drei Kugeln in die Windschutzscheibe.

*

Der Schuss traf Michael in die Schulter, es war wie ein Hammer, der Schmerz füllte sofort sein ganzes Bewusstsein aus. Sein Hass war weggewischt, seine Wut ausgeblasen, er verriss das Lenkrad, spürte den Widerstand des Mittelstreifens, das Führerhaus neigte sich nach unten, der ganze Wagen hob ab. Metallisches Kreischen übertönte Michaels Wutschreie.

*

Fran sah, wie das rote Monstrum auf den Beton des Mittelstreifens krachte. Zuerst schien es, als könne die Barriere es aufhalten; doch dann kippte das Führerhaus nach unten, der hintere Teil hob sich nach oben und warf einen Schatten auf Fran. Sie hechtete zur Seite, rollte sich ab. Der Löschwagen überschlug sich, schlitterte auf die andere Seite der Fahrbahn, durchbrach das Geländer und stürzte in die Tiefe.

*

Michael schwebte. Die Schmerzen waren verschwunden. Vor sich sah er den Sonnenaufgang im Valle Gran Rey auf Gomera. Dort hatte er immer am liebsten Urlaub gemacht. Als die Spanier den Hafen für Großschiffe umzubauen begannen, war ihm klar geworden, dass die Menschen ihren Planeten zerstörten, dass sie das Paradies in die Hölle verwandelten. Er hatte sich geschworen, etwas zu tun, die Menschen aufzurütteln. Er hielt seine Schwüre, so wie Jasmin. Er drückte den Auslöser.

*

Die Druckwelle riss Fran von den Füßen, sie klammerte sich an eine Strebe des Geländers, ein Feuerball entfaltete sich wie eine Blume über dem Rhein. Fran fragte sich, warum dieser Moment so schön war. Die Antwort war klar: Sie hatte es geschafft. Sie hatte ihre Schwester gerettet, ihre Mutter, sich selbst und Hunderte andere.

Sie rappelte sich hoch und schaute sich um. Beamte liefen auf sie zu, zeigten auf Fran, riefen: »Sie lebt!«, und: »Wo bleibt der Rettungswagen?«

Fran winkte und streckte den Daumen nach oben. Ein Beamter hielt ihr eine Flasche Wasser hin. Sie lehnte ab. Was sie jetzt gebraucht hätte, war unerreichbar. Wo war Sascha? Aber so war es immer in ihrem Leben. Der Mann, den sie gewollt oder gebraucht hätte, war nicht in der Nähe. Vielleicht war das gut so. Denn sie hatte noch etwas zu erledigen, das sie allein tun musste, tun wollte.

Donnerstag, 23. Juli, 18.06 Uhr

Jasmin wartete noch eine Viertelstunde im Wagen, das Radio lief, doch die Nachrichten hatten noch immer nichts über den Anschlag auf die größte Kirmes am Rhein berichtet. Vielleicht wurde es geheim gehalten? Das konnte nicht sein. Nicht bei dem Ausmaß der Zerstörung. Sie konnte nicht mehr warten, das Zeitfenster, in dem sie unbemerkt auf die Intensivstation gelangen konnte, wo Alexander auf seine Erlösung wartete, würde sich bald schließen. Sie hatte Rudger leben lassen, weil er Alexanders Bruder war, aus keinem anderen Grund. Rudger war alles andere als ein Gerechter. Er war ein Feigling, ein Schürzenjäger und eitel obendrein. Sie musste grinsen, als sie an Rudgers Gesicht dachte. Er hatte ihr jedes Wort geglaubt, und er würde seinen Teil zur Legendenbildung über ihre Person beitragen.

Sie stieg aus, ging auf den Eingang für das medizinische Personal zu, hielt die Codekarte vor den Leser. Wenn sie den Code geändert hatten, musste sie es auf die harte Tour machen. Rein, Alexander erlösen, raus hier, in Freiburg über die Grenze nach Frankreich, Richtung Süden, und von Marseille aus mit einem Containerschiff über den Teich. Es gab nichts, das man nicht kaufen konnte, und die Grenzen waren so löchrig, dass man Elefanten unerkannt durchschleusen konnte.

Das Schloss klickte, sie drückte die Tür auf, war erleichtert. So konnte sie sich etwas mehr Zeit für den Abschied nehmen. Im Umkleideraum zog sie sich einen Schwesternkittel an, fuhr mit dem Aufzug in die vierte Etage, und auch hier öffnete ihr die Karte alle Türen. Es war ruhig, die Ärzte waren bereits nach

Hause gegangen, die Krankenschwestern saßen zusammen und plauderten oder standen auf der Terrasse und rauchten eine.

Alexanders Gesichtsausdruck war wie immer völlig neutral, so wie bei einem Toten. Jasmin ballte die Fäuste. Eigentlich war ihre Rache noch zu gnädig, im Vergleich zu dem Unrecht, das man Alexander angetan hatte und immer noch antat, indem sie ihn mit diesen lächerlichen Maschinen am Leben hielten, weil sie glaubten, er könne jemals wieder ein menschenwürdiges Leben führen.

Sie strich ihm über die Stirn. Ob er wach war? Ob sie ihn gerade weckte? Sie hauchte ihm einen Kuss auf die Lippen, Sehnsucht brach über sie herein, jede Faser wollte ihn, er war ihr so nah und doch unerreichbar, er lebte und war doch tot. Er war der erste Mann gewesen, mit dem sie einen Orgasmus erlebt hatte. Sie war es gewohnt, dass die Männer in sie eindrangen, abspritzten und sich dann grunzend auf die Seite warfen und einschliefen. Alexander hatte ihr gezeigt, dass es auch anders ging. Aber das allein hätte nicht gereicht, um sich in ihn unsterblich zu verlieben. Er war wie sie ein Feind des Systems. Er lebte es anders aus, indem er sich weigerte, seine Arbeitskraft zu verkaufen, er hatte kein Bankkonto und war nirgends gemeldet. Er nahm von den Reichen, allerdings war er kein edler Robin Hood, er war nur konsequent. Es machte ja auch keinen Sinn, Arme zu bestehlen. Alexander hatte gelebt, und er hatte ihr eine neue Welt gezeigt, von deren Existenz sie bis dahin nicht zu träumen gewagt hatte. Die Welt der Schatten, der Kriminellen. Jeder Tag war ein ganzes Leben, es gab keine Trägheit, keine Eintönigkeit. Grell und bunt, jede Minute, jede Stunde. Alexander hatte dieses Leben geliebt und ihr den Schwur abgenommen, ihn weder im Gefängnis verrotten zu lassen noch im Krankenhaus, falls ihm etwas zustieße. Und sie hatte ihm schwören müssen, ohne ihn weiterzuleben. Diesen Abend würde sie nie vergessen. Er hatte ihr das

Amulett geschenkt, sie hatten es beide angefasst und geschworen.

Sie zog die Pistole aus der Tasche und schraubte einen Schalldämpfer auf den Lauf. Wenn sie durch ein Kissen hindurch schoss, würde man nur ein dumpfes Ploppen hören.

Sie trat an Alexanders Bett. Ihre Hand zitterte. Sie musste schießen und dann losrennen. Die Geräte würden augenblicklich Alarm schlagen, das konnte sie nicht verhindern.

»Der Tod ist nichts als eine Illusion«, flüsterte sie, drückte Alexander sanft ein Kissen auf das Gesicht und presste den Lauf hinein.

Donnerstag, 23. Juli, 18.07 Uhr

Der Impreza hatte nur ein paar hässliche Kratzer im Lack abbekommen. Wie ein Leichtathlet hatte der Feuerwehrwagen einen Salto vorwärts über ihn geschlagen, war ins Wasser gestürzt, der Rhein hatte die tödliche Wucht der Explosion und den größten Teil des Feuerballs verschluckt. Wäre er früher hoch gegangen, wäre Fran bei lebendigem Leibe verbrannt.

*

Sofort hatte sie Sascha Bescheid gegeben und versucht, ihm klarzumachen, dass Jasmin die Freundin, Geliebte, was auch immer von Alexander Graber sein musste. Sascha hatte müde abgewinkt. Es gebe keinerlei Hinweise dafür, und sie hätten jetzt Besseres zu tun.

Fran hatte es noch bei den Kollegen in Tübingen versucht, sie sollten wenigstens eine Streife vorbeischicken, aber auch da hatte ihr niemand geglaubt.

Fran war wutentbrannt ins Auto gesprungen und losgerast. Wenn sie sich nicht täuschte, schwebte Alexander Graber in akuter Lebensgefahr. Bevor Jasmin untertauchen würde, musste sie noch einmal zu ihm, um ihm Lebwohl zu sagen. Wie die Verabschiedung aussah, das wusste Fran nicht, aber es war alles möglich, von Blumen bis zu einer Kugel. Jasmin hatte ihre Rache ausgeführt, sie konnte nicht einfach verschwinden, ohne Alexander noch einmal zu sehen. Und wenn nicht, umso besser. Dann würde Jasmin Frank bald verhaftet und Fran hatte einen Ausflug nach Tübingen gemacht. Und Fran hatte sich geschworen, nie wieder ihre Intuition zu ignorieren.

Sie und ihr Team waren an die Grenzen ihrer Möglichkeiten gestoßen. Es war richtig gewesen, nach tragischen Todesfällen zu suchen. Aber die Verbindung zwischen Rudger Krüger, Jasmin Frank und Alexander Graber hatte gefehlt. Falsch. Die Verbindung hatte nicht gefehlt. Sie hatten sie nicht sehen können. Welche Möglichkeiten hätte es noch gegeben? Wie hätten sie vorgehen müssen, um die Morde zu verhindern? Fran hatte keine Antwort darauf. Sie musste sich damit abfinden, dass es Verbrechen gab, die sie nicht oder nur im Nachhinein aufklären konnten, die sie nicht verhindern konnten. Sie waren dem Henker die ganze Zeit so nah gewesen, dass sie nur hätten zugreifen brauchen … »Ruhe jetzt«, rief Fran. »Konzentrier dich. Was tust du, wenn Jasmin in Tübingen ist? Wenn sie bewaffnet ist? Wenn sie Geiseln nimmt?« Sie erhöhte die Geschwindigkeit, gut, dass sie die A61 genommen hatte und dann die A65, die Autobahn war zwar nicht leer, aber es gab auch keine Staus, so wie auf der A6 und der A5. Sie beanspruchte den linken Fahrstreifen für sich, drängte langsame Autos zur Seite. Rücksicht konnte sie sich nicht leisten. Auf dem Beifahrersitz lag Dads Revolver. Leergeschossen. »Ich hätte eine Kugel übrig lassen sollen«, sagte sie zu ihrem Spiegelbild, das fast durchsichtig in der Windschutzscheibe schimmerte. »Wenn das vorbei ist, gehe ich wieder springen, damit ich mir den Kick nicht bei der Arbeit holen muss.« Sie fletschte die Zähne, eigentlich sollte es ein Grinsen werden. »Ich gebe die Leitung ab, mache Urlaub. Zwei Monate Südspanien. Sonne, Sangria und schöne Männer.«

Sie lachte und nahm die Ausfahrt zur Universitätsklinik. Der Besucherparkplatz war nur locker gefüllt, sie machte sich nicht die Mühe, nach Jasmin Franks Wagen zu suchen. Verschwendete Zeit.

An der Rezeption zückte sie ihren Dienstausweis. »Ich muss den behandelnden Arzt von Alexander Graber sprechen.«

»Prof. Dr. Jaime Davidson?«

Fran sagte nichts, was die Schwester als Zustimmung deutete.

»Moment.«

Fran senkte den Kopf, scharrte mit den Füßen über den gekachelten Boden.

»Professor Davidson ist leider nicht da.«

Fran zwang sich ein Lächeln ab. »Wo liegt Herr Graber denn?«

»Zimmer 512, Intensiv. Aber da können Sie jetzt nicht hin.«

»Wollen Sie eine Mordermittlung behindern?«

Die Schwester wurde weiß im Gesicht. »Mord? Nein, aber …«

»Wunderbar. Dann machen Sie einfach Folgendes: Sie bleiben ganz ruhig, versuchen, Professor Davidson zu erreichen und geben ihm meine Nummer. Er soll mich sofort anrufen.« Fran knallte ihre Karte auf den Tresen und ging los.

Faszinierend, dass so etwas funktionierte. Als Mitarbeiterin des LKA Düsseldorf hatte sie nicht nur hier, sondern auch überall sonst nicht den Hauch von Polizeikompetenz. Was sie gerade gemacht hatte, war Amtsanmaßung, Paragraf 132, Strafgesetzbuch. Aber es war für einen guten Zweck.

Die Tür des Fahrstuhls öffnete sich. Fran lugte um die Ecke, der Flur war leer, am Ende stand über einer Milchglastür »Intensivstation«. Zügig passierte sie den Flur, klingelte an der Schleuse, hielt ihren Ausweis vor die Kamera. Die Tür öffnete sich mit einem leisen Klick, sie trat ein, hörte aus den Zimmern, bei denen die Türen offen standen, das Piepen, Surren und Klacken der Maschinen, die hier die Menschen am Leben hielten.

Zimmer 512 lag am Ende des Flurs, durch eine Sichtscheibe in der Tür konnte man hineinschauen. Jasmin Frank stand in der Mitte des Raumes, eine Pistole auf das Bett von Alexander Graber gerichtet. Fran zog den leeren Revolver aus der Tasche.

Heute war der Tag des Bluffs. Sie stieß sich von der Wand ab, öffnete langsam und ruhig die Tür, damit Jasmin denken würde, es sei Krankenhauspersonal, das den Raum betrat.

»Polizei«, sagte Fran, als würde sie jemanden freundlich begrüßen.

Das Herz schlug ihr bis in den Hals, aber ihr Verstand war klar und erfasste die Situation. Auf Alexander Grabers Gesicht lag ein Kissen, unbeschädigt. Die Monitore blinkten vor sich hin, die Herzlinie warf gleichmäßig ihre Zacken über einen Bildschirm. Die Waffe in Jasmin Franks Hand war nicht auf Alexander gerichtet, die Perspektive hatte Fran getäuscht, sondern auf den Boden hinter seinem Bett. Jasmin Franks Gesicht war tränenverschmiert.

»Legen Sie die Waffe weg, oder ich muss schießen.« Fran zielte auf Jasmins Kopf.

Jasmin richtete ihre Waffe auf Fran.

Verdammte Scheiße. Was jetzt? Fran spannte den Hahn. »Ich bin schneller.«

»Warum schießen Sie nicht? Laut Vorschrift müssen Sie mich erschießen. Sie hätten mich schon erschießen müssen, als Sie vor der Tür gestanden haben.« Sie richtete die Waffe auf Alexander Graber.

»Nicht!«, schrie Fran. »Ich will Sie nicht erschießen, weil ich Sie davon überzeugen kann, dass Alexander voller Lebenskraft ist. Er will nicht sterben und er kann es uns mitteilen. Es ist für uns schwer zu verstehen, aber er hat trotz allem ein lebenswertes Leben.« Fran wusste nicht weiter, sie konnte nicht erklären, wie es funktionierte und warum. Sie hatte keinen Beweis.

»Das ist dummes Zeug«, zischte Jasmin Frank. »Er kann nicht reden!«

Die Tür schwang auf. Ein Mann im Arztkittel kam herein, ein Schild an seiner Brust wies in als Jaime Davidson aus.

»Jasmin, wie schön, Sie wiederzusehen.«

»Gehen Sie, Professor, Sie haben nichts mit der Sache zu tun.«

Jaime Davidson wackelte mit dem Kopf hin und her. »Das stimmt nicht ganz.« Er zeigte auf Alexander Graber. »Das ist mein Patient. Ich habe geschworen, sein Leben zu beschützen.«

»Was für ein beschissenes Leben ist das denn?«, brüllte Jasmin Frank durch den Raum.

»Wie …?«, fragte Fran.

»Ich war die ganze Zeit im Haus. Wir machen das, um ungebetene Gäste zu vertreiben. Sorry.«

Er hielt sich einen Finger vor den Mund. »Ich habe ein Gespräch mit Jasmin zu führen.«

Fran wich zwei Schritte nach rechts aus, zielte weiterhin auf Jasmin Frank, die richtig lag, dass Fran sie auf der Stelle erschossen hätte, als sie die Waffe auf sie gerichtet hatte – wenn sie sich diese eine Kugel aufgehoben hätte.

»Jasmin, es steht uns nicht zu, über das Leben anderer zu bestimmen, meinen Sie nicht?«

»Aber er kann nicht sprechen, er kann nichts mehr, er ist gefangen in seinem Kopf, das ist furchtbar! Und ich habe ihm schwören müssen, ihn zu erlösen.« Sie schluchzte.

»Für uns ist das furchtbar, für Sie ist das furchtbar.« Er machte einen Schritt auf sie zu, sie fuhr herum.

»Keinen Schritt weiter, Professor.«

Jaime Davidson hob die Hände. »Ich bin nicht James Bond. Keine Sorge. Außerdem hänge ich an meinem Leben. Ich wollte Ihnen etwas zeigen, Ihnen etwas vorschlagen. Wir haben große Fortschritte gemacht. Wir können mit Alexander sprechen.«

»Unsinn!«

Fran schob einen Fuß einen Millimeter nach vorn. Wenn Jaime Davidson Jasmin weiter ablenkte, konnte sie vielleicht nahe genug an sie herankommen, um ihr die Waffe aus der Hand zu treten und sie dann zu überwältigen. Dieser Professor hatte wirklich Nerven aus Stahl.

»Mein Vorschlag: Wir reden mit ihm, und wenn er sterben will, werde ich das an Ort und Stelle erledigen, mit sanften Mitteln, er wird träumend einschlafen. Wenn er leben will, lassen wir Sie gehen, dann ist nichts passiert.« Er wandte sich an Fran. »Einverstanden? Wenn ja, stecken Sie die Waffe weg.«

Der Professor war noch verrückter als sie selbst. Aber im Gegensatz zu ihren Kollegen, die ihr nicht geglaubt hatten, war sie überzeugt, dass er ein Ass im Ärmel hatte. Da die Waffe eh nicht geladen war, war sie als Verhandlungsmasse optimal eingesetzt. Fran entspannte den Abzug, legte die Waffe auf den Boden und stieß sie unters Bett. Sollte sich Jasmin Frank danach bücken, wäre die Show zu Ende. Aber so dumm war sie nicht.

Jaime Davidson wandte sich wieder Jasmin zu. »Sie kennen meine Arbeit in Grundzügen?«

»Ich war lange genug dabei.«

»Wunderbar.« Er zeigte auf einen dunkeln Bildschirm. »Darf ich?«

Jasmin richtete ihre Waffe auf ihn. »Aber keine Tricks.«

Der Professor schluckte hart. »Ich wäre Ihnen dankbar, wenn Sie jemand anderen bedrohen würden. Es fällt mir schwer, mit einer Pistole vor der Nase gute Arbeit zu leisten.«

Jasmin Frank richtete die Waffe auf Fran.

Fran musste sie im Gespräch halten. »Warum haben Sie Rudger Krüger verschont?«

Jasmin schwieg.

»Ich schalte jetzt den Gehirnmonitor ein. Nicht zu vergleichen mit einem EEG.«

»Das weiß ich alles«, sagte Jasmin Frank mit drohendem Ton.

»Aber Frau Miller weiß das nicht. Sie soll sich davon überzeugen, dass hier alles mit rechten Dingen zugeht.«

Jasmin zuckte nur mit den Schultern.

»Wir haben mit fünfzig Elektroden die Verbindung zu Alexander hergestellt. So konnten wir auch feststellen, dass er vor eineinhalb Jahren aufgewacht ist.«

Jasmin Frank verzog angeekelt das Gesicht, aber sie sagte nichts.

Jaime Davidson schaltete den Monitor ein und bewegte sich vorsichtig, als liefe er durch ein Minenfeld, zu einem Gerät, das wie ein Mischpult aussah. Fran vermutete, dass es für jede Elektrode einen Kanal gab. »Wir wussten nicht, dass Sie mit ihm zusammen waren, Jasmin. Warum haben Sie das verschwiegen?«

»Weil Sie damals schon einen Plan hatten, nicht wahr«, sagte Fran. Ihr schoss ein Gedanke durch den Kopf. »Haben Sie Kleinbau umgebracht?«

Jasmin grinste. »Späte Erkenntnis. Ich wollte Ihnen eigentlich nur einen Strich durch die Rechnung machen, Sie ärgern. Dass so ein Rattenschwanz an der Sache hing, das war Glück. Kleinbau war eine miese Ratte, und es war uns eine Freude, dafür zu sorgen, dass er keinen Deal mehr machen konnte.«

Fran musste sich setzen. »Sie haben Rudger überhaupt erst auf die Idee gebracht, mich zu jagen?«

»Ich habe Helversum Informationen zugespielt, er hat Rudger auf euch angesetzt, und Rudger hat alles willig aufgesaugt. Er mag euch nicht besonders.«

»Und dann haben Sie ihn ausgesaugt.« Fran ärgerte sich über das Wortspiel, es klang so harmlos. Vor ihr stand eine unberechenbare Mörderin, verblendet, zu allem fähig. Drei Leben hingen an einem seidenen Faden, und vielleicht noch mehr, wenn die Henkerin in die Enge getrieben wurde. Die Waffe in ihrer Hand war eine Glock, das Magazin fasste siebzehn Patronen. Genug für ein furchtbares Blutbad.

»Er hat beste Verbindungen zur Polizei.« Jasmin Frank schürzte die Lippen. »Ihr habt einen Whistleblower in euren Reihen. Ganz schön scheiße, was?« Aus jedem Wort trieften Selbstzufriedenheit und Arroganz.

»Die gibt es immer«, sagte Fran und freute sich schon darauf, Rudger Krüger so in die Mangel zu nehmen, dass ihm Hören und Sehen verging. Und der Maulwurf würde sich wünschen, nie geboren worden zu sein. »Aber die wissen auch nicht alles und machen Fehler. Ziehfreund zum Beispiel.«

»Was ist mit diesem korrupten Mistbullen?« Hass sprühte aus Jasmins Augen.

»Er war Vater von drei Kindern, verheiratet. Und er war ein Guter.«

»Unsinn. Er steckte mit den Nazis unter einer Decke.«

»Irrtum. Er war verdeckter Ermittler. Er sollte die Nazis von innen her zerstören. Das wusste selbst Ihr Maulwurf nicht. Der Mord an Ziehfreund hat uns auf Ihre Spur gelenkt. Der Mord wich vom Muster ab, hatte nichts mit Gandhis Sieben zu tun.«

»Mir war das egal. Es war Michaels Idee, seine Dramaturgie.«

»Ich habe eine Mail bekommen …«

»Das war mein Fehler, ich hatte einfach nicht aufgepasst.«

Fran nickte bedächtig. »Sehen Sie, niemand ist perfekt.«

Wahrscheinlich hatte Jasmin unbewusst eine Spur gelegt, der Klassiker: »Hier bin ich! Nehmt mich fest. Hindert mich an meinen Taten!« Leider war die Spur zu undeutlich gewesen. Selbst den Mord an Kleinbau hatten sie nicht einordnen können. Wie auch? Zu viele hatten in dem Spiel mitgemischt.

Jasmin Frank holte Luft, um zu antworten, aber Jaime Davidson kam ihr zuvor. »Ich bin so weit. Sehen Sie her.«

Jasmin Frank ließ die Glock ein wenig sinken, sie schien müde zu werden. Zwischen ihr und Fran lagen immer noch gute eineinhalb Meter, zu viel für einen Überraschungsangriff. Aber Fran schaffte es, den Abstand Zentimeter für Zentimeter zu verringern.

»Sie sehen hier verschiedenfarbige Linien, die Alexanders Gehirnsignale wiedergeben.«

Für Fran zeigten die Linien nichts als Chaos.

»Ich sehe an der starken Aktivität, dass Alexander wach ist und er alles mitbekommt, was um ihn herum vor sich geht. Er ist sehr aufgeregt.« Jaime Davidson wandte sich Jasmin zu. »Waren Sie in der letzten Zeit mal hier?«

»Ja. Vor drei Wochen. Ich brauchte eine kleine Motivationsspritze.«

»Das wollte er uns die ganze Zeit mitteilen.«

Fran durfte gar nicht daran denken, dass Alexander Graber viele Morde hätte verhindern können, wenn er hätte sprechen können.

Jaime Davidson nahm sich einen Stuhl und setzte sich vor den Monitor. »Sie wollen wissen, ob Alexander sterben will, oder leben? Fragen Sie ihn!«

»Zuerst will ich wissen, ob Sie hier nicht einen riesigen Hokuspokus veranstalten, um mich auszutricksen. Was kann Alexander?«

Jaime Davidson zeigte auf eine rote Linie, die relativ ruhig war. »Ein Ausschlag auf dieser Linie bedeutet Ja. Auf der blauen bedeutet es Nein.«

»Habe ich dir zu deinem Geburtstag eine Katze geschenkt?«

Die blaue Linie machte einen Sprung: »Nein.«

»Nur zu«, sagte Jaime Davidson, »fragen Sie etwas, das nur er wissen kann.«

»Als wir uns das erste Mal getroffen haben, habe ich da ein blaues Kleid getragen?«

Wieder die blaue Linie. »Nein.« Dann die rote. »Ja.«

Fran hielt den Atem an.

»Sehen Sie, Frau Frank. Es funktioniert. Nein für die Farbe Blau. Ja für das Kleid. Korrekt?«

Jasmin Frank knirschte mit den Zähnen. »Er soll die Farbe buchstabieren.«

Sie hob die Waffe und richtete sie auf Jaime Davidson. »Fangen Sie einfach an.«

Jaime wandte sich Alexander zu und sagte laut und deutlich A. Blau. »Nein.« Der erste Buchstabe war also nicht das A. Jaime Davidson fragte weiter, bis beim G die rote Linie ausschlug. Jaime Davidson begann von vorne. Bei R schlug wieder die rote Linie aus, dann sofort bei A.

»GRA … Ein graues Kleid. Korrekt?« Rot. »Ja.«

Jasmin Frank räusperte sich. »Willst du leben?«

Sie starrten auf den Monitor. Nichts geschah. Keine der Linien schlug aus. Alexander schwieg. Er wusste es nicht. Hatte sich noch nicht entschieden. Verdammt.

Es war das Zucken um Jasmin Franks Mund, auf das Fran gewartet hatte. *Sie* hatte sich entschieden: Sie wollte Alexander töten. Fran drückte sich ab, schlug Jasmins Hand beiseite, hörte den Schuss, spürte den Schmerz. Den Rest erledigten die Reflexe.

Epilog

Fran faltete die Zeitung wieder zusammen. Keine Zeile darüber, dass sie zu Unrecht beschuldigt worden war. Der Chefredakteur der »DNP«, Christian Helversum, hatte eine Gegendarstellung mit dem Argument abgelehnt, in dem Artikel seien keinerlei konkrete Vorwürfe erhoben, sondern lediglich Fragen gestellt worden. Das sei schließlich die Aufgabe der Medien. Und dass der Mord an Kleinbau nicht entdeckt worden war, das sei nach wie vor eine unglaubliche Schlamperei, an der er dranbleiben würde.

Die Sache ging jetzt vor Gericht, aber Helversum hatte so gut wie gewonnen. Selbst wenn das Gericht Helversum zwingen würde, eine Gegendarstellung zu bringen – niemand interessierte sich dafür, weil sie Monate später abgedruckt würde, mit entsprechenden Kommentaren der Redaktion. Wenn Helversum wüsste, was sie tatsächlich unter den Tisch gekehrt hatten! Den Whistleblower hatten sie kaltgestellt, Jasmin Frank saß in Untersuchungshaft und schwieg. Und selbst wenn sie ausposaunt hätte, dass Ziehfreund ein verdeckter Ermittler gewesen war, niemand hätte ihr geglaubt.

Freuen konnte sich der mutmaßliche Mörder von Metin Küczük. Zwar war die Anklage noch nicht vom Tisch, aber Fran machte sich keine allzu großen Hoffnungen, dass er verurteilt würde, falls nicht noch Zeugenaussagen oder andere Beweise auftauchten. Die Aktion mit Ziehfreund war dermaßen nach hinten losgegangen, dass sie sich dafür schämte, obwohl sie nichts damit zu tun hatte.

Von Krüger hatte sie nichts mehr gehört, anscheinend leckte er seine Wunden und bereitete sich auf seinen Prozess vor.

Es klingelte. Fran zögerte einen Moment, dann stand sie auf, zog die rote Lederjacke über, hängte sich die Handtasche um, nahm den Rollkoffer und verließ die Wohnung.

Unten wartete das Verabschiedungskomitee: Anna, Mum und Dad. Dad hatte es tatsächlich getan: Auf der Straße stand ein Streifenwagen. Sie stiegen ein, Dad kutschierte sie zum Flughafen.

Am Gate nahm sie Mum in den Arm, dann Anna. Wie immer erwiderten sie die Umarmung mit dem ganzen Körper. So wie Dad diesmal auch. Sie zerquetschten sich fast, Anna und Mum liefen die Tränen übers Gesicht.

Bevor sie die Schranke durchschritt, zog sie einen Brief aus der Tasche und gab ihn Anna. »Wirfst du ihn für mich ein?«

Anna nickte, immer noch Tränen in den Augen. »Die Kündigung?«

»Es ist höchste Zeit.«

»Kommst du wieder?«

Fran schaute über Annas Schultern ins Leere. Wenn sie das nur wüsste.

Dank

Vielen Dank für die Hilfe

Raimund H. Drommel
Frank Glenewinkel
Brigitte Janson
Daniela Jarzynka
Sabine Klewe
Heike Rosbach